ALEXANDRE DUMAS

Die drei Musketiere

I. Teil

UEBERREUTER

CIP-Kurztitelaufnahme der Deutschen Bibliothek

Dumas, Alexandre ‹père›
Die drei Musketiere. – Wien, Heidelberg: Ueberreuter.
Einheitssacht.: Les trois mousquetaires ‹dt.›
Teil 1. – 1977.
(Ueberreuters Bücherschatz; 2) ([Ueberreuter-Taschenbücher]; 706)
ISBN 3-8000-4706-3

J 1065/1

Bearbeitung von Ilona Paar
Umschlag von Graupner und Partner, München

Papier und Gesamtherstellung: Salzer - Ueberreuter, Wien
Printed in Austria

1

Am ersten Aprilmontag des Jahres 1625 herrschte im Marktflecken Meung ein Aufruhr, als ob die Hugenotten dabei wären, ein Bollwerk à la Rochelle daraus zu machen. Zahlreiche Bürger beeilten sich, als sie Frauen auf der Flucht sahen und Kinder auf den Türschwellen schreien hörten, sich den Küraß umzuschnallen und sich durch eine Muskete oder Partisane ein imposantes Aussehen zu geben. Sie zogen zum Gasthof »Zum Freimüller«, vor dem sich eine lebhaft lärmende und minutlich anwachsende Menge drängte. Damals war solch eine Panik im schönen Frankreich keine Seltenheit; es verstrich kaum ein Tag, ohne daß in dieser oder jener Stadt ein solcher Vorfall in den städtischen Archiven registriert wurde. Die hohen Herren vom Landadel hatten fortwährend Händel miteinander. Der König lag in ständiger Fehde mit dem Kardinal, und Spanien hatte eben erst wieder Frankreich den Krieg erklärt. An Dieben und Bettlern war kein Mangel im Lande, und Hugenotten, Wölfe und Lakaien sorgten auch dafür, daß das Land nicht zur Ruhe kam. Die Bürgerschaft wehrte sich gegen die Diebe, die Wölfe und die Lakaien, erhob die Waffen zuweilen wider die Herren vom Adel und wider die Hugenotten, aber selten wider den König und niemals wider den Kardinal und den Spanier. Daher eilten die Meunger Bürger, als sie an diesem Aprilmontag den Lärm hörten, ohne aber die gelbe und rote Standarte der Spanier, noch die Livree des Herzogs von Richelieu zu sehen, zum Gasthofe »Zum Freimüller«.

Dort angekommen, stellten sie fest, daß die Ursache dieses Lärmens ein junger Mensch war – sein Bild läßt sich mit einem Federstrich hinwerfen –, ein Don Quichotte von achtzehn Jahren, ohne Panzer und Beinschienen, aber in einem Wollwams, dessen blaue Farbe sich in eine unbestimmbare

Schattierung zwischen Weinhefe und Himmelblau verwandelt hatte. Er hatte ein längliches, braunes Gesicht, hervorspringende Backenknochen als Merkmal von Pfiffigkeit, ein stark entwickeltes Kiefer, das untrügliche Kennzeichen eines Gascogners, auch wenn er kein mit Federn geschmücktes Barett trägt, was bei dem jungen Mann jedoch der Fall war. Auffallend waren seine offenen, klugen Augen und eine angedeutete Hakennase. Seine Gestalt war für einen Jüngling zu groß, für einen ausgewachsenen Mann aber zu klein. Wäre nicht der lange Degen gewesen, der ihm am Wehrgehänge baumelte und ihm beim Gehen gegen die Waden und beim Reiten gegen das Fell seines Pferdes schlug, so hätte ihn ein unbefangenes Auge für einen Pächterssohn auf Reisen gehalten.

Unser junger Mann war beritten, und sein Pferd war auch recht auffallend. Es war ein Klepper aus dem Bearn, der mindestens seine zwölf bis vierzehn Jahre auf dem gelblichen Felle hatte, mit einem Stummel von Schweif ohne Haar und mit Beinen voller Geschwüre; ein Klepper, der beim Laufen den Kopf bis zu den Knien hinunterhängen ließ, aber doch seine acht Meilen am Tage noch gut und gern machte. Unglückseligerweise aber waren die vortrefflichen Eigenschaften dieser Rosinante so tief unter ihrer absonderlichen Haut und ihrer wackligen Gangart versteckt, daß zu einer Zeit, wo jedermann über Pferde Bescheid wußte, ihr Auftreten in Meung, kaum daß sie zum Tore hereingekommen war, ein so unliebsames Aufsehen machte, daß es nicht ohne Rückwirkung auf den Reiter selbst bleiben konnte.

Und für den jungen d'Artagnan – denn so hieß der Don Quichotte dieser neuen Rosinante – war dieses Aufsehen um so unangenehmer, als er sich über den lächerlichen Anstrich, den einem so stattlichen Kavalier ein solcher Gaul geben mußte, durchaus im klaren war. Er wußte recht gut, daß ein solcher Gaul nur knapp zwanzig Franken wert war, aber die Worte, die dieses Geschenk begleitet hatten, machten ihn für d'Artagnan nur schätzbar.

»Mein lieber Sohn«, hatte sein Vater, ein gascognischer Edelmann, gesagt, »dieses Pferd hat das Licht der Welt vor nunmehr dreizehn Jahren im Hause deines Vaters erblickt und gehörte seitdem zu ihm: dies sollte für dich ein Grund sein, ihm deine Liebe zu schenken! Verkaufe es niemals, sondern laß es in Frieden und Ehren alt werden und zu seinen Vätern eingehen. Ziehst du mit ihm ins Feld, dann gehe rücksichtsvoll mit ihm um wie mit einem greisen Diener. Und wenn du«, sprach Herr d'Artagnan weiter, »einmal die Ehre hast, bei Hofe zu erscheinen – eine Ehre, auf die du übrigens durch deinen alten Adel Anspruch hast –, dann halte auch du den Namen, der von deinen Ahnen fünfhundert Jahre lang mit Ruhm geführt worden ist, in Ehren für dich und die Deinigen. Laß nie etwas auf dir sitzen, außer von seiten des Kardinals und des Königs. Allein durch seinen Mut – verstehe mich recht –, einzig und allein durch Mut kann es heute ein Edelmann zu etwas bringen. Wer auch nur eine Sekunde zittert, läßt sich die Chance entgehen, die ihm vielleicht gerade in diesen Augenblicken von Fortuna zugedacht war. Du bist jung und sollst aus zwei Gründen tapfer sein: erstens, weil du ein Gascogner bist, und zweitens, weil du mein Sohn bist. Suche die Gelegenheiten nach Abenteuern! Ich habe dich gelehrt, den Degen zu führen; du hast eine Knieschiene aus Eisen und einen Handschuh aus Stahl; schlage dich bei jedem sich bietenden Anlaß; schlage dich um so eifriger, als der Zweikampf verboten ist und man deshalb doppelt soviel Mut braucht, sich zu schlagen. Mehr als fünfzehn Taler kann ich dir nicht vererben, lieber Sohn, außer meinem Pferd und den eben vernommenen Ratschlägen habe ich nichts. Deine Mutter wird dir noch das Rezept für eine Salbe mitgeben, das sie von einer Zigeunerin bekommen hat und die die wunderbare Eigenschaft besitzt, jede Wunde zu heilen, wenn sie nicht das Herz betrifft. Ziehe aus allem den rechten Nutzen und führe ein glückliches und langes Leben! – Ein Wort noch! Von einem Beispiel will ich dir noch erzählen, nicht von meinem eigenen, denn ich bin niemals bei Hofe gewesen und habe die Religionskriege bloß als Freiwilliger mitgemacht –, aber vom Herrn von Tréville laß dir erzählen, der ehedem mein Nachbar war und die Ehre hatte, als kleines Kind mit unserem König Ludwig dem Dreizehnten, den Gott erhalten möge, zu spielen! Hin und wieder geschah es, daß ihre Spiele zu Kämpfen ausarteten, in denen der König nicht immer der Stärkere war. Die Prügel, die der König dann bekam, setzten

Herrn von Tréville bei ihm in Respekt und weckten in seinem königlichen Herzen ein Gefühl von Freundschaft für ihn. Herr von Tréville hat sich auf seiner ersten Reise nach Paris fünfmal mit anderen duelliert; seit dem Tode des hochseligen Königs bis zur Volljährigkeit des jungen Königs, die Kriege und Belagerungen nicht gerechnet, weitere siebenmal; und von der Volljährigkeit Seiner jetzt regierenden Majestät bis zum heutigen Tage vielleicht hundertmal ... Und heute ist er trotz aller Erlässe, Verordnungen und Verurteilungen Hauptmann der Musketiere, nämlich einer Cäsarenlegion, vor der Seine Majestät der König gewaltigen Respekt und Seine Eminenz der Kardinal gewaltige Furcht hat, wie man im Lande weiß. Obendrein bekommt Herr von Tréville im Jahre bare zehntausend Taler, ist also ein hoher Herr von bester Equipierung. Angefangen hat er wie du; suche ihn mit diesem Schreiben auf und mache es wie er, damit es dir gutgehe wie ihm!«

Nach diesen Worten schnallte Herr d'Artagnan seinem Sohne seinen eigenen Degen um, küßte ihn zärtlich auf beide Wangen und gab ihm seinen Segen. Als der Sohn das väterliche Zimmer verlassen hatte, trat seine Mutter zu ihm, um ihm das berühmte Salbenrezept zu geben, das er, wenn er nach den eben gehörten Ratschlägen handeln wollte, sicher sehr oft brauchen würde. Hier gab es nun einen längeren und gefühlvollen Abschied. Man darf deshalb nicht annehmen, daß Herr d'Artagnan seinen Sohn, den einzigen Sprößling aus seiner Ehe, nicht geliebt hätte; aber er war ein Mann und hätte es für unwürdig gehalten, seine Rührung zu zeigen. Frau d'Artagnan dagegen war nicht bloß Frau, sondern in weit höherem Grade noch Mutter und schämte sich demgemäß der Tränen nicht. Und zum Lobe des jungen d'Artagnan muß hier gesagt werden, daß er es zwar an Anstrengungen, festzubleiben, wie es sich für einen zukünftigen Musketier schickte, nicht fehlen ließ, der Natur aber doch nicht standhalten konnte, und er seine Tränen nicht ganz zu unterdrücken vermochte.

Ausgerüstet mit den drei Geschenken seines Vaters, den fünfzehn Talern, dem Pferd und dem Brief für Herrn von Tréville, machte sich der junge Mann noch am selben Tag auf den Weg; obendrein versehen mit den guten Ratschlägen. So war also der junge d'Artagnan sowohl in moralischer als auch in physischer Hinsicht ein getreues Konterfei des Cervantesschen Helden: während der edle Don Quichotte Windmühlen für Riesen und Schafherden für Armeen hielt, faßte der edle d'Artagnan jedes Lächeln als einen Schimpf und jeden Blick als eine Herausforderung auf. Daraus folgte, daß er den Weg von Tarbes bis Meung mit geballter Faust zurücklegte und mindestens zehnmal am Tag an den Degenknopf griff. Aber die Faust war kein einziges Mal unter eine Kinnlade gefahren, und der Degen war in der Scheide geblieben, obwohl es an spöttischen Blicken auf sein Pferd nicht gefehlt hatte. Da aber über seine Weichen ein Degen von stattlicher Größe hing und über diesem Degen ein mehr wildes als stolzes Auge funkelte, verbissen sich die Vorübergehenden das Lachen oder gaben sich, wenn es gar nicht anders ging, wenigstens alle Mühe, nach Art der Masken des Altertums bloß auf der einen Gesichtsseite zu lachen. Bis sein Pferd den Fuß in den unglückseligen Marktflecken Meung setzte, wurde d'Artagnan in seinem empfindlichen Selbstgefühl nicht verletzt; als er aber am Tore des »Freimüllers« aus dem Sattel stieg, ohne daß der Wirt oder der Kellner oder der Hausknecht erschien, um ihm den Steigbügel zu halten, richtete d'Artagnan den Blick zu einem Fenster des Hauses und erblickte dort einen Edelmann von stattlicher Figur und stolzer Haltung, dessen Gesicht von einigen Falten gefurcht war, im Gespräch mit zwei Personen, die ihm voll Ehrerbietung zuzuhören schienen. Wie es seinem ganzen Wesen nach nicht anders möglich war, meinte d'Artagnan natürlich, es sei von ihm die Rede, und horchte. Diesmal hatte er sich auch nur halb geirrt, doch nicht um ihn, sondern um seine Rosinante ging das Gespräch. Der Edelmann schien seinen Zuhörern deren Eigenschaften aufzuzählen, die die Schilderung mit wahren Lachsalven begleiteten. Da nun aber schon ein leicht verzogener Mund ausreichte, den jungen Mann in Zorn zu versetzen, kann man sich denken, welche Wirkung eine solch maßlose Heiterkeit bei ihm hatte.

Immerhin wollte sich d'Artagnan zunächst den ihm unbekannten frechen Menschen, der sich derart über ihn lustig machte, genauer ansehen und maß ihn mit stolzem Blick. Er sah, daß er einen Mann von vierzig bis fünfundvierzig Jahren vor sich hatte, mit schwarzen, durchdringenden Augen, bleichem Gesicht, scharf geschnittener Nase, schwarzem, gezwirbeltem Schnurrbart, in veilchenblauem Wams und ebensolchen Beinkleidern mit Schnüren. Weiterer Zierat war nicht zu sehen; Wams und Beinkleid waren wohl noch neu, sahen aber aus, als seien sie von langem Mitführen in einem Reisesack arg zerknüllt. D'Artagnan machte all diese Wahrnehmungen mit dem schnellen Blicke des scharfen Beobachters und durch eine instinktive Empfindung getrieben, als müsse dieser Unbekannte auf die künftige Gestaltung seines Lebens einen großen Einfluß haben.

In diesem Augenblick brach das Gelächter wieder in verstärktem Maße aus, und diesmal konnte d'Artagnan nicht länger zweifeln, daß man ihn beleidigen wollte. Ohne sich länger zu besinnen, rückte er sein Federbarett tief in die Augen und legte mit einer Miene, wie er sie bei den vornehmen Herren, denen er im Bearn begegnet war, beobachtet hatte, die rechte Hand auf den Knauf seines Degens, während er die linke in die Seite stemmte. Leider wuchs mit jedem Schritt, mit dem er sich dem Fremden näherte, sein Zorn, so daß er statt der würdigen Ansprache, die er eigentlich vorhatte, in derber Grobheit herausplatzte. »Heda, Sie!« rief er. »Kommen Sie doch mal hinter Ihrem Fensterflügel hervor und sagen Sie mir, warum Sie lachen! Wir wollen dann zusammen lachen.«

Der Edelmann ließ den Blick langsam vom Gaul zum Reiter gleiten, als brauche er eine gewisse Zeit, um zu begreifen, daß diese absonderliche Rede wirklich ihm gelte; als er dann feststellte, daß von einem Irrtum keine Rede sein könne, zogen sich seine Brauen zusammen, aber es verging noch eine geraume Weile, bevor er mit einem Spott und einer Frechheit, die sich unmöglich wiedergeben lassen, dem jungen d'Artagnan erwiderte: »Mit Ihnen, mein Herr, rede ich nicht!« – »Aber ich rede mit Ihnen!« schrie der Jüngling, außer sich über diese Mischung von Frechheit und guten Manieren, von Beachtung und Mißachtung.

Noch einen Augenblick lang maß ihn der Unbekannte mit seinem geringschätzigen Lächeln, dann zog er sich vom Fenster zurück, kam langsam aus der Gaststube und trat vor d'Artagnan, dicht neben seine Rosinante. Seine ruhige und ironische Haltung vermehrten die Heiterkeit der Umstehenden, zumal er noch einige Bemerkungen in ihre Richtung machte. D'Artagnan zog, als er ihn auf sich zukommen sah, seinen Degen einen Fuß lang aus der Scheide.

»Wenn der Gaul in seiner Jugend kein Fuchs war, so ist er es doch jetzt«, rief der Unbekannte wieder seinen Bekannten am Fenster zu, ohne sich um d'Artagnans Zorn im geringsten zu kümmern. »Orange ist in der Botanik ja zu Hause, aber bei Pferden sieht man diese Farbe nur selten.« – »Ihr seid auch einer von denen, die über ein Pferd lachen, wenn Sie es nicht wagen, über seinen Herrn zu lachen!« rief d'Artagnan. – »Ich lache nicht oft, mein Herr«, erwiderte der Unbekannte, »das können Sie mir ja schon am Gesicht ansehen, aber ich habe das Recht zu lachen, wenn es mir beliebt.« – »Und ich«, schrie d'Artagnan, »gestatte nicht, daß man lacht, wenn's mir mißfällt.« – »Ist das Ihr Ernst, mein Herr?« erwiderte der Unbekannte mit noch größerer Ruhe als bisher. »Man muß Ihnen das Recht zugestehen.« Damit drehte er sich um und ging durch das Tor in den Hof der Gastwirtschaft zurück. Dort sah jetzt d'Artagnan ein frisch gesatteltes Pferd stehen. Aber er war nicht der Mann, jemanden, der sich in einer frechen Art über ihn lustig gemacht hatte, so gehen zu lassen. Er riß seinen Degen ganz aus der Scheide und rief: »Heda, Ihr Spötter! Hübsch kehrtgemacht, damit ich Euch nicht hinten eins draufbrenne!« – Der andere drehte sich um und maß den Jüngling mit einem Blick, aus dem Staunen und Verachtung sprachen. »Mir eins draufbrennen?« wiederholte er. »Aber, mein Lieber! Bei Euch scheint's oben nicht ganz richtig zu sein!«, und dabei zeigte er spöttisch nach der Stirn. Dann aber fuhr er halblaut, wie zu sich selbst, fort: »Schade, schade! Das wäre doch was für Seine Majestät, die überall nach Rekruten für Ihre Musketiere sucht!«

Aber er hatte noch nicht ausgeredet, als d'Artagnan einen so wilden Schlag nach ihm führte, daß er ohne einen schnellen Sprung zur Seite wahrscheinlich zum letzten Mal in seinem Leben gespottet hätte. Da die Sache ernst wurde, zog er seinen Degen, salutierte dem Gegner und nahm Fechtstellung an. In diesem Augenblick aber fielen die beiden Männer, die mit ihm am Fenster gestanden waren, zusammen mit dem Wirt mit Stöcken, Schaufeln und Schüreisen über d'Artagnan her, was

dem Auftritt im Handumdrehen ein völlig anderes Gesicht gab, so daß d'Artagnans Widersacher mit der größten Seelenruhe den Degen wieder einsteckte und zum Zuschauer wurde, während d'Artagnan sich mit allen Kräften seiner neuen Feinde zu erwehren suchte.
»Hol der Geier diese Gascogner!« brummte der Unbekannte zwischen den Zähnen. »Setzt ihn wieder auf seinen fuchsigen Gaul und laßt ihn sich dahin scheren, wohin er will!« – »Was er aber erst tun wird, wenn er dir Feigling den Degen zwischen die Rippen gejagt hat!« schrie d'Artagnan, indem er sich, so gut es ging, Luft zu machen suchte. – »Schon wieder diese gascognische Großmäuligkeit!« brummte der Edelmann. »Meiner Treu! Diese Gascogner sind unverbesserlich! Da er's nicht anders will, setzt ihm nur weiter zu! Wenn ihm die Luft ausgeht, wird er es schon sagen.«
Aber er wußte nicht, mit was für einem Dickschädel er es zu tun hatte, denn d'Artagnan dachte nicht daran, aufzuhören. Die Schlägerei dauerte also noch eine Weile, bis d'Artagnan der von einem Stockhieb zertrümmerte Degen aus der Hand fiel, während ihn ein anderer Schlag auf die Stirn traf und zu Boden streckte. Das war der Augenblick, wo die Bürger des Marktfleckens den Schauplatz der Handlung erreichten. Der Gastwirt, der ein unliebsames Aufsehen fürchtete, trug den Verwundeten zusammen mit seinen Kellnern in die Küche und sorgte dort für eine entsprechende Pflege. Der Edelmann war auf seinen früheren Platz am Fenster getreten und betrachtete mit Ungeduld und Ärger die zusammengelaufene Menge.
»Na, was macht denn dieser wilde Bär?« fragte er den zur Tür hereintretenden Wirt. – »Eure Exzellenz sind doch heil und gesund?« fragte der Wirt. – »Jawohl, vollkommen heil und gesund, mein lieber Wirt, aber Sie hören doch, daß ich mich nach dem jungen Raufbold erkundigte.« – »Dem geht's besser«, versetzte der Wirt, »er liegt in tiefer Ohnmacht.« – »Wirklich?« – »Aber vorher hat er noch all seine Kräfte zusammengerafft, um nach Ihnen zu schreien und Ihnen seine Herausforderung zu melden.« – »Ist der Kerl denn der Teufel in Person?« – »Keineswegs, Exzellenz«, versetzte der Wirt mit verächtlicher Grimasse, »denn während seiner Ohnmacht haben wir ihn durchsucht und in seinem Bündel weiter

nichts als ein Hemd und in seinem Beutel nur elf Taler gefunden, was ihn aber nicht hinderte zu rufen, ehe er in Ohnmacht sank, daß er's Ihnen, wenn das in Paris geschehen wäre, sofort heimgezahlt hätte, daß es Sie aber, wenn er Sie hier wieder träfe, noch teurer zu stehen käme.« – »Demnach ist es irgendein maskierter Prinz von Geblüt«, sagte der Unbekannte kalt. – »Ich erzähle Ihnen das nur«, sagte der Wirt, »damit Sie auf der Hut sind.« – »Und hat er in seinem Zorne keine Namen genannt?« – »Doch! Er hat auf seine Tasche geklopft und gerufen: ›Und wir werden ja sehen, was Herr von Tréville über diesen seinem Schutzbefohlenen angetanen Schimpf denken wird.‹ «

»Herrn von Tréville hat er genannt?« fragte der Unbekannte, aufmerksam werdend, »und dabei auf die Tasche geklopft? ... Ei, ei! Mein lieber Herr Wirt, Ihr habt doch sicher nicht unterlassen, während er in Ohnmacht lag, auch seine Tasche zu visitieren? Was fanden Sie darin?« – »Einen an Herrn von Tréville, Hauptmann der Musketiere, adressierten Brief.« – »Wirklich?« – »Es ist so, wie ich Ihnen zu sagen die Ehre habe, Exzellenz!«

Der Wirt gehörte nicht zu den überklugen Leuten und merkte infolgedessen nicht, welche Änderung seine Worte in dem Gesicht des Edelmannes hervorriefen, während dieser sich vom Fenstersims entfernte, und wie er die Stirn in Falten legte. »Teufel!« brummte er zwischen den Zähnen, »sollte mir Tréville diesen Kerl auf den Hals geschickt haben? Er ist noch sehr jung; aber ein Degenstoß bleibt ein Degenstoß, mag er von einem Alten oder von einem Jungen kommen, und gegen Kinder ist man weniger mißtrauisch als gegen andere. Es ist schon mancher große Plan an einem kleinen Hindernis gescheitert.« Daraufhin sank der Unbekannte in ein minutenlanges Nachdenken. »Sagt einmal, Herr Wirt«, wandte er sich dann an diesen, »werdet Ihr mich von diesem Wilden erlösen? So mir nichts und dir nichts kann ich ihn doch nicht umbringen, und doch«, setzte er mit einer Miene kalter Drohung hinzu, »er ist mir lästig ... Wo steckt er denn jetzt?« – »In der Stube meiner Frau, im ersten Stock, dort verbindet man ihn.« – »Sind seine Sachen und sein Mantelsack noch bei ihm?« fragte der Unbekannte. »Das Wams hat er

nicht ausgezogen?« – »Das ist alles unten in der Küche. Aber da dieser junge Kerl Exzellenz unbequem ist ...« – »Sicher ist er das, denn er bringt in Euren Gasthof eine Unruhe, die allen rechtgesinnten Leuten zuwider sein muß. Geht, macht mir die Rechnung fertig und ruft meinen Lakai.« – »Was? Exzellenz wollen uns schon verlassen?« – »Sie wissen das doch, ich habe Euch ja geheißen, mein Pferd zu satteln ... Ist man etwa meinem Befehl nicht nachgekommen?« – »Doch, wie Exzellenz sehen können, steht Ihr Pferd gesattelt und bepackt unter dem großen Tore.« – »Gut! Besorgt das Weitere, wie ich befohlen habe.« – »Hm«, brummte der Wirt in den Bart, »sollte er gar vor dem jungen Menschen Angst haben?« Aber ein herrischer Blick des Unbekannten schreckte ihn aus seinen Gedanken, und er verließ mit tiefer Verbeugung die Stube. – »Mylady darf diesen Burschen nicht sehen«, sprach der Unbekannte zu sich, »und sie muß jeden Augenblick kommen, eigentlich sollte sie schon da sein ... Auf alle Fälle ist's klüger, ich reite ihr entgegen. Wenn ich bloß dahinterkäme, was in diesem Briefe an Tréville steht!«
Der Unbekannte begab sich in die Küche. Dem Wirt war inzwischen klargeworden, daß den unbekannten Herrn nur die Anwesenheit des jungen Raufboldes aus seinem Gasthofe vertreibe, und er ging zu seiner Frau hinauf. In ihrer Stube fand er d'Artagnan bei Besinnung. Er gab ihm zu verstehen, daß ihm sehr leicht die Polizei auf den Hals kommen könnte, weil er mit einem Herrn vom hohen Adel Streit gesucht hätte, und bestand darauf, daß d'Artagnan trotz der Schwäche, die ihn von neuem befiel, von seinem Lager aufstünde und seines Weges zöge. D'Artagnan, noch im Zustand halber Betäubung, ohne Wams und den Kopf mit einer Binde umwickelt, stand also auf und ging, vom Wirt gedrängt, die Treppe hinunter; als er an der Küche vorbeikam, sah er seinen Widersacher, der auf dem Tritt einer schweren, mit zwei kräftigen normannischen Pferden bespannten Kutsche stand und sich gemütlich mit einer Dame von etwa zwanzig Jahren unterhielt. D'Artagnan sah, daß die Dame jung und schön war, und ihre Schönheit stach ihm um so mehr in die Augen, als sie für die südlichen Landstriche, in denen er bislang sein Leben zugebracht, sehr ungewöhnlich und fremd schien. Es war eine

blasse blonde Dame mit langen Locken, die ihr tief über die Schultern herabfielen, und großen, blauen, schmachtenden Augen, rosigen Lippen und Händen, weiß wie Alabaster. Die Dame befand sich in lebhafter Unterhaltung mit dem Unbekannten. »Eminenz befehlen also . . .«, sagte sie. — »Sofort nach England zurückzukehren und durch Eilboten zu melden, ob der Herzog London verlassen hat«, antwortete der Unbekannte. — »Und meine weiteren Instruktionen?« fragte die schöne Passantin. — »Befinden sich in dieser Schatulle, die Sie jedoch erst öffnen werden, wenn Sie den Kanal hinter sich haben.« — »Gut, und was werden Sie tun?« — »Nach Paris zurückkehren.« — »Ohne den unverschämten kleinen Burschen zu züchtigen?«

Der Unbekannte setzte zu einer Antwort an; aber gerade, als er den Mund öffnete, sprang d'Artagnan, der alles mit angehört hatte, über die Schwelle. »Der unverschämte Bursche wird die anderen züchtigen«, rief er, »und hoffentlich drückt sich der, der als erster an die Reihe kommt, nicht wieder wie schon einmal.« — »Drückt sich?« wiederholte der Unbekannte, die Stirn runzelnd. — »Nein, in Gegenwart einer Dame wird er es wohl nicht wagen!« — »Bedenken Sie«, rief die Dame, als sie den Edelmann blankziehen sah, »daß die geringste Verzögerung alles gefährden könnte!« — »Sie haben recht«, rief der Edelmann, »reisen Sie also ab, ich werde folgen.« Er nickte der Dame noch einmal zu; dann schwang er sich, während der Kutscher kräftig auf die Gäule schlug, auf sein Pferd. Im Galopp jagten die beiden nach verschiedenen Richtungen davon.

»He, he! Eure Zeche!« schrie der Wirt, dessen Respekt vor dem »hohen Herrn« sogleich auf den Nullpunkt sank, als dieser wegritt, ohne zu bezahlen. — »Bezahle!« rief der Reiter, weitergaloppierend, seinem Lakai zu, der dem Wirt ein paar Silbermünzen vor die Beine warf und hinter seinem Herrn herritt. — »Ha, die feige Memme!« schrie d'Artagnan, seinerseits hinter dem Lakai herjagend. »Der Halunke! Der Bastard von einem Edelmann!« Aber er, der Blessierte, war noch zu schwach, um solche Erschütterungen auszuhalten, und nach einigen Schritten begannen ihm die Ohren zu summen, und es wurde ihm schwarz vor seinen Augen. Er brach mit dem Geschrei: »Halunke! Halunke!« mitten auf der Straße zusammen.

»Er ist wirklich ein Feigling!« brummte der Wirt, der zu d'Artagnan trat und sich durch diese Schmeichelei in besseres Licht bei dem Jüngling zu setzen suchte. – »Jawohl, feige, sehr feige!« lallte d'Artagnan. »Aber sie – sie ist schön!« – »Wer, sie?« fragte der Wirt. – »Mylady«, stammelte d'Artagnan, worauf er wieder in Ohnmacht sank. – »Das schert mich nicht«, sagte der Wirt, »zwei bin ich los, aber der da bleibt mir ja und sicherlich auf ein paar Tage ... Um elf Taler will ich ihn jedenfalls erleichtern. Der Wirt hatte auf elf Tage zu je einem Taler gerechnet, aber diese Rechnung ohne seinen Gast gemacht, denn am anderen Morgen, schon vor fünf, erhob sich d'Artagnan von seinem Lager, begab sich in die Küche, ließ sich neben einigen anderen Zutaten Wein, Öl und Rosmarin geben und mischte dies alles nach dem ihm von seiner Mutter übergebenen Rezept zu der berühmten Salbe, mit der er sich seine zahlreichen Wunden einrieb. Er erneuerte auch seine Verbände selbst und wollte nichts von einem ärztlichen Beistande wissen. Die Zigeunersalbe hatte auch die Wirkung, daß er sich abends außer Gefahr befand und am andern Morgen fast ausgeheilt war. Als er aber den Rosmarin, das Öl und den Wein – das einzige, was er von dem Wirt bezogen hatte – bezahlen wollte, stellte es sich heraus, daß sein gelbes Pferd anscheinend, wenigstens nach der Aussage des Wirtes, dreimal soviel gefressen hatte, als man bei seiner Größe eigentlich annehmen konnte. D'Artagnan griff, um die Zeche seines Pferdes zu begleichen, in seinen Beutel, und da fand er zwar die elf Taler darin, nicht aber das väterliche Schreiben an Herrn von Tréville. Der Jüngling suchte mit unsäglicher Geduld nach dem Brief und wandte alle Taschen zwanzigmal um, wühlte in Mantelsack und Börse eine Viertelstunde lang; aber der Brief fand sich nirgends. Und nun bekam er seinen dritten Wutanfall. Als der Wirt sah, daß der junge Hitzkopf wieder zu rasen anfing und alles im Hause kurz und klein zu schlagen drohte, bewaffnete er sich mit einem Spieß und seine Frau mit einem Besenstiel, während die Kellner zu denselben Stöcken griffen, mit denen der hitzige junge Mann am Vortag Bekanntschaft gemacht hatte.

»Mein Brief!« schrie d'Artagnan. »Mein Brief! Oder ich spieße euch alle miteinander auf wie Krammetsvögel!«

Leider war das eine leere Drohung, denn sein Degen war ja bei der ersten Auseinandersetzung schon entzweigeschlagen worden. Er hatte das in seinem Zorn vergessen, und so sah er sich denn, als er nun blankziehen wollte, im Besitz eines Degenstumpfes von acht bis zehn Zoll Länge, den der Wirt vorsorglich in die Scheide geschoben hatte, während er das andere Stück auf die Seite gebracht hatte in der Absicht, sich einen Bratspieß daraus zu machen. Nichtsdestoweniger hätte sich unser rasender Roland durch diese Kleinigkeit wohl kaum abhalten lassen, seine Absicht auszuführen; der Wirt war aber zu der Einsicht gekommen, daß die von dem Reisenden erhobene Forderung durchaus berechtigt war. »Ja, wo ist denn Euer Brief?« sagte er, seinen Spieß senkend. – »Ja, wo ist der Brief?« schrie d'Artagnan. »Ihr müßt nämlich wissen, daß der Brief an Herrn von Tréville gerichtet war, und wenn er sich nicht wiederfindet, nun, dann wird ihn dieser schon zu suchen wissen!«

Diese Drohung schüchterte den Wirt gänzlich ein. Nach dem König und dem Kardinal war Herr von Tréville der Mann, dessen Name von den Soldaten und Bürgern am häufigsten in den Mund genommen wurde. Der Wirt legte also seinen Spieß weg und befahl seiner Frau, den Besenstiel beiseite zu stellen, und den Kellnern, die Stöcke wegzuräumen, während er sich selbst daran machte, den in Verlust geratenen Brief zu suchen. »War denn in dem Brief irgend etwas Kostbares?« fragte er, nachdem er eine Weile vergeblich gesucht hatte. – »Das will ich meinen!« rief der Gascogner, denn er versprach sich von dem Briefe ja eine entscheidende Wendung seines Lebens. »Er barg mein ganzes Vermögen!« – »In spanischen Wertpapieren?« fragte der Wirt voll Unruhe. – »In Anweisungen auf die königliche Privatschatulle«, versetzte d'Artagnan, denn er rechnete ja durch diese Empfehlung auf eine Anstellung im königlichen Dienste und meinte deshalb, nicht zu lügen, wenn er solche etwas gewagten Worte sagte.

»Teufel!« rief der Wirt, ganz außer sich. – »Aber auf das Geld kommt es in diesem Falle gar nicht so sehr an«, sagte d'Artagnan nun mit der ihm als Gascogner eigentümlichen Großsprecherei, »bloß auf den Brief!« Hätte er von zwanzigtausend Pistolen gesprochen, so wäre sein Risiko auch nicht

größer gewesen, aber das ließ eine gewisse jugendliche Schüchternheit doch nicht zu.
Plötzlich fiel dem Wirt, der sich zu allen Geiern wünschte, als er trotz allem Suchen den Brief nicht fand, eine Erklärung ein. »Der Brief ist ja gar nicht verloren!« rief er. – »So?« meinte d'Artagnan. – »Nein, er ist nicht verloren, er ist gestohlen worden!« – »Gestohlen? Von wem?« – »Von dem Edelmann gestern, er war in der Küche, wo Euer Wams lag; er war allein, und ich möchte wetten, daß er und kein anderer Euch den Brief gestohlen hat.« – »Meint Ihr?« erwiderte d'Artagnan, ohne sich für diesen Gedanken besonders erwärmen zu können, denn er wußte ja, daß in dem Briefe nichts stand, was jemand anderem hätte nützen können. Immerhin fragte er: »So? Ihr habt also diesen unverschämten Menschen im Verdacht?« – »Ich bin meiner Sache sogar ganz sicher«, erwiderte der Wirt, »denn als ich ihm gesagt hatte, Ihr seid an Herrn von Tréville mit einem Schreiben empfohlen, also dessen Schützling, da verlor er mit einem Male die Ruhe und fragte, ob ich wüßte, wo der Brief sei, ging auch gleich darauf in die Küche hinunter, denn daß dort Euer Wams liegt, wußte er.« – »Nun, dann ist er der Spitzbube«, versetzte d'Artagnan. »Ich werde mich beim Herrn von Tréville beschweren, und der wird sich beim König beschweren.« Darauf zog er großartig seine Börse, nahm zwei blanke Taler heraus und gab sie dem Wirt, der ihn mit dem Hut in der Hand zur Tür geleitete. Dann bestieg er wieder seine gelbe Rosinante, die ihn ohne weiteren Zwischenfall bis an das Tor Saint-Antoine von Paris brachte. Dort verkaufte er das Pferd um drei Taler, was wirklich ein guter Preis war, da sie auf dem letzten Teil des Weges ziemlich stark mitgenommen wurde. Der Händler sagte, er bezahle diese Summe nur deshalb, weil ihm die sonderbare Farbe des Pferdes gefalle.
D'Artagnan hielt also zu Fuß Einzug in Paris, mit seinem Bündelchen unterm Arme. Er lief ziemlich lange umher, bis es ihm glückte, eine Unterkunft zu finden. Endlich fand er eine Kammer in der unfern dem Palais Luxemburg gelegenen Rue des Fossoyeurs, bezahlte einen Teil der Miete voraus und quartierte sich ein; er flickte sein Wams und nähte an die Beinkleider die Borte, die seine fürsorgliche Mutter von einem noch

fast neuen Anzug seines Herrn Vaters abgetrennt und ihm mit in sein Bündel gesteckt hatte. Hierauf machte er einen Gang auf den Kai der Waffenschmiede, um sich an seinen Degenknauf eine neue Klinge machen zu lassen, fragte sich nach dem Louvre zurecht, erkundigte sich bei dem ersten Musketier, den er unterwegs traf, nach dem Palais des Herrn von Tréville, das in der Nähe der von ihm gemieteten Dachstube, in der Rue de Vieux-Colombier, lag, ein Umstand, den er als günstiges Vorzeichen für den Erfolg seiner Reise auffaßte. Er war sehr zufrieden mit seinem Verhalten im Marktflecken Meung, ohne Kummer wegen der Vergangenheit, und blickte voll Vertrauen auf die Gegenwart und voll Hoffnung in die Zukunft. So legte er sich in sein Bett und schlief den Schlaf des Gerechten. In der neunten Morgenstunde erhob er sich, wischte sich die Augen aus, wusch und kämmte sich und machte sich auf den Weg nach dem Palais des Herrn von Tréville, der nach der Schätzung seines Vaters die drittmächtigste Person im Königreiche Frankreich war.

2

Herr von Troisville, wie sich seine Familie noch in der Gascogne nannte, oder Herr von Tréville, wie er sich jetzt in Paris zu nennen beliebte, hatte wie d'Artagnan ohne einen Sou Vermögen sein Leben begonnen, aber er war mit jenem Vorrat von Kühnheit, Geist und festem Willen ausgestattet, der dem ärmsten gascognischen Landjunker ein reicheres Erbe im Hinblick auf seine Zukunft bedeutet als das Geld, das dem reichsten Edelmanne im Perigord oder Berry in die Wiege gelegt wird. Sein kecker Mut und sein noch unverschämteres Glück in einer Zeit, wo es von allen Seiten Hiebe hagelte, hatten ihn in so kurzer Zeit auf die oberste Sprosse jener Leiter, die man Hofgunst nennt, geführt, daß man meinen konnte, er habe jeweils vier Sprossen auf einmal genommen.
Er war der Freund des Königs und bei ihm um so besser angeschrieben, als sein Vater schon dem des Königs in all seinen Kriegen treu gedient hatte, obwohl er eigentlich niemals klingenden Lohn dafür empfangen hatte, denn unter Heinrich IV.

war bekanntlich Geld immer Mangelware, sondern mit einem Wappen abgespeist worden war: einem goldenen Löwen in rotem Felde mit der Devise: »Treu und stark!« Viel Ehre, aber wenig Geld hieß es eben damals schon.
So war es denn gekommen, daß der berühmte Kamerad des großen Heinrich bei seinem Heimgange seinem Sohne außer dem Degen und Wappen nichts hinterließ. Aber dieses Doppelerbe im Verein mit einem makellosen Namen hatte Herrn von Tréville den Weg zum Hause des jugendlichen Prinzen geebnet, wo er seinen Degen so geschickt handhabte und seinem Wappenspruche so treu blieb, daß Ludwig XIII., der eine der besten Klingen im Reiche führte, zu sagen pflegte, wenn sich einer seiner Freunde duellieren wolle, so rate er ihm, erst ihn selbst und dann Tréville, wenn nicht gar diesen noch vor ihm, zum Sekundanten zu nehmen.
Ludwig XIII. hatte übrigens eine Art Faible für Tréville, zwar eine königliche und nicht ganz selbstlose Vorliebe, aber doch immerhin ein Faible. In jener unheilvollen Zeit war man bemüht, sich mit Männern vom Schlage Trévilles zu umgeben. »Stark«, die zweite Hälfte des Trévilleschen Wappenspruches, konnten viele Edelleute für sich in Anspruch nehmen, aber nur wenige entsprachen auch der ersten Hälfte. Zu ihnen gehörte Tréville: einer jener seltenen Menschen, die folgsam und klug sind wie ein Hund, dabei blinde Tapferkeit, einen schnellen Blick, eine leichte Hand haben und ihre Augen scheinbar nur dazu im Kopfe haben, um aufzupassen, ob der König Ursache zur Unzufriedenheit mit einem seiner Untertanen habe, den Arm aber nur dazu, jeden dieser Pflichtvergessenen zu züchtigen. Bisher hatte es Tréville noch an einer echten Gelegenheit gefehlt, dies unter Beweis zu stellen; aber er lauerte darauf und gelobte sich, sie beim Schopfe zu fassen, sobald sie ihm in greifbare Nähe käme. Darum machte der König Herrn von Tréville zum Hauptmann seiner Musketiere, die für Ludwig XIII., was Hingebung oder Treue oder vielmehr Fanatismus betraf, dasselbe bedeuteten wie für Ludwig XI. seine schottische Leibgarde.
Der Kardinal seinerseits stand hinter dem König nicht zurück. Sobald er merkte, mit welch stattlicher Leibgarde sich Ludwig XIII. umgab, wollte dieser andere oder vielmehr erste

König von Frankreich gleiches für sich haben. Er nahm sich also auch Musketiere wie jener, und nun erlebten es die Zeitgenossen dieser beiden mächtigen Nebenbuhler, daß jeder von ihnen in allen Provinzen Frankreichs, ja darüber hinaus auch im Ausland, auf ständiger Suche nach Männern war, die in dem Rufe standen, eine gute Klinge zu führen. Daraus ergab sich, daß Richelieu und Ludwig XIII. sich oft einmal, wenn sie bei ihrer Schachpartie saßen, über Wert und Vorzüge ihrer Dienstmannen herumstritten. Jeder brüstete sich mit der Haltung und dem Mut der seinigen, und während sie sich laut gegen Duelle und Krawalle aussprachen, hetzten sie im stillen dazu, und es wurmte sie sehr, wenn ihren Leuten eines ausgewischt wurde; sie freuten sich aber diebisch, wenn sie den anderen eines ausgewischt hatten.

Tréville hatte seinen Herrn bei seiner schwachen Seite zu fassen gewußt, und dieser Geschicklichkeit verdankte er die lange und beständige Gunst eines Königs, der nicht im Ruf eines treu zu seinen Freunden haltenden Mannes stand. Er verstand sich ausgezeichnet auf die Kriegskunst jenes Zeitalters, in welchem der Soldat wenn nicht auf Feindes-, so auf Landekosten lebte; seine Soldaten bildeten eine richtige Satansgarde, die nur er in Disziplin zu halten vermochte. Außer Rand und Band trieben sie sich in den Kneipen und Schenken und anderen öffentlichen Lokalen umher, randalierten und ließen ihre Degen auf dem Pflaster klirren, rempelten die Leute an und lagen mit den Kardinalsmusketieren in ständiger Fehde. Hin und wieder geschah es wohl, daß einer von ihnen sein Leben lassen mußte, weit öfter aber, daß sie andere ums Leben brachten; im ersteren Falle durften sie rechnen, bedauert und gerächt zu werden, im letzteren, nicht im Kerker zu vermodern, denn ihr Kommandant war ja da und ließ sie nie im Stich. Kein Wunder, daß seine Musketiere sein Lob in allen Tonarten sangen, während sie andererseits auch einen Heidenrespekt vor ihm hatten und ihm auf den leisesten Wink gehorchten.

Herr von Tréville hatte sich anfangs dieses mächtigsten Instruments in erster Linie für den König und für die Freunde des Königs bedient – später aber auch für sich persönlich und seine Freunde. Sosehr er ein natürliches Talent für Intrigen hatte, so ist er doch immer Ehrenmann geblieben, das wurde

auch von Leuten zugegeben, die ihm feindlich gesinnt waren – und solche gab es wirklich genug. Der Hauptmann der Musketiere war also gefürchtet, vergöttert und geliebt, und von den zweihundert kleinen geselligen Zirkeln, die neben denen des Königs und des Kardinals in Paris noch eine Rolle spielten, war derjenige des Herrn von Tréville wenn nicht der gesuchteste, so doch einer der gesuchtesten. Der Hof seines in der Rue de Vieux-Colombier gelegenen Palastes hatte Ähnlichkeit mit einem Kriegslager, und zwar im Sommer von sechs Uhr, im Winter von acht Uhr morgens an. Fünfzig bis sechzig Musketiere waren dort immer in Bewegung, scheinbar um die Stärke der Besatzung recht imposant zu machen, wahrscheinlich deswegen auch immer in voller Kriegsausrüstung und immer zu allen Schandtaten bereit. Auf einer der großen Treppen des Palastes befanden sich Pariser Bittsteller, Edelleute aus der Provinz, die in die Reihen der Musketiere aufgenommen sein wollten, und buntgekleidete Lakaien, die, von ihrer Herrschaft geschickt, Herrn von Tréville etwas auszurichten hatten. Im Vorzimmer saßen auf langen und an den Wänden aufgestellten Bänken »Die Erwählten«, nämlich solche, die hergeladen oder kommandiert waren. Vom frühen Morgen bis zum späten Abend summte es hier wie in einem Bienenstock, während Herr von Tréville in seinem anstoßenden Kabinett die Besuche empfing, die Klagen hörte, Befehle erteilte und, wie der König auf seinem Balkon im Louvre, bloß sich an das Fenster zu begeben brauchte, wenn ihm die Lust kam, Menschen und Waffen zu sehen.
An dem Tage, da d'Artagnan sich vorstellte, befand sich eine stattliche Versammlung in diesem Vorzimmer: stattlich zumal in den Augen eines eben aus der Provinz in Paris abgestiegenen Landjunkers, wenn er auch aus der Gascogne war, deren Bewohner sich bekanntlich nicht so leicht beeindrucken lassen. Hatte man das mit dicken Nägeln gespickte Haupttor passiert, so geriet man mitten unter eine Schar Bewaffneter, die sich im Hofe drängten; sie stießen gegeneinander, stritten, und manche spielten. Durch dieses Gewühl arbeitete sich d'Artagnan klopfenden Herzens, während er seinen langen Degen gegen die mageren Beine drückte und die Hand am Rande seines Filzhutes hielt, mit jenem halben Lächeln des

verlegenen Provinzlers, der so recht nach etwas aussehen will.

Hatte er eine Gruppe hinter sich, atmete er jedesmal auf; aber es entging ihm nicht, daß man sich umdrehte und ihm nachsah, und zum erstenmal in seinem Leben kam sich unser d'Artagnan, der bislang von sich eine ziemlich gute Meinung gehabt hatte, recht albern vor.

Auf der Treppe wurde es noch schlimmer, denn da standen Weiber umher und schwatzten über allerhand, was bei Hofe passiert war. War er auf der Treppe rot geworden, so fing es ihn aber im Vorzimmer zu frösteln an, denn in seinem gasco-gnischen Selbstbewußtsein meinte er, für jede Zofe ein verführerisches Objekt darzustellen, und als er nun merkte, daß man sich um ihn wenig oder gar nicht kümmerte, sondern nur alle möglichen politischen Fragen durchsprach, sich nebenbei gar noch über das Privatleben des Kardinals unterhielt, da kostete es ihn nicht wenig Überwindung, den Fuß nicht rückwärts zu setzen. Wie konnte man, da doch so viele hochgestellte Personen schon bestraft worden waren, noch immer wagen, über König und Kardinal in einer solchen Weise herzuziehen? Wie konnten Musketiere so keck sein, sich über den hohen Rücken und die Säbelbeine eines so hochgestellten Mannes zu mokieren, von dem ihm sein Vater gesagt hatte, er sei an Macht dem König gleich? Ja, sogar von seiner Maitresse, Frau von Aiguillon, wurde ganz laut gesprochen, und er war doch ein Kardinal! Das waren Dinge, die dem jungen Menschen tatsächlich über den Horizont gingen, die ihm geradezu als Unmöglichkeiten erschienen. Eins fiel ihm auf: immer wenn in diesem Gerede über den Kardinal der Name des Königs fiel, trat plötzlich Stille ein, als wenn man den losen Mäulern einen Knebel zwischen die Zähne gezwängt hätte. Immer aber fiel dann wieder irgendeine lose Anspielung auf Seine Eminenz, und dann wurde wieder aus vollem Herzen gelacht und alles, was er tat und getan hatte, wurde bewitzelt und verspottet.

D'Artagnan brachte es nicht über sich, sich an einer solchen Unterhaltung auch nur mit einem Worte zu beteiligen; er hielt aber die Augen offen, spitzte die Ohren und gab sich alle Mühe, von allem, was um ihn vorging, nicht das geringste zu verlieren, denn trotz allem Vertrauen zu den Ratschlägen seines Vaters hatte er doch das Gefühl, als dürfe er nicht vorschnell über all diese Dinge, die ihm unerhört vorkamen, urteilen. Es blieb auch nicht aus, daß man ihn fragte, was er wünsche, denn von der ganzen Schar Höflinge, die sich hier herumdrückten, war er keinem bekannt. D'Artagnan stellte sich nun mit aller Bescheidenheit vor, berief sich auf seine Eigenschaft als Franzose und Gascogner und ersuchte den Lakai, an den er daraufhin gewiesen wurde, Herrn von Tréville seine Anwesenheit zu melden, mit der Bitte, ihm eine kurze Audienz zu gewähren, was ihm, sobald sich Zeit und Gelegenheit dazu fände, mit einigem Hochmut im Tonfall gnädig zugebilligt wurde. D'Artagnan hatte sich mittlerweile von seiner ersten Beklommenheit einigermaßen erholt und fand nun Muße, Kleidung und Gesichter ein bißchen zu studieren. Im Mittelpunkt der lebhaftesten Gruppe stand ein Musketier, der durch seinen hohen Wuchs, seine stolze Miene und ein wunderliches Gewand die allgemeine Aufmerksamkeit auf sich lenkte. Er trug nicht die Musketieruniform, wozu er übrigens in jener Zeit geringer Freiheit, aber unbeschränkter Unabhängigkeit auch keineswegs gezwungen war, sondern einen himmelblauen, schon ziemlich verschossenen und zerschlissenen, prall sitzenden Oberrock, darüber ein prächtiges, reich mit Gold besticktes, lebhaft glitzerndes Wehrgehänge, das aber, wie auch der lange Degen, durch einen von den Schultern niederwallenden roten Mantel halb verdeckt wurde.

Dieser Musketier war gerade von der Wache gekommen, beschwerte sich über einen ekelhaften Schnupfen, der ihn nie mehr verlassen wolle und hustete ein paarmal affektiert. Deshalb hatte er auch den Mantel umgenommen, wie er es nicht unterließ, zu seiner Umgebung zu bemerken, und während er das große Wort führte und geringschätzig den Schnurrbart kräuselte, bewunderte jedermann, und d'Artagnan nicht am wenigsten, das gestickte Wehrgehänge.

»Was denn?« sagte der Musketier. »Es wird halt Mode! Albern ist es ja, das weiß ich, aber eben Mode. Verbraucht muß doch auch das Geld werden, das man einmal erbt.« – »Ach, Porthos«, rief einer aus der sich um ihn drängenden Menge, »mach uns bloß nicht weis, du hättest dieses Wehrgehänge der Großzügigkeit deines Vaters zu verdanken; du hast es doch sicher von der verschleierten Dame, mit der ich dich letzten Sonntag am Saint-Honoré-Tore gesehen habe?« – »Nein, auf Ehre! Auf Edelmannswort! Ich hab's gekauft, ich habe es mit meinem eigenen Gelde bezahlt!« erwiderte der als Porthos Angesprochene. – »Ja doch«, rief ein anderer Musketier, »gerade wie ich die neue Börse da auch mit dem Gelde bezahlt habe, das mir meine Liebste in die alte getan!« – »Ihr könnt mir's glauben«, erwiderte Porthos, »daß ich zwölf Pistolen dafür berappt habe.« – Der Zweifel blieb zwar bestehen, aber die Bewunderung stieg. – »Nicht wahr, Aramis!« setzte Porthos hinzu, indem er sich an einen andern Musketier wandte. Dieser bildete einen krassen Gegensatz zu Porthos. Er war ein junger Mann von höchstens zweiundzwanzig oder dreiundzwanzig Jahren, mit harmlosem, weichem Gesicht, schwarzen, sanften Augen und rosigen Wangen, die von einem Samthauch überflogen waren, wie ihn Pfirsiche im Herbst haben. Auf seiner Oberlippe zog ein zierliches Schnurrbärtchen eine absolut gerade Linie; seine Hände schienen Scheu vor dem Herabhängen zu haben, weil dann die Adern schwellen könnten, und zeitweilig kniff er sich in die Ohren, um sie bei zarter, durchsichtiger Färbung zu halten. Es war seine Gewohnheit, wenig und langsam zu sprechen, viele Komplimente zu machen, still vor sich hinzulachen, damit seine schönen Zähne sichtbar wurden, auf die er, wie auf seine ganze Erscheinung, die größte Sorgfalt zu verwenden schien. Der Aufforderung seines Kameraden entsprach er durch ein zustimmendes Nicken, das alle Zweifel betreffs des Wehrgehänges aus der Welt schaffte. Die Bewunderung dauerte also fort; es wurde aber nicht mehr darüber gesprochen, und das Gespräch wandte sich anderen Dingen zu.

»Was denkt ihr über die Geschichte, die Chalais' Stallmeister erzählt hat?« fragte ein anderer Musketier, ohne sich an eine bestimmte Person der Anwesenden zu wenden. – »Von welcher Geschichte sprichst du überhaupt?« fragte Porthos in anmaßendem Tone. – »Er will in Brüssel Rochefort, des Kardinals verdammte Seele, als Kapuziner verkleidet, gesehen haben; und in dieser Verkleidung soll dieser vermaledeite Rochefort Herrn de Laigues an der Nase herumgeführt haben.« – »Der

Esel verdiente es nicht besser«, sagte Porthos. »Aber ist das auch wahr?« – »Mir hat es Aramis erzählt«, erwiderte der Musketier. – »Wirklich!« – »Aber, Porthos, du weißt es doch auch«, versetzte Aramis. »Ich habe es dir ja gestern selbst erzählt. Doch reden wir nicht weiter davon!« – »Reden wir nicht weiter davon, das meinst du!« versetzte Porthos. »Teufel! Du bist schnell mit deinen Schlüssen. Der Kardinal läßt einen Edelmann ausspionieren, läßt seine Briefschaften durch einen Verräter, Banditen, Galgenvogel stehlen, macht Chalais mit Hilfe dieses Spions und auf Grund dieser Briefschaften einen Kopf kürzer, unter dem blöden Vorwand, er habe den König umbringen und den Bruder des Königs mit der Königin verheiraten wollen! Kein Mensch fand den Schlüssel zu diesem Rätsel, du kommst gestern abend dahinter, und während wir alle miteinander verblüfft über die Affäre sind, kommst du uns mit den Worten: Reden wir nicht weiter darüber!«

»Nun, dann reden wir doch darüber«, versetzte Aramis geduldig. »Wenn du es willst.« – »Dieser Rochefort«, rief Porthos, »hätte mit mir, wäre ich Stallmeister des armen Chalais, einen harten Stand gehabt!« – »Und du hättest eine traurige Viertelstunde mit dem roten Herzog gehabt!« erwiderte Aramis. – »Ha! Mit dem roten Herzog? ... Bravo! Dem roten Herzog, bravo!« antwortete Porthos nickend und in die Hände klatschend. »Roter Herzog ist ausgezeichnet – das Wort bringe ich in Mode, mein Lieber, darauf kannst du dich verlassen! Ist das ein geistvoller Knabe, dieser Aramis! – Schade, schade, daß du nicht bei deinem Berufe geblieben bist! Du hättest doch einen brillanten Abbé abgegeben!« – »Aufgeschoben ist nicht aufgehoben!« versetzte Aramis. »Es kommt schon noch dazu. Du weißt doch, Porthos, daß ich noch immer mein theologisches Studium fortsetze.« – »Und er wird es auch durchsetzen«, antwortete Porthos, »früher oder später, denn er ist ganz der Kerl danach!« – »Und eher früher als später«, meinte Aramis. – »Bloß eins wartet er noch ab«, meinte ein anderer Musketier, »um die Entscheidung zu treffen und wieder in die Soutane zu kriechen.« – »Und was wartet er ab?« fragte ein anderer. – »Daß die Königin Frankreichs Krone einen Erben beschert!« – »Hierüber keine Scherze, ihr Herren!« rief Porthos. »Zum Glück ist die Königin noch in dem Alter, das zu vollbringen!« – »Es heißt, der Herr von Buckingham sei in Frankreich«, versetzte Aramis mit ironischem Lächeln, das diesen anscheinend harmlosen Worten einen recht zweideutigen Nebensinn verlieh. – »Aramis«, sagte Porthos, »diesmal bist du auf dem Holzwege, denn deine Sucht, geistreich zu sein, läßt dich über das Ziel hinaus schießen. Wenn dich Herr von Tréville hörte, so würdest du einiges erleben!« – »Lies mir bloß nicht die Leviten, Porthos!« rief Aramis, in dessen sanften Augen man es wie einen Blitz aufleuchten sah. – »Freundchen, sei Musketier oder Abbé, eins oder das andere, aber nicht beides!« versetzte Porthos. »Weißt du, erst gestern noch hat Athos gesagt, du fräßest aus jeder Raufe ... Oh, werde nicht böse deshalb, mein Lieber, denn das hätte wahrlich keinen Sinn! Du weißt ja, was zwischen dir, Athos und mir gilt. Lauf du zur Madame von Aiguillon und mach ihr den Hof, auch zur Cousine der Madame von Chevreuse, bei der du ja einen großen Stein im Brett hast! Du meine Güte! Du brauchst dein Glück nicht an die große Glocke zu hängen, es kümmert sich ja doch niemand um dein Geheimnis, und jeder weiß, daß du verschwiegen bist. Aber da du einmal glücklicher Besitzer dieser Tugend bist, so bringe sie zur Geltung auch in bezug auf Ihre Majestät. Mag sich mit König und Kardinal befassen, wer Lust hat und wie es ihm beliebt, aber die Königin ist heilig, und wenn die Rede auf sie kommt, dann darf es nur im Guten sein!«

»Porthos, du bist prätentiös wie Narziß, das muß man sagen«, erwiderte Aramis. »Daß ich Moral nicht vertrage, außer sie wird von Athos gepredigt, ist dir bekannt. Ich werde Abbé, wann es mir paßt; bis dahin bin ich Musketier, und in dieser Eigenschaft sage ich, was ich möchte, und im Augenblick möchte ich dir zu verstehen geben, daß du mich ärgerst.« – »Aramis!« – »Porthos!« – »Heda, ihr Herren! Ihr Herren!« erklang es um sie her. – »Herr von Tréville erwartet Herrn d'Artagnan!« unterbrach der Lakai den Lärm, indem er die Tür öffnete, und in einer allgemeinen Stille durchschritt der junge Gascogner das Vorzimmer und trat hinein zu dem Hauptmann der Musketiere, sich von ganzem Herzen gratulierend, daß er diesem wunderlichen Zwiste noch kurz vor seinem Ende entwischt war.

3

Herr von Tréville war gerade in sehr schlechter Stimmung, unterließ es jedoch nicht, den jungen Mann, der sich vor ihm bis zur Erde verneigte, höflich zu begrüßen, und lächelte über die Komplimente des Jünglings, die ihm seine Jugend und Heimat ins Gedächtnis riefen: eine doppelte Erinnerung, die jedem Menschen in jedem Alter das Herz wieder jung macht. Aber gleichzeitig machte er einen Schritt zum Vorzimmer hin und winkte d'Artagnan mit der Hand, als wenn er ihn bitten wollte, ihn erst die anderen abfertigen zu lassen, bevor er sich ihm widme. Dann rief er dreimal hintereinander, jedesmal die Stimme verstärkend, daß sie alle Phasen vom Befehlston bis zum Tone des Ärgers und Zornes durchlief: »Athos! Porthos! Aramis!«

Die beiden Musketiere, mit denen wir bereits Bekanntschaft gemacht haben und denen die beiden letzten Namen gehörten, verließen auf der Stelle die Gruppen, bei denen sie standen, und traten auf das Kabinett zu, dessen Tür sich hinter ihnen schloß, sobald sie die Schwelle überschritten hatten. Ihre Haltung, obwohl sie weit entfernt von Ruhe war, weckte durch ihre wundervolle Ungezwungenheit d'Artagnans Bewunderung. Er sah in diesen beiden Menschen Halbgötter, in ihrem Vorgesetzten aber einen mit all seinen Blitzen bewaffneten Jupiter.

Als die beiden Musketiere eingetreten waren und die Tür sich hinter ihnen geschlossen hatte, hörte man das Summen aus dem Vorzimmer, dem der dreimalige Namensaufruf augenscheinlich neue Nahrung gegeben hatte, wieder lauter. Herr von Tréville schritt drei-, viermal schweigsam und mit finsteren Brauen das Kabinett in seiner vollen Länge durch, jedesmal an Porthos und Aramis vorbeigehend, die stumm und starr dastanden wie bei der Parade, und machte plötzlich ihnen gegenüber Halt und rief, sie vom Kopf bis zu den Füßen mit zornigen Blicken messend: »Wissen Sie, meine Herren, was mir der König gesagt hat, und zwar gestern abend, wissen Sie das, meine Herren?« – »Nein«, antworteten sie nach kurzer Pause, »nein, Herr, wir wissen es nicht.« – »Sie erweisen uns aber hoffentlich die Ehre, es uns mitzuteilen«, setzte Aramis hinzu, mit dem höflichsten Tone, der ihm zur Verfügung stand, und der graziösesten Verbeugung. – »Daß er von jetzt ab seine Musketiere aus der Leibgarde des Herrn Kardinals nehmen werde!« – »Aus der Garde des Herrn Kardinals, und warum?« fragte Porthos lebhaft. – »Weil er recht wohl eingesehen hat, daß sein saurer Wein durch Mischung mit einem guten Tropfen aufgefrischt werden muß.«

Die beiden Musketiere wurden rot bis hinter die Ohren.

D'Artagnan wußte nicht, wie er daran war, und wäre am liebsten hundert Fuß unter die Erde gesunken.

»Jawohl«, fuhr Herr von Tréville fort, sich in Feuer redend, »und Seine Majestät hatte recht, denn auf Ehre!, die Musketiere spielen bei Hofe eine traurige Rolle. Der Herr Kardinal hat erst gestern mit einer Beileidsmiene, die mich sehr verdrossen hat, beim Spiele Seiner Majestät erzählt, daß diese vermaledeiten Musketiere vorgestern – diese Teufelsbrut, und er legte eine solch hämische Ironie in diese Worte, diese Bratspießhelden, sagte er noch und schielte mich dabei mit seinen Tigerkatzenaugen an – sich in der Rue Jérou in einer Schenke herumgetrieben hätten und daß eine Runde seiner Leibgarde – ich habe wirklich gemeint, er wolle mir ins Gesicht lachen – sich genötigt gesehen, diese Skandalmacher zu arretieren ... Mord und Brand! Darüber müssen Sie doch etwas wissen! Musketiere arretieren! Streiten Sie es nicht ab! Sie sind mit dabei gewesen, Sie sind erkannt worden, der Kardinal hat Sie namhaft gemacht! ... Mich trifft die Schuld, niemand als mich, weil ich meine Mannschaft rekrutiert habe! Sagen Sie mal, Aramis, wozu, zum Kuckuck, haben Sie mich gebeten, Sie in die Kasacke zu stecken, da Sie sich doch vorzüglich für die Soutane eignen? Und Sie, Porthos, haben Sie ein so schönes goldenes Wehrgehänge bloß, um einen Strohdegen daran baumeln zu lassen? Und Athos? Ich sehe ja Athos nicht! Wo steckt der Kerl?«

»Er ist krank, Herr«, erwiderte Aramis traurig, »sehr krank.« – »Krank, sagen Sie? Sehr krank? Und was fehlt ihm?« – »Er soll die Blattern bekommen haben, wird befürchtet, Herr«, antwortete Porthos, der auch ein Wort mitreden wollte, »und das wäre recht verdrießlich, weil ihm doch sein hübsches Gesicht verunstaltet werden würde.« – »Blattern? Sieh einer an! Da melden Sie mir ja eine schöne Sache, Porthos! Blattern? In seinem Alter? ... Reden Sie nicht? Verwundet wird er sein, vielleicht gar tot? ... Wenn ich das wüßte! Zum Teufel, meine Herren Musketiere, ich kann es nicht verstehen, aus welchem Grunde man sich so herumtreibt in schlechten Schenken, Wirbel auf der Straße macht und an jeder Ecke vom Leder zieht! Ich will's nicht haben, daß man der Leibgarde des Herrn Kardinals Stoff zum Lachen gibt, denn es sind wackre, ruhige Leute, die sich niemals in die Lage bringen, arretiert zu werden, und sich auch nicht arretieren ließen, die nicht! Das weiß ich! Lieber blieben sie auf dem Platze, als daß sie einen Fuß zurück machten ... Das Hasenpanier ergreifen, ausreißen, den Rücken zeigen: das taugt bloß für die Musketiere des Königs! Haha!«

Porthos und Aramis bebten vor Wut. Am liebsten hätten sie Herrn von Tréville an der Gurgel gepackt, wenn sie nicht gemerkt hätten, daß ihm bloß seine Liebe, die er für seine Musketiere im Herzen trug, diese Worte in den Mund legte. Draußen hatte man, wie gesagt, nach Athos, Porthos und Aramis rufen hören und an Herrn von Trévilles Stimme erkannt, daß er sich in schlechter Laune befand. Ein Dutzend neugierige Köpfe lehnten an der Tapete und wurden kreideweiß vor Wut, denn ihren Ohren war keine Silbe von Trévilles Worten entgangen, und im Nu war der ganze Palast von der Kabinettstür bis zum Haustor in Bewegung.

»Die Musketiere des Königs lassen sich von der Garde des Herrn Kardinals arretieren!« fuhr Herr von Tréville fort, der, im Innersten genauso ergrimmt wie seine Soldaten, die Worte hervorstieß, so abgerissen, daß sie seinen Zuhörern wie Dolchstiche in die Brust fuhren. »Die Garden Seiner Eminenz arretieren ein halbes Dutzend Musketiere Seiner Majestät! Mord und Brand! Ich weiß jetzt, was ich mache ... Ich gehe direkt in den Louvre und reiche meinen Abschied ein, um mich bei der Kardinalsgarde als Leutnant einstellen zu lassen. Und wenn der Kardinal mich nicht als Soldat nehmen will, Mord und Brand, dann werde ich Abbé!« Bei diesen Worten wurde das Gemurmel draußen zu einem Höllenlärm, so daß man außer Schwüren und Flüchen kein Wort vernahm. Es hagelte förmlich von Mord und Brand und Tod und Teufel.

D'Artagnan suchte sich hinter einer Tapetenwand zu verstecken und wäre, da er keine fand, am liebsten unter den Tisch gekrochen.

»Nun denn, Kapitän«, nahm Porthos, außer sich, das Wort, »in Wahrheit steht die Sache so, daß wir sechs gegen sechs standen, aber wir sind hinterlistig überfallen worden, und ehe wir Zeit gefunden, unsere Degen zu ziehen, lagen schon zwei von uns auf dem Boden, und Athos, schwer verwundet, rechnete nicht mehr mit, denn Sie kennen ihn ja, den Athos? Zweimal hat er sich aufgerappelt und zweimal ist er wieder umgefallen. Aber ergeben haben wir uns nicht, nein! Mit Gewalt hat man uns weggeschleppt! Unterwegs haben wir uns wieder Luft gemacht. Athos hat man für tot gehalten und ruhig auf dem Schlachtfeld liegen gelassen, in der Meinung, es lohne der Mühe nicht mehr, ihn wegzuschaffen. So hat sich's verhalten! Zum Teufel, Kapitän, alle Schlachten lassen sich nun einmal nicht gewinnen! Pompejus der Große hat die von Pharsalus verloren und König Franz der Erste, der doch auch, wie es heißt, seinen Mann gestellt hat, die von Pavia.«

»Und ich habe die Ehre, Ihnen zu versichern«, erklärte Aramis, »daß ich einen von den Kerlen mit seinem eigenen Degen aufgespießt habe, denn meiner war schon bei der ersten Parade geborsten. Erschlagen oder erstochen, wie es Ihnen angenehm ist, Herr!« – »Davon war mir nichts bekannt«, erwiderte Herr von Tréville, schon um einiges sanfter. »Der Kardinal hat, wie ich sehe, aufgeschnitten.« – »Aber halten zu Gnaden, Herr«, fuhr Aramis fort, da er sah, daß sein Kapitän sich beruhigte, »laßt nichts darüber verlauten, daß Athos verwundet ist; er wäre außer sich, wenn es dem König zu Ohren käme, und da die Wunde gefährlich scheint, denn der Degenstoß ist durch die Schulter in die Brust gegangen, und man befürchten muß ...«

In diesem Augenblick wurde der Vorhang gelüftet, und ein edles, schönes, aber sehr bleiches Gesicht erschien darunter.

»Athos!« schrien die beiden Musketiere. – »Athos!« rief auch Herr von Tréville. – »Sie haben mich herbefohlen, Herr von Tréville«, sagte Athos mit matter, aber völlig ruhiger Stimme, »wie mir unsere Kameraden meldeten, und ich beeilte mich, Ihrem Befehl zu gehorchen. Da bin ich, Herr. Was wünschen

Sie von mir?« Und mit diesen Worten trat der Musketier in untadeliger Haltung, gewappnet wie sonst, festen Schrittes ins Kabinett. Herr von Tréville, über diesen Beweis von Mut im innersten Herzen froh, eilte auf ihn zu. »Ich wollte den Herren gerade noch sagen«, setzte er hinzu, »daß ich meinen Musketieren verbiete, ihr Leben ohne Notwendigkeit aufs Spiel zu setzen, denn tapfere Leute sind dem König viel wert, und der König weiß, daß seine Musketiere die tapfersten Leute auf Erden sind. Ihre Hand, Athos!« Und ohne zu warten, daß der zuletzt gekommene Musketier auf diesen Beweis von Huld reagieren werde, ergriff er dessen Rechte und drückte sie aus Leibeskräften, merkte aber nicht im geringsten, daß Athos, so fest er sich auch in der Gewalt hatte, eine schmerzliche Bewegung nicht unterdrücken konnte und noch bleicher wurde.

Die Tür stand halb offen, denn daß Athos schwer verwundet war, wußte, trotzdem es geheimgehalten worden war, jedermann, und sein Erscheinen kam einer Sensation gleich. Den letzten Worten des Kapitäns wurde laut zugejubelt, und durch die Öffnung zwischen Tür und Vorhang kamen, von der Begeisterung hingerissen, mehrere Köpfe zum Vorschein. Gerade wollte sich Herr von Tréville diesen Verstoß gegen die Vorschriften der Etikette durch ein paar lebhafte Worte verbitten, als er plötzlich fühlte, daß sich Athos' Hand, die in der seinen ruhte, verkrampfte, und er merkte, daß dieser einer Ohnmacht nahe war. Im nächsten Augenblick fiel Athos, der alle Kräfte aufgeboten hatte, gegen den Schmerz anzukämpfen, wie tot auf den Boden. – »Einen Wundarzt!« schrie Herr von Tréville, »meinen, den königlichen, den ersten besten! Oder, Himmel, mein tapferer Athos stirbt!«

Alles stürzte nun in das Kabinett, ohne daß Herr von Tréville daran dachte, die Tür zu schließen, und umringte den Kranken. Doch all dieser Eifer hätte nichts gefruchtet, wenn sich der verlangte Arzt nicht im Palais befunden hätte; er brach sich Bahn durch die Menge, trat zu dem noch immer ohnmächtig auf dem Boden liegenden Musketier, und da ihm der Lärm und das Gedränge lästig waren, forderte er vor allem als erstes, daß dieser in ein benachbartes Zimmer geschafft würde. Herr von Tréville riß eine Tür auf und zeigte Porthos

und Aramis, die ihren Kameraden trugen, den Weg. Hinter ihnen schritt der Wundarzt und hinter dem Wundarzt schloß sich die Tür.
Nun wurde Herrn von Trévilles Kabinett, dieser sonst so gefürchtete Ort, zu einem zweiten Vorzimmer, worin alles durcheinanderschrie, wetterte, fluchte und den Kardinal mitsamt seiner Leibgarde zu allen Teufeln wünschte. Kurz nachher kehrten Porthos und Aramis zurück. Der Verwundete war wieder zum Bewußtsein gekommen; der Wundarzt erklärte, daß sein Zustand keine Ursache zur Besorgnis gäbe, da seine Schwäche einzig und allein durch Blutverlust verursacht sei. Dann kam auch Herr von Tréville wieder herein, und auf seinen Wink zogen sich alle zurück, d'Artagnan ausgenommen, der nicht vergessen hatte, daß ihm Audienz erteilt worden war, und der mit echt gascognischer Zähigkeit nicht vom Platze gewichen war. Herr von Tréville drehte sich jetzt um und sah sich allein mit dem Jüngling. Das eben Erlebte hatte ihn ein wenig aus dem Konzept gebracht. Er fragte d'Artagnan, was er hier wolle. Der hartnäckige Bittsteller nannte seinen Namen, und Herr von Tréville, in dessen Geiste die Vergangenheit wieder auflebte, war im Nu im Bilde.
»Verzeihen Sie, lieber Landsmann«, sagte er lächelnd, »ich hatte Sie wirklich ganz und gar vergessen. Aber ich bitte Sie! So ein Kapitän ist ja nichts weiter als ein Hausvater, dem bloß eine viel größere Verantwortung als einem anderen Hausvater obliegt. Soldaten sind eben große Kinder. Da ich aber streng darauf halte, daß die Befehle des Königs, vor allem aber die des Kardinals prompt ausgeführt werden ...«
D'Artagnan konnte ein Lächeln nicht unterdrücken, und aus diesem Lächeln ersah Herr von Tréville, daß er es mit keinem Dummkopf zu tun hatte, und, plötzlich das Thema ändernd, er steuerte unmittelbar auf den Zweck zu, der den Jüngling hergeführt hatte. »Ihr Vater ist mir immer ein lieber, sehr lieber Freund gewesen«, sagte er, »was kann ich für seinen Sohn tun? Bitte, sagen Sie es schnell, denn meine Zeit drängt.« – »Gnädiger Herr«, erwiderte d'Artagnan, »ich bin, auf Ihre Freundschaft für meinen Vater vertrauend, von Tarbes hierher gekommen mit der Absicht, um eine Musketierskasacke zu bitten; aber nach allem, was ich in den letzten zwei Stunden

hier gesehen habe, merke ich wohl, daß eine solche Gunst etwas Großes wäre, und es bangt mir, ihrer nicht würdig zu sein.«

»Eine Gunst ist es freilich, junger Mann«, erwiderte Herr von Tréville, »aber so hoch, wie Sie meinen oder wie Sie sich wenigstens den Anschein geben zu glauben, kann sie doch wohl nicht sein. Jedoch gibt es ein Dekret Seiner Majestät für diesen Fall, und zu meinem Bedauern muß ich Ihnen mitteilen, daß niemand Musketier werden kann, der sich nicht zuvor in einem Feldzug durch Waffentaten oder durch zweijährigen Dienst in einem anderen, weniger bekannten Regiment die Sporen verdient hat.« – D'Artagnan verneigte sich, ohne zu erwidern. Seit er merkte, daß die Erfüllung seines Wunsches so große Schwierigkeiten machte, wurde sein Verlangen danach immer größer. – »Aber«, fuhr Tréville fort und heftete auf seinen Landsmann einen so durchdringenden Blick, daß man hätte meinen können, er wolle in sein Innerstes eindringen, »aber um Ihres Vaters willen, der mir, wie gesagt, immer ein lieber Freund gewesen, will ich etwas für Sie tun, mein junger Freund. Unsere Bearner Jungen sind in der Regel nicht mit vielen irdischen Gütern gesegnet, und daß es dort seit meinem Weggang viel anders geworden ist, kann ich mir kaum denken. Was Sie an Schätzen von dort mit nach Paris gebracht haben, wird wohl kaum weit reichen.« – D'Artagnan richtete sich mit stolzer Miene auf und drückte damit aus, daß er kein Almosen wünschte. – »Schon gut, schon gut, junger Herr«, fuhr Tréville fort, »ich verstehe. Ich bin ja selbst mit vier Talern in der Tasche nach Paris gekommen und hätte jeden auf Pistolen und Degen gefordert, der mir gesagt hätte, ich sei nicht in der Lage, den Louvre zu kaufen.« – D'Artagnan richtete sich kerzengerade auf, hatte er doch sein Pferd verkauft und begann dadurch seine Laufbahn mit etlichen Talern mehr als Herr von Tréville! – »Sie müssen also Ihr bißchen Habe zusammenhalten, wie gesagt, mag's auch noch so wenig sein; aber dabei dürfen Sie nicht versäumen, sich in den Übungen zu vervollkommnen, die für einen Edelmann wichtig sind. Ich werde noch heute ein paar Zeilen an den Direktor der Königlichen Kriegsakademie schreiben, so daß Sie von morgen ab dort unentgeltliche Aufnahme finden. Schlagen Sie das kleine Entgegenkommen nicht aus! Söhne aus unseren besten und reichsten Familien bewerben sich zuweilen vergeblich um diese Vergünstigung. Sie werden dort Reit-, Fecht-, Tanzunterricht bekommen, werden vorteilhafte Bekanntschaften schließen und dann und wann bei mir vorsprechen, um mich über Ihre Fortschritte auf dem laufenden zu halten und auch darüber, ob ich weiteres für Sie zu tun vermag.«

Obwohl d'Artagnan von den Manieren, wie sie bei Hofe herrschten, noch wenig Ahnung hatte, so schien ihm doch diese Aufnahme recht kühl zu sein. »Ich merke, gnädiger Herr«, sagte er, »wie sehr mir jetzt der Empfehlungsbrief fehlt, den mir mein Vater für Sie mitgegeben!« – »Ich muß allerdings sagen«, versetzte Herr von Tréville, »daß es mich gewundert hat, daß Sie eine so weite Reise ohne solch notwendiges Hilfsmittel, das einzige, was uns Bearner Kindern im Grunde bleibt, gewagt haben.« – »Ich hatte es mit«, rief d'Artagnan, »und es war sicher so abgefaßt, daß sich kein Mangel daran gefunden hätte, aber es ist mir auf gemeine Weise gestohlen worden.« Er erzählte nun, was ihm in Meung passiert war, schilderte den unbekannten Edelmann aufs genaueste und mit einem Feuer, einer Treffsicherheit im Ausdruck, die Herrn von Tréville begeisterten.

»Sonderbar!« rief dieser überlegend. »Sie hatten also laut von mir gesprochen?« – »Allerdings, Herr, ich beging diese Unklugheit. Aber ich bitte Sie, mußte ich denn nicht meinen, daß ein so angesehener Name wie der Ihre mir unterwegs als Schild dienen könnte?«

Schmeichelei war damals Mode, und Herr von Tréville liebte Weihrauch so sehr wie der König und der Kardinal. Er konnte sich also eines Lächelns nicht erwehren, das von seiner Befriedigung zeugte, kam aber gleich wieder auf das Meunger Abenteuer zurück. »Der Edelmann hatte an der Backe eine kleine Narbe, nicht?« fragte er. – »Ja, als ob ihn eine Kugel gestreift hätte.« – »Er sah aber recht gut?« – »Ja.« – »War groß?« – »Ja.« – »Blaß und braunes Haar?« – »Jawohl! Aber, Herr, ist Ihnen der Mann bekannt? Ha! Wenn ich ihn wiederfinde – und wiederfinden werde ich ihn, und wenn's in der Hölle sein sollte!« – »Er wartete auf eine Dame?« fragte Tréville weiter. – »Wenigstens ist er erst abgereist, nachdem er

mit ihr gesprochen hatte.« – »Worüber die beiden gesprochen haben, wissen Sie nicht?« – »Er gab ihr ein Schächtelchen und sagte, darin sei ihre Instruktion befindlich und nahm ihr das Wort ab, es erst in London zu öffnen.« – »Es war eine Engländerin?« – »Er nannte sie Mylady.« – »Er ist's!« murmelte Tréville, »und ich glaubte ihn schon in Brüssel!« – »Oh, Herr, wenn Sie wissen, wer der Mann ist«, rief d'Artagnan, »so sagen Sie mir auch, wo ich ihn finde, und Sie sollen jedes Versprechens mir gegenüber enthoben sein, denn mir ist nichts wichtiger als meine Rache!« – »Nehmen Sie sich hübsch in acht, junger Mann!« rief Tréville, »und gehen Sie ihm vorsorglich aus dem Wege. An solchen Felsen stößt man sich nicht, sie zerschmettern einen wie Glas.« – »Das soll mich nicht abschrecken, wenn ich ihn nur treffe!« rief d'Artagnan. – »Darf ich Ihnen wenigstens etwas raten«, versetzte Tréville, »dann unterlassen Sie es, ihn zu suchen.«
Auf einmal hielt Tréville, von einem plötzlichen Argwohn befallen, inne. Verbarg sich etwa in dem starken Hasse, den der junge Mann gegen den Dieb seines Briefes hegte, irgendwelche Hinterlist. War er vielleicht von Seiner Eminenz ausgeschickt, um ihm eine Falle zu stellen? War dieser mutmaßliche d'Artagnan ein Spion des Kardinals, den man bei ihm einzuschmuggeln suchte und in seiner Nähe unterbringen wollte, um sich in sein Vertrauen zu schleichen und ihn dann zu vernichten, wie es ja in zahlreichen anderen Fällen geschehen war? ... Er faßte jetzt d'Artagnan wieder ins Auge, aber schärfer als bisher; und dessen von pfiffigem Verstande und geheuchelter Demut sprühendes Gesicht konnte ihn kaum beruhigen.
Ich weiß freilich, daß er Gascogner ist, dachte er, aber er kann Gascogner ebensogut für den Kardinal wie für mich sein. Stellen wir ihn doch einmal auf die Probe! »Mein Lieber«, sprach er, die Worte langsam wägend, »ich will Ihnen als dem Sohn meines alten Freundes, denn ich glaube Ihnen die Geschichte von dem entwendeten Briefe, als Entschädigung für die Kühle, die Sie in dem Ihnen bereiteten Empfange bemerkt zu haben glauben, einen Einblick in die Geheimnisse unserer Politik geben. Der König und der Kardinal sind die besten Freunde, ihre scheinbaren Zerwürfnisse dienen nur dazu,

Dummköpfe irrezuführen. Ich will nicht, daß ein Landsmann, ein hübscher Kavalier, ein tapferer Junge, der das Zeug hat, etwas zu werden, auf solche Vorspiegelungen reinfällt und daran zugrunde geht, wie so viele vor ihm. Bedeutet also, daß ich den beiden allmächtigen Herren ergeben bin und daß sich mein ganzes Verhalten lediglich danach richtet, dem König und dem Kardinal, einem der erlauchtesten Geister, die Frankreich hervorgebracht hat, dienstbar zu sein. Danach also richten Sie sich, junger Freund, und wenn Sie, ob nun von Haus aus oder infolge von Beziehungen oder auch instinktiv, wider den Kardinal eine jener feindseligen Regungen fühlen sollten, wie wir sie bei den Edelleuten oft entstehen sehen, dann verabschieden Sie sich von mir, und wir wollen einander nicht weiter behelligen. Ich will Sie gern unterstützen, wo ich nur kann, aber ohne Sie an meine Person zu fesseln. Jedenfalls hoffe ich, durch meinen Freimut Ihre Freundschaft zu gewinnen, denn Sie sind bis jetzt der einzige junge Mensch, mit dem ich so offen gesprochen habe.«

Bei sich aber dachte er: Hat mir der Kardinal diesen jungen Fuchs auf den Leib gehetzt, so wird er, da er doch viel zu gut weiß, wie verhaßt er mir ist, seinem Spion sicher empfohlen haben, schlecht über ihn zu reden. Darum wird mir der listige Bursche trotz meiner Beteuerungen sicherlich antworten, daß er von Eminenz nichts wissen möge.

Die Dinge entwickelten sich aber ganz anders, als Tréville gedacht hatte. D'Artagnan versetzte mit größter Einfalt: »Euer Gnaden, ich komme mit ganz den gleichen Absichten nach Paris. Mein Vater hat mir ans Herz gelegt, mir von niemand etwas gefallen zu lassen als vom König, dem Kardinal und von Ihnen, denjenigen Männern, die er für die drei ersten in Frankreich hält.« D'Artagnan setzte, auf eigene Faust, den beiden anderen den Herrn von Tréville bei, und zwar in der Meinung, daß es nicht schaden könnte. »Ich habe also«, fuhr er fort, »vor dem Herrn Kardinal persönlich die größte Ehrfurcht und vor seinem Tun und Lassen allen Respekt. Um so besser also für mich, wenn Euer Gnaden, wie Sie sagen, offen und ehrlich mit mir reden, denn Sie werden mir dann die Ehre antun, diese Ähnlichkeit der Ansichten zu schätzen; haben Sie hingegen ein übrigens ganz erklärliches Mißtrauen gehegt, so sehe ich freilich, daß mir diese wahre Antwort schaden wird, das wäre für mich um so schlimmer, als mir gerade an Ihrer Achtung alles gelegen ist.«

Herr von Tréville war im höchsten Maße überrascht. Soviel Scharfsinn und auch Freimütigkeit errangen seine Bewunderung, hoben aber seine Zweifel noch nicht völlig auf, denn er meinte, je mehr der Jüngling anderen voraus habe, desto mehr müsse man sich vor ihm in acht nehmen, wenn man sich in ihm getäuscht hat, indessen drückte er ihm die Hand und sagte: »Sie sind ein ehrlicher Bursche, aber zur Zeit kann ich wirklich nicht mehr für Sie tun, als ich schon sagte. Mein Haus soll Ihnen jederzeit offenstehen. Da ich Ihnen immer zugänglich und hoffentlich auch gewogen bleibe, dürfte Ihr Wunsch später noch in Erfüllung gehen.« – »Das heißt, Euer Gnaden«, versetzte d'Artagnan, »Sie warten ab, ob ich mich dessen würdig zeige. Nun, Sie können beruhigt sein«, setzte er mit gascognischer Vertraulichkeit hinzu, »Sie werden nicht lange zu warten brauchen.« Damit verbeugte er sich, um sich zu verabschieden, als ob alles Weitere nun seine Angelegenheit wäre.

»Aber so warten Sie doch!« rief ihm Herr von Tréville nach, »ich habe Ihnen ja einen Brief für den Leiter der Kriegsakademie versprochen. Sie werden wohl nicht so stolz sein, junger Mann, den abzulehnen?« – »Nein, Euer Gnaden«, erwiderte d'Artagnan, »und ich verbürge mich, daß er nicht das Schicksal des anderen erfährt. Er wird, das schwöre ich, an die richtige Adresse gelangen, und wehe dem, der es versuchen sollte, ihn mir zu stehlen!«

Herr von Tréville lächelte über diese Prahlerei, ließ seinen jungen Landsmann in der Fensternische zurück, in der die Unterhaltung mit ihm stattgefunden hatte, und setzte sich an einen Tisch, um den Empfehlungsbrief zu schreiben. Unterdes trommelte d'Artagnan, da er nichts Besseres zu tun hatte, einen Marsch an den Fensterscheiben und sah den Musketieren nach, die einer nach dem andern den Palast verließen und hinter einer Straßenbiegung verschwanden.

Herr von Tréville versiegelte den Brief und erhob sich, um ihn seinem Schützling auszuhändigen; in dem Augenblick aber, als dieser die Hand danach ausstreckte, machte er zur nicht geringen Verwunderung Herrn von Trévilles einen Sprung nach vorne und stürzte vor Zorn mit dem Rufe: »Mord und Brand! Diesmal soll er mir nicht entwischen!« aus dem Zimmer! – »Wer denn?« rief ihm Herr von Tréville nach. – »Er, mein Dieb! Halunke, steh!« und damit war er verschwunden. – »Verrückter Kerl!« murmelte Herr von Tréville; vorausgesetzt, setzte er in Gedanken hinzu, daß es keine List ist, sich aus dem Staub zu machen, weil er merkt, daß sein Plan nicht gelungen ist.

4

D'Artagnan war wie ein Wilder mit drei Sätzen zum Vorzimmer hinaus und auf der Treppe, die er, immer vier Stufen auf einmal, hinunterzusausen dachte, als er mit dem vorgebeugten Kopfe einem Musketier, der gerade durch eine Seitentür aus Herrn von Trévilles Zimmer trat, so heftig gegen die Schulter rannte, daß dieser vor Schmerz aufschrie oder besser aufheulte. »Bitte um Entschuldigung!« rief d'Artagnan, in der Absicht weiterzulaufen, »ich habe Eile.« Doch kaum hatte er die ersten vier Stufen hinter sich, als ihn eine schwere Hand mit eisernem Griff an der Schärpe packte und festhielt. – »Ihr habt's eilig?« schrie der Musketier bleich wie ein Leintuch, »und deshalb rennt Ihr mich einfach über den Haufen und denkt, die Sache sei mit einer Bitte um Entschuldigung abgetan? Bildet Euch nichts ein, junger Mann! Ihr meint wohl, wir ließen uns alles bieten, nur weil Ihr heute zufällig ein paar geringschätzige Worte aus Herrn von Trévilles Munde über uns gehört habt? Aber, Ihr seid nicht Herr von Tréville, junger Mann! Laßt Euch solche Grillen austreiben!« – »Wirklich«, versetzte d'Artagnan, der an dem Schulterverband Athos erkannte, der, vom Arzt entlassen, auf dem Heimwege nach seiner Wohnung begriffen war, »es ist nicht absichtlich geschehen, und mit einer Bitte um Entschuldigung könnten Sie sich, meine ich, zufriedengeben. Ich wiederhole – und diesmal auf Ehre! Es ist vielleicht sowieso schon zu spät – daß ich Eile habe, höchste Eile. Lassen Sie mich los, bitte, und dorthin, wo ich zu tun habe.« – »Sehr

höflich sind Sie nicht gerade«, sagte Athos, ihn loslassend, »und man merkt's, daß Sie aus der Provinz sind.«
D'Artagnan war schon die nächsten vier Stufen hinunter, aber die Bemerkung des Musketiers bewog ihn, jäh stehenzubleiben. »Mord und Brand, Herr«, rief er, »ich mag Gott weiß woher sein, so erkenne ich Ihnen doch nicht das Recht zu, mir Anstandsunterricht zu geben, das lassen Sie sich gesagt sein!« – »Vielleicht doch«, versetzte Athos. – »Ha, wenn ich es nicht so eilig hätte und nicht hinter jemand her wäre...« – »Mein Herr Windhund«, versetzte Athos, »Sie treffen mich auch ohne zu rennen, verstehen Sie?« – »Und wo, bitte?« – »Bei den Karmelitern.« – »Wann, bitte?« – »Zu Mittag.« – »Schön, ich werde dort sein.« – »Aber lassen Sie mich nicht warten, denn um ein Viertel nach zwölf schneide ich Ihnen im Laufen die Ohren ab.« – »Schön!« rief d'Artagnan, »also zehn Minuten vor zwölf bin ich da.«
Er fing wieder an zu laufen, als wenn der Teufel hinter ihm her sei, noch immer in der Hoffnung, seinen Unbekannten zu treffen, der bei dem ruhigen Tempo, in welchem er ihn hatte gehen sehen, noch nicht weit weg sein konnte. Aber an der Haustür stand Porthos, im Gespräch mit einem auf Wache befindlichen Soldaten. Zwischen beiden war knapp soviel Platz, daß ein Mensch passieren konnte. D'Artagnan meinte, das Kunststück versuchen zu dürfen, und schoß wie ein Pfeil zwischen Musketier und Soldat hindurch, hatte aber die Rechnung ohne den Wirt gemacht, der sich in dem Moment, als er vorbeischoß, in Porthos' langem Mantel verfing, so daß d'Artagnan gerade in denselben hineinlief. Ohne Zweifel hatte Porthos guten Grund, diesen wichtigen Bestandteil seiner Kleidung nicht preiszugeben, sondern zog ihn heftig an sich, so daß d'Artagnan sich vollständig darin verhedderte. Der Musketier fluchte; d'Artagnan suchte sich unter dem Mantel, der ihn am Sehen hinderte, hervorzuarbeiten, geriet aber dadurch erst recht in die weiten Falten und hatte nun die größte Angst davor, daß er die Politur des stattlichen Wehrgehänges verderben würde, das wir dem Leser bereits geschildert haben; aber als er jetzt schüchtern die Augen aufschlug, fand er, daß er mit der Nase zwischen den beiden Schultern des Musketiers steckte, also unmittelbar auf dem Wehr-

gehänge. Er stellte fest, daß, wie alles in der Welt zumeist Schein ist, auch dieses kostbare Ding nur außen von Gold, hinten aber mit Büffelleder abgefüttert war. Da Porthos, als echter Prahlhans, sich ein ganzes Wehrgehänge aus Gold nicht leisten konnte, hatte er es wenigstens zur Hälfte daraus anfertigen lassen. Damit war auch das Rätsel seines ewigen Schnupfens gelöst; denn wer an Schnupfen leidet, darf nicht ohne Mantel gehen, und er brauchte den Mantel, um die Lederfütterung seines nach außen goldenen Gehänges zu verdecken.

»Tod und Teufel!« schrie Porthos, indem er alles mögliche versuchte, sich von d'Artagnan zu befreien, der ihm im Rücken herumkrabbelte. »Sie sind wohl toll, sich so auf die Leute zu stürzen!« – »Bitte um Entschuldigung«, sagte d'Artagnan, unter der Schulter des Riesen langsam zum Vorschein kommend, »aber ich habe Eile, ich renne hinter jemand her ...« – »Sie vergessen wohl, wenn Sie hinter jemand herrennen, ihre Augen mitzunehmen?« – »Nein«, erwiderte d'Artagnan ärgerlich, »Gott sei Dank nicht. Ich verdanke ihnen schließlich, daß ich Dinge gesehen habe, die anderen Leuten unsichtbar bleiben sollten.« – Ob nun Porthos verstand oder nicht, worauf sich diese Worte bezogen, kurz, er rief zornentbrannt: »Herr, man wird Euch striegeln, versteht Ihr, wenn Ihr Euch an Musketieren zu reiben wagt!« – »Striegeln, Herr!« wiederholte d'Artagnan, »ein hartes Wort!« – »Das sich aber für jemand gehört, der gewöhnt ist, seinen Feinden ins Auge zu schauen!« – »Ich weiß bereits, daß Sie den Ihrigen nicht die Hinterfront weisen!«

Und er lachte aus vollem Halse über seinen Witz und entfernte sich. Porthos aber schäumte vor Wut und schickte sich an, hinter d'Artagnan herzustürzen. Der aber rief: »Später, später! Wenn Sie einmal Ihren Mantel nicht umhaben!« – »In einer Stunde also, hinterm Luxemburg.« – »Sehr gut, in einer Stunde«, antwortete d'Artagnan, um die Straßenecke biegend.

Aber weder auf der Straße, von der er kam, noch auf der, die er vor sich sah, war jemand. So langsam der Unbekannte gegangen war, so hatte er doch einen Vorsprung gewonnen; vielleicht war er auch in irgendein Haus gegangen. D'Artagnan fragte nach ihm bei allen Leuten, die er traf, ging bis zur

Fähre, dann wieder durch die Rue de Seine und die Rue de la Croix, aber er sah nichts, absolut nichts. Immerhin hatte der Lauf den einen Zweck, daß seine Wut im selben Verhältnis verrauchte, wie ihm der Schweiß von der Stirne rann. Er begann, die Ereignisse zu überdenken, die sich eben abgespielt hatten: es waren ihrer viele, und wenig Gutes war dabei für ihn herausgekommen. Es war kaum elf und schon hatte ihm der Morgen Herrn von Trévilles Ungnade eingebracht, denn es ließ sich nicht gut anders denken, als daß dem Herrn die Art, wie sich d'Artagnan bei ihm eingeführt hatte, nicht eben sehr ritterlich vorgekommen war. Dann hatte er sich noch zwei Duelle auf den Hals geladen mit Leuten, die es leicht mit dreien von d'Artagnans Schlage aufnehmen konnten ... Die Dinge standen also recht ungünstig. Überzeugt, daß er von Athos umgebracht würde, scherte er sich nicht sonderlich um Porthos, dem er auch weit weniger zutraute. Inzwischen war er bis knapp vor das Palais d'Aiguillon gelangt, als er Aramis erblickte, der mit drei Edelleuten von der Leibwache des Königs vergnügt schwatzte. Auch Aramis sah ihn. Eingedenk der unreputierlichen Reden, die Herr von Tréville in d'Artagnans Gegenwart über die Musketiere des Königs geführt hatte, und unangenehm davon berührt, daß es jemand auf der Welt gebe, der darüber ebensoviel wußte wie er, stellte er sich, als sähe er d'Artagnan nicht. Dieser aber, den gerade Aramis sehr beeindruckt hatte, wollte die Gelegenheit, die Bekanntschaft zu erneuern, nicht vorübergehen lassen und trat nach einer tiefen Verneigung auf die Gruppe zu. Aramis nickte zwar, erwiderte aber d'Artagnans Entgegenkommen in keiner Weise. Ja, die Unterhaltung wurde, als dieser hinzutrat, jäh abgebrochen. So dumm war nun d'Artagnan auch nicht, daß er nicht gemerkt hätte, daß er hier überflüssig war; aber er besaß noch nicht den vornehmen Schliff, um sich aus der schiefen Lage mit Geschick herauszuarbeiten, und überlegte gerade, wie er es am besten machen könnte, als er bemerkte, daß Aramis sein Taschentuch hatte fallen lassen und, zweifelsohne aus Versehen, den Fuß darauf hielt. Da ihm der Augenblick günstig zu sein schien, seine Ungeschicklichkeit gutzumachen, bückte er sich, zog das Taschentuch unter Aramis' Fuße hervor und reichte es Aramis mit der liebenswürdigsten Miene. »Ich

glaube doch, Herr, es wäre Ihnen leid um das Tuch, wenn Sie es verlören.«
Es war tatsächlich ein reichgesticktes Tuch, das in der einen Ecke eine Krone und ein Wappen zeigte. Aramis wurde puterrot und riß es dem Gascogner unwirsch aus der Hand. – »Ach, ach!« rief einer von der Königsleibgarde. »Verschwiegener Aramis, willst du noch immer behaupten, du seiest mit der Frau von Bois-Tracy auseinander, wenn sie doch so liebenswürdig ist, dir Taschentücher zu leihen?«
Aramis warf d'Artagnan einen jener Blicke zu, die einen nicht im unklaren darüber lassen, daß man sich einen Todfeind zugezogen hat, um sich hierauf mit süßsaurer Miene an die Herren zu wenden. »Sie sind im Irrtum, denn dies Taschentuch geht mich nichts an, und ich weiß nicht, was den Herrn auf den Einfall bringt, es mir zu geben statt irgendeinem von Ihnen, hier haben Sie den Beweis dafür!« Und dabei zog er sein eigenes Taschentuch aus der Tasche, ein ebenfalls elegantes Batisttuch, sehr wertvoll, denn Batist war damals eine teure Ware, jedoch ohne Stickerei, ohne Wappen und nur mit dem Namenszug seines Besitzers versehen.
Diesmal sagte d'Artagnan kein Wort, denn er hatte seinen Schnitzer erkannt. Aber Aramis' Freunde ließen sich durch sein Leugnen nicht abbringen, und einer von ihnen wandte sich mit geheucheltem Ernst an den jungen Musketier: »Wenn es wirklich so ist, wie du behauptest, dann müßte ich es von dir zurückverlangen, teurer Aramis, denn wie du weißt, ist Bois-Tracy mein Freund und ich leide es nicht, daß man aus Dingen, die seiner Frau gehören, Siegestrophäen macht.« – »Das Tuch kann doch ebensogut aus deiner Tasche gefallen sein, mein Lieber«, sagte Aramis. – »Nein, auf Ehre, das ist es nicht!« rief der Gardist Seiner Majestät. – »Du schwörst bei deiner Ehre und ich bei meinem Worte. Also muß notwendigerweise einer von uns lügen. Halt, ein Einfall, Montaran! Nehmen wir jeder die Hälfte davon.« – »Von dem Taschentuch?« – »Jawohl.« – »Wahrhaftig, das Urteil Salomos! Aramis, du bist wirklich voll der Weisheit!«
Die jungen Leute lachten hell auf und die Sache war beendet. Ein Weilchen später ging die Unterhaltung zu Ende, und die drei Gardisten verabschiedeten sich von dem Musketier.

Jetzt ist der Moment da, dachte d'Artagnan, der sich während des letzten Teils der Unterhaltung abseits gehalten hatte, mit diesem ritterlichen Manne Frieden zu schließen, und er trat zu Aramis, der sich, ohne ihm weiter Aufmerksamkeit zu schenken, entfernte. »Sie werden mich hoffentlich entschuldigen, mein Herr«, sagte d'Artagnan. – »Ah, mein Herr«, unterbrach ihn Aramis, »ich muß Ihnen leider sagen, daß Sie sich bei diesem Vorfall nicht so benommen haben, wie es einem ritterlichen Manne zukommt.« – »Wie, mein Herr, Sie meinen ...« rief d'Artagnan. – »Ich nehme doch an, daß Sie kein Tölpel sind, mein Herr. Auch wenn Sie direkt aus der Gascogne kommen, müssen Sie recht gut wissen, daß man nicht ohne Ursache auf Taschentüchern herumtrampelt. Teufel auch! Mit Batist ist doch Paris nicht gepflastert!« – »Herr, es ist nicht recht von Ihnen, daß Sie mich demütigen wollen«, versetzte d'Artagnan, bei dem die angeborene Streitlust alle friedlichen Vorsätze vergessen machte. »Ich bin allerdings aus der Gascogne, und da Sie das wissen, brauche ich Ihnen nicht erst zu sagen, daß die Gascogner nicht viel Geduld besitzen; haben sie sich wegen einer Dummheit einmal entschuldigt, so meinen sie, schon um die Hälfte mehr getan zu haben, als sie gebraucht hätten.« – »Was ich Ihnen darüber gesagt habe, mein Herr«, versetzte Aramis, »geschah keineswegs in der Absicht, Streit zu suchen. Gott sei Dank, ich bin kein Raufbold, und da ich nur vorübergehend Musketier bin, duelliere ich mich nur gezwungenermaßen und auch dann nur mit Widerstreben; diesmal aber ist die Sache ernst, denn eine Dame ist durch Sie kompromittiert worden.« – »Durch uns, sollen Sie sagen!« rief d'Artagnan. »Warum ließen Sie das Taschentuch fallen?« – »Ich habe bereits gesagt und wiederhole, daß dieses Taschentuch nicht aus meiner Tasche gefallen ist.« – »Nun, Sie haben damit zweimal gelogen, mein Herr, denn ich habe es doch aus Ihrer Tasche fallen sehen.« – »Ah, Herr Gascogner, soll es in dieser Tonart weitergehen? Nun, ich will Ihnen Lebensart beibringen.« – »Und ich, Herr Abbé, will Sie zu Ihrer Messe zurückschicken. Ziehen Sie vom Leder, bitte, und auf der Stelle!« – »Nicht doch, bitte, mein schöner Freund, nicht hier wenigstens. Sehen Sie nicht, daß wir uns gerade gegenüber dem Palais d'Aiguillon befinden, wo es von Kreaturen des

Kardinals wimmelt? Wer sagt mir, daß nicht Seine Eminenz Sie mit der Aufgabe, ihm meinen Kopf zu verschaffen, betraut hat? Nun, da mir mein Kopf ziemlich gut zwischen den Schultern zu sitzen scheint, liegt mir wahrlich nichts daran, ihn zu verlieren. Ich will Ihnen also gern das Lebenslicht ausblasen, aber pianissimo, an einem heimlich stillen Ort.« – »Mir ist alles recht, aber bauen Sie nicht zuviel darauf und nehmen Sie Ihr Taschentuch mit, mag es Ihnen gehören oder nicht. Vielleicht können Sie es ganz gut gebrauchen.« – »Der Herr ist Gascogner?« fragte Aramis. – »Ja. Der Herr schiebt kein Duell aus Klugheit auf.« – »Die Klugheit, mein Herr, ist eine bei Musketieren ziemlich überflüssige, aber bei Leuten der Kirche unerläßliche Tugend; und da ich nur vorübergehend Musketier bin, so halte ich mich eben an die Klugheit. In zwei Stunden werde ich die Ehre haben, Sie im Palais Tréville zu erwarten. Dort werde ich Ihnen die geeigneten Örtlichkeiten angeben.«

Die beiden Jünglinge grüßten einander, dann entfernte sich Aramis, indem er die zum Luxemburg hinaufführende Straße einschlug, während d'Artagnan sich zum Karmeliterkloster begab. Auf frohe Wiederkunft von dort, dachte er, darf ich wahrscheinlich nicht rechnen, aber wenn ich mein Leben einbüße, so büße ich es doch wenigstens durch einen Musketier ein.

5

D'Artagnan kannte niemand in Paris. Er ging also ohne Sekundanten zu dem Stelldichein und war gewillt, sich mit dem von seinem Gegner ausgesuchten zu begnügen. Zudem hatte er sich vorgenommenen, dem tapferen Musketier jede angemessene Entschuldigung zu geben, soweit es anging, sich eine Blöße zu geben. Denn er fürchtete, daß ein Duell unter solchen Bedingungen Verdruß bringen könnte; daß er als Sieger über einen kranken, verwundeten Gegner nicht viel Ehre einheimsen, als Besiegter aber dessen Triumph vergrößern würde.

Übrigens besaß d'Artagnan jene rasche Entschlossenheit, die ihm sein Vater mit seinen Ratschlägen ins Herz gepflanzt hatte, die in dem Satze gipfelten: »Laß dir von niemand etwas bieten, außer vom Könige, vom Kardinal und von Herrn von Tréville.« Deshalb beeilte er sich, zum Kloster der barfüßigen Karmeliter zu kommen. Es war ein auf Brachfeld erbautes Gebäude ohne Fenster, das zur damaligen Zeit von Tagedieben gern als Ort gewählt wurde, ihre Duelle auszufechten. Als d'Artagnan in Sehweite gelangt war, sah er bereits Athos dort stehen, der schon volle fünf Minuten wartete. Eben kündete der Glockenschlag die Mittagsstunde, d'Artagnan war also pünktlich, und der strengste Duellrichter hätte keinen Anlaß zu einer Rüge finden können.

Athos, noch immer von schlimmen Schmerzen geplagt, obwohl seine Wunde vom Arzt des Herrn von Tréville verbunden worden war, saß auf einem Brunnen und wartete in der würdigen Haltung, die in keiner Lebenslage von ihm wich, auf seinen Widersacher. Er erhob sich bei dessen Anblick und ging ihm artig ein paar Schritte entgegen. D'Artagnan seinerseits meinte, sich nicht anders als mit dem Hut in der Hand, dessen Federn bis auf den Boden hinunterhingen, nähern zu dürfen.

»Mein Herr«, redete Athos ihn an, »ich habe zwei meiner Freunde bitten lassen, mir als Sekundanten zu dienen, aber sie sind zu meiner nicht geringen Verwunderung noch nicht zur Stelle, denn zu spät zu kommen ist sonst nicht ihre Art.« – »Ich bringe keine Sekundanten mit, mein Herr«, versetzte d'Artagnan, »denn da ich erst gestern nach Paris gekommen bin, kenne ich keinen Menschen als Herrn von Tréville, an den ich von meinem Vater empfohlen wurde, der die Ehre hat, als sein Freund zu gelten.« – Athos überlegte einen Augenblick. »Sie kennen nur Herrn von Tréville?« fragte er. – »Ja, nur ihn.« – »Sapperlot!« brummte er vor sich hin, halb zu sich selbst, halb zu d'Artagnan gewandt. »Sapperlot! Wenn ich Sie umbringe, komme ich womöglich noch in den Geruch eines Kinderfressers!« – »Vielleicht auch nicht«, antwortete d'Artagnan mit einer Verbeugung, der es nicht an einer gewissen Würde mangelte. »Vielleicht auch nicht, denn Sie erweisen mir ja die Ehre, sich trotz Ihrer ziemlich schweren Wunde zu stellen!« – »Lästig ist sie mir allerdings«, versetzte Athos, »und ich muß sagen, Sie haben mich nicht gerade mit Seidenpfötchen angefaßt; aber ich werde die linke Hand nehmen, wie ich es immer zu tun pflege, wenn die rechte nicht in Ordnung ist. Meinen Sie nicht, daß ich Ihnen damit eine besondere Gnade erweise, denn ich bin mit beiden Händen geübt und möchte im Gegenteil sagen, daß Sie auf diese Weise schlechter wegkommen; ein Linkshänder ist für einen, der bloß rechtshändig ist, allemal ein Vorteil. Eigentlich schade, daß ich Ihnen davon nicht schon früher Kenntnis gegeben habe.« – »Sie erweisen mir wirklich zu viel Höflichkeit, mein Herr«, erwiderte d'Artagnan, sich von neuem verbeugend, »daß ich mich gar nicht genug dankbar erweisen kann.« – »Und Sie, mein Herr«, versetzte Athos, »setzen mich in Verlegenheit; bitte, reden wir von etwas anderem, sofern es Ihnen nicht unangenehm ist... Ha, da zwickt es wieder! Teufel! Die haben mich doch hundsföttisch traktiert. Mir brennt die Schulter wie helles Feuer!« – »Sie erlauben vielleicht, mein Herr«, begann d'Artagnan schüchtern. – »Was denn?« – »Ich bin im Besitz einer Wundsalbe, mein Herr, die mir die Mutter mit auf den Weg gegeben hat und die ich schon an mir probiert habe... mit sehr gutem Erfolge.« – »Na und?« – »Ich denke, die Salbe möchte Sie in knapp drei Tagen kerngesund machen, und wenn es Ihnen nichts ausmachte, mein Herr, dann ließe sich ja unser Handel bis dahin vertagen.« D'Artagnan sprach die Worte mit einer Treuherzigkeit, die seiner Biederkeit Ehre machte, ohne seinen Mut zu beeinträchtigen

»Alle Achtung, mein Herr!« rief Athos. »Ein Vorschlag, der mir imponiert, nicht weil er mir gelegen kommt, sondern weil man daran den Edelmann erkennt. So redeten und handelten die Ritter zur Zeit Karls des Großen, die sich jeder Ritter zum Vorbild nehmen sollte. Leider ist die Zeit dieses großen Kaisers vorüber, und wir stehen im Zeitalter des Herrn Kardinals, und da wäre es, so geheim wir es auch zu halten versuchten, von heute auf morgen in aller Leute Munde, daß wir uns duellieren müssen, und Himmel und Hölle würden aufgeboten werden, uns das Duell unmöglich zu machen... Mord und Brand! Kommen denn die Bummelbrüder noch nicht?« – »Wenn es Ihnen so eilig ist, es zu erledigen«, sagte d'Artagnan wieder mit der gleichen Schlichtheit wie vorher, »dann legen Sie sich doch, bitte, keinen Zwang auf!« – »Wieder eine Rede, die mir gefällt«, sagte Athos, indem er d'Arta-

gnan huldvoll zunickte, »der junge Mensch ist wirklich nicht ohne Schliff und ganz sicher ein Mensch, dem das Herz auf dem rechten Fleck sitzt. Leute von Ihrem Schlage, mein Herr, sind nach meinem Geschmack, und ich merke, daß mir, falls wir einander nicht die Köpfe abschneiden, noch manches Vergnügen aus Ihrer Unterhaltung erwachsen wird. Warten wir, bitte, auf die beiden Herren; ich habe Zeit, und die Sache wird korrekt erledigt . . .Ach, da kommt, glaube ich, schon einer.«
Am Ausgang der Rue de Baugirard kam wirklich der riesenhafte Porthos in Sicht.
»Was«, rief d'Artagnan, »Herr Porthos ist Ihr erster Zeuge?« – »Jawohl. Haben Sie etwas wider ihn einzuwenden?« – »Nein, durchaus nicht.« – »Ei, und da kommt auch Nummer zwei.« – »Was?« rief d'Artagnan, sich nach der Seite drehend, wohin Athos zeigte, mit einem Tone, der noch erstaunter klang als das erstemal. »Ihr zweiter Zeuge ist Aramis?« – »Sicher«, erwiderte Athos, »wissen Sie denn nicht, daß man uns drei niemals einer ohne den anderen sieht und bei den Musketieren der Kardinalsgarde, bei Hofe und in der Stadt nie anders nennt als die ›Drei Unzertrennlichen‹? Wenn Sie nun freilich aus Nix kommen oder meinetwegen aus Pau . . .« – »Aus Tarbes, bitte«, bemerkte d'Artagnan. – »Dann muß man Ihnen schon solche Unkenntnis nachsehen«, schloß Athos. – »Meiner Treu«, rief d'Artagnan, »das Wort ›unzertrennlich‹ paßt trefflich auf Sie drei Herren, und mein Abenteuer, so geringes Aufsehen es machen wird, dürfte wenigstens Beweis dafür sein, daß Ihr Dreibund nicht auf persönlichen Gegensätzen beruht.«
Inzwischen war Porthos herangetreten und hatte Athos durch eine Handbewegung begrüßt; als er sich umdrehte und d'Artagnan erblickte, wurde er ganz verdutzt. (Nebenbei möge bemerkt sein, daß er ein anderes Wehrgehänge umgetan und den Mantel abgelegt hatte.) »Ah, ah«, rief er, »was ist denn das?« – »Der Herr, mit dem ich mich schlage«, erklärte Athos, ihn auf die gleiche Weise begrüßend. – »Mit ihm schlage auch ich mich«, sagte Porthos. – »Aber erst in einer Stunde«, bemerkte d'Artagnan. – »Und ich«, rief Aramis, seinerseits auf dem Platze erscheinend, »ich schlage mich gleichfalls mit ihm.« – »Aber erst um zwei«, sagte d'Artagnan mit der gleichen Ruhe

wie vorhin. – »Warum schlägst du dich denn, Athos?« fragte Aramis. – »Meiner Treu, so recht weiß ich es nicht«, antwortete dieser, »er hat mich an der Schulter gepackt; und du, Porthos?« – »Na ja«, antwortete Porthos, »ich schlage mich, weil ich mich schlage!«

Athos, dem nichts entging, bemerkte auf den Lippen des Gascogners ein feines Lächeln. – »Wir sind über eine Toilettenfrage aneinandergeraten«, sagte der Jüngling. – »Und du, Aramis?« fragte Athos. – »Ich schlage mich aus theologischen Gründen«, antwortete Aramis, indem er d'Artagnan durch einen Wink bat, den eigentlichen Grund zu dem Duell nicht zu sagen. – Athos sah ein zweites Lächeln über d'Artagnans Lippen huschen. »Wirklich?« fragte er. – »Ja, über einen Fall mit dem heiligen Augustin, der uns in Zwiespalt gesetzt hat«, sagte der Gascogner. – »Entschieden ein Jüngling, der auch den Kopf auf dem rechten Fleck hat!« meinte Athos zu sich.

»Und nun, meine Herren«, rief d'Artagnan, »da wir beisammen sind, gestatten Sie mir wohl, Ihnen meine Entschuldigung vorzubringen?« – Bei diesen Worten glitt über Athos' Stirn eine trübe Wolke, über Porthos' Lippen huschte ein stolzes Lächeln, und ein verneinendes Zeichen war Aramis' Antwort. – »Sie verstehen mich nicht richtig, meine Herren«, sagte d'Artagnan, den Kopf erhebend, der von einem Sonnenstrahl umspielt wurde, so daß die scharfen, kühnen Konturen wie vergoldet erschienen. »Ich bitte Sie um Entschuldigung, falls ich nicht meine Schuld an alle drei abtragen könnte, denn dem Herrn Athos steht das Recht, mich zu erledigen, zuerst zu, ein Umstand, der Ihrer Forderung an mich viel Abbruch tut, Herr Porthos, und die Ihrige, Herr Aramis, auf den Nullpunkt niederdrückt. Und nun, meine Herren, wiederhole ich meine Bitte um Entschuldigung, doch nur in diesem Sinne; jetzt aber ausgelegt!«

Mit einer ritterlichen Gebärde zog d'Artagnan den Degen. Das Blut war ihm zu Kopf geschossen, und er hätte in diesem Augenblick gegen alle Musketiere des Königs blankgezogen, wie soeben gegen Athos, Porthos und Aramis. Es war Viertel vor eins. Die Sonne stand in ihrem Zenit und brannte auf die für den Zweikampf ausersehene Örtlichkeit mit all ihrer Glut. »Sehr warm heute«, sagte Athos, seinerseits den Degen ziehend, »und doch werde ich mein Wams nicht ausziehen können, denn meine Wunde hat, wie ich merke, eben noch geblutet, und wollte ich dem Herrn hier Blut zeigen, das er nicht vergossen, müßte ich doch fürchten, ihn zu genieren.« – »Richtig, mein Herr«, sagte d'Artagnan, »der Anblick von Blut, ob durch meinen oder einen anderen Degen vergossen, wird mir immer Bedauern erwecken, sobald es ein wirklicher Edelmann verliert.«

»Bitte, bitte«, rief Porthos, »der Komplimente sind genug gewechselt! Vergessen Sie nicht, daß wir auch darauf rechnen, an die Reihe zu kommen.« – »Führen Sie das Wort bloß für sich, Porthos, falls Sie weitere derartige Ungereimtheiten auf dem Kerbholze haben«, unterbrach ihn Aramis, »ich meinerseits finde, was die beiden Herren einander sagen, vortrefflich und zweier Edelleute für durchaus würdig.« – »Wenn Sie bereit sind, mein Herr«, rief Athos auslegend, »dann bitte!« – »Ich habe nur auf Sie gewartet«, erwiderte d'Artagnan, die Klinge kreuzend.

Aber die beiden Rapiere hatten einander kaum gestreift, als eine Patrouille von der Leibgarde Seiner Eminenz unter dem Kommando des Herrn von Jussac um die Ecke des Klostergebäudes schwenkte. – »Die Wache, meine Herren!« riefen Porthos und Aramis wie aus einem Munde. »Die Degen in die Scheide! Die Degen in die Scheide!« – Aber es war zu spät, denn die beiden Duellanten waren bereits erblickt worden, zudem in einer Positur, die an ihren Absichten keinen Zweifel ließ. – »Hallo!« rief Jussac, auf sie eindringend, mit einem Wink an seine Mannschaft, ihm zu folgen. »Hallo! Musketiere, schlägt man sich denn hier? Und die Dekrete ... wie steht's denn damit?« – »Sehr edel von Ihnen, meine Herren Gardisten«, sagte Athos, erfüllt von Grimm, denn Jussac war bei dem vorgestrigen Angriff dabeigewesen. »Sollten wir Sie in gleicher Situation treffen, so würden wir uns, darauf können Sie Gift nehmen, in acht nehmen, Sie daran zu hindern. Lassen Sie uns freie Hand, und Sie sollen das Vergnügen haben ohne eine Spur von Mühe.« – »Meine Herren«, erwiderte Jussac, »zu meinem Bedauern muß ich erwidern, daß das nicht geht, denn mein Motto ist: Die Pflicht vor allem! Steckt also eure Degen ein und folgt uns!«

»Mein Herr«, versetzte Aramis, Jussac parodierend, »es würde uns gewiß ein Vergnügen sein, Ihrer huldvollen Einladung zu folgen, wenn das von uns abhinge; leider aber geht's nicht an, denn Herr von Tréville hat es verboten. Entfernen Sie sich also! Das ist das Beste, was Sie tun können!« – Dieser Spott brachte Jussac außer sich. »Wenn Ihr euch widersetzt«, rief er wild, »so brauchen wir Gewalt!« – »Es sind ihrer fünf«, sagte Athos halblaut, »und wir nur drei; wir werden abermals unterliegen und auf dem Platz bleiben müssen, denn ich wenigstens lasse mich als Besiegter nicht noch einmal vor dem Kapitän blicken.«

Während Jussac seine Mannen in Reih und Glied stellte, rückten auch Athos, Porthos und Aramis enger zusammen. Dieser kurze Augenblick genügte d'Artagnan, sich über die Rolle, die ihm zufiel, klarzuwerden. Hier trat einer jener Fälle ein, die über ein Menschenleben entscheiden können, denn es galt, zwischen dem König und dem Kardinal zu wählen. Duellierte er sich, so handelte er wider das Gesetz, brachte seinen Kopf in Gefahr und machte sich einen Minister zum Feinde, der mächtiger war als der König selbst; das wußte der Jüngling und doch zauderte er, wie hier zu seinem Lobe vermerkt werden muß, keine Sekunde. Zu Athos und seinen Freunden gewandt, erklärte er: »Meine Herren, wenn's erlaubt ist, so möchte ich Ihre Worte korrigieren. Sie äußerten eben, Sie seien nur zu dritt, mir scheint jedoch, wir seien unser vier.« – »Aber Sie gehören doch nicht zu uns«, sagte Porthos. – »Das stimmt«, versetzte d'Artagnan, »das Kleid der Musketiere fehlt mir, nicht aber ihre Gesinnung. Mein Herz gehört zu Ihnen, meine Herren, und das reißt mich fort.« – »Schert Euch weg, junger Mann«, rief Jussac, der d'Artagnans Absicht erraten hatte, »wir haben nichts dagegen, daß Ihr Euch in Sicherheit bringt. Bloß beeilt Euch!« – Aber d'Artagnan rührte sich nicht. – »Schön, beeilen wir uns!« riefen Porthos und Aramis. – »Der Herr ist die Edelmut in Person«, sagte Athos.

Aber alle drei mißtrauten der Jugend d'Artagnans. Er verstand ihre Unschlüssigkeit. »Geben Sie mir die Möglichkeit zu beweisen, daß ich kämpfen kann, meine Herren«, sagte er, »ich schwöre, das Feld nicht zu räumen, falls wir besiegt werden.« – »Und wie heißt Ihr, mein Bester?« fragte Athos. – »D'Artagnan, Herr.« – »Nun denn, Athos, Porthos, Aramis und d'Artagnan, vorwärts!« schrie Athos. – »Nun, meine Herren«, rief Jussac zum dritten Male, »Ihr Entschluß?« – »Ist getroffen, meine Herren«, versetzte Athos. – »Es gilt also?« – »Jawohl, es gilt!« – »Was, Sie leisten Widerstand?« rief Jussac. – »Zum Teufel! Das wundert Sie?«

Voll erbitterter Wut stürzten die neun Kämpfer aufeinander. Athos maß mit Cahusac, einem Günstling des Kardinals, seine Kräfte, Porthos mit Bicarat, und Aramis sah sich zwei Feinden gegenüber, während d'Artagnan es mit Jussac zu tun bekam ... Das Herz schlug dem jungen Gascogner heftig, nicht aus Furcht, denn davon hatte er, Gott sei Dank, kein bißchen, sondern aus Eifer; wie ein gereizter Tiger ging er auf seinen Feind los, ihn umkreisend und immer wieder Stellung wechselnd. Jussac führte die Klinge sehr gewandt, und doch mußte er sich zusammennehmen, einem Gegner standzuhalten, der beweglich und behend von den bestehenden Regeln der Fechtkunst abwich und scheinbar von allen Seiten zugleich angriff und doch so sicher parierte wie eben einer, dem sein Leben lieb ist.

Endlich riß Jussac die Geduld. Außer sich vor Wut über die Tatsache, daß es einem Kind gelang, ihn in Schach zu halten, begann er Fehler zu machen; d'Artagnan dagegen, der die geringe Übung durch großen Eifer wettmachte, verdoppelte seine Geschicklichkeit und Aufmerksamkeit, und als Jussac jetzt, um den Kampf zu beenden, einen furchtbaren Hieb gegen d'Artagnan führte, parierte dieser so gewandt, daß Jussac seine Waffe eine Sekunde lang gesenkt halten mußte; diese kurze Zeitspanne nützte d'Artagnan, wie eine Schlange unter der Klinge des Gegners hindurchzugleiten und, ehe dieser sich aufrichten konnte, ihm den Degen durch den Leib zu rennen. Jussac schlug wie ein Klotz auf den Boden.

D'Artagnan warf nun einen raschen, unruhigen Blick über das Schlachtfeld. Aramis hatte einen seiner Widersacher zu Boden gestreckt, aber der andere setzte ihm heftig zu; seine Lage war indessen nicht schlecht, da er sich noch verteidigen konnte. Bicarat und Porthos waren beide leicht verletzt. Porthos durch einen Stoß in den Arm, Bicarat blutete der Schenkel; aber da keine der beiden Verletzungen ernst war, fochten sie erbittert weiter. Nach den damaligen Duellgesetzen durfte d'Artagnan einem beispringen. Während er sich umsah, wem seine Hilfe am dringendsten sei, fing er einen Blick von Athos auf. Athos wäre lieber gestorben, bevor er um Hilfe gerufen hätte, d'Artagnan verstand die Sprache seiner Augen. Er war mit einem einzigen Satze an seiner Seite und rief Cahusac zu: »Achtung, Herr Gardist, nun gegen mich!« – Cahusac wandte sich um; es war hoch an der Zeit, denn Athos, der sich mit äußerster Kraftanstrengung aufrecht gehalten hatte, sank in die Knie. »Um Himmels willen!« rief er d'Artagnan zu, »töten Sie ihn nicht! Ich habe eine alte Rechnung mit ihm zu begleichen, wenn ich wieder gesund bin. Entwaffnen Sie ihn nur! Binden Sie ihm den Degen! So ist's recht!« Cahusacs Degen flog im nächsten Augenblick zwanzig Fuß weit weg, und diesem Erfolg d'Artagnans galt der Bravoruf aus Athos' Mund. Die beiden Kämpfer stürzten zu der Waffe, aber d'Artagnan war schneller und setzte seinen Fuß darauf. Cahusac rannte zur Leiche des von Aramis erschlagenen Gardisten, riß den neben ihr liegenden Degen an sich und wollte wieder auf d'Artagnan eindringen; aber Athos war in der kurzen Pause, die ihm d'Artagnan ermöglicht hatte, wieder zu Kräften gekommen und stellte sich Cahusac in den Weg. D'Artagnan begriff, daß es sich mit dem ritterlichen Anstande nicht vertrüge, Athos vorzugreifen, und trat zurück; wenige Augenblicke später sank Cahusac mit durchbohrtem Hals tot zu Boden. Gleichzeitig setzte auch Aramis seinem niedergeworfenen Gegner den Degen an die Brust und zwang ihn, sich geschlagen zu geben. Nur Porthos und Bicarat kämpften noch; Porthos begleitete den Kampf mit großspurigen Reden, fragte Bicarat, welche Zeit es sein möge, beglückwünschte ihn zu der Kompanie, die sein Bruder eben im Regiment von Navarra bekommen hatte, aber trotz dieser Spötteleien gewann er keinen Schritt Terrain, denn Bicarat war einer jener Menschen aus Stahl, die, wenn sie weichen, dann nur, indem sie tot umfallen. Aber man mußte zu einem Ende kommen, da die Wache jeden Augenblick nahen und alle Beteiligten, Königliche wie Kardinalisten, abführen konnte. Athos, Aramis und d'Artagnan umringten Bicarat und bestürmten ihn, sich zu ergeben. Aber obgleich er allein gegen alle stand und er am Schenkel verletzt war, wollte Bicarat nicht aufgeben. Da richtete Jussac sich auf seinen Ellbogen auf und befahl ihm, den Kampf einzustellen. Aber Bicarat war auch ein Gascogner, er stellte sich taub und lachte aus vollem Halse, fand zwischen zwei Paraden sogar noch Zeit, mit der Degenspitze eine Stelle auf der Erde zu bezeichnen, und rief: »Hier wird Bicarat sterben.« – »Aber sie sind vier gegen dich! Mach ein Ende, ich befehle es dir!« – »Na, wenn du befiehlst, ist es etwas anderes!« rief Bicarat. »Da du mein Hauptmann bist, muß ich gehorchen!« Und mit einem Sprunge rückwärts zerbrach er seinen Degen über dem Knie, um ihn nicht übergeben zu müssen, warf die Stücke über die Mauer und kreuzte, ein Kardinalslied summend, die Arme über der Brust. Tapferkeit wird auch beim Feind geachtet. Die Musketiere salutierten mit ihren Degen und schoben sie in die Scheiden. D'Artagnan folgte ihrem Beispiel; dann trug er mit Bicarat, dem einzigen der Feinde, der noch auf den Beinen war, Jussac, Cahusac und den anderen Verwundeten in die Klosterhalle. Der fünfte war tot. Dann zogen sie am Glockenstrang und marschierten als Sieger zum Palais Herrn von Trévilles, sie hielten sich an den Händen und nahmen die ganze Straßenbreite ein. Jeder Musketier, der ihnen begegnete, wurde aufgefordert mitzukommen, so daß es schließlich ein richtiger Triumphzug wurde; d'Artagnan war überglücklich, als er zwischen Athos und Porthos einherschritt.

»Wenn ich auch noch kein Musketier bin«, sagte er zu seinen neuen Freunden, als sie die Schwelle von Trévilles Palais überschritten, »so kann ich doch zum mindesten als Lehrling gelten, nicht wahr?«

6

Die Sache erregte großes Aufsehen. Herr von Tréville schimpfte laut auf seine Musketiere und gratulierte ihnen heimlich; da er aber keine Zeit verlieren durfte, dem König darüber zu berichten, begab er sich schleunigst in den Louvre, kam aber doch zu spät, denn der König konferierte bereits mit dem Kardinal, und Tréville bekam den Bescheid, im Augenblick nicht eintre-

ten zu dürfen. Am Abend fand sich Tréville zum Spiel bei Seiner Majestät ein; Majestät gewann meist, und da Majestät sehr habgierig war, war sie in ausgezeichneter Stimmung. Kein Wunder, daß Majestät schon von weitem Tréville zurief: »Nur herein, Herr Kapitän, damit ich Ihnen gehörig den Kopf waschen kann. Sie wissen doch, daß Seine Eminenz sich über Ihre Musketiere bei mir beschwert hat, und zwar war sie so verärgert, daß sie jetzt krank im Bett liegt ... Ha! Es sind aber auch leibhaftige Teufel, Ihre Musketiere, die richtigen Galgenvögel!« – »Nein, Sire«, erwiderte Tréville, der sofort erkannte, wie sich die Sache gestalten würde. »Nein, ganz im Gegenteil, Sire! Meine Musketiere sind die gutmütigsten Kerle, sanft wie Lämmer, die keinen andern Wunsch im Herzen tragen – darauf lege ich meine Hand ins Feuer –, als mit ihrem Degen einzig und allein Eurer Majestät zu dienen. Was soll man da sagen? Die Garden Seiner Eminenz suchen in einem fort Streit, und die armen jungen Leute sind doch, schon um der Ehre des Königs willen, gezwungen, sich zu verteidigen.«
»Da höre einer diesen Tréville«, rief der König. »Hört es sich nicht an, als spräche er von einem religiösen Verein? Wirklich, Herr Kapitän, ich möchte Ihnen am liebsten Ihr Patent abnehmen und es dem Fräulein von Chemerault geben, der ich eine Abtei versprochen habe! Aber Sie glauben doch nicht ernstlich daran, daß ich Ihnen aufs bloße Wort hin vertraue. Man heißt mich Ludwig den Gerechten, Tréville, und wir werden gleich sehen!« – »Oh, Sire, eben weil ich auf diese Gerechtigkeit baue, kann ich ruhig Eurer Majestät gütige Entscheidung erwarten.« – »Erwarten Sie, erwarten Sie nur!« versetzte der König, »lange werde ich Sie ja doch nicht warten lassen!«
Das Blatt wendete sich tatsächlich, und da der König seinen bisherigen Gewinn zu verlieren drohte, war er nicht ungehalten, daß sich ihm ein Vorwand bot, das Spiel zu unterbrechen. Er stand auf, schob das vor ihm liegende, gewonnene Geld in seine Tasche und wandte sich an einen anwesenden Herrn mit der Aufforderung, sich auf seinen Platz zu setzen. »Ich habe mit Herrn von Tréville Wichtiges zu besprechen. Vieuville, ich hatte achtzig Louis daliegen. Setzen Sie den gleichen Betrag, damit keiner von denen, die verloren haben, sich beklagen können. Es muß gerecht zugehen!« Dann wandte er sich

Herrn von Trèville zu und zog ihn in eine Nische. »Nun, mein Herr«, fuhr er fort, »Sie behaupten also, die Garden von Eminenzissime hätten mit Ihren Musketieren Streit angefangen?« – »Jawohl, Sire, wie immer.« – »Und wie hat sich der Fall zugetragen, bitte?«

»Du lieber Gott, auf die einfachste Weise der Welt! Drei meiner besten Soldaten, Eurer Majestät dem Namen nach bekannt, von Eurer Majestät mehr denn einmal belobt, Athos, Porthos, Aramis, hatten mit einem jungen Gascogner, den ich am selben Morgen an Sie empfohlen habe, eine kleine Übungspartie veranstaltet, ich glaube ihn Saint-Germain, und sie hatten beim Karmeliterkloster Station gemacht, als es den Herren Jussac und Cahusac beliebte, mit Bicarat und zwei anderen Gardisten sie dort anzurempeln. Daß die Herren in so stattlicher Kopfzahl ohne schlimme Absicht gekommen sein sollen, kann wohl nicht einmal ein Kind glauben?« – »Oh, Tréville«, rief der König, »Sie bringen mich auf einen Gedanken ... die Herrschaften sind sicher mit der Absicht, sich zu schlagen, ausgerückt?« – »Ich will sie nicht anklagen, Sire, aber seltsam ist es, daß sie sich, fünf Mann hoch und bewaffnet, an einen so verödeten Ort wie das Karmeliterkloster begeben hatten.« – »Gewiß, Tréville, Sie haben recht.« – »Als sie dann meine Musketiere zu Gesicht bekamen, sind sie auf andere Gedanken gekommen und haben ihren persönlichen Haß vergessen, denn Majestät wissen doch recht gut, daß die Musketiere, die bloß dem König dienen, die natürlichen Feinde der Garden sind, die dem Herrn Kardinal dienen.« – »Jawohl, Tréville«, antwortete der König melancholisch, »und Frankreich auf diese Weise in zwei feindliche Lager geschieden zu sehen ist wirklich, glauben Sie, eine traurige Sache! Aber es wird ja alles noch anders werden, Tréville, alles! Also die Garde, sagen Sie, hat Streit mit den Musketieren angefangen?« – »Ich sage, so und nicht anders haben sich die Dinge wahrscheinlich zugetragen, aber beschwören möchte ich es nicht, Sire. Sie wissen, wie schwer es ist, die Wahrheit zu ermitteln, und wer nicht gerade mit dem erstaunlichen göttlichen Funken begabt ist, der Ludwig dem Dreizehnten den Beinamen der Gerechte verschafft hat ...« – »Richtig, Tréville, richtig! Aber Ihre Musketiere waren nicht allein! Es war einer bei ihnen?« – »Jawohl,

Sire, und ein Mann war angeschlagen, so daß also drei Königsmusketiere, von denen einer verletzt war, und ein Kind nicht nur fünf der furchtbarsten Gardisten Seiner Eminenz wacker standgehalten, sondern vier davon zu Boden gestreckt haben.« – »Aber das ist ja ein Sieg, ein totaler Sieg!« rief der König strahlend. »Und ein Kind, sagen Sie, hat ihn mit erfochten!« – »Ein Jüngling, Sire, fast noch ein Kind, der sich bei der Geschichte so hervorragend gehalten hat, daß ich mir die Freiheit nehme, ihn Eurer Majestät zu empfehlen.« – »Und wie ist sein Name?« – »D'Artagnan, Sire, er ist der Sohn eines meiner ältesten Freunde, eines Mannes, der mit dem König, Ihrem Herrn Vater glorreichen Andenkens, den Partisanenkrieg mitgemacht hat.« – »Und Sie sagen, der junge Mensch habe sich gut gehalten? Erzählen Sie mir davon, Tréville; Sie wissen, daß ich Kriegsgeschichten gern höre.« Der König zwirbelte sich stolz den Schnurrbart, während er den Arm in die Hüfte stützte. – »Sire, wie gesagt, d'Artagnan ist fast noch ein Kind, und da er nicht die Ehre hat, Musketier zu sein, trug er seine bürgerliche Kleidung; die Gardisten forderten ihn wegen seiner Jugend und weil er offensichtlich nicht zu unserm Korps gehörte, auf, sich zu entfernen, bevor sie losschlügen.« – »Also das beweist wieder«, fiel ihm der König ins Wort, »daß sie die Angreifer gewesen sind.« – »Sehr richtig, Sire! Jeglicher Zweifel in dieser Richtung ist ausgeschlossen; der Jüngling erwiderte aber, er sei dem Herzen nach Musketier und Seiner Majestät bis in den Tod ergeben, und deshalb würde er bei den Herren Musketieren bleiben?« – »Tapferer Jüngling!« murmelte der König. – »Er blieb auch wirklich, und Majestät dürfen sich zu solch einem Kämpfer gratulieren, der Jussac einen so heftigen Degenstoß versetzte, daß der Kardinal noch jetzt außer sich vor Wut ist.« – »Er war es also, der Jussac verwundete?« rief der König. »Und er ist noch ein Kind? Tréville, das kann nicht sein!« – »Wie ich Eurer Majestät zu versichern schon die Ehre hatte, es war so.« – »Jussac ist doch einer der besten Fechter im Königreich?« – »Er hat seinen Meister gefunden, Sire!« – »Den Menschen will ich sehen, Tréville, und wenn sich etwas für ihn tun läßt, so wollen wir uns gern damit befassen.« – »Wann wird Majestät geruhen, ihn zu empfangen?« – »Morgen mittag, Tréville.« – »Soll ich ihn allein herführen?« –

»Nein, bringen Sie alle vier her! Ich will meinen Dank gleich im ganzen abstatten; ergebene Leute findet man selten, und Ergebenheit darf nicht unbelohnt bleiben. – Über die kleine Treppe, Tréville, Sie verstehen? Der Kardinal braucht es nicht zu sehen.« – »Jawohl, Sire!« – »Gesetz bleibt Gesetz, Tréville, und Duellieren ist nun einmal verboten.« – »Aber im vorliegenden Falle kann von Duell keine Rede sein; es war doch ein regelrechter Tumult. Beweis: fünf Gardisten gegen drei Musketiere!« – »Ganz richtig, Tréville«, sagte der König, »aber trotzdem bleiben wir bei der kleinen Treppe!«
Tréville lächelte verstohlen; da er aber für seinen Schützling genug erreicht zu haben glaubte, verbeugte er sich respektvoll und empfahl sich. Noch am selben Abend wurden die Musketiere von der Ehre unterrichtete, die ihrer harrte. Da ihnen der Anblick des Königs nichts Neues war, nahmen sie die Nachricht ohne besondere Erregung auf. D'Artagnan aber glaubte, sein Glück gemacht zu haben, und verbrachte die Nacht in schwelgenden Träumen. Von acht Uhr früh an war er bei Athos. Er traf ihn bereits in voller Uniform, zum Ausgehen bereit. Da man erst zu Mittag zum König bestellt war, ging er mit den anderen in einer dicht bei den Luxemburg-Marställen gelegenen Schenke eine Partie Ball spielen. D'Artagnan hatte von dem Spiel keine Ahnung. Athos spielte mit d'Artagnan gegen Porthos und Aramis; aber Athos, sonst in allen Leibesübungen sehr gewandt, erkannte schon bei den ersten Schlägen, daß er noch zu schwach war, und trat ab; d'Artagnan war mit den Spielregeln nicht vertraut und konnte die Partie allein nicht halten. Als ein von Porthos mit herkulischer Kraft geschleuderter Ball ihn fast an den Kopf getroffen hätte, erschrak er, da er nicht mit zerschundenem Gesicht vor den König treten wollte. In seiner Phantasie hing aber von dieser Audienz sein ganzes Lebensglück ab, und so hielt er es für das Beste, seinen Rückzug aus dem Ballspielhause zu beschleunigen. Er eilte nach kurzer Verbeugung vor Porthos und Aramis auf die Galerie hinauf. Leider saß dort einer von der Leibgarde Seiner Eminenz, der noch fuchsteufelswild über die seinen Kameraden am Vortag beigebrachte Schlappe war und sich vorgenommen hatte, die nächste Gelegenheit, den Musketieren eins auszuwischen, unbedingt wahrzunehmen. Als nun d'Artagnan eilig

auf die Galerie kam, spöttelte er zu seinem Nachbarn: »Das ist sicher ein Musketierbewerber, sonst hätte er vor einem Ball nicht soviel Angst!«

Wie von einer Natter gestochen, fuhr d'Artagnan herum und maß den Mann, der sich erlaubt hatte, diese kühnen Worte zu sprechen, mit Herausforderung im Blick. – »Nun, Kleiner«, rief der Gardist, sich den Bart zwirbelnd, »gafft mich an, soviel Ihr wollt. Was ich gesagt habe, habe ich gesagt!« – »Dann bitte ich den Herrn, mir zu folgen!« erwiderte d'Artagnan zornig. – »Wann?« – »Auf der Stelle, wenn's beliebt.« – »Ihr scheint nicht zu wissen, Kleiner, wen Ihr vor Euch habt, denn sonst hättet Ihr's sicher nicht so eilig.« – »So nennt mir Euren Namen, Herr!« – »Bernajoux.« – »Nun denn, Herr Bernajoux, ich erwarte Euch vor der Tür«, rief d'Artagnan, »es braucht niemand zu sehen, was wir miteinander vorhaben; Zeugen sind bloß lästig bei solchen Geschäften!« – »Schön!« erwiderte der Gardist, nicht wenig verwundert, daß sein so bekannter Ruf als Raufbold dem jungen Menschen so wenig zu imponieren schien.

Porthos und Aramis waren so vertieft in ihr Ballspiel, und Athos schaute ihnen so eifrig zu, daß keiner von ihnen den Jüngling hatte aus dem Ballspielhause gehen sehen. Nach einer kurzen Weile folgte ihm Bernajoux. D'Artagnans Audienz war auf zwölf Uhr festgesetzt; er hatte also keine Zeit mehr zu verlieren. Es war ihm deshalb sehr lieb, auf der Straße keinen Menschen zu erblicken. »Fürwahr, Bernajoux«, sagte er, »ein Glück für Euch, daß Ihr es nur mit einem Musketierbewerber zu tun habt. Ängstigt Euch aber nicht! Ich will mir alle Mühe geben, Euch auf den Boden zu bringen. Vorwärts! Ausgelegt!« – Bernajoux, so herausgefordert, erwiderte: »Mir scheint aber die Örtlichkeit recht ungünstig gewählt; hinter der Abtei Saint-Germain wären wir ungestörter.« – »Ganz richtig«, antwortete d'Artagnan, »aber da ich um zwölf Uhr ein anderes Stelldichein habe, bin ich nicht mehr Herr meiner Zeit. Deshalb, mein Herr, vorwärts, vorwärts!«

Bernajoux war nicht der Mann, der sich lange nötigen ließ; im Nu blitzte der Degen in seiner Hand; d'Artagnan dagegen, im Vollgefühl seines eben errungenen Sieges, war nicht gewillt, auch nur eine Handbreit zurückzuweichen, und so sah sich

Bernajoux, um eine günstigere Stellung zu gewinnen, genötigt, sich zurückzubeugen, wobei seine Klinge eine Sekunde aus der Linie geriet. Diesen Vorteil ließ sich d'Artagnan nicht entgehen, sondern führte einen Hieb von oben herunter, der den Gegner in die Schulter traf; dieser aber stürzte mit dem Ruf, dergleichen würde ihn gar nicht beeindrucken, blind vor Wut vor und rannte dabei in den Degen seines Gegners, kam jedoch nicht zu Fall und erklärte sich auch nicht besiegt, sondern wich langsam in Richtung des Palais' von Herrn de la Tremouille zurück, wo einer seiner Verwandten in Dienst war. D'Artagnan fiel es nicht auf, daß sein Gegner schwer verwundet war, und er bedrängte ihn weiter, statt ihn mit einem Hieb zu erledigen. Da kamen, durch den Waffenlärm angelockt, zwei Gardisten herausgerannt und fielen über d'Artagnan her; aber auch Athos, Porthos und Aramis hatten nun Wind von dem Auftritt bekommen und befreiten ihren jungen Freund aus der Klemme. Jetzt sank Bernajoux zu Boden, und die beiden Gardisten, nun zwei gegen vier, schrien um Hilfe; aber auch die Musketiere alarmierten ihre Kameraden, so daß binnen weniger Augenblicke ein richtiges Gefecht im Gange war. Obwohl die Gardisten in der Überzahl waren, da aus dem Palais Tremouille fortwährend neue Hilfe kam, behielten die Musketiere die Oberhand, und sie machten schon Pläne, ein Feuer anzulegen, um den Nachschub im Palais festzuhalten, als es glücklicherweise vom nahen Giles-Turm elf Uhr schlug. Die drei Musketiere und d'Artagnan dachten an die Audienz beim König, und da sie um alles in der Welt nicht auf die Teilnahme an einem Kampf gegen den verhaßten Feind verzichten wollten, suchten sie ihre Kameraden zu beschwichtigen, was ihnen auch soweit gelang, daß man nur das Tor mit Steinen bombardierte. Als sie sahen, daß es zu stabil war, um Schaden zu nehmen, zogen sie ab. Athos, Porthos und Aramis waren mit d'Artagnan bereits auf dem Wege zu Herrn von Tréville, der von dem neuen Handgemenge schon wußte und sie mit dem Rufe: »Schnell, schnell, in den Louvre!« mit sich fortriß, um dem König vor dem Kardinal davon melden zu können.

Zu seinem nicht geringen Verdrusse bekam er aber am Tore Bescheid, der König habe sich heute morgen in aller Frühe nach Saint-Germain zur Hirschjagd begeben. Im ersten Augenblick wollte er seinen Ohren nicht trauen und fragte, während sein Gesicht sich in düstere Falten legte, ob der König diese Absicht schon gestern gehabt habe. »Nein, Exzellenz«, erwiderte der Lakai, »heute morgen meldete der Oberjäger, daß ein Hirsch ins Jagdrevier gewechselt habe, und Majestät wollten sich das Vergnügen nicht entgehen lassen, sondern brachen gleich nach dem Frühstück auf.« – »War der Kardinal bei Majestät?« fragte Herr von Tréville. – »Ich vermute, denn ich sah früh bei Seiner Eminenz anspannen und hörte, sie fahre gleichfalls nach Saint-Germain.« – Also doch früher aufgestanden als wir, dachte Herr von Trèville, nun, ich werde ja Majestät heute abend sprechen. »Ihnen aber, meine Herren«, wandte er sich an seine Begleiter, »rate ich, nach Hause zu gehen und weitere Nachricht von mir abzuwarten.«

In sein Palais zurückgekehrt, kam Herr von Tréville zu der Überzeugung, daß es besser für ihn sei, als erster eine Beschwerde zu führen; er forderte also Herrn de Tremouille schriftlich auf, die Leibwache des Kardinals aus seinem Hause zu entfernen und dessen Leuten die Frechheit ihres Angriffs gegen die Musketiere energisch zu verweisen. Tremouille erwiderte aber, er sei bereits durch seinen Stallmeister, einem Verwandten Bernajouxs, über den Fall unterrichtet, und es sei weder Sache Herrn von Trévilles noch seiner Musketiere, Klage zu erheben, sondern seine, denn seine Leute seien angegriffen worden, und es sei auch unter den Musketieren die Rede gewesen, ihm das Palais über dem Kopfe anzuzünden. Da nun Herr von Tréville einsah, daß es auf schriftlichem Wege kaum möglich sein werde, die Differenz schnell aus der Welt zu schaffen, entschloß er sich zu dem direkten Weg, Herrn von Tremouille einen Besuch zu machen. Zwischen den beiden hohen Herren bestand zwar keine Freundschaft, aber sie waren beide redliche Charaktere. Tremouille war als Protestant selten bei Hofe, gehörte keiner der in Paris am Ruder befindlichen Parteien an und hielt in seinem gesellschaftlichen Umgang im allgemeinen auf Ungezwungenheit. Doch schon nach den ersten Worten fiel Herrn von Tréville eine gewisse Kälte an ihm auf.

»Wir meinen, beide Ursache zur Klage gegeneinander zu haben,

Herr de Tremouille«, begann Tréville, »und mit meinem Besuch möchte ich nur eine gütliche Beilegung erreichen.« – »Dafür bin ich Ihnen dankbar, mein Herr«, versetzte Tremouille, »ich bemerkte aber schon, daß ich über den Vorgang genau informiert bin und daß das Unrecht auf seiten Ihrer Musketiere liegt.« – »Sie sind ein zu gerechter und verständiger Mann, Herr de la Tremouille«, antwortete Tréville, »um den Vorschlag, den ich Ihnen machen will, zurückzuweisen.« – »Bitte, mein Herr, ich höre.« – »Wie geht es Herrn Bernajoux, dem Verwandten des Stallmeisters?« – »Sehr schlecht, mein Herr; der Arzt prophezeit das Schlimmste.« – »Ist der Mann bei Bewußtsein?« – »Gott sei Dank, ja.« – »Kann er sprechen?« – »Mühsam.« – »Nun, mein Herr, so wollen wir zu ihm gehen und ihn unter Berufung auf Gott, vor den er vielleicht bald treten wird, beschwören, der Wahrheit die Ehre zu geben. Was er aussagt, werde ich glauben.« Nach kurzer Überlegung erklärte sich Tremouille damit einverstanden. Als der Verwundete die beiden Herren bei sich eintreten sah, versuchte er, sich aufzurichten, war aber zu schwach dazu und sank bewußtlos zurück. Tremouille brachte ihn durch Riechsalz wieder dazu, daß er die Augen öffnete, und dann geschah, was Tréville erwartet hatte: Bernajoux dachte nicht einen Moment daran, mit der Wahrheit hinter dem Berge zu halten, sondern berichtete den Auftritt genau so, wie er sich zugetragen hatte. Mehr wollte Tréville nicht hören, er verabschiedete sich wieder, um sogleich seine vier Freunde zu Tisch in sein Palais zu bitten. Daß sich die Unterhaltung in dieser kardinalfeindlichen Gesellschaft nur um die beiden Schlappen, die die Leibwache Seiner Eminenz erlitten hatte, drehte, ist selbstverständlich. D'Artagnan als Held der beiden Tage wurde mit Komplimenten überhäuft, denn die drei Musketiere, denen es an ähnlichen Erlebnissen nicht mangelte, ließen ihm gern seinen Teil an den errungenen Erfolgen. Um sechs Uhr erklärte Herr von Tréville, daß es Zeit sei, in den Louvre zu gehen. Er wählte diesmal, da die Weisung, die kleine Treppe betreffend, nur für die Mittagsaudienz gegolten hatte, die Haupttreppe und trat mit seinen vier Begleitern in das Vorzimmer. Unter der Schar der Höflinge, die sich hier versammelt hatten, warteten die Musketiere über eine halbe

Stunde, bis die Rückkehr des Königs gemeldet wurde. D'Artagnan schauerte, denn jetzt nahte, seiner Überzeugung nach, der Augenblick, der über sein zukünftiges Leben entscheiden mußte. Erwartungsvoll hefteten sich seine Augen auf die Tür, durch die der Eintritt Seiner Majestät erfolgen sollte.

Der König schritt seinem Gefolge voran, in einem verstaubten Jagdhemd, mit der Reitgerte in der Hand und in Stulpenstiefeln. D'Artagnan sah sofort, daß Seine Majestät wütend war. Die Höflinge ließen sich jedoch nicht abhalten, Aufstellung in den königlichen Vorgemächern zu nehmen. Auch die Musketiere folgten ihrem Beispiel, nur d'Artagnan meinte, sich hinter ihnen verstecken zu müssen. Obgleich der König sie erkannte, schenkte er ihnen doch keinen Blick, geschweige ein Wort; nur Herrn von Tréville sah er im Vorübergehen an, wandte aber sogleich sein Gesicht ab, als er sah, daß dieser seinen Blick fest aushielt, und zog sich, ein paar unverständliche Worte brummend, in seine Gemächer zurück.

»Schlimme Aussichten«, meinte Athos lächelnd, »zu Ordensrittern werden wir diesmal bestimmt nicht avancieren.« – »Warten Sie hier zehn Minuten, meine Herren«, sagte Herr von Tréville, »sollte ich in dieser Zeit nicht wieder da sein, so begeben Sie sich in mein Palais zurück, denn längeres Warten wäre müßig.« – Es vergingen zehn, fünfzehn, zwanzig Minuten, und als Herr von Tréville noch immer nicht zurückkehrte, entfernten sich die Musketiere endlich, mit einer geheimen Unruhe und Sorge um ihre Zukunft.

Herr von Tréville war kühn in das Kabinett des Königs getreten. Majestät saß im Lehnstuhl und klopfte sich mit der Reitpeitsche den Staub von den Stiefeln. Die ungnädige Laune hielt Tréville nicht ab, sich nach dem königlichen Befinden zu erkundigen. – »Schlecht, schlecht«, erwiderte Majestät, »man langweit sich, Tréville.« – An dieser Krankheit litt Ludwig XIII. gern. – »Majestät haben also keine glückliche Jagd gehabt?« – »Auf Ehre, nein!« erwiderte Majestät. »Alles degeneriert, Wild und Hunde! Das Wild zieht keine Fährte mehr, die Hunde haben keine Nase mehr! Treiben wir da einen Zehnender auf, hetzen ihn sechs Stunden, und als Halali geblasen werden soll, krach, verschlägt die Meute die Spur und jagt hinter einem Spießer her! Die Beize ist schon futsch, die

Jagd geht auch futsch! Das erleben wir noch, Tréville, ich bin wirklich ein König, den das Pech verfolgt. Vorgestern ist mein letzter Geierfalke krepiert.« – »Oh, Majestät, an Sperbern und Falken herrscht doch kein Mangel!« – »Aber an Leuten, die sie dressieren, Tréville! Wer versteht denn die Kunst der Jägerei noch außer mir! Bin ich mal aus der Welt, so verlottert das edle Handwerk zur gemeinen Fallenstellerei. Ja, hätte ich noch Zeit, Burschen heranzubilden! Aber dazu läßt mir der Kardinal keine Ruhe, sondern schwatzt mir die Ohren voll von Spanien und England und Österreich! ... Aber, Tréville, mit Ihnen habe ich auch alle Ursache, unzufrieden zu sein.«

Das war der Punkt, den Tréville erwartet hatte; er kannte den König lange genug, um zu wissen, daß bei ihm Klagen immer nur das Mittel waren, sich auf ein bestimmtes Ziel hinzuarbeiten. »Und was hat mich bei Eurer Majestät in Ungnade gebracht?« fragte Tréville, Erstaunen heuchelnd. – »Habe ich Sie zum Kapitän meiner Musketiere ernannt«, rief der König, »damit Menschen gemordet und Quartiere in Brand gesteckt werden? Aber, Gott sei Dank, während ich Ihnen die Leviten lese, befinden sich die Ruhestörer gewiß schon hinter Schloß und Riegel, und Sie erscheinen bloß vor mir, um zu melden, daß der Gerechtigkeit Genüge geschehen!« – »Sire«, versetzte Tréville, »Zweck meines Besuches ist, Gerechtigkeit von Ihnen zu erbitten.« – »Gerechtigkeit? ... und gegen wen?« – »Gegen Verleumder, Majestät«, erwiderte Tréville fest. – »Ei, wieder eine neue Phrase!« rief der König. »Ist es etwa wieder nicht wahr, daß sich Ihre drei Musketiere mit dem Bearner Junker wie sinnlose Wüteriche auf Bernajoux gestürzt und den armen Kerl so zugerichtet haben, daß er wahrscheinlich jetzt in den letzten Zügen liegt? ... Ist es auch nicht wahr, daß das Palais des Herzogs von Tremouille in Brand gesteckt werden sollte? ... In Kriegszeiten wäre es um diesen Hugenottenkasten ja nicht weiter schade gewesen, aber mitten im Frieden ein solches Exempel! Tréville, und das wollen Sie wieder ableugnen?« – »Sire, wer hat Ihnen alle diese Märchen aufgebunden?« fragte Tréville ruhig. – »Märchen? Aufbinden?« erwiderte der König heftig. »Der da wacht, wenn ich schlafe, der da arbeitet, wenn ich mich amüsiere, der innerhalb und außerhalb die Fäden in der Hand hält, dem verdanke ich die Nachricht!« – »Majestät belieben also von Gott zu sprechen?« fragte Tréville, »denn daß sonst jemand so hoch über Majestät stünde, glaube ich nicht.« – »Nein, Tréville, vom Kardinal rede ich, der die einzige feste Stütze meines Staatswesens ist!« – »Aber Seine Eminenz ist doch nicht der Papst?« rief Tréville. – »Was soll das heißen?« – »Daß wohl der Papst unfehlbar ist, aber keiner seiner Kardinäle.« – »Soll das heißen, daß der Kardinal mich hintergeht oder verrät? Klagt ihn Herr von Tréville dessen an?«

»Nicht dessen, Sire«, versetzte Tréville, »aber ich behaupte, daß der Kardinal einer Selbsttäuschung erliegt, weil er sich nicht genügend informiert hat. Ich behaupte, daß der Kardinal sich übereilt, wenn er die Musketiere des Königs beschuldigt, ohne einen überzeugenden Grund zu haben!« – »Herzog de la Tremouille selbst ist der Ankläger, Tréville!« rief der König, »was werden Sie nun sagen?« – »Nichts, ich ersuche nur Eure Majestät, den Herzog vorzuladen und ohne Zeugen, Auge in Auge, über den Vorgang zu befragen, mich aber gleich hinter dem Herzog zu empfangen.« – »Gut! Und dem Spruche des Herzogs wollen Sie sich fügen?« – »Unbedingt, Sire.« – »La Chesnaye«, rief der König ins Vorzimmer hinaus, und sein vertrauter Kammerdiener, der immer an der Tür weilte, erschien auf der Schwelle, »ich wünsche auf der Stelle den Herzog de la Tremouille zu sprechen!« Während der Kammerdiener verschwand, wandte der König sich zu Herrn von Tréville: »Auf morgen denn, Kapitän, auf morgen!« – Tréville verneigte sich. »Gott beschütze bis dahin Eure Majestät!«

Nach diesen Worten verließ er das Gemach, um sogleich seinen Musketieren und dem »Bearner Junker« sagen zu lassen, daß sie sich am andern Morgen in aller Frühe bei ihm einzufinden hätten. Um sieben Uhr wurden die vier Leute bei ihm gemeldet, und unverzüglich begab er sich mit ihnen wieder in den Louvre, verhehlte ihnen aber nicht, daß sein und ihr Glück davon abhing, wie diesmal die Würfel fielen. Er bat sie, an der kleinen Treppe zu warten; sollte der König gegen sie aufgebracht sein, so konnten sie von dort ungesehen verschwinden, brauchten aber andrerseits nur gerufen zu werden, falls der König geruhen sollte, sie vorzulassen.

Im Vorzimmer traf er den Kammerdiener, der ihm mitteilte, Tremouille sei gestern abend nicht zu Hause angetroffen worden, sei aber soeben bei Hofe erschienen und noch beim König in Audienz. Darüber war Tréville höchst erfreut, denn auf diese Weise war es ausgeschlossen, daß sich zwischen ihm und jenem ein anderer Besuch bei dem König einschliche. Nach knapp zehn Minuten ging die Tür auf; Tremouille trat aus dem Kabinett des Königs und gleich auf Tréville zu. »Majestät haben mich rufen lassen, Tréville«, sagte er. »Ich habe der Wahrheit gemäß berichtet, wie sich alles zugetragen hat, und erklärt, daß ich bereit sei, mich bei Ihnen zu entschuldigen. Da ich Sie hier treffe, kann ich das ja gleich erledigen. Ich bitte Sie also, mir nach wie vor Ihre Freundschaft zu bewahren.« – »Herzog«, versetzte Tréville, »ich danke Ihnen von Herzen, daß Sie meine Zuversicht, beim König keinen besseren Anwalt als Sie zu wissen, nicht enttäuscht haben, und freue mich aufrichtig, daß Frankreich noch Männer hat wie Sie.« – Tremouille verneigte sich; im selben Augenblick erklang die Stimme des Königs. »Ah, Tréville, schon da? Wo stecken Ihre Musketiere? Ich hoffe, Sie haben Ihren Junker nicht vergessen?« – »Sire, sie warten unten; mit Ihrer Erlaubnis lasse ich sie holen.« – »Bitte, bitte, sie sollen gleich erscheinen; es ist schon acht, und um neun erwarte ich Besuch.« – Vom Kammerdiener geleitet, erschienen alsbald die drei Musketiere mit d'Artagnan auf der Treppe. – »Nur näher, meine Tapferen, herein, herein!« rief der König. »Ich muß Ihnen noch die Leviten lesen!« – Die Musketiere traten, sich tief verneigend, näher; d'Artagnan hielt sich hinter ihnen. – »Donnerwetter!« rief der König. »Zu viert sieben Gardisten seiner Eminenz in zwei Tagen außer Kurs gesetzt! Das geht doch über den Spaß, meine Herren! Da bleibt ja Eminenz nichts übrig, als alle drei Wochen seine Kompanie neu zu rekrutieren und mir die Gesetze mit drakonischer Strenge vor Augen zu führen! Einen aus Zufall läßt man noch gelten; aber sieben in zwei Tagen, das ist des Guten zuviel, viel zuviel!« – »Eure Majestät sehen ja, daß sie ganz zerknirscht und bußfertig vor Eure Augen treten!« sagte Tréville. – »Zerknirscht und bußfertig? Hm«, sagte der König, »die heuchlerischen Mienen kaufe ich ihnen nicht ab! Vor allem das Gascognergesicht dort hinten nicht ... Treten Sie einmal vor, mein Herr!«

D'Artagnan, stolz, daß dieses Kompliment ihm galt, trat mit seiner reumütigsten Miene hinter den Musketieren vor. – »Ei, was haben Sie mir gesagt, Tréville? Ein junger Mann sei es? Aber, Tréville, das ist ja noch das reinste Kind! Und dieses Kind hat Jussac, den besten Fechter im Reiche, so zugerichtet?« – »Wie Majestät sagen!« – »Und Bernajoux auch?« – »Ja, Majestät!« – »Aber das ist ja ein wahrer Teufelsbraten, Donnerwetter! Wie mein seliger Vater ausgerufen hätte ... Bei einer solchen Beschäftigung müssen die Wämse und Degen ja nicht gerade geschont werden! Dabei sind die Gascogner doch arme Leute?« – »Sire, Goldminen hat wohl noch keiner in den Bergen dort gefunden, wenngleich der Himmel ein solches Wunder ihren Bewohnern schuldig wäre, für die Hilfe, die sie Eurer Majestät Vater bei vielen Anlässen geleistet haben!« – »Das soll soviel heißen, Tréville, daß ich als meines Vaters Sohn durch sie zum König geworden bin! Nicht wahr? Nun, ich will's gelten lassen. La Chesnaye, sieh mal zu, ob du in meinen Taschen noch vierzig Pistolen findest; wenn ja, so bringe sie her! Und nun, Hand aufs Herz, junger Mann! Wie ist es eigentlich dazu gekommen?« – D'Artagnan berichtete wahrheitsgetreu den Sachverhalt; der König unterbrach ihn aber in der Hälfte seine Erzählungen. »Gut, gut! So hat's mir schon Tremouille erzählt! Aber nun lassen Sie es genug sein, meine Herren! Für das Pech in der Rue Férou haben Sie sattsam Revanche, Sie müssen sich nun zufriedengeben.« – »Wenn Majestät es tun«, erwiderte Tréville, »dann tun wir es auch!« – »Jawohl, ich erkläre mich zufrieden«, antwortete der König, nahm vierzig Pistolen aus Chesnayes Händen und legte sie mit den Worten: »Hier der Beweis dafür!« in d'Artagnans Hände, der sie ohne viel Umstände vergnügt in die Tasche schob und sich mit einer tiefen Verbeugung bedankte. – »So«, sagte der König weiter, »schon halb neun? Da muß ich die Herren leider bitten, mich allein zu lassen. Sie haben wohl schon gehört, daß ich jemanden erwarte? Vielen Dank nochmals für Ihre Ergebenheit! Ich darf auch weiter darauf rechnen?« – »Oh, Sire«, riefen die vier Kameraden wie aus einem Munde, »für Eure Majestät ließen wir uns in Stücke hauen!« –

»Schon gut!« erwiderte der König, »aber bleiben Sie lieber ganz! Das ist besser, denn ganz sind Sie mir von größerem Nutzen. – Tréville«, sagte er, während die anderen sich zurückzogen, »da Sie in Ihrem Korps niemand unterbringen können und ich auch nicht von der vorgeschriebenen Probezeit abgehen möchte, bringen Sie den jungen Mann in der Garde Ihres Schwagers Essarts unter! Ha! Wie sich der Kardinal darüber ärgern wird!«
Er winkte Tréville mit der Hand, und die Audienz war zu Ende.

7

Als die drei Musketiere mit d'Artagnan aus dem Louvre traten, wurde gleich beratschlagt, was jeder am besten mit seinen zehn Pistolen anfinge. Athos riet zu einem herrschaftlichen Diner. Porthos zu einem betreßten Pagen, Aramis zu einer feschen Geliebten. Das Diner, von Athos ausgewählt, wurde am nämlichen Tage verzehrt, und der Page, ein Pikarde, vom glorreichen Porthos geworben, bediente dabei; er hieß Planchet und hatte sich durch die stattliche Erscheinung des Musketiers bestimmen lassen, einzuschlagen, war aber einigermaßen enttäuscht, als er erfuhr, daß Porthos schon einen Pagen habe und daß er nicht für ihn, sondern den »Bearner Junker« bestimmt sei. Da er aber bei dem Diner aufwartete und seinen neuen Herrn eine Handvoll Goldstücke aus der Tasche langen sah, hielt er sein Glück für gemacht und dankte Gott, daß er ihm einen solchen Krösus als Herrn beschert hatte; aber alle Luftschlösser zerfielen, als er seinem Herrn am Abend das Bett machte, das einzige Möbelstück in der aus Vor- und Schlafzimmer bestehenden Wohnung. Er selbst mußte im Vorzimmer auf dem Boden kampieren und sich mit einer Decke behelfen, die von nun ab d'Artagnan in seinem Bett vermißte.
Athos hatte seinen Pagen Grimaud für seinen Dienst besonders erzogen. Athos war ein sehr schweigsamer Mensch; etwa sechs Jahre war er nun mit seinen Kameraden Porthos und Aramis befreundet, und doch konnten beide sich kaum erinnern, ihn jemals lachen gesehen zu haben. Was er sagte, war

kurz und präzise, ohne große Ausschmückungen. Er war erst dreißig Jahre alt und ein gutgewachsener und intelligenter Mann, aber von einer Geliebten hatte noch nie jemand etwas von ihm gehört. Von Frauen sprach er nie, wehrte aber auch niemandem, in seiner Gesellschaft über Frauen zu sprechen, doch merkte man bald, daß ihm das Thema nicht angenehm war. Um von seinen Gewohnheiten nicht lassen zu müssen, hatte er seinen Pagen dazu gebracht, ihm jeden Wunsch vom Munde abzulesen, und richtete nur in besonders wichtigen Fällen das Wort an ihn. Grimaud, der vor seinem Herrn einen gewaltigen Respekt hatte, ihn aber auch seiner Bildung wegen sehr schätzte, glaubte meist, alles richtig verstanden zu haben, und besorgte alles prompt, auch wenn es sehr oft das Verkehrte war. Athos versah den Pagen dann mit einer Tracht Prügel, ohne jedoch sonderlich in Zorn zu geraten, zuckte die Achseln und war an solchen Tagen besonders schweigsam.
Porthos war von entgegengesetzter Gemütsart; er sprach nicht nur viel, sondern auch laut; es kam ihm aber nicht darauf an, ob ihm jemand zuhörte oder nicht, sondern er sprach, weil es ihm Spaß machte und weil er sich gern sprechen hörte; er sprach von allem, bloß nicht von wissenschaftlichen Dingen. Gegen alles, was mit Gelehrsamkeit zusammenhing, hatte er von Kindesbeinen an, wie er sagte, eine unausrottbare Abneigung. Er sah nicht so vornehm aus wie Athos, tröstete sich aber damit, daß er, was Athos von sich nicht sagen konnte, das Vorzimmer des Herrn von Tréville wie auch die Wachstube des Louvre mit seinen Liebesaffären füllte, denn, nachdem er den Bürgerstand, den niederen und höheren Adel durchprobiert hatte, warb er zur Zeit um nichts geringeres als um eine ausländische Prinzessin, die ihm seiner herkulischen Gestalt wegen ihre Huld schenkte.
Nach dem Sprichwort: Wie der Herr, so der Diener! müssen wir uns Mousqueton, Porthos' Diener, vorstellen. Mousqueton war ein Normanne, der auf den friedlichen Namen Boniface getauft worden war, aber von Porthos den kriegerischer klingenden Namen Mousqueton bekommen hatte. Er war bei Porthos auf die Zusicherung eleganter Kleidung und Wohnung und täglich zweier Stunden Urlaub, in denen er seinem Beruf nachgehen dürfe, in Dienst getreten. Aus dem Erlös dieser

zwei Stunden bestritt er seine persönlichen Bedürfnisse. Porthos war darauf eingegangen, weil ihm nicht viel anderes übrig blieb, ließ Mousqueton aus den Wämsern und Mänteln, die er ablegte, neue zurechtmachen, und zwar bei einem sehr geschickten Schneider, dessen Frau obendrein in dem Verdacht stand, Porthos hin und wieder seinen hochfliegenden Gewohnheiten abtrünnig zu machen.

Aramis' Page hieß Bazin und ging, der Hoffnung seines Herrn entsprechend, dereinst wieder in den geistlichen Stand zu treten, immer von Kopf bis Fuß schwarz, wie es einem geistlichen Diener zukommt. Bazin war aus Berry und etwa fünfunddreißig bis vierzig Jahre alt, von sanftem Wesen, entsprechend korpulent und ein Liebhaber frommer Lektüre, dabei ein starker Esser vor dem Herrn.

Werfen wir nun auch einen Blick in die Wohnungen unserer drei Musketiere! Athos hatte sein Quartier in der Rue Férou, zwei Schritte vom Palais Luxemburg; es bestand aus zwei kleinen, sauberen Stuben in einem Hause, dessen junge, niedliche Besitzerin viel, aber vergeblich mit ihm liebäugelte. An den Wänden seines kleinen Heims glänzten ein paar Überbleibsel einstigen Reichtums, darunter ein reichverzierter Degen mit einem mit kostbaren Steinen – sicher ein paar hundert Goldfüchse wert – besetzten Griffe, der Form nach aus der Zeit König Franz' I. stammend, für dessen Besitz Porthos ein paar Jahre seines Lebens geopfert hätte, den aber Athos, in wie bedrängten Verhältnissen er auch hin und wieder war, niemals weder ins Leihhaus noch zu einem Trödler getragen hatte.

Porthos wohnte in der Rue de Colombier in einem geräumigen Quartier, Mousqueton mußte sich ständig an einem der Fenster aufhalten, und sooft Porthos mit einem Freunde daran vorbeiging, zeigte er mit den Worten hinauf: »Da wohne ich!« Es war aber unmöglich, ihn jemals zu Hause zu treffen, so daß kein Mensch sich eine Vorstellung machen konnte, wie es eigentlich in diesem Quartier aussah und welche Schätze und Reichtümer es barg.

Aramis hatte eine kleine Parterrewohnung, die nur aus einem Ankleide-, Eß- und Schlafzimmer bestand und auf ein frisches, grünes, schattiges, für alle Nachbaraugen undurchdringliches Gärtchen hinaussah.

Um d'Artagnans Wohnung und seinen Pagen Planchet wissen wir schon Bescheid, und ihn selbst kennen wir auch zur Genüge. Sagen wir also nur noch, daß er, wie alle pfiffigen Leute, sehr neugierig war und alles versuchte, um dahinterzukommen, wer sich unter den Namen Athos, Porthos und Aramis verbarg; denn daß dies nur Decknamen waren, war ihm vom ersten Augenblick seiner Bekanntschaft mit ihnen klar. Er versuchte zuerst, von Porthos etwas zu erfahren; aber Porthos wußte vom Leben seines schweigsamen Kameraden Athos nur das, was den anderen auch bekannt war: daß er einmal eine sehr schmerzhafte Erfahrung in der Liebe gemacht habe und daß ihm dadurch Wermut in den Becher seines Lebens geträufelt worden sei. Wer ihn aber enttäuscht hatte, darüber wußte niemand etwas. – Porthos' Leben war durchsichtig wie ein Kristall. Hätte man all das Gut, das dieser eitle, unbedachte Mensch von sich gab, glauben wollen, wäre man leicht in Gefahr gekommen, seine Verhältnisse zu überschätzen; über seinen wahren Namen hätte man nur von Herrn von Tréville etwas erfahren können, der natürlich aus seinen Unterlagen auch die Abstammung der beiden anderen Musketiere kannte.

Aramis sah aus, als ob er kein Geheimnis besäße; dabei war er ein Buch mit sieben Siegeln! Auf Fragen über andere gab er kaum eine Antwort und denen über sich selbst wußte er geschickt auszuweichen. Als d'Artagnan ihn eines Tages über Porthos aushorchen wollte, erfuhr er bloß das Gerücht von der Liebschaft mit der Prinzessin und erlitt eine Abfuhr, als er auf die Liebesaffären des Herrn Aramis selbst anspielte. Selbst der Hinweis auf ein gewisses Taschentuch, dem er ja die Ehre seiner Bekanntschaft verdankte, fruchtete nichts. Trotzdem zeigte Aramis diesmal hierüber keinerlei Verlegenheit, sondern erwiderte mit der bescheidensten Miene der Welt in einem herzlichen Ton: »Sie dürfen eben nicht vergessen, mein Lieber, daß ich noch immer die Absicht habe, mich der Kirche zu weihen, und deshalb in einer strengen Weltabgewandtheit lebe. Das Taschentuch, auf das Sie anspielen, ist mir nicht geschenkt worden, sondern ein Freund hat es bei mir liegenlassen. Ich habe es an mich nehmen müssen, um ihn und seine Dame nicht zu kompromittieren. Ich selbst

habe keine Geliebte und will auch keine haben; in dieser Hinsicht halte ich es ganz mit Athos!« – »Ich dachte aber, solange sie den Musketiersrock tragen, wären Sie doch noch kein Abbé!« – »Ich bin wohl Musketier, doch nur auf Zeit, im Herzen bin und bleibe ich Geistlicher. Athos und Porthos haben mich bloß ins Regiment gesteckt, um mir Arbeit zu verschaffen; bei der Einsegnung hatte ich eine kleine Differenz ... aber was kann Sie das interessieren? Ich stehle Ihnen bloß die Zeit damit.« – »Aber nein«, antwortete d'Artagnan, »ich habe ja gar nichts vor!« – »Nun aber muß ich mein Gebet lesen, muß ein paar Verse machen, die Madame d'Aiguillon wünscht, muß für Frau von Chevreuse Schminke kaufen. Sie sehen, lieber Freund, was auf Sie zutrifft, trifft nicht auf mich zu, denn ich habe alle Hände voll zu tun.« – Nach diesen Worten reichte Aramis seinem jungen Kameraden freundlich die Hand, und so konnte d'Artagnan nichts weiter über seine neuen Freunde erfahren, als er durch Zufall nicht bereits gewußt hätte. Er nahm sich vor, vorerst alles zu glauben, was er früher gehört hatte, mit der Hoffnung, daß er noch Weiteres und Verläßlicheres in Erfahrung bringen könnte.
Im übrigen führten die vier jungen Leute ein höchst fideles Leben. Athos spielte viel, aber immer mit Verlust; obwohl ihm die Börsen seiner Freunde zur Verfügung standen, lieh er sich von ihnen nie auch nur einen Heller, und wenn er auf Ehrenwort gespielt hatte, ließ er den Gläubiger am anderen Morgen in aller Früh aus dem Bett klopfen, um seine Schuld zu tilgen. Porthos war übermütig, wenn er gewann, er wurde kleinlaut, wenn er verlor, und gab, wenn er gewonnen hatte, das Geld mit vollen Händen aus, und, wenn er verloren hatte, verschwand er auf ein paar Tage, um dann, bleich, aber mit Gold in allen Taschen, wieder aufzutauchen. – Aramis war ein ausgesprochener Feind des Spieles, der langweiligste Musketier und ein wenig amüsanter Tischnachbar, denn mitten beim Essen warf er einen Blick auf die Uhr, stand auf und verabschiedete sich unter dem Vorwande, mit dem oder jenem gelehrten Herrn eine Unterredung zu haben oder zu Hause an einer Abhandlung arbeiten zu müssen, und er bat seine Freunde, sich durch sein Gehen nicht stören zu lassen. Aber es kümmerte ihn wenig, daß er den anderen die Stimmung verdarb. Athos

lächelte dann immer in seiner melancholischen Weise, Porthos trank seinen Ärger hinunter oder rief oft dem »Drückeberger« grollend nach, an ihm sei nun einmal ein Dorfpfarrer verlorengegangen und was anderes würde auch nie aus ihm werden.
Planchet d'Artagnans Page, fand sich in sein Glück, bekam seine anderthalb Franc täglich und war vier Wochen lang fidel wie ein Fisch im Wasser und gegen seinen jungen Herrn sehr diensteifrig. Als aber der Wind aus einem anderen Loche pfiff, das heißt, als die königlichen Goldfüchse den Weg alles Irdischen gegangen waren, stimmte er Klagelieder in allen Tonarten an, er fand Athos widerlich, Porthos unschicklich, Aramis lächerlich. Athos riet, den Kerl zum Teufel zu jagen, Porthos, ihm zuvor das Wams zu klopfen, Aramis meinte, ein Herr dürfe nur hören, was ihm schmeichle. D'Artagnan überlegte nicht lange, sondern befolgte den von Porthos gegebenen Rat, und zwar mit jener Gewissenhaftigkeit, die er in allen Dingen übte, und verbot ihm darum, nachdem er ihn verbläut hatte, ohne seine ausdrückliche Erlaubnis den Fuß aus dem Hause zu setzen. Das imponierte seinen Freunden nicht wenig; auch Planchet war über ein solches Maß an Pfiffigkeit erstaunt und sprach kein Wort mehr davon, daß er den Dienst quittieren wolle. So geschah es, daß Planchet bei seinem Herrn und d'Artagnan bei seinen Freunden heimisch wurde, und da er den Dienst, wenn er auch nicht in die Musketierrolle eingetragen war, trotzdem gewissenhaft mitversah, wurde er auch in der Kaserne bald allgemein beliebt.
Aber es kam die Zeit, da sich die Verheißungen Herrn von Trévilles erfüllten und d'Artagnan als Junker in die Gardekompanie, unter das Kommando des Herrn des Essarts, eintreten mußte. Er tat's mit schwerem Herzen, getröstet nur durch weitere Versprechen Herrn von Trévilles, ihm nach zweijähriger guter Führung Gelegenheit zu einer glänzenden Waffentat oder persönlichen Auszeichnung bei Seiner Majestät zu geben, worauf die Aufnahme in die Reihen der Musketiere erfolgen könnte. Das beruhigte d'Artagnan, und nun gingen Athos, Porthos und Aramis mit ihm auf die Wache, so daß an den Tagen, da d'Artagnan Dienst hatte, die Gardekompanie des Herrn des Essarts nicht um einen, sondern um vier Mann Zuwachs bekam.

8

Seitdem die Goldstücke König Ludwigs endgültig ausgegeben waren, befanden sich unsere vier jungen Freunde in einer bösen Klemme. Eine Zeitlang hatte wohl Athos mit seinen paar Hellern hergehalten. Dann war Porthos dran, der auf einige Tage verschwand und dann mit einigen Goldstücken in der Tasche wiederkehrte, wie es bei ihm in Finanznöten die Regel war, und auf diese Weise das gemeinsame Schiff weitere vierzehn Tage über Wasser hielt; bis zuletzt Aramis, dem es nicht darauf ankam, einmal Gerichtsbesuch in seinen vier Wänden zu sehen – jedenfalls sagte er das –, sich durch den Verkauf einiger Bände aus seiner theologischen Bibliothek in den Besitz einiger Goldfüchse setzte. Nun aber blieb bloß noch der Weg zu Herrn von Tréville, der sich nach langem Bitten zu einigen Vorschußzahlungen auf den vierteljährlich zahlbaren Sold bereitfinden ließ; aber lange reichte das für drei Musketiere, die schon allerhand rückständige Rechnungen zu begleichen hatten, und für einen Gardisten, der sich von solchen Erschwernissen des Lebens noch freizuhalten gewußt hatte, auch nicht, und als sie nun sahen, daß allmählich alles zur Neige zu gehen drohte, wurden durch eine letzte, äußerste Anstrengung neun Goldfüchse zusammengekratzt, mit denen Porthos sein Glück im Spiel versuchte. Aber Porthos hatte Pech, er verlor nicht bloß die neun Goldfüchse in bar, sondern obendrein ein Viertelhundert auf Ehrenwort; und nun wurde die Not der vier Kameraden so arg, daß man sie mit ihren Pagen, bleich vor Hunger, auf den Kais und in den Wachstuben herumlungern sah und sie jede Gelegenheit, wo es etwas zu nassauern gab, ängstlich wahrnahmen. Athos wurde viermal eingeladen und stellte sich jedesmal mit seinen Freunden und allen vier Pagen ein. Porthos erwischte sechsmal eine solche Gelegenheit und brachte auch immer die Freunde samt Pagen mit; Aramis brachte es bis auf acht Einladungen, denn er war nun einmal ein Mensch, der unauffällig viel erreichte. D'Artagnan hingegen, der in der Hauptstadt noch niemanden kannte, kam nur zu einem Schokoladenfrühstück, das ihm ein Pfarrer aus seiner Gegend, und einem Diner, das ihm ein Gardistenfähnrich spendierte. Derart hinter seinen Kameraden zurückzustehen war ihm höchst peinlich, denn daran, daß er sie mit seinem Anteil vom Geld des Königs ganze vier Wochen über Wasser gehalten hatte, dachte er bei seiner Gutmütigkeit nicht mehr, sondern er hielt sich ihnen gegenüber für verpflichtet und er machte sich nun, tätig und eifrig wie er war, Gedanken, wie sich die gemeinsame Situation aufbessern ließe. Daß vier kräftige, junge Leute zu weiter nichts tauglich sein sollten als zu müßigem Schlendern, zu Fechtstunden und Tändeleien wollte ihm nicht einleuchten. Er sagte sich vielmehr, daß man leicht irgendeinen Weg finden könnte, sobald sie nur den Willen dazu hätten; und was ihn dabei wunderte, war einzig und allein, daß vor ihm noch keiner auf diesen Gedanken gekommen war. Das beschäftigte ihn ernstlich, und er zermarterte sich das Hirn, um für diese vervierfachte Einheit eine bestimmte Richtung zu finden, denn er zweifelte keine Sekunde, daß sich mit ihr, wie mit dem Hebel des Archimedes, die Welt aus ihren Angeln heben ließe. Da klopfte es schwach an seiner Tür, er weckte Planchet und befahl ihm, aufzumachen. Der Leser glaube aber nicht, daraus folgern zu müssen, es sei vor Tag gewesen, daß d'Artagnan seinen Pagen weckte. O nein, es war schon vier Uhr nachmittags, und der Page, der um zwei Uhr nach Essen geschrien hatte, war von seinem Herrn mit der Redensart: Wer schläft, braucht nicht zu essen! abgefertigt worden und hatte sich daraufhin aufs Ohr gelegt, um das Essen zu verschlafen.

Ein Mann von schlichtbürgerlichem Aussehen trat über die Schwelle. Planchet, der Page, hätte ein bißchen Unterhaltung recht gern zum Nachtisch gehabt; der Gast erklärte aber, er müsse mit d'Artagnan unter vier Augen sprechen, denn es handle sich um eine Sache von großer Wichtigkeit. Daraufhin winkte d'Artagnan dem Pagen, das Feld zu räumen, und bat seinen Gast, sich zu setzen. Eine Weile herrschte Schweigen; die beiden maßen einander prüfend mit den Blicken. Dann verbeugte sich d'Artagnan zum Zeichen, daß er zu hören bereit sei.

»Mir ist zu Ohren gekommen«, begann der Bürger, nachdem er sich ein paarmal geräuspert hatte, »Herr d'Artagnan sei ein recht braver junger Herr, und das hat mich bestimmt, ihn zum Mitwisser eines Geheimnisses zu machen.« – D'Artagnan witterte Profit und forderte den Mann auf, sich näher auszusprechen. Aber der Bürger stockte wieder und fuhr erst nach einer Pause fort: »Ich habe mich vor etwa drei Jahren bestimmen lassen, mich zu verheiraten, obgleich die Person nur ein geringes Vermögen hatte; aber ihr Pate ist der Herr de la Porte, Mantelträger der Königin, und meine Frau, der es an Verstand so wenig fehlt wie an Schönheit, wäscht für die Königin.« – »Na, und weiter?« fragte d'Artagnan. – »Ja, und gestern früh«, fuhr der Bürger fort, »ist meine Frau, als sie den Fuß aus der Waschstube setzte, entführt worden.« – »Von wem?« – »Genau weiß ich es nicht, aber ich habe einen Verdacht.« – »Auf wen?« – »Auf einen, der ihr schon lange schöne Augen gemacht hat.« – »Donnerwetter!« – »Ich muß Ihnen aber sagen«, nahm der Bürger wieder das Wort, »es ist meiner Überzeugung nach weniger Liebe als Politik dabei am Werke.« – »Mehr Politik als Liebe?« wiederholte d'Artagnan, eine sehr bedächtige Miene aufsetzend. »Und gegen wen richtet sich Ihr Verdacht?« – »Ich weiß nicht, ob ich es sagen soll!« – »Übersehen Sie nicht, Herr, daß nicht ich zu Ihnen, sondern Sie zu mir gekommen sind; Sie wollten mir ohne Aufforderung ein Geheimnis mitteilen. Handeln Sie ganz nach Belieben; noch haben Sie Gelegenheit, sich zurückzuziehen.« – »Nicht doch, Herr! Sie sehen mir aus wie ein ehrenhafter Jüngling, und ich will Vertrauen zu Ihnen haben. Ich glaube also, daß meine Frau wegen einer Liebschaft einer sehr vornehmen Dame festgehalten wird.« – »Ach! Doch nicht wegen Madame de Bois-Tracy?« fragte d'Artagnan, der sich dem Bürger gegenüber als Mann von Welt zeigen wollte, dem die Affären bei Hofe nicht fremd seien. – »Höher hinaus, mein Herr, höher!« – »Wegen Frau von Aiguillon?« – »Noch höher!« – »Wegen Madame de Chevreuse?« – »Noch höher, weit höher!« – »Doch nicht wegen der ...«, d'Artagnan stockte, und der Bürger sagte so leise, daß man ihm kaum hörte: »Jawohl, Herr, jawohl!« – »Und mit wem?« – »Mit wem, wenn nicht mit dem Herzoge von ... Ja, Herr!« antwortete, seine Stimme noch tiefer dämpfend, der Bürger. – »Aber wieso wissen Sie das alles?« – »Von meiner Frau, Herr, von meiner Frau.« – »Und von wem weiß die es?« – »Von Herrn de la Porte. Ich habe Ihnen schon gesagt, daß sie sein Patenkind ist? Nun,

Herr de la Porte hatte sie zu Ihrer Majestät gebracht, die vom König verschmäht, vom Kardinal überwacht, von allen verraten wird, damit die arme Königin wenigstens einen Menschen habe, auf den sie sich verlassen ...«

»Ha!« rief d'Artagnan, »jetzt verstehe ich einiges!« — »Vor vier Tagen war nun meine Frau bei mir — sie hat sich nämlich ausbedungen, mich zweimal in der Woche besuchen zu dürfen —, denn, wie gesagt, sie hat mich sehr lieb ... sehr lieb ... und hat mir anvertraut, die arme Königin schwebe jetzt in sehr großer Angst.« — »In der Tat! Wie mir scheint, verfolgt sie der Kardinal schärfer denn je — und die Königin glaubt ...« — »Was glaubt die Königin?« — »Daß in ihrem Namen an den Herzog von Buckingham geschrieben worden sei!« — »Im Namen der Königin?« — »Ja, er sollte nach Paris kommen, um ihn in eine Falle zu locken!« — »Donnerwetter! Aber was hat bei all dem Ihre Frau zu schaffen?« — »Man weiß, wie treu sie an der Königin hängt, und will sie entweder von ihrer Gebieterin entfernen oder einschüchtern, um durch sie hinter die Geheimnisse der Königin zu kommen oder sie zu Spionagediensten zu verlocken.« — »Möglich«, sagte d'Artagnan, »aber wer hat sie verhaftet? Kennen Sie den Mann?« — »Ich glaube ja.« — »Wie heißt er?« — »Den Namen kenne ich nicht, ich weiß nur soviel, daß er ein Scherge des Kardinals ist.« — »Haben Sie ihn gesehen?« — »Ja, meine Frau hat ihn mir einmal gezeigt.« — »Hat er besondere Kennzeichen?« — »Er sieht sehr hochnäsig aus, hat schwarzes Haar, dunkle Gesichtsfarbe, stechende Augen, perlenweiße Zähne und an der Schläfe eine Narbe!« — »Ha, mein Mann von Meung!« schrie d'Artagnan. — »Ihr Mann, sagen Sie?« — »Wissen Sie, wo der Kerl wohnt?« — »Nein! Aber als ich meine Frau nach dem Louvre zurückbrachte, kam er gerade heraus, und da zeigte sie ihn mir.« — »Teufel!« murmelte d'Artagnan, »das sind alles halbe Geschichten. Von wem wissen Sie, daß Ihre Frau entführt worden ist?« — »Von Herrn de la Porte ...« — »Hat er Ihnen Einzelheiten mitgeteilt?« — »Er wußte nichts weiter.« — »Von anderer Seite haben Sie nichts erfahren?« — »Doch, etwas!« — »Und was?« — »Aber ich weiß nicht, ob ich nicht eine große Unklugheit ...« — »Sie wollen schon wieder ausweichen?« rief d'Artagnan. »Jetzt möchte ich Ihnen aber sagen, daß es kaum noch Zeit dazu sein dürfte.« – »Schockschwerenot, ich weiche nicht aus«, rief der Bürger, »so wahr ich Bonacieux heiße!« – »Bonacieux?« fragte d'Artagnan. – »Jawohl!« – »Ich habe das Gefühl, den Namen muß ich schon einmal gehört haben?« – »Kann schon sein, denn ich bin Ihr Hauswirt.« – »Oh«, rief d'Artagnan, sich leicht verneigend, »mein Wirt?« – »Ja, mein Herr, und da Sie mir, wahrscheinlich infolge zu großer Inanspruchnahme in diesem Quartal noch keine Miete bezahlt haben, ich Sie aber kein einziges Mal gemahnt habe, dachte ich, Sie würden sich für meine zarte Rücksicht erkenntlich zeigen...«

»Selbstverständlich, werter Herr Bonacieux«, versetzte d'Artagnan, »solches Entgegenkommen verdient allemal Dank, und wenn ich Ihnen irgendwie von Nutzen sein kann...« – »Ich glaube Ihnen, mein Herr, und, wie gesagt, mein Herr, so wahr ich Bonacieux heiße, ich habe Vertrauen zu Ihnen.« – »Nun, dann kommen Sie zu Ende, mein Herr!« – Der Bürger zog ein Stück Papier aus der Tasche und gab es d'Artagnan. – »Was, ein Brief?« rief dieser, trat, da der Tag zur Neige ging, ans Fenster, um ihn zu lesen.

»Suchen Sie Ihre Frau nicht«, las d'Artagnan. »Wenn man sie nicht mehr braucht, kommt sie ganz allein wieder zu Ihnen. Wenn Sie versuchen, ihren Aufenthaltsort herauszufinden, sind Sie verloren!« – »Hm, klar und deutlich«, sagte d'Artagnan, »aber schließlich bloß eine Drohung.« – »Ja, aber mich schreckt solch eine Dohung. Ich weiß den Degen nicht zu führen und habe Angst vor der Bastille.« – »Hm, ich reiße mich sowenig wie Sie nach der Bastille«, versetzte d'Artagnan, »wenn's bloß einen Degenstoß kostete, könnte es noch gehen.« – »Bei der Geschichte hatte ich auf Sie gerechnet, mein Herr.« – »Wirklich?« – »Ja, weil ich Sie immer in Gesellschaft der Musketiere des Herrn von Tréville sah und, wie andere Leute auch, recht gut weiß, daß die Königsmusketiere mit den Kardinalsgardisten in steter Fehde liegen, dachte ich, es würde Ihnen und Ihren Kameraden ein Gaudium sein, unserer armen Königin Hilfe und Beistand zu leisten und dem Kardinal dabei eins auszuwischen.« – »Da haben Sie nicht unrecht, mein Herr.« – »Und weil Sie mir nun ein Quartal den Zins schuldig sind und ich Sie noch kein einziges Mal gemahnt habe ...« – »Ja, das haben Sie mir schon einmal gesagt!« – »Und weil ich mir vorgenommen hatte, Ihnen für den Fall, daß Ihnen mit Geld gedient sein sollte, fünfzig Pistolen in bar anzubieten ...« – »Großartig! Aber, lieber Herr Bonacieux, so sind Sie wohl ein reicher Herr?« – »Nun, man ist nicht gerade ein armer Mann, lieber Herr; so ein paar tausend Tälerchen habe ich in der Handelsbank stecken, und mit ein paar Aktien, die ich auf die letzte Seefahrt unseres berühmten Jean Mocquet gezeichnet habe, bin ich auch nicht schlecht gefahren. Kurz und gut, mein Herr, Sie verstehen! Aber, Schockschwerenot, was ist denn das?« – »Was denn?« fragte d'Artagnan. – »Was sehe ich?« – »Wo?« – »Auf der Straße, vor Ihren Fenstern, in der Türnische dort, der Mann im Mantel.« – »Der ist's?« schrien d'Artagnan und der Bürger wie aus einem Munde, denn jeder hatte sofort den von ihm gesuchten Mann erkannt. – »Ha, diesmal, Freund, sollst du mir aber nicht wieder entwischen!« rief d'Artagnan.

Auf der Treppe rannte er gegen Athos und Porthos, die auf dem Wege zu ihm waren. Sie sprangen zur Seite, und d'Artagnan schoß wie ein Pfeil zwischen ihnen hindurch. »Mord und Brand!« schrien ihm die beiden Musketiere nach. »Wohin rennst du so eilig?« – »Der Mann von Meung!« erwiderte d'Artagnan und war verschwunden.

Als die Musketiere, die aus seiner Antwort wohl schließen konnten, um was es sich handelte, aber der Meinung waren, er würde schon wiederkommen, wenn er seinen Mann gefunden und abgefertigt hatte, in sein Zimmer traten, fanden sie es leer, denn der Hauswirt hatte es inzwischen vorgezogen, sich aus dem Staube zu machen.

9

Wie Athos und Porthos erwartet hatten, war d'Artagnan nach einer halben Stunde wieder da. Wiederum hatte er seinen Mann vergeblich gesucht, der wie durch einen Zauber verschwunden war. Mit dem Degen in der Faust war d'Artagnan durch alle Straßen der Nachbarschaft gerannt, hatte aber keine Spur von einem Menschen gefunden, der auch nur eine Ähnlichkeit mit dem Gesuchten aufwies, und war erst zu guter Letzt darauf gekommen, womit er eigentlich hätte anfangen sollen: er pochte nämlich an die Tür des Hauses, vor dem der Unbekannte gestanden, als er ihn vom Fenster aus gesehen hatte. Aber auch das führte zu keinem Erfolg, denn obwohl er ein reichliches dutzendmal den Klopfer betätigte, so daß das Haus in seinen Grundfesten zitterte, gab ihm doch niemand Antwort, und die Nachbarn, die infolge des Spektakels aus ihren Häusern traten oder die Nase zum Fenster hinaussteckten, erklärten ihm mitleidsvoll, daß das Haus, dessen sämtliche Fenster übrigens geschlossen waren, seit mindestens einem halben Jahre unbewohnt sei.

Während d'Artagnan in den Straßen herumirrte und an die Haustore donnerte, hatte sich Aramis zu Athos und Porthos gesellt, so daß d'Artagnan die ganze Sippe bei sich antraf. »Nun!« fragten alle drei gespannt. – »Nun«, schrie er, den Degen aufs Bett schleudernd, »der Kerl muß der Teufel in Person sein; wie ein Gespenst ist er verschwunden, wie ein Schatten, wie ein Phantom.« – »Glauben sie an Gespenster?« fragte Athos seinen Kameraden Porthos. – »Ich glaube bloß an das, was ich gesehen habe, und da das mit Gespenstern noch nicht der Fall war, glaube ich nicht daran.« – »Die Bibel legt uns den Glauben daran auf«, bemerkte Aramis. »Samuels Schatten erschien Saul, und an diesem Glaubenssatze, Porthos, lasse ich nicht rütteln.« – »Auf alle Fälle, ob Mensch oder Satan, Körper oder Schatten, Einbildung oder Wirklichkeit, ist dieser Mensch zu meiner Verdammnis geboren, denn seine Flucht hat uns um ein feines Geschäft gebracht! Ein Geschäft, wobei hundert Pistolen, vielleicht auch mehr, zu holen waren!« – »Wieso?« fragten Porthos und Aramis auf einmal, während Athos sich mit einem fragenden Blicke anschloß. – »Planchet«, rief d'Artagnan seinem Pagen zu, »lauf hinunter zu Bonacieux und sagte ihm, ich lasse um ein halbes Dutzend Flaschen Beaucency – meine Sorte – bitten.« – »Ha, du hast wohl Blankokredit bei deinem Wirt?« rief Porthos. – »Ja«, erwiderte d'Artagnan, »von heute ab, und seid beruhigt, schickt er uns eine schlechte Sorte, dann wird anderer verlangt.« – »Saugen, aber nicht aussaugen«, bemerkte der an Sentenzen überreiche Aramis. – »Ich habe ja immer gesagt, d'Artagnan ist das Genie von uns vieren«, rief Athos, um nach dieser geistvollen Bemerkung, für die d'Artagnan mit einer Verbeugung dankte, wieder in Stillschweigen zu versinken. – »Aber, nun heraus mit der Sprache!« rief Porthos. »Was ist eigentlich passiert?« – »Ja«, sagte Aramis, »bekennen Sie, Freund, sofern nicht eine Dame dabei im Spiele ist, wenn ja, wäre es freilich richtiger zu schweigen.« – »Keine Sorge«, versetzte d'Artagnan, »es wird niemandes Ehre durch das, was ich mitzuteilen habe, angetastet.« – Und nun erzählte er Wort für Wort, was zwischen seinem Hauswirt und ihm vorgegangen und daß der Mann, der die biedere Hausfrau entführt habe, derselbe sei, mit dem er in Meung im Gasthof »Zum Freimüller« zusammengetroffen sei.

»Keine schlechte Sache«, bemerkte Athos, nachdem er von dem Weine gekostet und beifällig mit der Zunge geschnalzt hatte, »aus dem Biedermanne lassen sich fünfzig bis sechzig Pistolen herausholen. Wir haben bloß zu erwägen, ob dieser Betrag das Risiko von vier Köpfen aufwiegt.« – »Vergeßt nicht«, rief d'Artagnan, »daß bei der Geschichte eine Dame eine Rolle spielt, die entführt worden ist, der sicher Unheil droht, die man vielleicht foltert, und alles, bloß weil sie treu zu ihrer Herrin hält.« – »Nicht überschwenglich sein, d'Artagnan!« sprach Aramis. »Frau Bonacieux! Das Weib ist zu unserem Verderben geboren, und alles Unglück kommt vom Weibe.« – Athos runzelte über dieses Zitat seines Kameraden finster die Brauen. – »Nicht Madame Bonacieux bereitet mir Sorge«, rief d'Artagnan, »wohl aber die Königin, die der König verschmäht, der Kardinal verfolgt und die all jene Freunde um sich her mit dem Tode bedroht sieht.« – »Warum liebt sie ausgerechnet die uns von allem auf Erden am meisten verhaßten Engländer und Spanier?« – »Spanien«, versetzte d'Artagnan, »ist ihr Heimatland; warum sollte sie nicht an Spaniens Bewohnern hängen? Und was den andern Vorwurf, den man ihr macht, betrifft, so habe ich gehört, daß sie nicht die, sondern einen Engländer liebt.« – »Und, meiner Treu«, rief Athos, »man muß sagen, daß dieser Engländer es wohl verdient, geliebt zu werden. Nie sah ich einen vornehmeren Herrn!« – »Von seiner makellosen Toilette gar nicht zu reden«, sagte Porthos. »Ich war im Louvre, als er seine Perlen ausstreute, und habe, Mord und Brand, zwei davon aufgehoben und für zehn Pistolen verkauft. Und du, Aramis, kennst du ihn?« – »So gut wie Sie, meine Herren, denn ich gehörte zu denen, die ihn im Garten von Amiens festnahmen, wohin mich Herr von Putange, der Stallmeister der Königin, geführt hatte. Ich war damals im Seminar, und das Abenteuer erschien mir höchst grausam für den König.« – »Was aber kein Hinderungsgrund sein sollte, den Herzog, wenn ich ihn finden könnte, an der Hand zu nehmen und zur Königin zu führen, wär's auch bloß, um den Kardinal in Wut zu setzen; denn unser wirklicher, einziger, unser ewiger Feind ist der Kardinal, meine Herren, und wenn wir ein Mittel ausfindig machen könnten, ihm einen bösen Streich zu spielen, so setzte ich gern meinen Kopf dafür ein.«

»Und der Krämer, d'Artagnan, hat Ihnen gesagt«, erwiderte Athos, »daß die Königin in dem Glauben sei, man habe Buckingham unter falschem Vorwand herzitiert!« – »Sie befürchtet es.« – »Abwarten, abwarten!« sagte Aramis. – »Und was, bitte?« fragte Porthos. – »Macht, was Ihr wollt, aber laßt mich zuerst nachdenken!« – »Und ich bin überzeugt«, sagte d'Artagnan, »daß die Entführung dieser Kammerfrau der Königin im Zusammenhang steht mit den Vorgängen, von denen wir reden, vielleicht gar mit der Anwesenheit Buckinghams in Paris.« – »Dieser Gascogner ist ein kluger Kopf!« rief Porthos voll Bewunderung. »Ich höre ihn immer gern«, sagte Athos, »sein Dialekt amüsiert mich. Aber lassen wir Aramis das Wort.«

»Gestern war ich bei einem gelehrten Lizentiaten, dessen Rat ich hin und wieder bei meinen Studien einhole.« – Athos verzog den Mund. – »Er wohnt in einem abgelegenen Stadtviertel«, fuhr Aramis fort, »wie es Beruf und Neigung bei ihm bedingen. Als ich den Fuß wieder aus seinem Hause setzte ...« – Hier machte Aramis eine Pause. – »Nun?« fragten seine drei Zuhörer gespannt. – Aramis stockte wie ein Lügner, der sich vor einem unvermuteten Dilemma sieht, aus dem er keinen Ausweg weiß, aber die Augen seiner drei Kameraden waren starr auf ihn gerichtet, ihre Ohren lauschten gespannt, und es gab kein Zurückweichen mehr.

»Der Lizentiat hat eine Nichte«, begann Aramis wieder. –

»Ah!« machte Porthos. – »Eine respektable Person«, fuhr Aramis fort. – Die drei Freunde verzogen den Mund. – »Wenn Sie lachen oder zweifeln«, rief Aramis, »dann erzähle ich nicht weiter.« – »Wir sind gläubig wie Mohammedaner und stumm wie Katafalke«, sagte Athos. – »Also weiter«, sagte Aramis. – »Die Nichte besucht manchmal ihren Oheim; gestern zufällig zur selben Zeit wie ich, und ich mußte mich erbieten, sie zu ihrer Equipage zu führen.« – »Siehe da«, rief Porthos, der eine lose Zunge hatte, »famose Bekanntschaft, mein Lieber.« – »Porthos, wie oft habe ich Ihnen schon gesagt«, rief d'Artagnan, der dem Abenteuer schon auf den Grund sah, »Sie sollten diese Scherze lassen! Die Sache wird ernst. Aramis, bitte fahren Sie fort!« – »Plötzlich tritt ein großer, brünetter Mann mit adeligen Manieren ...« – »Halt! Einer vom Schlag, wie Sie ihn suchen, d'Artagnan!« – »Vielleicht derselbe«, meinte dieser. – »Möglich«, fuhr Aramis fort, »tritt auf mich zu, sage ich, in Begleitung von einem halben Dutzend Kerlen, die etwa zehn Schritt Distanz halten, und redet mich mit dem höflichsten Tone der Welt an: ›Herzog – und Sie, Madame‹, wendet er sich zu der Dame, die ich am Arme führte ...« – »Zur Lizentiatennichte!« – »Still doch, Porthos!« rief Athos, »Sie werden unausstehlich!« – »›Bitte‹, fährt der Mann fort, ›steigen Sie hier ein, ohne Widerstand, ohne Aufsehen.‹«

»Er hatte Sie für Buckingham gehalten!« rief d'Artagnan. – »Das glaube ich auch«, sagte Athos. – »Aber die Dame?« fragte Porthos. – »Die hatte er für die Königin gehalten«, sagte d'Artagnan. – »Richtig«, erwiderte Aramis. – »Dieser Gascogner ist doch der Teufel in Person!« rief Athos. »Ihm entgeht nichts.« – »Die Sache ist die«, sagte Porthos, »daß Aramis tatsächlich Ähnlichkeit mit der Figur und Haltung des schönen Herzogs hat; immerhin bliebe aber, scheint mir, die Musketierskasacke zu bedenken?« – »Ich trug einen langen, weiten Mantel!« sagte Aramis. – »Im Juli? Donnerwetter!« rief Porthos. »Dein Lizentiat fürchtete wohl, du könntest erkannt werden?« – »Daß der Spion sich durch die Haltung irritieren ließ«, sagte Athos, »läßt sich doch verstehen, aber das Gesicht ...« – »Ich hatte einen großen Hut auf«, erklärte Aramis. – »Was, so viele Vorsichtsmaßregeln, um Theologie zu studieren!« rief Porthos. – »Meine Herren, verlieren wir doch nicht soviel Zeit mit Scherzen!« rief d'Artagnan. »Machen wir uns getrennt auf die Suche nach der Krämersfrau. Das ist der Schlüssel zur Intrige.« – »Eine Frau von so niedriger Stellung, d'Artagnan«, rief Porthos, verächtlich den Mund verziehend. – »Was wollen Sie? Sie ist das Patenkind La Portes, und La Porte ist der Kammerdiener der Königin. Ich sagte es doch bereits, meine Herren? Zudem ist es vielleicht kluge Berechnung von seiten Ihrer Majestät, Beistand in so niederen Schichten zu suchen? Die erhabenen Häupter sind von weitem sichtbar, und der Kardinal hat ein scharfes Auge.« – »Schön«, meinte Porthos, »aber legen wir dem Krämer gegenüber erst unsere Forderung fest, und nicht zu knapp!« – »Nicht nötig«, sagte d'Artagnan, »denn ich glaube, daß wir, wenn er uns nicht bezahlt, von anderer Seite bezahlt werden.«

In diesem Augenblick polterten Schritte auf der Treppe, die Tür wurde aufgerissen, und der unglückliche Krämer stürzte in das Zimmer. »Retten Sie mich, retten Sie mich, meine Herren! Vier Mann kommen, um mich zu arretieren! Retten Sie mich, retten Sie mich!« – Porthos und Aramis sprangen auf. – »Einen Augenblick«, rief d'Artagnan und bedeutete ihnen, die Degen wieder einzustecken, »hier braucht es nicht Mut, sondern Klugheit.« – »Aber wir werden doch nicht ...« begann Porthos. – »Sie werden d'Artagnan machen lassen«, sagte Athos, »er ist unser Kopf, wie ich schon gesagt habe, und ich leiste ihm unbedingten Gehorsam. D'Artagnan, handeln Sie nach Ihrem Belieben!«

Vier Gardisten erschienen auf der Schwelle des Vorzimmers, zögerten aber, weiter zu treten, als sie die vier bewaffneten Musketiere im Zimmer erblickten. – »Bitte, nur herein, meine Herren«, sagte d'Artagnan, »Sie sind hier bei mir, und wir sind alle treue Diener des Königs und des Kardinals.« – »Sie werden sich, meine Herren, den Befehlen nicht widersetzen, die wir empfangen haben?« fragte der Patrouillenführer. – »Im Gegenteil, meine Herren, wir würden Ihnen, sofern vonnöten, bewaffneten Beistand leisten.« – »Aber was faselt denn dieser Mensch?« brummte Porthos. – »Still«, verwies ihn Athos. – »Aber Sie versprachen mir doch ...« stotterte der arme Krämer. – »Wir können Sie bloß retten, wenn wir die

Freiheit behalten«, flüsterte d'Artagnan ihm zu, »und wenn wir Miene machen, Sie zu verteidigen, werden wir mit Ihnen abgeführt.« – »Es scheint mir aber...«
»Kommen Sie, meine Herren, kommen Sie«, sagte d'Artagnan laut, »ich habe keinen Grund, diesen Herrn hier zu schützen, ich sehe ihn heute zum erstenmal, zudem aus höchst unangenehmem Anlaß: er kam nämlich – Sie können ihn selbst fragen – zu mir, um sich die Miete zu holen, die ich ihm für das laufende Quartal noch schulde. – Verhält es sich so, Herr Bonacieux?« – »Es ist die lautere Wahrheit; bloß verschweigt Ihnen der Herr...« – »Schweigen Sie über mich«, flüsterte d'Artagnan, »über meine Freunde, über die Königin, oder Sie verderben alles, ohne daß es Ihnen etwas nützt!... Vorwärts, meine Herren! Führen Sie den Mann ab!« und d'Artagnan schob den verdutzten Krämer den Gardisten in die Hände. »Sie sind ein Halunke!« schrie er Bonacieux an, »kommen herauf zu mir, Geld einzutreiben? Von mir, einem Musketier? – Ins Loch, meine Herren! Ins Loch mit ihm, und halten Sie ihn hinter doppeltem Riegel! Desto länger bleibt mir Zeit mit der Bezahlung!«
Die Häscher bedankten sich artig und schleppten ihre Beute mit sich. Als sie den Fuß zurück über die Schwelle setzten, klopfte d'Artagnan dem Patrouillenführer herzlich auf die Schulter, füllte zwei Gläser mit dem Wein des Herrn Bonacieux und rief: »Auf Ihre Gesundheit, mein Herr! Sie kommen doch nach?« – »Hohe Ehre! Hohe Ehre!« stotterte der Patrouillenführer, »wird dankbar akzeptiert!« – »Ihr Name, bitte?« – »Boisrenard!« – »Auf Ihr Wohl, Herr Boisrenard! Auf ihr Wohl!« – »Dies Glas auf Ihr Wohl, mein Herr! Ihr Name?« – »D'Artagnan.« – »Ihr Wohl, Herr d'Artagnan!« – »Vor allen Dingen, meine Herren«, rief d'Artagnan begeistert, »auf das Wohl Seiner Majestät und Seiner Eminenz!«
Wäre es billiger Wein gewesen, den ihm d'Artagnan kredenzte, so hätte der Patrouillenführer vielleicht Argwohn geschöpft, da es aber eine gute Marke war, glaubte er dem neuen Freunde.
»Welch einen Blödsinn haben Sie da gemacht?« rief Porthos, als die vier Freunde sich wieder allein befanden. »Vier Musketiere lassen einen armen Teufel, der sich an sie um Beistand

wendet, aus ihrer Mitte heraus verhaften? Pfui! Und ein Edelmann trinkt mit einem Gardistenknecht? Pfui!« – »Athos hat dir schon gesagt, Porthos, daß du ein Dummkopf bist, und ich sage das gleiche! D'Artagnan, du bist ein patenter Mensch, und bist du erst einmal auf Herrn von Trévilles Posten, dann sorge um eine Abtei für mich!« – »Da werde der Teufel klug!« rief Porthos. »Ihr pflichtet dem Gascogner bei?« – »Ich gratuliere ihm zu seinem Einfalle!« rief Athos.

»Und nun, meine Herren«, rief d'Artagnan, nicht weiter bemüht, Porthos die Sache zu erklären, »unser Wahlspruch gilt: Alle für einen, einer für alle!« – »Aber«, hub Porthos an. – »Hebe die Hand auf und schwöre!« riefen ihm Athos und Aramis wie aus einem Munde zu. Besiegt durch das Beispiel und doch leise fluchend, hob Porthos die Hand, und die vier Freunde gelobten mit lauter, fester Stimme: »Alle für einen, einer für alle!«

»Recht so«, rief d'Artagnan, »nun geht ruhig nach Hause und haltet die Ohren steif! Von jetzt an heißt's: Auf zum Kampfe wider den Kardinal!«

10

Die Erfindung der Mausefalle stammt nicht aus unseren Tagen, sondern ist, wie alles auf Erden, ein Kind der Kultur, und als die menschliche Gesellschaft bis zur Institution der Polizei gelangt war, erfand die Polizei die Mausefallen. Steht in irgendeinem Hause ein Mensch unter Verdacht irgendeines Verbrechens, so hält man seine Festnahme geheim, legt vier bis fünf Mann im ersten Wohnraum in den Hinterhalt, öffnet jedem, der klopft, die Tür, schließt sie hinter ihm und nimmt ihn fest; auf diese Weise hat man binnen weniger Tage so ziemlich alle in der Gewalt.

Eine solche Mausefalle wurde auch im Hause des Herrn Bonacieux aufgestellt, und wer von jetzt ab sich dort sehen ließ, der wurde von den Gardisten festgenommen und verhört. Indessen betraf diese Verfügung nicht Personen, die zu d'Artagnan kamen, weil zu dessen Wohnung ein eigener Aufgang führte. Übrigens kam auch außer den drei Musketieren niemand zu ihm; sie hatten sich, jeder für sich, auf Kundschaft gelegt, aber keiner von ihnen hatte irgend etwas ausfindig machen können, was von Bedeutung gewesen wäre. Athos war soweit gegangen, sich bei Herrn von Tréville zu erkundigen, was diesen nicht wenig verwunderte, denn der brave Musketier war, wie gesagt, sonst die Schweigsamkeit in Person. Aber Tréville wußte nichts weiter zu berichten, als daß der Kardinal, als er ihn zuletzt beim König und der Königin gesehen hatte, ein sehr bekümmertes, der König ein unruhiges Gesicht gezeigt, der Königin aber an den Augen anzusehen gewesen sei, daß sie geweint oder eine schlaflose Nacht gehabt hatte. Das letztere habe ihn aber kaum überrascht, denn die Königin habe seit ihrer Verheiratung selten anders ausgesehen.

D'Artagnan setzte keinen Fuß mehr aus dem Hause und hatte seine Wohnung zu einem Beobachtungsplatz gemacht. Vom Fenster aus konnte er jeden sehen, der in die Falle ging, und da er vom Fußboden die Dielen aufgehoben und von dem darunterliegenden Raume, worin die Festgenommenen das erste Verhör bestehen mußten, nur durch eine dünne Decke getrennt war, konnte er auch alles hören, was dort geschah. Die Fragen lauteten durchwegs: Ob Bonacieux oder seine Frau sich nach etwas erkundigt oder etwas für sich bestellt oder im Vertrauen etwas mitgeteilt hätten.

Wüßten sie etwas, sagte sich d'Artagnan, so würden sie nicht fragen, aber was wollten sie eigentlich herauskriegen? Ob der Herzog von Buckingham sich in Paris aufhalte und ob er mit der Königin ein Stelldichein gehabt habe oder nicht? D'Artagnan hielt an diesem Gedanken fest, der übrigens nach allem, was ihm zu Ohren gekommen war, auch einige Wahrscheinlichkeit hatte. Unterdessen funktionierte die Mausefalle weiter und d'Artagnan blieb auf seinem Lauscherposten. Am zweiten Tage nach der Verhaftung des armen Bonacieux, um neun, als Planchet eben beim Bettenmachen war, klopfte es heftig an die Haustür. Sie wurde geöffnet und wieder geschlossen: jemand war also in die Falle gegangen. D'Artagnan stürzte zu der Stelle, wo er die Dielen aufgehoben hatte, legte sich auf den Bauch und lauschte. Bald erschallte lautes Geschrei, dann tiefe Seufzer, die man zu ersticken suchte, aber von einem Verhör war keine Rede.

Teufel! dachte d'Artagnan, es schien eine Frau zu sein! Sie wird durchsucht und leistet Widerstand! Man tut ihr Gewalt an! Diese Schurken! D'Artagnan mußte sich zusammennehmen, dem Auftritt, der sich unter ihm abspielte, fernzubleiben.
»Aber hören Sie doch«, rief eine Stimme, »daß ich die Hausherrin bin! Meine Herren, ich bin Frau Bonacieux und ich sage Ihnen, ich stehe im Dienste der Königin!« – »Frau Bonacieux?« flüsterte d'Artagnan, »sollte ich gefunden haben, was jeder sucht, das wäre ja mehr Glück, als ich erhoffen durfte!« – Die anderen Stimmen wurden immer leiser; dann hörte d'Artagnan Gepolter, wie wenn jemand gestoßen würde und sich vergeblich wehrte. – »Laßt mich! Laßt mich, ihr Herren!« klang es dumpf. Dann waren bloß unartikulierte Töne zu hören. »Die Kerle knebeln sie und wollen sie fortschleppen!« rief d'Artagnan und sprang auf. »Meinen Degen! Meinen Degen! Schön, er hängt schon an der Seite ... Planchet!« – »Mein Herr?« – »Renne zu Athos, Porthos und Aramis; einen triffst du sicher zu Hause; vielleicht alle drei. Sie sollen auf der Stelle kommen und Waffen mitbringen.« – »Aber wo wollen Sie denn hin?« rief Planchet. »Wo wollen Sie hin, Herr?« – »Ich springe zum Fenster hinunter«, schrie d'Artagnan, »um schneller unten zu sein. Lege die Dielen auf den Boden, verwische die gröbsten Spuren und lauf, wohin ich dir sagte.« – »Jawohl, mein Herr«, rief Planchet, »aber Sie setzen Ihr Lebens aufs Spiel!« – »Dummkopf!« rief d'Artagnan und schwang sich aus dem ersten Stockwerk, das zum Glück nicht besonders hoch war, auf die Erde hinunter, wo er ohne die geringste Schramme ankam. Dann schlug er mit dem Hammer gegen die Tür, vor sich hinmurmelnd: »Jetzt mögen sie auch mich in ihrer Falle fangen, aber wehe den Katzen, die sich an eine solche Maus wagen!« Kaum war der Hammer gefallen, als sich die Tür auch schon öffnete; wie ein Rasender stürmte d'Artagnan mit dem Degen in der Faust über die Schwelle; die Tür fiel hinter ihm ins Schloß, und im nächsten Augenblick konnten die Nachbarn und Hausbewohner Schreien, Stampfen und Waffengeklirr hören, und ein paar Augenblicke später sahen sie vier schwarzkostümierte Gestalten, aufgescheuchten Raben gleich, zur Tür hinausschießen und fliehen.

D'Artagnan hatte einen verhältnismäßig mühelosen Sieg errungen, da nur ein einziger von den Häschern bewaffnet gewesen war. Die anderen hatten versucht, ihn mit Stühlen, Bänken und Töpfen niederzuschlagen, aber ein paar Hiebe, die ihnen unser Gascogner mit seinem Flamberg versetzt hatte, hatten sie dermaßen in Angst gesetzt, daß sie schleunigst die Flucht ergriffen und d'Artagnan das Feld überließen.
Die arme Frau Bonacieux war, halb ohnmächtig, auf einen Stuhl gesunken; d'Artagnan schaute sie mit einem raschen Blick prüfend an: sie war eine niedliche Frau, Mitte der Zwanzig, brünett, blauäugig, mit leichtem Stupsnäschen und einem rosa Teint. Hier aber hörten die Merkmale auf, die sie mit der vornehmen Dame gemein hatte, denn ihre Hände waren wohl weiß, aber nicht zart, und ihre Füße deuteten auch nicht auf eine Frau von Stand. Zum Glück war d'Artagnan zur Zeit nicht in der Stimmung, sich mit diesen Einzelheiten zu befassen. Sein Blick streifte nämlich gerade einen Gegenstand, der auf der Erde lag, ein Batisttaschentuch, das er aus Gewohnheit aufhob, und in dessen Ecke er dasselbe Monogramm wahrnahm, wie an jenem andern, das ihn fast in die schlimmsten Händel mit Aramis gebracht hätte. Seitdem hatte er eine heilige Scheu vor gestickten Taschentüchern und schob das eben aufgehobene, ohne ein Wort zu äußern, der Bürgersfrau in die Tasche, die unmittelbar darauf wieder zu sich kam, die Augen aufschlug, sich erschrocken umsah und, als sie wahrnahm, daß niemand sonst im Zimmer war, ihren jungen Befreier lächelnd — oh, sie hatte ein gar süßes Lächeln! — die Hand reichte und tief ergriffen sagte: »Ach, Sie haben mich errettet, mein Herr, und erlauben mir nun wohl, daß ich Ihnen danke?« — »Meine Dame«, erwiderte d'Artagnan, »ich habe nur getan, was jeder Edelmann an meiner Statt getan hätte; Sie brauchen mir also nicht zu danken.« — »O doch, mein Herr, doch, und Sie werden sehen, daß ich nicht undankbar bin. Aber was wollten die Menschen bloß von mir? Ich habe im ersten Augenblick gedacht, es seien Diebe. Wo ist denn Bonacieux?« — »Meine Dame, die Leute waren schlimmer als Diebe, es waren Häscher des Kardinals! Und was Ihren Mann, Herrn Bonacieux, betrifft, nun, er ist deswegen nicht hier, weil man ihn gestern in die Bastille gebracht hat.« — »Mein Gott! Warum denn?

Was hat er verbrochen, der arme Mensch, der doch die Harmlosigkeit in Person ist?« Ein schwaches Lächeln huschte über das Gesicht der kleinen Frau. – »Was er verbrochen hat?« wiederholte d'Artagnan. »Ich glaube, sein einziges Verbrechen war, daß er das Pech hat, Ihr Mann zu sein.« – »Mein Herr, Sie wissen also ...« – »Daß Sie entführt worden sind, Madame? Ja, das weiß ich.« – »Und wissen Sie auch, von wem? O bitte, sagen Sie es mir!« – »Von einem Menschen etwa Mitte der Vierzig, mit schwarzem Haar, kastanienbraunem Teint und einer Narbe an der linken Schläfe.« – »Richtig, richtig! Aber sein Name?« – »Den kenne ich nicht.« – »Und mein Mann? Hat er es gewußt?« – »Der Entführer hat es ihm selbst gesagt.« – »Er vermutet einen politischen Grund.« – »Er hat sicher recht. Aber mich hat er dabei nicht verdächtigt?« – »Ach, liebe Frau! Im Gegenteil, er war voll des Lobes über Ihre Klugheit und Schönheit.« Wieder huschte ein Lächeln um die rosigen Lippen der kleinen Frau.

»Aber wie ist Ihnen die Flucht geglückt?« fragte d'Artagnan. – »Es traf sich, daß ich einen Augenblick allein war, und da ich merkte, wie es sich um meine Entführung verhielt, ließ ich mich an einem Bettuch vom Fenster herab und lief hierher, weil ich dachte, meinen Mann anzutreffen.« – »Er sollte sie schützen?« – »Ach nein, das dachte ich nicht; ich weiß ja, daß er es nicht könnte! Aber er hätte uns in anderer Weise nützen können, und darüber wollte ich mit ihm sprechen.« – »Und wie hätte er nützen können?« – »Oh, nicht, das ist mein Geheimnis! Ich kann darüber nicht sprechen.« – »Sie haben recht! Ich bin bloß ein einfacher Soldat, und der Ort ist wohl auch nicht geeignet zu vertraulichen Mitteilungen. Zudem läßt sich annehmen, daß die Kerle, die ich eben aus Ihrer Wohnung gejagt habe, bewaffnet und mit Verstärkung bald wieder hier sein werden. Treffen sie uns dann noch an, so sind wir verloren. Ich habe wohl nach drei Kameraden geschickt, weiß aber nicht, ob mein Page sie zu Hause traf.« – Die Frau schob den Arm unter den d'Artagnans und zog ihn mit sich fort. – »Aber wohin sollen wir fliehen?« rief d'Artagnan. – »Nur erst weg aus diesem Hause! Das weitere wird sich dann finden«, erwiderte die Frau.

Ohne die Haustür zu schließen, rannten sie die Rue des

Fossoyeurs entlang und hielten erst inne, als sie den Platz Saint-Sulpice erreicht hatten. – »Und wohin nun?« fragte d'Artagnan. – »Was soll ich sagen?« erwiderte Frau Bonacieux. »Ich wollte Herrn de la Porte aufsuchen, weil ich von ihm zu erfahren gedenke, was in den letzten drei Tagen im Louvre vorgegangen ist und ob ich mich dort wieder zeigen dürfe.« – »Den Gang könnte ich doch machen?« fragte d'Artagnan. – »Aber man kennt Sie ja dort nicht und wird Sie nicht einlassen.« – »Es ist doch ein Portier da? Wüßte ich die Parole ...« – Die Frau fixierte den Jüngling scharf. »Wenn ich sie Ihnen sagte«, fragte sie, »würden Sie das Losungswort vergessen, sobald Sie sich dessen bedient hätten?« – »So wahr ich ein Edelmann bin!« – »Gut, ich vertraue Ihnen; aber wo soll ich in der Zwischenzeit bleiben?« – »Sie wissen niemand, bei dem Herr de la Porte Sie treffen könnte?« – »Ich mag mich niemandem zeigen.« – »Halt! Wir sind gerade an der Tür von Athos ... So wird es gehen«, rief d'Artagnan. – »Wer ist Athos?« fragte Frau Bonacieux. – »Ein Freund von mir.« – »Aber ich kann doch zu keinem Herrn gehen, den ich nicht kenne?« – »Er ist jetzt nicht zu Hause, und wenn ich Sie in sein Zimmer geführt habe, schließe ich ab und nehme den Schlüssel mit.« – »Aber mein Ruf?« – »Man kennt Sie doch hier nicht, und in einer Lage wie der unsrigen darf man es mit gewissen Dingen nicht allzu genau nehmen.« – »Gut! So gehen wir hin! Wo wohnt Ihr Freund?« – »Ganz in der Nähe: Rue Férou.«

Athos war, wie d'Artagnan vermutet hatte, nicht zu Hause. Er führte Frau Bonacieux die Treppe hinauf in die Wohnung, klinkte hinter sich zu und sagte, sie solle es sich bequem machen, niemandem öffnen, außer wenn dreimal hintereinander geklopft würde. – »Schön«, erwiderte die Frau, »doch muß ich nun auch Ihnen Instruktionen geben.« – »Bitte!« – »Im Louvre fragen Sie nach Germain, sagen ihm die Parole ›Tours und Brüssel‹, worauf er Sie hereinlassen wird, lassen Herrn de la Porte rufen und bitten ihn, sich zu mir zu bemühen.« – »Schön! Und wann sehe ich Sie wieder?« – »Ist Ihnen daran gelegen?« – »Ja!« sagte d'Artagnan. – »Warten Sie die Zeit ab«, sagte Frau Bonacieux. »Ich baue auf Sie.« – »Sie sollen sich nicht täuschen.«

Mit einem liebevollen Blick sagte er der Frau Lebewohl und eilte die Treppe hinunter, er hörte sie noch die Tür doppelt hinter ihm verschließen und war schnell im Louvre. Als er durch die Pforte schritt, schlug es zehn. Germain, der Portier, verbeugte sich tief, als er die Parole hörte; zehn Minuten später war de la Porte in der Loge; mit zwei Worten hatte d'Artagnan ihn unterrichtet und ihm gesagt, wo er Frau Bonacieux finden würde; de la Porte ließ sich Straße und Nummer zweimal sagen und rannte weg. Aber kaum, daß er sich entfernt hatte, kam er wieder. »Junger Mann«, sagte er, »einen Rat!« – »Bitte!« – »Sie könnten wegen des Vorgefallenen Scherereien haben. Haben Sie einen Bekannten oder Freund, dessen Wanduhr nachgeht?« – »Was soll ich damit?« – »Hm, laufen Sie hin, damit Sie einen Zeugen haben, daß Sie vor halb zehn Uhr bei ihm gewesen sind. Im Rechtswesen nennt man das ein Alibi.«
D'Artagnan hielt den Rat für gut, nahm die Beine unter den Arm und ließ sich, bei Herrn von Tréville angelangt, nicht in den Salon, sondern in das Privatkabinett führen. Da er dort regelmäßiger Gast, zudem als Landsmann bekannt war, machte das weiter keine Schwierigkeiten, und Herr von Tréville wurde gerufen. Er erschien auch bald und erkundigte sich freundlich, womit er seinem jungen Freunde dienen könnte; sein Besuch zu so vorgerückter Stunde müsse doch eine ganz bestimmte Ursache haben? – »Entschuldigen Sie, gnädiger Herr«, sagte d'Artagnan, der den Augenblick, wo er allein war, benutzt hatte, die Uhr um eine dreiviertel Stunde zurückzustellen, »ich habe gemeint, da es erst fünf Minuten vor halb zehn ist, noch bei Ihnen vorsprechen zu dürfen.« – »Erst fünf Minuten vor halb zehn?« rief Herr von Tréville, einen Blick auf die Wanduhr werfend. »Aber das kann doch gar nicht sein!« – »Sehen Sie, bitte, auf die Uhr, gnädiger Herr«, erwiderte d'Artagnan, »es stimmt doch!« – »Allerdings«, sagte Tréville, »aber ich hätte gedacht, es müsse später sein. Doch nun sagen Sie mir, was Sie von mir wollen!«
D'Artagnan erzählte nun Herrn von Tréville eine lange Geschichte über die Königin, setzte ihm die Befürchtungen auseinander, die ihn um Ihre Majestät erfüllten, erzählte ihm, was er von den Plänen des Kardinals hinsichtlich Buckinghams

gehört habe, und alles mit einer Ruhe und Wichtigkeit, von der sich Herr von Tréville um so leichter täuschen ließ, da er, wie uns ja bekannt ist, wahrgenommen hatte, daß sich zwischen König, Königin und Kardinal etwas Neues anbahnte.
Als es zehn Uhr schlug, verließ d'Artagnan Herrn von Tréville, der ihm für die interessante Auskunft dankte und sich in seinen Salon zurückbegab. Unten an der Treppe besann sich d'Artagnan, daß er seinen Stock vergessen hatte, rannte noch einmal hinauf und rückte mit einem Fingerdruck den Zeiger der Wanduhr wieder vor, damit nicht am andern Tage bemerkt würde, daß sie nachgehe. Da er nun einen Zeugen für sein Alibi hatte, trollte er sich vergnügt, aber auf einem weiten Umweg, heim.

11

Woran dachte d'Artagnan unterwegs, als er, bald seufzend, bald lächelnd, den Blick zu dem gestirnten Himmel hinaufrichtete? An den armen Krämer, der in der Bastille schmachtete? Kaum, aber an dessen junge, hübsche Frau! Für einen Musketiersaspiranten war sie auch wirklich ein Leckerbissen, um nicht zu sagen, das Ideal aller Weiblichkeit. Sie war niedlich, hatte einen Hauch von Geheimnis um sich, was sich in ihrem ganzen Gesichtsausdruck widerspiegelte, und stand in dem Ruf, ein mitfühlendes Herz zu besitzen, was bekanntlich für junge Liebhaber einen unwiderstehlichen Reiz ausmacht. Obendrein hatte d'Artagnan sie aus den Händen dieser Satansknechte befreit, die sie durchsuchen und malträtieren wollten, und dieser nicht unerhebliche Dienst hatte zwischen ihr und ihm eines jener Dankgefühle hervorgerufen, die so leicht zu einer zarten Bindung führen.
D'Artagnan sah sich bereits in seinen kühnsten Phantasieträumen von einem Liebesboten der jungen Frau beehrt, der ihm ein Stelldichein meldete mit der nicht minder beglückenden Beigabe einer goldenen Kette oder gar eines Diamanten. Wie schon gesagt, die jungen Herren trugen damals keine Bedenken, sich ein Trinkgeld von ihrem Könige in die Hand drücken zu lassen; ja, die Sitten waren damals so frei, daß sich ein junger Herr keine Gedanken machte, wenn er von seiner Herzaller-

liebsten mit kostbaren Angebinden bedacht wurde, die als greifbarer Ersatz für den ewigen Wankelmut weiblicher Empfindungen aufgefaßt wurden. So galt es damals nicht für beschämend, durch Frauen Karriere zu machen. Wer bloß schön war, brachte seine Schönheit zum Geschenk; wer dazu noch reich war, geizte auch mit klingender Münze nicht, und es ließen sich recht viele »Herren« aus jenen Tagen nennen, die weder Schlachten noch die Sporen dazu gewonnen hätten, wenn ihnen ihre Damen nicht die nach Kräften gefüllte Börse an den Sattelgurt gehängt hätten.

D'Artagnan besaß keine Schätze; was er an sittlichen Bedenken aus der Provinz nach Paris gebracht hatte, war unter den leichtfertigen Ratschlägen der drei Musketiere rasch verflogen; und er kam sich, nach der wunderlichen Gepflogenheit jener Zeit, in Paris vor wie im Felde: dort galt es den Feind, hier die Frau zu besiegen, und hier wie dort, Beute zu machen und zu plündern. Indessen darf nicht geleugnet werden, daß d'Artagnan zur Zeit von einem edleren, uneigennützigeren Gefühl beherrscht wurde. Der Krämer, sein Hauswirt, hatte ihm gesagt, er sei reich; der junge Mann konnte nicht im unklaren darüber sein, daß er solch einen harmlosen Menschen wie Bonacieux in der Hand hatte, wenn er dessen Frau, als Schlüssel zum Geldkasten, sein nannte. Und doch war sein Herz noch beinahe frei von materiellen Gedanken — freilich nur beinahe, denn es ist nun einmal so und war und wird auch so bleiben, daß Reichtum, mag eine Frau noch so schön und anmutig sein, der Liebe niemals Abbruch tut. D'Artagnan hoffte wohl, eines Tages im Besitz von Millionen zu sein; vorläufig war er aber noch ein armer Schlucker, und bis solche Hoffnungen sich erfüllten, konnte wohl noch einige Zeit vergehen. Für ihn hieß es also noch, jede Gelegenheit zu ergreifen, und darum vergaß er bei aller Verliebtheit seinen Stand und seine drei Freunde nicht. Da er sich nun gerade in dem Stadtviertel befand, wo Aramis sein Quartier hatte, und ihm einfiel, daß er noch keinem seiner Musketierfreunde Aufklärung gegeben hatte, warum sie zu der Mausefalle zitiert wurden, beschloß er, bei Aramis vorzusprechen, denn falls Aramis zu Hause war, mußte er sicher auf der Stelle hingeeilt sein und sich bestimmt gewundert haben, dort niemand sonst als günstigenfalls seine beiden Kameraden zu treffen. Auch hatte er noch den Hintergedanken, bei Aramis ein bißchen über die hübsche kleine Frau Bonacieux plaudern zu können; warum sollte nicht auch bei ihm der Mund übergehen, da sein Herz doch so voll war?

Paris lag seit zwei Stunden in Dunkelheit, und die Straßen fingen an, auszusterben. Von den Türmen von Saint-Germain schlug es elf. Das Wetter war mild. D'Artagnan schlenderte durch ein Gäßchen in der Gegend der heutigen Rue d'Affas und sog die berauschenden Düfte ein, die der Wind aus den Gärten der Rue de Baugirard herübertrug; von fern her klangen, gedämpft durch sichere Fensterläden, aus Schenken, die auf dem freien Felde lagen, Trinklieder. Am Ausgang des Gäßchens angekommen, wandte er sich nach links; das Haus, in dem Aramis wohnte, lag zwischen der Rue Cassette und der Rue Servandoni. Schon konnte er die Tür des Hauses erkennen, das hinter einem Sykomoren- und Weinrebendickicht versteckt war, als er sah, daß sich in der Rue Servandoni ein Schatten, in einen Mantel gehüllt, bewegte. Im ersten Augenblick glaubte er, es sei ein Mann, aber an der Körpergröße, der Grazie der Haltung und der Unsicherheit des Ganges merkte er bald, daß es eine Frau sein mußte. Zudem sah sich die Gestalt, als ob sie das Haus, das sie suchte, nicht sicher kannte, wiederholt um, blieb stehen, ging ein Stück zurück und kam noch einmal wieder. D'Artagnan wurde neugierig. Wenn ich ihr meine Dienste anböte, dachte er; ihre Haltung und Bewegung verrät, daß sie jung ist; vielleicht ist sie auch hübsch? O sicher! Aber eine Frau, die sich zu dieser Zeit auf der Straße befindet, kann doch kaum einen anderen Zweck verfolgen, als ihren Geliebten aufzusuchen. Pest! Sie bei einem Stelldichein zu stören, wäre kein guter Anfang für eine Beziehung. Aber komisch wäre es, wenn dieses verspätete Täubchen auf der Suche nach unseres Freundes Haus wäre! Bei Gott, fast sieht es so aus! Ei, ei, diesmal will ich klarsehen!

D'Artagnan schmiegte sich so dicht wie möglich in eine Nische, in der eine steinerne Bank stand. Die Frau, die noch immer vor den drei Häusern, in deren einem Aramis wohnte, auf und ab schritt, hüstelte jetzt; aber so leise das Hüsteln auch war, so ließ es doch auf eine recht frische Stimme schließen. D'Artagnan vermutete, daß dieses Hüsteln ein Zeichen sei. Ob nun eine Antwort darauf erfolgt war, die der Unschlüssigkeit der Frau ein Ende machte, oder ob sie selbst das Ziel gefunden hatte, das sie verfolgte, konnte er nicht wahrnehmen, aber sie trat auf einmal sehr resolut zu dem Fensterladen von Aramis' Hause und klopfte mit dem gekrümmten Finger dreimal daran. »Also doch bei Aramis!« murmelte d'Artagnan. »Warte, du Heuchler, dir will ich mal auf deinen Pfaffenzahn fühlen!« – Kaum hatte der Finger zum dritten Male geklopft, wurde der Laden geöffnet, und Licht schimmerte durch. – »Ei, ei!« murmelte der Lauscher, »nicht an der Haustür, sondern am Fenster? Der Besuch war also erwartet? Hm, sollte der Laden aufgehen und die Dame einsteigen? Das wäre großartig!« – Aber zu seiner großen Verwunderung blieb der Laden geschlossen, und auch das Licht, das einen Augenblick sichtbar gewesen war, verschwand, so daß wieder alles in Finsternis getaucht war. D'Artagnan glaubte aber, daß das nicht lange so bleiben würde, und hielt nach wie vor Augen und Ohren offen. Er hatte recht, denn nach wenigen Sekunden hallten zwei trockene Schläge im Hausinnern, und die Frau antwortete durch ein einmaliges Klopfen; darauf hob sich der Fensterladen wieder. D'Artagnan suchte mit seinen Augen die Finsternis zu durchdringen; leider wurde das Licht in ein anderes Zimmer getragen, aber d'Artagnans Augen hatten sich inzwischen an das Dunkel gewöhnt; zumal ja die Gascogner Katzenaugen haben sollen. Er sah jetzt, daß die Frau einen weißen Gegenstand aus der Tasche nahm und auseinanderfaltete und daß der Gegenstand Ähnlichkeit mit einem Taschentuch gewann; daß die Frau eine bestimmte Ecke der im Hause befindlichen Person zeigte. D'Artagnan fiel sofort das Taschentuch ein, das er zu Füßen von Frau Bonacieux gefunden und das ihn an das erinnert hatte, das er seinerzeit Aramis unter den Füßen hervorgezogen hatte.

Was, zum Teufel, mochte dies Taschentuch bedeuten? Von seinem Standort aus konnte er Aramis' Gesicht sehen, denn daß es sein Freund sei, der mit der Frau draußen von seiner Wohnung aus Zwiesprache hielt, stand für ihn außer Zweifel. Seine Neugierde war größer als seine Vorsicht. Während

er das Interesse der beiden Personen für das Taschentuch ausnützte, huschte er aus seiner Nische und duckte sich blitzschnell, aber leise wie eine Katze, in einem Mauerwinkel, von dem aus er das Innere von Aramis' Wohnung gut übersehen konnte. Aber er hätte sich fast durch einen Schrei der Überraschung verraten, denn die Person, die mit der nächtlichen Besucherin sprach, war nicht Aramis, sondern eine Frau. D'Artagnan konnte zwar deutlich die Kleiderform wahrnehmen, aber es war zu dunkel, um das Gesicht zu erkennen!
Jetzt nahm die Frau im Hause ein zweites Taschentuch aus ihrer Tasche und tauschte es gegen das ihr gezeigte um. Dann wurden ein paar Worte gewechselt; der Fensterladen schloß sich wieder, die Frau draußen machte kehrt und kam, die Kapuze über das Gesicht ziehend, nahe an d'Artagnan vorüber. Die Vorsichtsmaßregel war jedoch zu spät, denn d'Artagnan hatte bereits – Frau Bonacieux erkannt!
Der Verdacht, daß sie es sei, war ihm schon gekommen, als er das Taschentuch erblickt hatte; aber war es denn möglich, daß die Frau, die Herrn de la Porte hatte holen lassen, um sie zum Louvre zu geleiten, um halb zwölf Uhr nachts allein in den Straßen umherlief, ohne die Gefahr zu bedenken, von neuem verhaftet zu werden? Es mußte doch eine sehr wichtige Angelegenheit sein, die sie hierher trieb ... Aber was kann eine junge Frau von fünfundzwanzig Jahren wichtigeres im kleinen Kopf haben als Liebe? Setzte sie sich aber dergleichen Gefahren auf eigene oder fremde Rechnung aus? Das war es, was sich der junge Mann fragte, denn der Dämon der Eifersucht plagte ihn so, als ob er schon der erklärte Liebhaber der jungen hübschen Frau sei. Gab es denn ein einfacheres Mittel, herauszubekommen, wohin sich die Frau begäbe, als ihr zu folgen? D'Artagnan leuchtete das ein, und er trat von der Mauer vor, wie eine Statue aus der Nische, und bewegte sich auf die Frau zu; aber sie hatte kaum das Geräusch seiner ersten Schritte vernommen, als sie leicht aufschrie und wie ein aufgescheuchtes Reh davonlief. D'Artagnan rannte hinter ihr her. Eine Frau, durch ihren Mantel behindert, einzuholen ist nicht sehr schwer, und so hatte er sie schnell erreicht. Die Ärmste war am Rande ihrer Kräfte, nicht durch die Anstrengung, sondern vor Schreck; und als d'Arta-

gnan ihr die Hand auf die Schulter legte, sank sie auf ihre Knie und flüsterte: »Bringen Sie mich um, wenn Sie wollen, aber Sie werden nichts erfahren!« D'Artagnan umfaßte ihre Hüfte und hob sie auf; aber an ihrem Gewicht fühlte er, daß sie einer Ohnmacht nahe war, und er beeilte sich, sie durch Ergebenheitsbeteuerungen zu beruhigen.

Auf die Worte hätte sie kaum viel gegeben, denn daß sich schöne Worte mit den schlimmsten Absichten vereinen lassen, hatte sie in ihrem Leben schon mehr als einmal erfahren; aber die Stimme war es, die sie auf der Stelle beruhigte. Als sie erkannt hatte, wer es war, schlug sie die Augen auf und warf einen Blick auf den jungen Mann, indem sie einen Freudenschrei ausstieß. »Ach, Sie?« rief sie, »Gott sei Dank!« – »Ja, ich!« erwiderte d'Artagnan. »Gott schickte mich als Hüter!« – »Sind Sie mir wirklich deshalb gefolgt?« fragte sie mit einem koketten Lächeln, aber aus ihren Worten klang es wie leiser Spott, denn sobald sie in dem vermuteten Feind einen Freund und Verehrer erkannt hatte, war alle Furcht aus ihrem kleinen Herzen geflohen. – »Nein, nicht ganz, wie ich gern gestehe«, sagte d'Artagnan, »der Zufall hat mich auf Ihre Spur geführt; ich sah, wie eine Frau ans Fenster eines meiner Freunde pochte ...« – »Eines Ihrer Freunde?« fiel ihm Frau Bonacieux in die Rede. – »Ja doch! Aramis gehört zu meinen besten Freunden.« – »Aramis? Wer ist das?« – »Aber tun Sie doch nicht so! Sie kennen doch Aramis!« – »Den Namen höre ich zum ersten Male.« – »Sie haben nicht gewußt, daß in dem Hause ein junger Mann wohnt?« – »Nein.« – »Ein Musketier?« – »Wirklich nicht.« – »Also hat Ihr Besuch nicht ihm gegolten?« – »Um alles in der Welt, nein!« rief Frau Bonacieux. »Sie haben doch sicher gesehen, daß ich mit keinem Mann, sondern mit einer Frau gesprochen habe!« – »Das wohl«, antwortete er, »aber die Frau ist eine Freundin von Aramis.« – »Das weiß ich nicht«, sagte sie. – »Sie wohnt doch bei ihm!« – »Was geht das mich an?« – »Aber wer ist sie?« fragte er scharf. – »Oh! Nicht, das ist mein Geheimnis!« versetzte sie. – »Frau Bonacieux, Sie sind eine allerliebste, aber leider die geheimnisvollste Dame ...« – »Bitte, bitte! Nehmen Sie lieber meinen Arm und begleiten Sie mich!« – »Wohin?« fragte er. – »Sie werden es schon sehen,

denn Sie bringen mich ja bis vor die Tür.« — »Soll ich dort warten?« — »Es wird nicht nötig sein«, sagte sie schnippisch. — »Kommen Sie denn allein zurück?« — »Vielleicht, vielleicht auch nicht!« — »Wenn jemand mit Ihnen kommt, wird es ein Mann sein oder eine Frau?« — »Das weiß ich selbst noch nicht!« — »Nun, aber ich werde es erfahren«, rief er. — »Ei, und wie?« — »Indem ich warten werde, bis Sie wiederkommen.« — »Nun, dann adieu!« — »Was soll das?« — »Ich war der Meinung, es mit einem Edelmanne zu tun zu haben und nicht mit einem Spion«, versetzte sie. — »Ein hartes Wort!« rief er. — »Wie nennt man Leute, die hinter einem herschleichen?« — »Indiskret.« — »Ein fast zu mildes Wort!« — »Nun, meine Gnädige«, rief d'Artagnan ironisch, »ich sehe schon, man muß Ihnen in allem zu Willen sein.« — »Sie geloben, nicht hinter mir her zu spionieren, wenn ich durch die Tür verschwunden bin, zu der Sie mich begleiten dürfen?« — »Ich gelobe es. Auf Ehrenwort!« — »Nun, so geben Sie mir Ihren Arm und gehen wir!«
Mit schelmischem Lachen und doch leicht zitternd, legte sie ihren Arm in den seinen, und bald hatten sie die Rue de la Harpe erreicht. Dort schien Frau Bonacieux wieder zu zaudern, wie vorher in der Rue de Baugirard, schien aber nach einer Weile an gewissen Zeichen eine Tür zu erkennen. Sie blieb stehen und sagte: »Hier, mein Herr, ist der Ort, an dem ich zu tun habe. Tausend Dank für Ihre liebenswürdige Gesellschaft, die mich vor allen Gefahren bewahrt hat, denen ich allein ausgesetzt gewesen wäre; aber jetzt ist es an Ihnen, Wort zu halten! Ich bin am Ziele.« — »Haben Sie nichts zu befürchten, wenn Sie zurückkehren?« — »Außer Dieben nichts.« — »Und Diebe zählen für Sie nicht?« — »Was könnten sie mir nehmen? Ich habe ja keinen Pfennig bei mir!« — »Sie vergessen das feine, gestickte Taschentuch!« — »Welches?« — »Das ich zu Ihren Füßen fand und Ihnen in die Tasche schob.« — »Schweigen Sie, Unglücklicher! Schweigen Sie! Oder wollen Sie mich ins Verderben stürzen?« — »Sie sehen, daß Ihnen noch immer Gefahren drohen, denn ein einziges Wort verursacht Ihnen Angst, und Sie sagen, man stürze Sie ins Verderben, wenn man es ausspricht. Ach, seien Sie ehrlich«, rief er, ihre Hand erfassend, mit heißem Blicke, »und ver-

trauen Sie sich mir an! Haben Sie nicht in meinen Augen gelesen, daß ich Ihnen von ganzem Herzen ergeben bin?« – »Das schon«, rief die Frau. »Was mich angeht, will ich Ihnen gern vertrauen, aber anderer Leute Angelegenheiten muß ich bei mir behalten!« – »Gut!« rief d'Artagnan, »wie Sie belieben! Aber erfahren werde ich doch noch, was ich will! Denn Geheimnisse, die von solcher Tragweite für Ihr Leben sind, muß ich kennen ... Unter allen Umständen!« – »Nehmen Sie sich in acht!« rief die Frau mit einem Ernst, der d'Artagnan unwillkürlich beängstigte. »Mischen Sie sich nicht in Dinge, die nur mich etwas angehen, und suchen Sie mir nicht beizustehen in der Erfüllung von Aufgaben, die mir allein obliegen! Das fordere ich von Ihnen auf Grund der Empfindungen, die ich Ihnen einflöße, im Namen des Dienstes, den Sie mir geleistet haben und den ich zeit meines Lebens nicht vergessen werde. Glauben Sie meinen Worten. Befassen Sie sich nicht mehr mit mir, ich existiere nicht mehr für Sie, ganz als hätten Sie mich nicht gesehen!«

»Gilt für Aramis das gleiche?« fragte d'Artagnan unwillig. – »Sie haben nun bereits zweimal einen Namen ausgesprochen, mein Herr, von dem ich Ihnen gesagt habe, daß ich ihn nicht kenne!« – »Sie wollen den Mann nicht kennen, an dessen Fenster Sie geklopft haben? Meinen Sie, ich sei ein Dummkopf?« – »Sie wollen mir ja bloß die Zunge lösen, indem Sie dieses Märchen erfinden und Persönlichkeiten aus der Luft greifen.« – »Ich erfinde nichts, Frau Bonacieux, und greife nichts aus der Luft, sondern spreche die lautere Wahrheit.« – »Und Sie behaupten, in dem Haus in der Rue de Baugirard wohne einer Ihrer Freunde? – Nun gut, mein Herr, es wird eine Zeit kommen, wo sich alles aufklären wird. Jetzt aber schweigen Sie bitte!« – »Könnten Sie in meinem Herzen lesen«, rief d'Artagnan, »so würden Sie um der Neugierde willen, die es erfüllt, Mitleid mit mir haben. Von einem, der Sie liebt, haben Sie nichts zu fürchten.« – »Oh, Sie sind sehr schnell, mein Herr!« rief die junge Frau, den Kopf schüttelnd. – »Es hat mich getroffen wie ein Blitz«, rief er, »und zum ersten Male in meinem Leben! Ich bin doch erst zwanzig Jahre alt!« – Die junge Frau blickte ihn verstohlen von der Seite an. – »Hören Sie noch etwas«, rief er, »ich bin dem ganzen schon auf der Spur. Vor einem Vierteljahr habe ich mich mit Aramis beinahe duelliert wegen eines Taschentuches, das genauso aussah wie das, welches Sie der Dame in der Rue de Baugirard zeigten und das auch – ich möchte darauf schwören – das gleiche Monogramm trug und das gleiche Wappen.« – »Mein Herr«, rief die Frau, »Sie quälen mich, glauben Sie mir, entsetzlich mit diesen Fragen!« – »Aber, Frau Bonacieux, Sie sind eine so kluge Dame! Bedenken Sie, wenn Sie mit diesem Taschentuch arretiert würden und wenn dieses Taschentuch bei Ihnen gefunden würde, in welche Gefahren gerieten Sie dann?« – »Wieso? Sind die Anfangsbuchstaben des Namens nicht wie bei mir: C B, Constanze Bonacieux!« – »Oder Camilla de Bois-Tracy!« – »Still, mein Herr! Noch einmal sage ich Ihnen: Still! Ach, wenn die Gefahren Sie nicht abschrecken, denen ich mich aussetze, dann denken Sie an die, die Sie selbst erwarten!« – »Mich?« – »Ja, Sie! Zu meinen Bekannten zu gehören ist lebensgefährlich!« – »Dann verlasse ich Sie unter keinen Umständen mehr.« – »Mein Herr«, rief die junge Frau, indem sie bittend die Hände faltete, »in Gottes Namen, im Namen Ihrer Ehre als Soldat, im Namen Ihrer Gesinnung als Edelmann, ich fordere Sie auf, sich zu entfernen! Es schlägt Mitternacht, und zu dieser Stunde werde ich erwartet.« – »Madame«, rief d'Artagnan, sich verneigend, »Bitten in solchem Tone kann ich nichts entgegensetzen! Beruhigen Sie sich, ich gehe!« – »Aber Sie schleichen nicht hinter mir her!« – »Ich begebe mich auf der Stelle nach Hause!« – »Oh, ich wußte ja, Sie sind ein edler Jüngling!« rief Madame Bonacieux, ihm die Hand reichend, während sie mit der anderen den Klopfer einer in die Mauer geschlagenen kleinen Pforte in Bewegung setzte.

D'Artagnan ergriff die Hand, die ihm gereicht wurde, und bedeckte sie mit Küssen. »Hätte ich Sie doch nie gesehen!« rief er mit jener treuherzigen Deutlichkeit, die von Frauen oft lieber gehört wird als die gedrechselten Liebesphrasen, weil sie Einblick in das Herz gewährt und den Beweis gibt, daß die Empfindung den Verstand mit sich fortreißt. – »Nun«, erwiderte die Frau geschmeichelt, d'Artagnans Hand, die noch die ihrige gepreßt hielt, fest drückend, »so weit wie Sie möchte ich nicht gehen, denn was uns heute nicht beschert ist, kann uns vielleicht die Zukunft bescheren; und wer weiß, ob ich nicht eines Tages, wenn ich mein Schweigen brechen darf, Ihre Neugierde befriedige!« – »Gilt das gleiche Versprechen für meine Liebe?« fragte d'Artagnan auf dem Gipfel des Glücks. – »Lassen wir es vorläufig bei der Dankbarkeit, mein Lieber, und seien Sie so vernünftig, jetzt zu gehen, ich beschwöre Sie!« erwiderte die Frau. »Es hat schon zwölf geschlagen, und ich werde um zwölf erwartet.« – »Seit fünf Minuten!« rief er. – »Allerdings, seit fünf Minuten«, sagte Frau Bonacieux. »Unter Umständen sind fünf Minuten fünf Jahrhunderte.« – »Meistens«, antwortete er, »wenn man liebt.« – »Wer sagt Ihnen, daß ich Liebesaffären habe?« – »Es erwartet Sie doch ein Mann!« rief d'Artagnan. – »Soll die Auseinandersetzung von neuem anfangen?« fragte Frau Bonacieux mit schelmischem Lächeln, dem ein Schatten von Ungeduld beigemischt war. – »Nein, nein, ich gehe, ich laufe, ich glaube Ihnen, ich will mich nicht um das Verdienst meiner Ergebenheit bringen und sollte sie auch eine Riesendummheit sein! Leben Sie wohl, Frau Bonacieux, leben Sie wohl!« Und als hätte er sich nicht stark genug gefühlt, sich von der Hand, die ihn hielt, anders als gewaltsam zu trennen, schleuderte er sie von sich und rannte hinweg, während Frau Bonacieux wie vordem an dem Fensterladen dreimal hintereinander klopfte. An der Straßenecke machte er kehrt: die Tür war geöffnet und wieder geschlossen worden, die hübsche Krämersfrau war verschwunden. D'Artagnan setzte seinen Weg fort; er hatte sein Wort gegeben, der Frau nicht nachzuspionieren, und selbst wenn sein Leben auf dem Spiele gestanden wäre, hätte er doch den Heimweg angetreten, weil er es versprochen hatte. In knapp fünf Minuten befand er sich in der Rue des Fossoyeurs.

Der arme Athos, sprach er bei sich, wird gar nicht wissen, was das alles heißen soll. Es mag ihm wohl zu langweilig geworden sein zu warten; vielleicht ist er eingenickt oder nach Hause gegangen und hat dort schon gehört, daß eine Dame dagewesen war. Bei ihm! Bei Athos! Übrigens, spann er den Gedanken weiter, die Treppe zu seiner Wohnung hinaufsteigend, ist ja bei Aramis auch eine gewesen. »Die Affäre nimmt ja wirklich eine komische Wendung, und ich bin gespannt, wie sie noch ausgehen wird.«

»Schlimm, Herr, schlimm«, antwortete ihm – er hatte die letzten Worte laut vor sich hingesprochen – eine Stimme, die er als Planchets Stimme erkannte, »glauben Sie mir, sehr schlimm!«

»Schlimm? Was soll das heißen, Dummkopf?« fragte d'Artagnan. »Ist etwas vorgefallen?« – »Oh, allerhand Schlimmes!« antwortete Planchet. – »Nun, was denn?« – »Zuerst einmal ist Herr Athos arretiert worden.« – »Arretiert? Athos? Und warum?« – »In Ihrer Wohnung ist er arretiert worden, weil man ihn für Sie gehalten hat!«

»Und von wem ist er arretiert worden?« – »Von der Wache, die die Schwarzkittel suchen wollte, die Sie hinausgeworfen haben.« – »Warum hat er nicht gesagt, wer er ist? Warum sagte er nicht, daß er mit der Sache nichts zu tun habe?« – »Das hat er schön bleibenlassen; er ist im Gegenteil zu mir herangetreten und hat zu mir gesagt: ›Dein Herr braucht im Augenblick seine Freiheit, aber ich nicht, denn er weiß alles und ich nichts. So wird man meinen, man habe ihn, und er gewinnt Zeit; übermorgen werde ich mich den hohen Herrschaften vorstellen, und dann wird man mich laufen lassen müssen.‹«

»Bravo, bravo, Athos! Daran erkenne ich dein edles Herz!« rief d'Artagnan. »Und was taten die Schergen?« – »Vier Mann haben ihn abgeführt, ich weiß nicht, ob in die Bastille oder nach Fort l'Evéque; zwei sind bei den Schwarzkitteln geblieben, die alles durchstöbert und alle Papiere mitgenommen haben. Die letzten beiden haben so lange draußen Posten gestanden und sind erst abgezogen, als alles vorbei und das Haus leer war.« – »Und Porthos und Aramis?« – »Die hatte ich nicht getroffen; sie sind nicht hergekommen.« – »Aber sie können jeden Augenblick kommen, denn du hast doch bei ihnen hinterlassen, daß ich auf sie warte?« – »Jawohl, Herr!« – »Nun rühr dich nicht aus dem Hause! Sollten sie kommen, so sage ihnen, was passiert ist und daß sie im Keller »Zum Kienapfel« auf mich warten sollen; hier könnte es zu gefährlich sein, denn das Haus kann überwacht werden. Ich laufe zum Herrn von Tréville, um ihn über alles Vorgefallene zu unterrichten, und komme nachher dorthin.«

»Ich werde alles bestellen, Herr«, erwiderte Planchet. – »Aber du bleibst auch nachher hier, verstanden? Du wirst dich wohl nicht fürchten?« fragte d'Artagnan, sich noch einmal umdrehend, um seinem Pagen Mut zu machen. – »Oh, keine Sorge, Herr«, sagte Planchet, »Sie kennen mich noch nicht; habe ich erst einmal Lunte gerochen, dann kommt auch der Mut bei mir! Auf die Lunte kommt's an, auf sonst weiter nichts, und dann, Herr«, rief er, sich stolz blähend, »ich bin Pikarde!« – »Nun, wir verstehen uns«, sagte d'Artagnan. »Du läßt dich eher umbringen, als daß du von deinem Posten weichst?« – »Jawohl, Herr, und meinerseits soll alles geschehen, was Ihnen meine Treue und Anhänglichkeit beweisen kann.« – »Schön«, sprach d'Artagnan bei sich, »die Methode, die ich dem Patron gegenüber angewendet habe, war richtig, und bei Gelegenheit will ich sie wieder anwenden.«

D'Artagnan war inzwischen schon ziemlich müde geworden, aber er eilte trotzdem in die Rue de Vieux Colombier. Herr von Tréville war aber nicht in seinem Palais, sondern, da seine Kompanie im Louvre Wache hatte, seit der Frühe dort. D'Artagnan mußte ihn unbedingt sprechen, um ihm Kenntnis von dem Vorgefallenen zu geben, und so entschloß er sich, in den Louvre zu gehen, in der Hoffnung, daß ihm seine Uniform als Des-Essarts-Gardist den Eintritt erleichtern werde. Durch die Rue des Patits-Augustinus, über den Hafenplatz, kam er zum Pont-Neuf und wollte schon überfahren, als ihn ein Griff in die Tasche belehrte, daß er kein Geld habe, den Fährlohn zu entrichten.

Unmittelbar vor der Rue Guehuenaud sah d'Artagnan zwei Personen, einen Mann und eine Frau, die aus der Rue Dauphine bogen und deren Haltung ihm auffiel. Die Frau erinnerte ihn an Frau Bonacieux, und der Mann sah Aramis zum Verwechseln ähnlich. Zudem hatte die Frau jenen schwarzen Mantel um, dessen Schnitt d'Artagnan von dem Fensterladen in der Rue de Baugirard und von der Haustür in der Rue de la Harpe her noch im Kopf hatte, und der Mann trug Musketieruniform. Die Frau hatte die Kapuze über den Kopf gezogen, und der Mann hielt sich ein Taschentuch vor das Gesicht; beiden mußte also, wie diese Vorsichtsmaßregeln verrieten, viel daran liegen, unerkannt zu bleiben.

Sie schlugen den Weg über die Brücke ein, hatten also den

gleichen Weg wie d'Artagnan, der nach dem Louvre unterwegs war. D'Artagnan ging hinter ihnen her, und nach kaum zwanzig Schritten war er fest überzeugt, Frau Bonacieux und Aramis vor sich zu haben. Er litt alle Qualen der Eifersucht, denn er glaubte sich doppelt getäuscht, von dem Freunde und von der Frau, die er schon als seine Geliebte betrachtete und die ihm eben erst feierlich versichert hatte, einen Mann namens Aramis nicht zu kennen, und die er nun an dessen Arme sah! Daß er die hübsche kleine Frau erst seit drei Stunden kannte und daß sie ihm zu nichts verpflichtet war, als zu ein wenig Dankbarkeit für die Befreiung aus den Händen jener Schwarzkittel, das bedachte er nicht im geringsten, sondern hielt sich für beleidigt, verschmäht, verhöhnt und nahm sich vor, die beiden Personen zur Rede zu stellen.

Sie merkten, daß sie verfolgt wurden, und beschleunigten ihre Schritte. D'Artagnan aber nahm die Beine unter die Arme, überholte sie, drehte sich bei der Samariterkirche, auf die der volle Schein der auf dem Pont-Neuf brennenden Laterne fiel, um und stellte die beiden.

»Was wollen Sie, mein Herr?« fragte der Musketier, einen Schritt zurückweichend, mit einem fremdartigen Akzent, der d'Artagnan überzeugte, daß er sich in einem Teil seiner Mutmaßungen geirrt hatte. – »Oho! Also doch nicht Aramis!« rief er. – »Nein, mein Herr, nicht Aramis, und da ich an Ihrem Ausruf sehe, daß Sie mich verwechselt haben, will ich Ihnen verzeihen.« – »Sie mir verzeihen?« rief d'Artagnan. – »Ja«, versetzte der Unbekannte, »lassen Sie mich also vorbei, denn Sie haben mit mir nichts zu tun.« – »Ganz richtig, mein Herr«, antwortete d'Artagnan, »mit Ihnen habe ich nichts zu tun, wohl aber mit der Dame.«

»Mit der Dame?« rief der Unbekannte. »Sie kennen sie doch nicht?« – »Sie irren, mein Herr, ich kenne die Dame.«

»Aber, mein Herr«, rief da Frau Bonacieux vorwurfsvoll, »Sie hatten mir auf Soldatenparole und Ehrenwort versprochen, mir nicht nachzuschleichen, und ich habe gemeint, mich darauf verlassen zu dürfen.« – »Und mir, Madame, mir hatten Sie versprochen ...« rief d'Artagnan. – »Nehmen Sie meinen Arm, meine Dame«, sagte der Unbekannte, »und lassen Sie uns weitergehen!« – D'Artagnan aber, betäubt, verstört, vernichtet

durch alles, was ihm jetzt passierte, blieb mit gekreuzten Armen vor dem Musketier und Frau Bonacieux stehen. Der Musketier machte zwei Schritte vorwärts und schob d'Artagnan beiseite. D'Artagnan machte einen Satz rückwärts und zog den Degen. Im selben Augenblick flog die Klinge des anderen aus der Scheide. »Um Himmels willen, Mylord«, rief Frau Bonacieux, warf sich zwischen die beiden Männer und packte beide am Handgelenk.
»Mylord?« rief d'Artagnan, durch einen plötzlichen Gedanken erleuchtet.» Mylord, Verzeihung, Herr, aber sollten Sie etwa ...« – »Der Herzog von Buckingham«, sagte mit halblauter Stimme Frau Bonacieux. »So, nun wissen Sie es, mit wem Sie es zu tun haben, und nun können Sie uns alle ins Verderben stürzen!« – »Mylord, Madame, bitte tausendmal um Verzeihung, aber ich habe die Frau geliebt, Mylord, und war eifersüchtig; Sie wissen, was es heißt, verliebt zu sein, Mylord; verzeihen sie mir und sagen Sie mir, wie ich mein Leben für Sie zur Verfügung stellen kann.« – »Sie sind ein tapferer Jüngling«, erwiderte Buckingham und gab d'Artagnan die Hand, die dieser achtungsvoll an die Lippen drückte. »Die Dienste, die Sie mir anbieten, nehme ich gern an. Folgen Sie mir in zwanzig Schritt Entfernung bis zum Louvre, und falls Sie jemand sehen, der uns nachschleicht, jagen Sie ihm ihre Klinge durch den Leib.«
D'Artagnan schob den blanken Degen unter den Arm, ließ Frau Bonacieux und dem Herzog zwanzig Schritte Vorsprung und ging hinter ihnen her, bereit, den Auftrag des edlen und vornehmen Ministers Karls I. von England wortwörtlich auszuführen. Zum Glück bot sich aber keine Gelegenheit für einen solchen Ergebenheitsbeweis, und die junge Frau erreichte mit dem schönen Musketier unbehelligt den Louvre. D'Artagnan ging, sobald sie verschwunden waren, in den Weinkeller »Zum Kienapfel« und traf dort Porthos und Aramis, die schon eine ganze Weile auf ihn gewartet hatten. Ohne ihnen aber die ganze Geschichte zu erklären, sagte er nur, die Affäre, bei der er sie zu Hilfe gebeten hätte, sei von ihm allein erledigt worden. – Und nun lassen wir die drei Freunde ziehen, jeden in sein Junggesellenheim, und folgen, unter dem Drange der weiteren Entwicklung der Ereignisse, dem Herzog von Buckingham und seiner niedlichen Führerin in den Louvre.

12

Da von Frau Bonacieux bekannt war, daß sie sich in Diensten der Königin befand, vollzog sich ihr Eintritt im Louvre mit dem Herzog, der die Uniform der dort heute auf Wache befindlichen Tréville-Musketiere trug, ohne Schwierigkeiten. Zudem handelte auch Germain im Interesse der Königin, und hätte je etwas passieren sollen, so wäre Frau Bonacieux mit der Anklage, ihren Liebhaber in den Louvre gebracht zu haben, behelligt worden, damit wäre die Affäre erledigt gewesen; sie hätte diese Schuld auf sich genommen; ihr Ruf wäre zwar dadurch geschädigt worden, aber welchen Wert hat denn schließlich in der Welt der Ruf einer kleinen Krämersfrau?
Als die beiden den inneren Hof betreten hatten, gingen sie etwa zwanzig Schritte an einer Mauer entlang; dann stieß Frau Bonacieux eine kleine Pforte auf, die tagsüber offenstand, des Nachts aber in der Regel geschlossen wurde. Die Tür ging auf, und sie traten beide in einen stockfinsteren Raum. Frau Bonacieux kannte jedoch in diesem Teil des Louvres, der für die Dienerschaft bestimmt war, alle Wege und Schliche. Sie schloß die Türen wieder hinter sich ab, nahm den Herzog an der Hand, tastete sich ein Stück weiter, bis zu einer Rampe, setzte den Fuß auf eine Stufe und stieg dann eine Treppe hinauf. Der Herzog zählte zwei Stockwerke. Dann wandte sie sich nach rechts, ging einen langen Korridor entlang, dann ein Stockwerk wieder hinunter, machte noch ein paar Schritte, steckte einen Schlüssel in ein Schloß, drückte eine Tür auf und schob den Herzog in ein bloß durch eine Nachtlampe erhelltes Gemach. »Bleiben Sie hier, Mylord! Man wird kommen!« Sodann schritt sie zur selben Tür hinaus und verschloß sie hinter sich, so daß sich der Herzog buchstäblich gefangen fand. Trotzdem hatte er, wie wir bemerken müssen, keinerlei Furcht; ein hervorstechender Charakterzug war bei ihm der Hang zu romantischen Abenteuern. Er war tapfer, kühn, unternehmend und riskierte hier sein Leben zum ersten Male. Er hatte zwar in Erfahrung gebracht, daß die vermeintliche Botschaft Annas von Österreich, auf die hin er nach Paris gekommen war, eine Falle war; statt aber wieder nach England zurückzukehren, hatte er die Lage, in die man ihn gezwungen hatte, benützt, um der

Königin sagen zu lassen, daß er Frankreich nicht eher verlassen werde, bevor er sie gesehen habe. Zuerst hatte sich die Königin entschieden geweigert, diesem Verlangen nachzukommen; dann war sie von der Furcht beschlichen worden, der Herzog möchte sich in seiner Erregung zu irgendeiner Torheit hinreißen lassen.

Sie war schon bereit, ihm eine Audienz zu gewähren und ihn zur sofortigen Abreise aus Frankreich zu bewegen, als Frau Bonacieux, der sie den Auftrag erteilte, den Herzog in den Louvre zu geleiten, festgenommen wurde. Zwei Tage lang wußte kein Mensch im Louvre, was mit ihr passiert war, und alles blieb in der Schwebe. Kaum aber war die kleine Frau wieder in Freiheit und mit de la Porte in Beziehung getreten, so gerieten die Dinge auch wieder in Fluß, und sie unternahm es, die gefährliche Aufgabe auszuführen, die sie, wäre sie nicht verhaftet worden, schon drei Tage früher erfüllt hätte.

Buckingham trat, sobald er sich allein sah, zu einem Spiegel. Die Musketieruniform stand ihm prächtig. Er war damals Mitte der Dreißig und galt mit Recht für den stattlichsten Edelmann Frankreichs und Englands. Als Günstling zweier Könige, im Besitze eines ungeheuren Vermögens, allmächtig in einem Reiche, das er, je nach seiner Laune, bald in Ruhe hielt, bald in Unruhe stürzte, hatte George Villiers Herzog von Buckingham eine jener bemerkenswerten Lebensbahnen eingeschlagen, die noch nach Jahrhunderten das Staunen und die Bewunderung der Nachwelt erregten. So pflegte er, sicher seiner selbst und von der Macht, über die er gebot, fest überzeugt, frei von jedem Zweifel, daß die Gesetze, die für die andere Menschheit da sind, ihn je erreichen könnten, direkt auf sein Ziel loszugehen, das er sich gestellt hatte, mochte es noch so hoch geschraubt sein, daß es für jeden anderen Wahnsinn gewesen wäre, es auch nur ins Gesicht zu fassen. Auf diese Weise war es ihm geglückt, sich mehrmals der schönen, stolzen Anna von Österreich zu nähern und durch die Fülle seiner einnehmenden Eigenschaften ihre Gunst zu erringen.

George Villiers stellte sich also vor einen Spiegel, brachte sein schönes blondes Haar wieder in die durch die Last des Hutes zerstörte Wellenform, zwirbelte seinen Schnurrbart und lächelte freudigen Herzens, glücklich, dem lange heißersehnten Augenblicke nahe zu sein, von Stolz und Hoffnung geschwellt, seinem Spiegelbilde zu. In diesem Augenblick ging eine in der Tapete verborgene Tür auf und eine Frau erschien. Buckingham sah diese Erscheinung im Spiegel. Er stieß einen Schrei aus. Es war die Königin!

Anna von Österreich war damals sechs- oder siebenundzwanzig Jahre alt, also im Zenith ihrer Schönheit. Ihre Haltung war die einer Königin oder Göttin; ihre Augen, die smaragdene Reflexe warfen, waren von erlesener Schönheit und zugleich voll Milde und Majestät. Ihr Mund war klein und von tiefem Rot, und obgleich die Unterlippe, wie bei allen fürstlichen Sprossen des Hauses Österreich, leicht über die Oberlippe vortrat, war der Mund doch äußerst graziös im Lächeln, aber vernichtend im Groll. Ihre Haut wurde wegen ihrer samtenen Weichheit gepriesen, und ihr Arm wurde von den Dichtern besungen. Ihr Haar war in ihrer Jugend blond und damals kastanienbraun. Es bildete einen reizvollen Rahmen für ihr majestätisches Gesicht, dem der strengste Zensor vielleicht eine Spur weniger Rot und der anspruchsvollste Bildkünstler nur eine schärfere Kontur der Nase hätte wünschen können.

Buckingham stand einen Augenblick wie geblendet da; nie war ihm Anna von Österreich so schön erschienen, auf keinem Balle, keiner Festlichkeit, keinem Turniere, wie jetzt in der schlichten weißen Seidenrobe und in der Begleitung der Donna Estefania, der einzigen ihrer spanischen Damen, die der Eifersucht des Königs und den Nachstellungen des Kardinals standgehalten hatte.

Anna von Österreich trat zwei Schritte vor; Buckingham warf sich auf die Knie und küßte, ehe die Königin es zu hindern vermochte, den Saum ihres Gewandes.

»Herzog«, sprach sie, »Sie wissen, daß nicht ich Ihnen habe schreiben lassen.« – »Ja, Madame, ja, Majestät!« rief der Herzog. »Ich weiß, daß ich ein Narr war, verrückt genug, um zu glauben, der Schnee würde sich beleben, der Marmor sich erwärmen; aber wer liebt, glaubt leicht an Liebe; zudem war diese Reise nicht ganz vergeblich, da ich Sie sehe!« – »Ja«, antwortete Anna, »aber Sie wissen, warum ich Sie sehe und wie ich Sie sehe: weil Sie, unempfindlich für all meine Qualen, eigensinnig darauf beharrten, aus einer Stadt nicht zu weichen, wo Sie durch Ihr Bleiben Ihr Leben und mich in Gefahr setzen und meinen Ruf beeinträchtigen. Sie sehen mich nur, weil ich Ihnen sagen will, daß uns alles trennt, die Tiefen des Meeres, die Feindseligkeiten von Königreichen, die Heiligkeit geschworener Eide. Gegen so viele Dinge zu kämpfen, Mylord, ist sündhafter Frevel! Sie sehen mich außerdem, weil ich Ihnen sagen will, daß wir uns nicht mehr sehen dürfen.«

»Sprechen Sie, Madame, sprechen Sie, Königin!« rief Buckingham begeistert. »Die Weichheit Ihrer Stimme deckt die Härte Ihrer Worte zu. Sie sprechen von sündigem Frevel? Aber Frevel ist es, Herzen zu scheiden, die Gott füreinander bestimmt hat.« – »Mylord«, rief die Königin, »Sie vergessen, daß ich Ihnen niemals gesagt habe, daß ich Sie liebe.« – »Aber Sie haben mir auch niemals gesagt, daß Sie mich nicht lieben, und mir etwas derartiges zu sagen, Madame, wäre auch ein zu großes Unrecht, denn wo finden Sie eine Liebe, die der meinigen gliche? Eine Liebe, die weder Zeit, noch Abwesenheit, noch Verzweiflung ersticken können? Eine Liebe, die sich mit einem verirrten Stück Band, einem verlorenen Blick, einem entfallenen Worte befriedigen läßt? Vor drei Jahren, Madame, sah ich Sie zum ersten Male, und seit drei Jahren liebe ich Sie! ... Oh, ich schließe die Augen und sehe Sie, wie Sie damals, in einer meergrünen Seidenrobe mit spanischer Krause, den meergrünen Kapotthut mit Reiherfedern über dem schönen, von herrlichstem Haar umrahmten Antlitz, nach spanischer Sitte auf goldgesticktem Polster, saßen; und jetzt, jetzt öffne ich die Augen und sehe Sie, wie Sie jetzt sind, das heißt, noch hundertmal schöner!«

»Welche Torheit!« murmelte Anna von Österreich, die nicht den Mut fand, dem Herzog darum zu grollen, weil er ihr Bild so lange im Herzen getragen hatte. »Welche Torheit, eine unnütze Leidenschaft mit solchen Erinnerungen zu nähren!« – »Und wie soll ich mein Leben fristen?« rief er. »Was habe ich denn, als die Erinnerungen! Erinnerungen sind mein Glück, mein Schatz, meine Hoffnung! Jedesmal, wenn mir Ihr süßer Anblick zuteil wird, schließe ich einen Diamanten mehr in meinen Herzensschrein. Heute ist es der vierte, den Sie fallen lassen und den ich aufhebe; denn in drei Jahren, Madame, habe ich Sie nun viermal gesehen: zum erstenmal wie ich eben schilderte; zum zweitenmal bei Madame de Chevreuse; zum drittenmal in den Gärten von Amiens.«

»Herzog«, rief die Königin errötend, »kein Wort von jenem Abend!« – »Oh, im Gegenteil, Madame, lassen Sie uns davon sprechen, denn dieser Abend ist der glücklichste und kostbarste in meinem Leben! Denken Sie noch an die schöne Nacht? Wie süß war die Luft, wie berauschend, wie blau der Himmel und von Sternen übersät! Oh, Madame, an diesem Abend durfte ich einen Augenblick mit Ihnen allein sein! An diesem Abend offenbarten Sie mir die Einsamkeit Ihres Lebens, die Kümmernisse Ihres Herzens. Auf meinen Arm, auf den hier – oh, ich weiß es noch genau –, stützten Sie sich; ich beugte mich zu Ihnen hinüber, Ihr herrliches Haar streifte mein Gesicht, und jedesmal durchschauerte es mich vom Kopf bis zu den Füßen ... Oh, Königin, Königin! Sie wissen nicht, was für himmlische Seligkeit, für Paradiesesfreuden in solchen Augenblicken liegen! Alles, alles gäbe ich hin, mein Gut, mein Vermögen, meinen Ruhm, für einen weiteren Augenblick dieser Art, für noch eine solche Nacht! Denn in jener Nacht, Madame, in jener Nacht liebten Sie mich, das schwöre ich Ihnen! Ja, Königin! Das schwöre ich!«

»Mylord, es kann wohl sein, daß der Einfluß des Ortes, der Liebreiz jener schönen Nacht, die faszinierende Macht Ihres Blickes, kurz, tausenderlei Umstände, die sich zuweilen treffen, um eine Frau zu verderben, an jenem verhängnisvollen Abend sich vereint hatten; aber Sie haben gesehen, Mylord, daß die Königin dem schwach werdenden Weibe zu Hilfe kam, denn bei dem ersten Worte, das Sie auszusprechen wagten, bei der ersten Kühnheit, auf die ich reagieren mußte, habe ich gerufen!«

»O ja, ja, das ist wahr, und eine andere Empfindung, als ich sie im Herzen trage, wäre solcher Prüfung erlegen; aber in meinem Herzen flammte die Liebe um so heller auf! In meinem Herzen wurde sie seitdem zur ewigen Flamme! Sie haben gemeint, vor mir zu fliehen, indem Sie nach Paris zurückkehrten; Sie haben gemeint, ich würde den Schatz, über den mich mein Herr als Hüter gesetzt, nicht im Stiche zu lassen wagen. Ach! Was gelten mir alle Schätze der Erde und alle Könige der Erde! Acht Tage später war ich wieder zurück. Diesmal hatten Sie nichts für mich übrig, Madame. Und doch hatte ich fürstliche Gunst und mein Leben aufs Spiel gesetzt, um Sie noch einmal zu sehen; nicht einmal Ihre Hand habe ich berührt, und Sie hatten mir doch, als Sie mich so untertänig und reuevoll sahen, verziehen.«

»Ja, aber die Verleumdung hat sich all dieser Torheiten, bei denen ich – Sie wissen das recht gut, Mylord – mir nichts zu Schulden habe kommen lassen, bemächtigt! Der König, vom Kardinal aufgehetzt, hat einen schrecklichen Skandal gemacht, hat Madame de Bernet Knall und Fall entlassen, er hat Putange ins Exil geschickt, Madame de Chevreuse ist in Ungnade gefallen, und als bei Hofe bekannt wurde, daß Sie als Gesandter kommen sollten, hat der König sich, wie Sie wohl nicht vergessen haben, widersetzt.«

»Ja, und Frankreich wird die Weigerung seines Königs mit einem Kriege bezahlen. Ich kann Sie nicht mehr sehen, Madame, nun, so sollen Sie täglich von mir hören. Warum wird diese Expedition von Ré geplant? Warum das Bündnis mit den La Rocheller Protestanten? Bloß damit ich den Genuß habe, Sie zu sehen! Daß ich mit bewaffneter Hand bis Paris vordringen werde, hoffe ich ja nicht; aber auf den Krieg muß ein Friede folgen, der Friede wird einen Vermittler nötig machen, und dieser Vermittler werde ich sein. Dann wird man mich nicht mehr abzulehnen wagen, ich werde wieder nach Paris kommen, ich werde Sie wiedersehen und einen Augenblick in Wonne schwelgen. Tausende werden allerdings meine Wonne mit ihrem Leben bezahlen. Aber was frage ich danach, wenn ich Sie nur wiedersehe! Das mag alles töricht und vielleicht sogar sinnlos sein, aber sagen Sie mir, welche Frau hat einen verliebteren Liebhaber und welche Königin einen glühenderen Diener?«

»Mylord, Mylord! Sie berufen sich auf Dinge, die das Anklagematerial gegen Sie nur mehren; all diese Liebesbeweise grenzen ans Verbrechen.« – »Weil Sie mich nicht lieben, Madame, sagen Sie das, sonst würden Sie das alles in anderm Lichte ansehen; aber wäre es anders, wie vermöchte ich solches Glück zu tragen? Ich müßte ja den Verstand verlieren ... Frau von Chevreuse war nicht so grausam wie Sie. Holland liebt sie, und sie hat seine Liebe erwidert.« – »Sie war nicht Königin!«

murmelte Anna von Österreich, gegen ihren Willen durch den Ausdruck einer so tiefen Liebe besiegt. – »Also würden Sie mich lieben, wenn Sie es nicht wären, Madame? Bloß die Würde Ihres Ranges macht Sie so grausam gegen mich? Der arme Buckingham hätte hoffen dürfen, wären Sie Frau von Chevreuse? Darf ich das glauben? Kann ich das glauben? Oh, schöne Majestät, tausend Dank für diese süßen Worte, tausend Dank!«

»Ach, Mylord, Sie haben mich mißverstanden, Sie haben mich falsch übersetzt, der Sinn meiner Worte war nicht...« – »Still, still!« rief der Herzog, wenn ich über einen Irrtum glücklich bin, dann seien Sie nicht so grausam, mich zu verbessern! Sie haben ja selbst gesagt, daß man mich in eine Falle gelockt habe; nun, vielleicht lasse ich mein Leben dabei; Todesahnungen beschlichen mich in letzter Zeit öfters.« Um seine Lippen spielte bei diesen Worten ein zugleich trauriges und anmutiges Lächeln. – »O Gott, o Gott!« rief Anna von Österreich mit einem Ausdruck von Schrecken, der eine weit regere Teilnahme an dem Schicksal des Herzogs verriet, als sie eingestehen wollte.

»Ich sage das nicht, um Sie zu erschrecken, Madame«, sagte Buckingham, »nein, es ist lächerlich, was ich Ihnen da sage; nein, nein, glauben Sie nur, mit solchen Gedanken befasse ich mich wirklich nicht. Aber dies Wort, das Sie eben gesprochen, diese Hoffnung, die Sie in mir wachgerufen haben, macht alles, alles wieder gut, auch mein Leben bekommt einen Sinn, falls ich es lassen sollte.« – »Nun«, sagte Anna von Österreich, »auch ich, Herzog, habe Ahnungen, habe Träume. Ich habe geträumt, Sie lägen in Ihrem Blute, verwundet, auf der Erde.«

»In der linken Seite verwundet, nicht wahr, mit einem Messer?« fiel Buckingham ihr ins Wort. – »Ja, ganz recht, Mylord, ganz recht; doch wer hat es Ihnen gesagt, daß ich einen solchen Traum hatte? Ich habe ihn nur Gott anvertraut in meinen Gebeten.« – »Mehr begehre ich nicht, Madame! Sie lieben mich, Sie lieben mich! Diese Gewißheit habe ich nun.«

»Ich? Ich Sie lieben?« rief die Königin erschrocken. – »Ja! Würde Ihnen Gott sonst die gleichen Träume schicken wie mir? Würden uns sonst die gleichen Ahnungen beschleichen? Sie lieben mich, o Königin, und werden mich beweinen!«

»O mein Gott! Mein Gott«, rief Anna von Österreich, »das ist mehr, als ich ertragen kann! Herzog, im Namen des Himmels, gehen Sie, gehen Sie! Ich weiß nicht, ob ich Sie liebe oder ob ich Sie nicht liebe, aber daß ich nicht eidbrüchig werde, das weiß ich. Wenn Sie hier sterben sollten, wenn ich annehmen müßte, Ihre Liebe zu mir sei die Ursache Ihres Todes, so fände ich nimmer, nimmer Trost, so würde ich meinen Verstand verlieren! Darum reisen Sie, Herzog, reisen Sie ab! Ich bitte Sie von Herzen darum!« – »Oh, wie schön Sie sind! Oh, wie ich Sie liebe!« rief Buckingham. – »Reisen Sie, reisen Sie, bitte, bitte! Und kehren Sie später wieder, als Gesandter, als Minister, umgeben von Wachen, die Sie verteidigen, von Dienern, die Sie vor Unheil behüten werden. Dann werde ich nicht mehr um Ihr Leben zu bangen brauchen. Dann werde ich glücklich sein dürfen über unser Wiedersehen.«
»Oh, ist es wirklich wahr, was Sie mir jetzt sagen?«
»Ja.« – »Nun, dann bitte ich Sie um ein Pfand Ihrer Huld, um einen Gegenstand, der von Ihnen herrührt, der mich erinnern kann, daß ich nicht bloß geträumt habe; um etwas, das Sie getragen haben und das ich hinfort tragen kann, um einen Ring, ein Halsband oder eine Kette!« – »Und wenn ich Ihren Wunsch erfülle, werden Sie dann abreisen, werden Sie dann Frankreich verlassen?« – »Ja!« – »Sogleich?« – »Ja.« – »Und nach England zurückkehren?« – »Ich schwöre es!« – »So warten Sie! Warten Sie!« Sie kehrte in ihre Gemächer zurück, um alsbald mit einem kleinen Kästchen aus Rosenholz, das ihren Namenszug, ganz mit Gold eingelegt, trug, zurückzukehren. »Hier, Mylord, hier! Behalten Sie es als Andenken von mir!« – Buckingham nahm das Kästchen aus ihrer Hand und sank zum zweiten Male vor ihr auf die Knie. – »Sie haben mir versprochen, abzureisen«, mahnte die Königin. – »Und ich halte mein Wort. Ihre Hand, Madame, und ich gehe.«
Anna von Österreich schloß die Augen und reichte ihm die Hand, mit der anderen mußte sie sich stützen, denn sie fühlte, daß ihre Kräfte sie zu verlassen drohten. Buckingham preßte leidenschaftlich die Lippen auf diese schöne Hand, dann erhob er sich und sagte: »Noch bevor ein halbes Jahr verstrichen ist, werde ich, sofern ich nicht sterbe, Sie wiedersehen, Madame, und müßte ich die Welt deswegen auf den Kopf stellen!« Dann

stürzte er, getreu dem gegebenen Versprechen, aus dem Zimmer.
Im Korridor traf er Frau Bonacieux, die auf ihn wartete und ihn mit den gleichen Vorsichtsmaßregeln und mit dem gleichen Erfolg wie vorher aus dem Louvre führte.

13

Doch es ist nun an der Zeit, sich um Herrn Bonacieux, diesen ehrsamen Märtyrer jener politischen und galanten Verwicklungen, die in jener ritterlichen und lebensfrohen Zeit an der Tagesordnung waren, zu kümmern.
Die Schergen, die ihn festgenommen, führten ihn direkt in die Bastille, wo er, an einem Kommando Soldaten vorbei, das seine Musketen lud, in eine halb unter der Erde gelegene Halle geführt wurde. Da die Häscher alsbald merkten, daß er kein Herr vom Adel sei, hielten sie es nicht für notwendig, viel Umstände mit ihm zu machen, und kühlten ihr Mütchen an ihm und mißhandelten ihn aufs gröblichste. Nach Verlauf einer halben Stunde wurde er von einem Aufseher ins Verhörzimmer geführt, wieder an Soldaten vorbei, über einen schmutzigen Hof, einen verräucherten Gang entlang, dann ein paar Stiegen hinauf. Hier riß der Mann eine niedrige Tür auf und stieß den armen Herrn Bonacieux, der am ganzen Leibe zitterte, in eine niedrige Stube, worin außer einem Tisch und einem Stuhl nur eine schmale Bank stand. Auf dem Stuhle saß ein Schreiber, der in verschiedenen Papieren blätterte. Der Mann führte seinen Gefangenen bis zu dem Tisch und entfernte sich dann auf einen Wink des Schreibers.
Der Beamte sah auf und maß Herrn Bonacieux vom Kopf bis zu den Füßen. Er war ein Mensch von widerlichem Aussehen, mit spitzer Nase, gelben, hervorstechenden Backenknochen, kleinen, lebhaften Augen, langem Halse, auf dem ein Kopf sich wiegte, der halb Marder-, halb Fuchskopf war und mit dem schwarzen Rock und der schwarzen Halsbinde wie ein aus der Schale herausragender Schildkrötenkopf wirkte.
Der Schreiber fragte Herrn Bonacieux nach Namen, Vornamen, Alter, Stand und Wohnsitz. Die Antwort lautete: Bonacieux,

Jacques Michel, 51 Jahre, Kolonialwarenhändler im Ruhestand, Rue des Fossoyeurs Nr. 11. Nun erging sich der Schreiber, statt den armen Wicht zu verhören, in einer langen Auseinandersetzung darüber, in welche Gefahr ein privatisierender Kleinbürger laufe, wenn er sich in öffentliche Angelegenheiten mische; er knüpfte eine Schilderung der Machtstellung des Kardinals daran, jenes unvergleichlichen Ministers, in dessen Affären sich nicht einmal der König mischte und dem kein Mensch ungestraft über den Weg laufe. Dann heftete er seinen Späherblick auf Bonacieux und ließ ihm Zeit, sich den Ernst seiner Lage zum Bewußtsein zu bringen. Der pensionierte Krämer hatte nicht viel zu erwägen: er verwünschte den Augenblick, in dem es Herrn de la Porte eingefallen war, ihn mit seinem Patenkinde zu verheiraten, und vor allem jenen anderen Augenblick, in welchem dieses Patenkind in den Dienst der Königin gestellt worden war. Der Grundzug von Herrn Bonacieux' Charakter war ausgeprägte Selbstsucht, vermischt mit schmutzigem Geize und einer ans Lächerliche grenzenden Feigheit. Die Neigung, die ihm seine Frau eingeflößt hatte, war bei ihm eine Empfindung untergeordneten Ranges. Er überlegte das eben Gehörte, und nach einer kurzen Weile bemerkte er kalt: »Aber, Herr Kommissar, ich schätze ganz gewiß das Glück meines Vaterlandes, von einer so weisen und unvergleichlichen Eminenz regiert zu werden, mehr als irgendwer in Frankreich.« – »Wirklich?« fragte der Schreiber mit dem Unterton eines starken Zweifels. »Aber wie kommt es dann, daß wir Sie hier sehen?« – »Wieso, oder eigentlich, warum ich hier bin«, versetzte Herr Bonacieux, »kann ich Ihnen wirklich nicht sagen; bestimmt aber nicht deswegen, weil ich dem Herrn Kardinal irgendwie zu nahe getreten wäre, denn davon müßte ich doch auch etwas wissen.« – »Sie stehen aber unter der Anklage des Hochverrats, müssen also doch etwas auf dem Kerbholz haben?«

»Des Hochverrates?« rief Bonacieux ganz entsetzt. »Aber wie soll ein armer Krämer, der Hugenotten und Spanier verabscheut, in den Verdacht des Hochverrats kommen? Überlegen Sie doch nur, Herr Kommissar, das ist ja unmöglich!« – Der Schreiber betrachtete den Angeklagten mit seinen kleinen Augen, wie wenn er in ihm im tiefsten Herzen zu lesen ver-

möchte, und fragte: »Herr Bonacieux, Sie haben wahrscheinlich eine Frau?« – »Jawohl, Herr«, versetzte der Krämer, am ganzen Leibe zitternd, denn es beschlich ihn die Empfindung, daß sich die Sachen zu komplizieren drohten, »das heißt, ich hatte eine.« – »Sie hatten eine? Wie ist das zu verstehen? Was haben Sie mit ihr gemacht, wenn Sie sie nicht mehr haben?« – »Man hat sie mir entführt, Herr.« – »Entführt? Ach!«
Bonacieux witterte aus diesem Ach, daß sich die Affäre noch ärger zu komplizieren drohte. – »Also entführt?« rief der Schreiber wieder. »Und wissen Sie, welcher Mann diese Tat begangen hat?« – »Ich glaube ihn zu kennen.« – »Wer ist es?« – »Bitte, Herr Kommissar, ich behaupte ja nichts, sondern ich vermute nur.«

»Gegen wen haben Sie einen Verdacht? Sagen Sie es frei heraus!« – Herr Bonacieux war in der größten Bedrängnis. Sollte er alles sagen oder alles leugnen? Leugnete er alles, so konnte man annehmen, er wisse zuviel; sagte er alles, so zeigte er den guten Willen; demnach entschied er sich für das letztere.

»Ich habe einen Verdacht gegen einen großen, brünetten Mann, der ganz das Aussehen eines vornehmen Herrn hat; es ist mir ein paarmal, wenn ich auf meine Frau an der Louvre-Pforte gewartet habe, so vorgekommen, als wenn er uns auflauerte.« – Der Beamte schien unruhig zu werden. »Sein Name?« fragte er. – »Den weiß ich nicht«, antwortete Bonacieux, »aber ich würde ihn auf der Stelle erkennen, wenn ich ihm begegnen sollte.« – Die Stirn des Beamten legte sich in finstere Falten. »So? Auf der Stelle, sagen Sie, würden Sie ihn erkennen?« – »Das heißt«, versetzte Bonacieux, der merkte, daß das gerade nicht sehr günstig war, »das heißt ...« – »Sie haben ausgesagt, daß Sie ihn erkennen würden, und das genügt für heute«, sagte der Beamte barsch. »Ehe wir weitergehen, ist es notwendig, jemand davon in Kenntnis zu setzen, daß Sie den Verführer Ihrer Frau kennen.«

»Aber ich habe Ihnen nicht gesagt, daß ich ihn kenne«, rief Bonacieux voll Verzweiflung, »ich habe im Gegenteil gesagt ...« – »Der Mann ist abzuführen«, befahl der Beamte. – »Wohin?« fragte der Aufseher. – »In ein Verließ, das erste beste, wenn es nur fest ist«, antwortete der Beamte mit einer Gleichgültigkeit, die den armen Bonacieux erschütterte. –

»Ach Gott, ach Gott!« klagte er bei sich, »das Unglück schwebt über meinem Haupte; meine Frau hat am Ende gar irgendein schreckliches Verbrechen begangen, und man hält mich für ihren Mitschuldigen, bestraft mich sicher zusammen mit ihr; sie wird gesagt haben, daß ich von ihm wüßte; man weiß ja nie, wie schwach die Weiber sind! Nun soll ich in ein Verließ! Ins erste beste! Da haben wir es! An den Galgen! Mein Gott! Mein Gott! Sei barmherzig mit mir!«
Ohne auf sein Gejammer zu hören – an dergleichen mochte man hier gewöhnt sein –, nahmen zwei Häscher den armen Bonacieux in Empfang und führten ihn ab, während der Beamte rasch ein paar Zeilen zu Papier brachte und sie einem dritten Häscher übergab.
Bonacieux schloß die ganze Nacht kein Auge; die Zelle, in der er sich befand, war zwar nicht die schlechteste, aber die Unruhe, die ihn quälte, war zu groß; beim geringsten Geräusch fuhr er zusammen, er blieb die ganze Nacht auf seiner Pritsche hocken, und als das erste Tageslicht in seine Zelle fiel, war es ihm, als sei die Morgenröte in Leichenschwarz getaucht. Plötzlich hörte er, daß die Riegel knarrten, und war mit einem entsetzten Sprung auf den Beinen, glaubte er doch nichts anders, als daß man ihn aufs Schafott schaffen wolle. Als er aber sah, daß derselbe Beamte bei ihm eintrat, der ihn gestern verhört hatte, wäre er ihm vor Freude fast um den Hals gefallen, obwohl er sich nicht allein, sondern in Gesellschaft eines andern, der wie ein Gehilfe aussah, befand.
»Ihre Sache hat sich seit gestern abend sehr verwickelt, mein Lieber«, sagte der Kommissar zu ihm, »und ich rate Ihnen in Ihrem eigenen Interesse, die volle Wahrheit zu sagen, denn bloß durch Reue können Sie den Kardinal günstig stimmen.« – »Aber ich will ja gern alles bekennen«, rief Bonacieux, »das heißt, soviel ich weiß. Also fragen Sie, bitte!« – »Erstens: Wohin ist Ihre Frau?« – »Ich habe Ihnen ja doch gesagt, daß man sie entführt hat.« – »Ja, aber seit gestern nachmittag, fünf Uhr, ist sie entwischt, und Sie haben ihr dazu verholfen.« – »Meine Frau ist entwischt?« rief Bonacieux. »Ach, die Unglückliche! Aber, auf Ehre und Gewissen, meine Schuld ist das nicht.« – »Was hatten Sie denn am Tage so lange mit Herrn d'Artagnan, Ihrem Nachbarn, zu verhandeln?« – »Ach, Herr Kom-

missar, das stimmt, und ich bekenne, daß ich unrecht gehandelt habe; bei Herrn d'Artagnan bin ich gewesen.« – »Welchen Zweck verfolgten sie mit Ihrem Besuch?« – »Ich bat ihn, mir meine Frau suchen zu helfen; ich glaubte, mich um sie kümmern zu müssen; dem Anschein nach habe ich mich geirrt und bitte nun, mir dies nicht anzukreiden.«

»Was hat Ihnen Herr d'Artagnan geantwortet?«

»Er hat mir seine Hilfe versprochen; ich habe aber bald gemerkt, daß er mich nur an der Nase herumführte.«

»Sie wollen die Justiz mit Ihrer Aussage an der Nase herumführen, mein Lieber! Herr d'Artagnan hat einen Vertrag mit Ihnen geschlossen und daraufhin die Polizisten, die Ihre Frau arretiert hatten, überfallen und verjagt und Ihre Frau irgendwohin in Sicherheit gebracht.« – »Herr d'Artagnan hätte meine Frau entführt? Na, so was! Wie kommen Sie darauf?« – »Glücklicherweise ist Herr d'Artagnan in unseren Händen, und Sie sollen mit ihm konfrontiert werden.« – »Nun, etwas Besseres könnte mir gar nicht passieren!« rief Bonacieux. »Mir soll es nur lieb sein, ein bekanntes Gesicht zu sehen!«

Der Kommissar wandte sich zu dem an der Tür stehenden Mann mit dem Befehl, Herrn d'Artagnan vorzuführen, und Athos erschien. – »Herr d'Artagnan«, fuhr der Kommissar ihn an, »sagen Sie aus, was zwischen Ihnen und diesem Herrn hier vorgegangen ist.« – »Aber«, rief Bonacieux, »das ist ja gar nicht Herr d'Artagnan!«

»Was? Nicht Herr d'Artagnan?« schrie der Kommissar. »Nicht Herr d'Artagnan?« – »Ganz und gar nicht!« versetzte Bonacieux. – »Und wer ist es dann?«

»Das kann ich nicht sagen, denn ich kenne ihn nicht«, antwortete Bonacieux. – »Wie? Sie kennen den Mann nicht?« – »Nein.« – »Sie haben ihn nie gesehen?« – »Doch, aber ich weiß nicht, wie er heißt!«

»Ihr Name?« fuhr der Kommissar den Musketier an.

»Athos!« – »Aber das ist doch gar kein Personenname«, rief der arme Inquisitor, dem es im Kopfe zu wirbeln anfing, »so heißt ja ein Gebirge!« – »So heiße ich«, erwiderte Athos ruhig. – »Aber Sie haben ausgesagt, Sie heißen d'Artagnan!« – »Ich?« – »Ja, Sie!« – »Das heißt: Mir ist gesagt worden, Sie sind d'Artagnan, und ich habe gefragt: So? Meinen Sie?

Darauf hat die Mannschaft geschrien, sie wisse doch, wer ich sei. Ich habe ihr nicht widersprechen wollen, zumal ich mich ja verhört haben könnte.« – »Herr! Sie beleidigen die Würde der Justiz!« rief der Kommissar. – »Nicht daß ich wüßte«, versetzte Athos kalt. – »Sie sind Herr d'Artagnan!« – »Sie wollen es mir also immer noch einreden?«

»Aber ich sage Ihnen doch, Herr Kommissar«, rief jetzt Bonacieux, »daß hier jeder Zweifel ausgeschlossen ist. Herr d'Artagnan wohnt in meinem Hause, und wenn er mir auch bis heute keinen Heller Miete bezahlt hat, so muß ich ihn doch kennen; ich sollte meinen, darum gerade um so eher. Herr d'Artagnan ist ein Mensch von neunzehn Jahren, und der Herr da ist mindestens dreißig. Herr d'Artagnan steht in der Garde des Essarts, und der Herr da trägt Musketiersuniform! Sehen Sie doch!« – »Freilich«, murmelte der Kommissar, »das stimmt!«

Da ging die Tür auf und, von einem Schließer der Bastille geführt, trat ein Bote ein mit einem Brief, den er dem Kommissar überreichte. »Oh, die Unglückselige!« rief dieser. – »Wie? Was sagen Sie? Vom wem sprechen Sie? Hoffentlich nicht von meiner Frau?« schrie Bonacieux. – »Von wem denn sonst?« versetzte der Beamte. »Na, Ihre Sache macht sich, das muß man sagen.« – »Aber, mein Herr«, rief der Krämer in heller Verzweiflung, »sagen Sie mir doch nur, wie sich, während ich hier im Gefängnis schmachte, meine Angelegenheit durch Dinge verschlimmern kann, die meine Frau treibt?« – »Weil ihr Tun und Treiben mit einem zwischen ihr und Ihnen geschmiedeten üblen Plan zusammenhängt.« – »Herr Kommissar, ich schwöre Ihnen, daß Sie sich im Irrtum befinden, daß ich kein Jota davon weiß, was meine Frau treiben mag, daß ich von allem, was sie angestellt hat, so wenig weiß wie ein neugeborenes Kind und daß ich alle Torheiten, die sie treibt, rundweg in Abrede stelle, ja verwünsche, verfluche!« – »Mich scheinen Sie jetzt nicht mehr zu brauchen«, sagte Athos zu dem Beamten, »lassen Sie mich also wieder abtreten; Herr Bonacieux ist nicht gerade amüsant.« – »Führen Sie die Gefangenen wieder in ihre Zellen!« befahl der Kommissar. »Die Haft ist zu verschärfen.« – »Ich verstehe nicht recht«, wandte Athos mit der an ihm gewohnten Ruhe ein, »was ich noch

hier soll, wenn Sie es doch mit Herrn d'Artagnan zu tun haben und nicht mit mir; aus solch einem Stellvertreterposten mache ich mir wirklich nicht viel.« – »Diese beiden Personen werden abgeführt, wie ich befohlen habe, und über die Affäre wird die größte Stille bewahrt! Sie verstehen mich?«
Athos folgte achselzuckend, während Herr Bonacieux wie ein Schoßhund winselte. Um die neunte Abendstunde hörte der letztere in seinem Verließ draußen auf dem Korridor Schritte. Bald öffnete sich auch seine Pforte, und Soldaten erschienen auf der Schwelle. »Folgt mir!« kommandierte einer von ihnen. – »Ich?« rief der Krämer. »Ihnen! Zu dieser Zeit! Und wohin?«
»Dahin, wohin wir Sie transportieren sollen.« – »Aber das ist doch keine Antwort!« – »Und doch die einzige, die wir Ihnen geben können.« – »Gott, der Gerechte!« jammerte der Krämer, »diesmal bin ich geliefert!«, und mechanisch und widerstandslos folgte er den Soldaten denselben Korridor entlang, den er schon einmal gegangen war, über einen Hof hinweg, dann durch eine andere Wachstube, endlich zu einem Tore hinaus, vor dem ein Wagen hielt, von vier berittenen Soldaten eskortiert. In den Wagen mußte er einsteigen, ein Korporal setzte sich neben ihn, der Verschlag wurde geschlossen, und langsam wie eine Trauerkutsche setzte sich das Gefährt in Bewegung. Durch das vergitterte Fenster erblickte der Gefangene Häuser und Straßenpflaster, sonst weiter nichts, aber als echtes Pariser Kind erkannte Bonacieux an den Grenzsteinen, Schildern und Laternen jede Straße, durch die der Wagen fuhr. Als er bei Saint-Paul vorbeikam, dem Orte, wo die zum Tode verurteilten Bastille-Gefangenen hingerichtet wurden, fühlte er sich einer Ohnmacht nahe und bekreuzigte sich ein paarmal. Er hatte gedacht, der Wagen würde hier halten, aber die Fahrt ging weiter. Als er am Saint-Jean-Friedhofe vorbeiging, wo die Staatsverbrecher eingescharrt wurden, schüttelte es ihn wieder am ganzen Leibe, und er fand ein bißchen Trost in dem Bewußtsein, daß ihm sein Kopf noch zwischen den Schultern saß, während doch sonst jedem, der hierher geschafft wurde, dieser abgesäbelt war. Als er aber sah, daß der Wagen die Richtung zum Grêve-Platz nahm, als er die Spitzdächer des Stadthauses erkannte und in die Säulen-

halle einfuhr, da war es ihm noch einmal zumute, als sei ihm sein Ende nahe. Er wollte seiner Begleitmannschaft ein offenes Bekenntnis ablegen; als sie sich aber weigerten, zuzuhören, fing er so zu jammern an, daß der Patrouillenführer ihm mit einem Knebel drohte, wenn er sich nicht still verhielte. Das dämpfte ihn und gab ihm aber einen Teil seiner Zuversicht wieder, denn er sagte sich, daß man doch dicht an der Hinrichtungsstelle keinen Knebel nötig hätte, wenn man ihn hängen oder köpfen wollte, und diese Ansicht erhielt auch ihre Bestätigung, denn auch am Grêve-Platz fuhr der Wagen vorbei, ohne zu halten. Nun war also bloß noch der Croix-du-Trahoir zu fürchten, und dorthin nahm der Wagen jetzt seine Richtung. Diesmal ließ sich nicht mehr zweifeln! Wurden doch hier die Personen umgebracht, die den unteren Gesellschaftsschichten angehörten. Bonacieux hatte sich eingebildet, Saint-Pauls oder des Grêve-Platzes würdig zu sein, er gehörte aber dorthin! Und hier also sollte seine Lebensbahn enden, hier sein Schicksal sich erfüllen? Noch konnte er das unheilvolle Kreuz nicht sehen; aber er fühlte halb und halb, wie es sich vor ihm aufrichtete, wie er ihm näher und näher kam. Knapp zwanzig Schritte davor hörte er ein dumpfes Lärmen, und der Wagen hielt. Das war mehr, als der arme Bonacieux ertragen konnte, und er fiel in Ohnmacht.

14

Auf dem Platz hatte sich aber eine Menschenmenge angesammelt, nicht, um einen Menschen zu hängen, sondern um einen, der schon hing, baumeln zu sehen, und der Wagen, in welchem Herr Bonacieux transportiert wurde, fuhr nur eine Zeitlang langsamer wegen des Gedränges und wurde ein paar Sekunden lang aufgehalten, bog aber alsbald in die Rue Saint-Honoré ein, passierte die Rue des Bons-Enfants und hielt endlich vor einer niedrigen Pforte. Dort wurde Bonacieux von zwei Soldaten aus dem Wagen gehoben und eine Allee entlang gestoßen, eine Treppe hinauf und in ein Vorzimmer geschoben. Alles das war an ihm vorübergegangen wie im Traume, was er sah, sah er wie in einem Nebel; was er hörte, summte ihm

in den Ohren, ohne daß er einzelne Töne unterscheiden konnte; hätte man ihn jetzt aufs Schafott geführt, so hätte er weder die Hand gerührt, um sich zu wehren, noch einen Laut ausgestoßen, um Mitleid zu erwecken.
Die Soldaten hatten ihn auf eine Bank gesetzt, und da hockte er eine Weile. Als er mit der Zeit merkte, daß die Bank hübsch weich gepolstert war und sah, daß die Wand fein mit Korduanleder tapeziert war und schöne rote Damastvorhänge über das Fenster niederfielen, wurde es ihm allmählich klar, daß er keine Ursache zu übermäßiger Furcht hatte, und er gewann allmählich wieder Mut. Erst zog er das eine, dann das andere Bein an sich; dann stützte er behutsam seine Ellbogen auf, richtete sich langsam in die Höhe und fand endlich Halt auf seinen Beinen.
In diesem Augenblick ging der Türvorhang auseinander, und ein stattlicher Offizier erschien, wechselte noch ein paar Worte mit einer in einem anstoßenden Zimmer sich aufhaltenden Person, drehte sich dann zu dem Gefangenen herum und fragte: »Sie sind Bonacieux?« – »Jawohl, Herr Offizier«, stotterte der Krämer, mehr tot als lebendig, »ganz ergebenst zu dienen.« – »So kommen Sie herein!« erwiderte der Offizier, beiseite tretend, um dem Krämer den Weg freizumachen. Dieser gehorchte, ohne ein Wort zu erwidern, und trat in das Zimmer, wo er allem Anschein nach erwartet wurde.
Es war ein großes, geschlossenes, stickiges Gemach, dessen Wände mit Waffen reich behängt waren. Obgleich der September noch nicht zu Ende war, brannte im Kamin schon Feuer. In der Mitte des Raumes stand ein viereckiger Tisch, mit Büchern und Papieren bedeckt, über die ein ungeheurer Plan der Stadt La Rochelle gebreitet war.
Vor dem Kamin stand ein Mann von mittlerer Größe mit stolzer, hochmütiger Miene, durchdringenden Augen, breiter Stirn, schmalem, dürrem Gesicht, das durch den von einem Schnurrbart überragten Spitzbart noch merklich verlängert wurde. Der Mann mochte erst 36 bis 37 Jahre alt sein, und doch fing Kopf- und Barthaar schon an, grau zu werden; er trug keinen Degen und hatte doch das Aussehen eines Kriegsmannes; seine noch mit einer leichten Staubschicht bedeckten rindsledernen Stiefel ließen ahnen, daß er tagsüber geritten war.

Dieser Mann war Armand Jean Duplessis, Kardinal von Richelieu, in der Vollkraft seiner Jahre, ein ritterlicher Held, der ganz Europa in Schach zu halten wußte, zwar von schwächlichem Körperbau, aber im Besitz eines dämonischen Geistes, der ihn zu einem der außerordentlichsten Menschen machte, die je auf Erden gelebt haben.

Der arme Krämer blieb an der Tür stehen, während die eben geschilderte Person die Augen fest auf ihn gerichtet hielt, als wollte sie ihm bis auf den Grund seines Herzens sehen. »So? Der dort ist dieser Bonacieux?« – »Jawohl, Hochwürden«, antwortete der Offizier. – »Gut! Geben Sie mir die Papiere und lassen Sie uns allein!« – Der Offizier nahm die bezeichneten Papiere vom Tische, überreichte sie mit einer tiefen Verbeugung dem Mann am Kamin und verließ darauf das Zimmer. Bonacieux erkannte in den Papieren das in der Bastille aufgenommene Protokoll. Von Zeit zu Zeit hob der Mann am Kamin die Augen und senkte sie, zwei Dolchen gleich, tief in das Herz des armen Krämers. Nach zehn Minuten des Lesens und zehn Minuten des Prüfens war der Kardinal auf dem laufenden, murmelte: »Ein Kopf wie der da hat niemals konspiriert, aber immerhin untersuchen wir einmal!« und sagte dann langsam, Wort für Wort betonend: »Sie sind des Hochverrats angeklagt!« – »Das ist mir schon bekanntgegeben worden, Hochwürden«, rief Bonacieux, den Mann mit dem Titel anredend, den er aus dem Munde des Offiziers vernommen hatte, »aber ich schwöre Ihnen, daß ich davon kein Jota gewußt habe.«

Der Kardinal unterdrückte ein Lächeln. »Sie haben mit Ihrer Frau, mit Frau Chevreuse und dem Mylord, Herzog von Buckingham, konspiriert?« – »Alle diese Namen, Hochwürden«, versetzte der Krämer, »habe ich von ihr allerdings gehört.« – »Bei welcher Gelegenheit?« – »Meine Frau sagte, der Kardinal von Richelieu habe den Herzog von Buckingham nach Paris gelockt, um ihn und mit ihm die Königin zu verderben.« – »Das sagte sie?« rief der Kardinal zornig. – »Jawohl, Hochwürden, das hat sie gesagt. Aber ich habe ihr gesagt, es wäre sehr unrecht von ihr, sich mit so etwas zu befassen, und Seine Eminenz wäre gar nicht imstande ...«

»Schweigen Sie! Sie sind ein Dummkopf!« rief der Kardinal

unwillig. – »Das hat mir meine Frau auch gesagt, Hochwürden.« – »Wissen Sie, wer Ihre Frau entführt hat?« – »Nein, Hochwürden.« – »Aber Sie haben einen Verdacht?« – »Jawohl, Hochwürden, aber dieser Verdacht schien dem Herrn Kommissar nicht recht zu sein, und ich befasse mich deshalb nicht mehr damit.« – »Ihre Frau ist entwischt, das wußten Sie?«

»Nein, Hochwürden, ich habe es erst im Gefängnis erfahren und wiederum erst durch den Herrn Kommissar.«

Der Kardinal unterdrückte ein zweites Lächen. »Sie wissen also nicht, was aus Ihrer Frau geworden ist?« – »Absolut nicht, Hochwürden. Aber sie muß in den Louvre zurückgekehrt sein.« – »Um ein Uhr früh war sie noch nicht wieder da.« – »Herrgott! Was ist denn aus ihr geworden?« – »Ruhig! Man wird es erfahren; dem Kardinal verbirgt man nichts, der Kardinal weiß alles.«

»Glauben Sie, Hochwürden, daß in diesem Falle der Kardinal mir sagen wird, was aus meiner Frau geworden ist?« – »Vielleicht, aber zuvor müssen Sie alles bekennen, was Sie von den Beziehungen Ihrer Frau zu Madame von Chevreuse wissen.« – »Aber, Hochwürden, davon weiß ich absolut nichts. Ich habe die Dame nie gesehen.«

»Ist Ihre Frau, wenn Sie sie aus dem Louvre abholten, immer gleich mit Ihnen nach Hause gegangen?«

»Fast nie! Ich habe sie in der Regel zu Leinwandhändlern geführt, mit denen sie zu tun hatte.« – »Und wieviel Leinwandhändler waren das?« – »Zwei, Hochwürden.« – »Wo wohnten sie?« – »Einer in der Rue de Baugirard und einer in der Rue de la Harpe.« – »Sind Sie mit Ihrer Frau bei den Leuten gewesen?« – »Niemals, Hochwürden, ich habe immer an der Tür gewartet.« – »Und welchen Vorwand benützte sie, allein zu den Leuten zu gehen?« – »Soviel Rücksichten nimmt meine Frau nicht, Hochwürden. Sie hat mir einfach gesagt, ich soll warten, und da habe ich eben gewartet.« – »Sie sind ein recht gutgläubiger Ehemann, mein lieber Herr Bonacieux!« meinte der Kardinal. – Er nennt mich immer seinen lieben Herrn, meinte der Krämer bei sich, die Dinge scheinen sich ja recht gut für mich anzulassen! – »Würden Sie die Türen wiederfinden?« – »Ja.« – »Wissen Sie die Hausnummern?« – »Ja.« – »Welche

sind es?« – »Nummer 25 in der Rue de Baugirard und Nummer 75 in der Rue de la Harpe. – »Gut, gut«, erwiderte der Kardinal.
Bei diesen Worten griff er nach einer silbernen Klingel und schellte. Der schmucke Offizier trat wieder ein. – »Holen Sie mir Rochefort«, sagte er halblaut. »Er soll sofort kommen, wenn er wieder zurück ist.« – »Der Graf ist da«, antwortete der Offizier, »er bittet um sofortige Audienz bei Eurer Eminenz.« – »Er soll gleich kommen!« rief Richelieu erfreut.
Der Offizier schoß aus dem Zimmer mit jener Geschwindigkeit, deren sich alle im Dienst des Kardinals befindlichen Personen befleißigten.
Keine fünf Minuten waren seit dem Verschwinden des Offiziers verstrichen, als die Tür sich wieder öffnete und eine neue Persönlichkeit eintrat.
Der Kardinal klingelte wieder, und der Offizier erschien. »Übergeben Sie den Mann da wieder seiner Wache«, befahl er, »er soll warten, bis ich ihn rufe.« – »Nein, Hochwürden, er ist's nicht!« rief Bonacieux. »Nein, ich habe mich geirrt, ein anderer ist es, der ganz anders aussieht. Der Herr hier ist ein ehrenwerter Mann!« – »Führen Sie den Strohkopf ab!« befahl der Kardinal. Der Offizier faßte Bonacieux unter dem Arm und führte ihn wieder in das Vorzimmer, wo ihn die Wachen in Empfang nahmen. Die neueingetretene Persönlichkeit folgte voller Ungeduld Bonacieux mit den Augen, bis er verschwunden war, und sobald sich die Tür hinter ihm geschlossen hatte, trat er rasch zum Kardinal und flüsterte: »Sie haben einander gesehen!« – »Wer?« fragte Seine Eminenz. – »Sie und er«. – »Die Königin und der Herzog?« rief Richelieu. – »Ja.« – »Und wo?« – »Im Louvre.« – »Wirklich?« – »Ja.« – »Von wem wissen Sie es?« – »Von Madame de Lannoy, die, wie Sie wissen, Eurer Eminenz treu ergeben ist.« – »Warum hat sie es nicht früher gesagt?« – »Die Königin hat, ob aus Zufall oder aus Mißtrauen, Madame de Surgis in ihrem Schlafgemach nächtigen lassen und den ganzen Tag um sich behalten.« – »Gut. Wir sind geschlagen. Versuchen wir, unsere Revanche zu nehmen.« – »Ich werde Ihnen mit allen Kräften beistehen, Eminenz.«
»Wie hat sich die Sache abgespielt?« fragte der Kardinal. –

»Die Königin war um Mitternacht mit ihren Damen zusammen.« – »Wo?« – »In ihrem Schlafgemach, als ihr von seiten ihrer Weißzeugdame ein Taschentuch übergeben wurde.« – »Und dann?« – »Die Königin hat sogleich große Unruhe gezeigt, und alle Schminke, die sie aufgetragen hatte, konnte nicht verhindern, daß man sie erbleichen sah.« – »Weiter, weiter!« – »Sie ist aufgestanden und hat mit leicht zitternder Stimme gesagt: ›Meine Damen, warten Sie, bitte, zehn Minuten auf mich, dann bin ich wieder da.‹ Darauf hat sie die Alkoventür aufgemacht und ist hinausgegangen.« – »Warum hat Madame de Lannoy Sie nicht auf der Stelle benachrichtigt?« – »Es war noch nichts fest abgemacht. Dann hatte die Königin auch ihren Damen zu warten befohlen, und direkten Ungehorsam hat die Lannoy doch nicht riskiert.« – »Und wie lange ist die Königin draußen geblieben?« – »Eine dreiviertel Stunde.« – »Ist keine ihrer Damen in ihrer Begleitung gewesen?« – »Bloß Donna Estefania.« – »Und ist sie dann wieder in ihr Zimmer gegangen?« – »Ja, aber um ein Kästchen aus Rosenholz mit ihrem Namenszug zu holen und sogleich wieder hinauszugehen.« – »Und hat sie das Kästchen, als sie dann wiedergekommen ist, noch bei sich gehabt?« – »Nein.« – »Wußte die Lannoy, was in dem Kästchen war?« – »Ja, die Diamantknöpfe, die der Königin von Seiner Majestät zum Präsent gemacht wurden.« – »Meint die Lannoy, sie habe sie Buckingham gegeben?« – »Sie glaubt es ganz bestimmt. Im Laufe des Tages hat die Lannoy in ihrer Eigenschaft als Kammerfrau das Kästchen gesucht, hat sich unruhig über sein Abhandensein gestellt und schließlich die Königin danach gefragt.« – »Und die Königin?« – »Ist blutrot geworden und hat geantwortet, es sei ihr ein Knopf am Abend vorher zerbrochen, und deshalb hätte sie das Kästchen zu ihrem Juwelier geschickt, um den Schaden wieder auszubessern.«

»Es muß festgestellt werden, ob es sich wirklich so verhält.« – »Das ist geschehen.« – »Nun, und der Juwelier?« – »Weiß von nichts, Eminenz.« – »Schön, sehr schön!« rief der Kardinal. »Rochefort, noch ist nicht alles verloren, vielleicht schlägt alles noch zum besten.« – »Oh, ich zweifle nicht, daß es dem Genie Eurer Eminenz ...« – »Gelingt, das Ungeschick ihres Bevollmächtigten wiedergutzumachen? Nicht wahr?« – »Genau das wollte ich sagen, als Eure Eminenz mir das Wort abschnitten.«

»Sie wissen jetzt, wo sich die Chevreuse und der Herzog versteckt gehalten haben?« – »Nein, Eminenz, meine Leute haben mir nichts Bestimmtes darüber sagen können.« – »Ich weiß es aber.« – »Eminenz!« – »Jawohl, oder ich vermute es wenigstens. Die eine der beiden Personen ist in der Rue de Baugirard, die andere in der Rue de la Harpe versteckt gewesen.« – »Wünscht Eure Eminenz sie beide arretiert zu sehen?« – »Es wird zu spät sein. Sie werden beide schon über alle Berge sein.« – »Nun, vergewissern sollte man sich doch!« – »Nehmen Sie zehn Mann meiner Garde mit und lassen Sie beide Häuser durchsuchen.« – »Ich eile, Eminenz!«

Im nächsten Augenblick war Rochefort verschwunden. Der Kardinal überlegte eine Weile und klingelte zum drittenmal, derselbe Offizier trat wieder ein. »Führen Sie den Gefangenen wieder herein!« befahl der Kardinal. Bonacieux wurde wieder in das Zimmer geschoben, und der Offizier zog sich zurück.

»Sie haben mich belogen«, sagte der Kardinal streng. – »Ich?« rief der Krämer. »Ich, Eure Eminenz?« – »Ihre Frau hat in der Rue de Baugirard und in der Rue de la Harpe nichts mit Weißzeughändlern zu tun gehabt!« – »Und mit wem sonst, um Gottes willen?« – »Mit der Herzogin von Chevreuse und dem Herzog von Buckingham.«

»Ja«, sagte Bonacieux, indem er sich auf alles zu besinnen suchte, was in den letzten Tagen an ihn herangetreten war, »ja, Eminenz, es ist so! Eminenz haben recht! Ich habe meiner Frau wiederholt gesagt, es sei doch höchst sonderbar, daß in solchen Häusern, die gar keine Ladenschilder hätten, Händler wohnen sollen, und da hat sich meine Frau immer vor Lachen ausschütten wollen. Ach, Hochwürden«, fuhr er fort, sich dem Kardinal zu Füßen werfend, »Sie sind der große Kardinal, der geniale Mann, den alle Welt so verehrt.«

»Stehen Sie auf, mein Lieber«, erwiderte der Kardinal, im ersten Augenblick nicht unangenehm berührt, sowenig auch ein Triumph über einen so gewöhnlichen Menschen wie Bonacieux zu sagen hatte, im nächsten Augenblick aber bereits von einem neuen Einfall beherrscht, und reichte mit einem Lächeln dem Krämer die Hand.

»Der Kardinal hat meine Hand berührt! Ich habe die Hand des großen Mannes berührt!« rief Bonacieux. »Der große Mann hat mich Freund genannt!« – »Ja, mein Freund, ja!« antwortete der Kardinal mit jenem väterlichen Ton, den er zuweilen anzunehmen wußte, der aber nur die Leute täuschen sollte, die ihn nicht kannten. »Und da Sie ungerechterweise verdächtigt worden sind, müssen Sie dafür auch eine Entschädigung bekommen, da, nehmen Sie den Beutel mit hundert Pistolen und tragen Sie mir nicht nach, was Ihnen widerfahren ist!«
»Ich sollte Ihnen etwas nachtragen, hochwürdigster Herr?« sagte Bonacieux, indem er, aus Furcht, das angebliche Geschenk könnte bloß ein Scherz sein, sich nicht entschließen konnte, nach dem Beutel zu greifen. »Aber es stand Ihnen doch das Recht zu, mich arretieren zu lassen, wie Ihnen das Recht zusteht, mich foltern und hängen zu lassen. Sie sind der Herr, und ich dürfte nicht einmal mucksen. Ich sollte ihnen etwas nachtragen, hochwürdigster Herr! Aber das ist doch nicht Ihr Ernst, Eminenz?«
»Ach, mein lieber Bonacieux, Sie wollen Großmut walten lassen? Nun, ich erkenne das und danke Ihnen dafür. Nehmen Sie also den Beutel dort, und ich denke, Sie werden nicht allzu unzufrieden von hier weggehen.« – »Hochwürdigster Herr, ich bin außer mir vor Freude!« – »Also adieu für heute, oder vielmehr auf Wiedersehen! Denn ich hoffe, daß dies recht bald geschehen möge!« – »Ganz wie Hochwürden es wünschen. Ich stehe immer zu Ihrer Verfügung, Eminenz.« – »Nun, es wird, denke ich, recht oft der Fall sein, hat mich doch die Unterhaltung mit Ihnen recht gefreut.« – »Oh, hochwürdigster Herr, wie schmeichelhaft für mich!« – »Auf Wiedersehen, Herr Bonacieux, auf Wiedersehen!« Der Kardinal winkte ihm mit der Hand, und Bonacieux verbeugte sich bis zur Erde, dann verließ der Krämer rückwärts das Gemach, und als er im Vorzimmer angelangt war, hörte der Kardinal, wie Bonacieux in seiner Begeisterung aus vollem Halse schrie: »Es lebe Seine Hochwürden! Es lebe Seine Eminenz! Es lebe der große Kardinal!« – Lächelnd vernahm der diese lautstarke Bestätigung einer unmittelbaren Begeisterung, und als die Krämerstimme sich in der Ferne verloren hatte, sagte er vor sich hin: »Nun, das ist jetzt ein Mann, der für mich durchs Feuer geht!« Dann

widmete er sich einer genauen Prüfung der Karte von La Rochelle, die, wie schon erwähnt, auf seinem Schreibtisch ausgebreitet lag, und zog mit dem Bleistift eine Linie, wie der berüchtigte Damm laufen sollte, der anderthalb Jahre später den Hafen der im Belagerungszustande befindlichen Stadt sperrte. Als er mitten in seinen strategischen Betrachtungen war, öffnete sich die Tür wieder, und Rochefort trat herein.

»Nun?« fragte der Kardinal, sich interessiert mit einer Schnelligkeit erhebend, die die Wichtigkeit zeigte, die der dem Grafen erteilte Auftrag haben mußte. – »Nun«, erwiderte der Graf, »eine junge Frau von 26 bis 28 Jahren und ein Mann von 35 bis 40 Jahren haben in den von Eminenz genannten Häusern logiert, die Frau vier, der Mann fünf Tage, aber die Frau ist heute nacht, der Mann heute morgen abgereist.« – »Das sind sie gewesen!« rief der Kardinal und warf einen Blick auf die Standuhr. »Um ihnen nachzusetzen, ist es jetzt zu spät, denn die Herzogin ist schon in Tours und der Herzog in Boulogne. Man muß sie in London finden.« – »Wie lauten die Befehle Eurer Eminenz?« – »Kein Wort über das Vorgefallene! Die Königin soll sich in vollkommener Sicherheit wiegen und nicht das geringste davon merken, daß wir um ihr Geheimnis wissen. Sie soll meinen, wir befaßten uns mit Intrigen und Konspirationen anderer Art. Schicken Sie mir den Siegelbewahrer Seguier.« – »Und was haben Eminenz mit diesem Menschen gemacht?« – »Mit welchem Menschen?« – »Mit diesem Bonacieux?« – »Was sich mit ihm machen ließ! Ich habe ihn zum Spion seiner Frau gemacht.«

Der Graf von Rochefort verneigte sich tief und anerkannte damit die Überlegenheit seine Gebieters und zog sich zurück. Der Kardinal setzte sich an seinen Schreibtisch und brachte ein paar Zeilen zu Papier, die er mit seinem Privatsiegel verschloß. Dann klingelte er. Der schmucke Offizier trat zum vierten Male in das Zimmer. »Vitray soll kommen«, rief der Kardinal, »fertig zur sofortigen Abreise!«

In kurzer Zeit stand der Mann, dem dieser Befehl galt, gestiefelt und gespornt vor ihm. »Vitray«, sagte der Kardinal, »Sie reisen sofort nach London, mit Extrapost, halten sich unterwegs nirgends auf und übergeben Mylady diesen Brief. Hier ist eine Anweisung über zweihundert Pistolen.

Kassieren Sie die Summe bei meinem Schatzmeister, sie wird für sechs Tage reichen. Länger dürfen Sie nicht bleiben, verstanden? Aber ich bitte mir prompteste Erledigung aus!«
Ohne zu erwidern verneigte sich der Graf, nahm den Brief und die Anweisung und verschwand.
Der Brief lautete: »Mylady! Erscheinen Sie auf dem ersten Ball, den der Herzog von Buckingham gibt. Er wird an seinem Wams zwölf Diamantknöpfe tragen. Nähern Sie sich ihm und trennen Sie zwei davon ab. Sobald Sie im Besitz der beiden Knöpfe sind, benachrichtigen Sie mich!«

15

Als am Morgen nach den eben erwähnten Ereignissen Athos noch nicht wieder bei seinem Korps erschien, wurde Herr von Tréville durch d'Artagnan und Porthos von seinem Verschwinden in Kenntnis gesetzt. Aramis seinerseits hatte um einen fünftägigen Urlaub gebeten und sei, wie es hieß, wichtiger Familienangelegenheiten halber in Bouen.
Herr von Tréville war seinen Soldaten gegenüber wie ein Vater, und der geringste und unbekannteste seiner Musketiere war seiner Hilfe und Unterstützung so sicher wie sein eigener Bruder. Auf der Stelle begab er sich zum Polizeimeister. Der Offizier, der die Wache von Croix-Rouge befehligte, wurde zitiert, und durch die angestellten Ermittlungen wurde alsbald festgestellt, daß Athos zurzeit im Fort L'Evéque interniert sei. Dort hatte Athos all die Qualen überstehen müssen, denen Bonacieux ausgesetzt gewesen war. Wir haben der Konfrontation der beiden Gefangenen beigewohnt. Athos, der bis dahin nur d'Artagnans wegen mit seinem Namen zurückgehalten hatte, erklärte jetzt rundheraus, daß er Athos und nicht d'Artagnan heiße, daß er weder mit einem Manne noch einer Frau bekannt sei oder je gesprochen habe, daß er gegen zehn Uhr abends bei seinem Freunde d'Artagnan vorgesprochen habe, bis zu dieser Zeit aber bei seinem Kommandanten Herrn von Tréville gewesen sei und daß er hierfür ein ganzes Dutzend Zeugen namhaft machen könne, darunter einige hohe Herren von Adel und den Herzog von Tremouille.

Der zweite Kommissar war ebenso bestürzt wie der erste über die einfache und doch bestimmte Erklärung dieses Musketiers, dem er gern, wie es ja bei Zivilbeamten den Musketieren gegenüber öfters der Fall war, eines ausgewischt hätte, aber die beiden Namen Tréville und Tremouille gaben ihm doch zu denken. Athos wurde demnach zum Kardinal gebracht, leider aber war der Kardinal im Louvre beim König. Das geschah nun alles gerade zu dem Zeitpunkt, als auch Herr von Tréville, nachdem er Athos weder beim Polizeimeister noch beim Gouverneur von Fort L'Evéque gefunden, bei Seiner Majestät eintraf. Als Kapitän der Musketiere hatte er jederzeit das Recht, im Louvre zu verkehren.

Von den Differenzen zwischen König und Königin, die vom Kardinal geschürt wurden, hat der Leser bereits Kenntnis. Der letztere hatte, was Hang zu Intrigen anlangte, gegen Frauen ein weit größeres Mißtrauen als gegen Männer. Eine der Hauptursachen für die Differenzen am Hofe war die Freundschaft, die Anna von Österreich mit Madame von Chevreuse verband. Diese beiden Frauen bereiteten ihm mehr Sorgen und Unruhe als die Kriege mit Spanien, die Zerwürfnisse mit England und die finanziellen Schwierigkeiten, in denen sich das Land schon geraume Zeit befand. In seinen Augen und seiner Überzeugung nach diente Madame von Chevreuse der Königin nicht bloß in ihren politischen, sondern, was ihm noch größere Qualen bereitete, auch in ihren galanten Affären.

Bei dem Bericht des Kardinals, daß Madame von Chevreuse, die man an ihrem Verbannungsorte in Tours wähnte, nach Paris gekommen sei und sich dort fünf Tage lang aufgehalten, der Polizei also damit einen Schlag ins Gesicht versetzt habe, geriet der König in furchtbaren Zorn. Als der Kardinal aber hinzufügte, daß nicht nur Frau von Chevreuse nach Paris gekommen sei, sondern daß die Königin mit ihr wieder einen jener versteckten Briefwechsel angeknüpft habe, die man damals »Kabale« zu nennen beliebte, und als er dann behauptete, die dunkelsten Fäden dieser Intrige so gut wie enthüllt zu haben, und nur im letzten Augenblick durch einen Musketier darin gestört worden zu sein, der sich unterstanden habe, der Gerechtigkeit in den Arm zu fallen, und ehrliche Männer mit dem Degen in der Faust an der Durchführung gesetzlicher Erlässe gehindert hatte, da konnte Ludwig XIII. nicht mehr an sich halten, sondern schritt mit jener bleichen, stummen Wut, die ihn, wenn sie bei ihm zum Ausbruch kam, zur kältesten Grausamkeit befähigte, auf die Tür zu, die zu den Gemächern der Königin führte.

Bis zu diesem Augenblick hatte der Kardinal noch mit keinem Wort den Herzog von Buckingham erwähnt. Aber jetzt trat, kalt, höflich und in untadelhafter Haltung, Herr von Tréville in das Gemach. Er merkte an der Anwesenheit des Kardinals und dem Ärger auf dem Gesichte des Königs sofort, was hier vorgegangen war, aber Herr von Tréville fühlte sich stark wie Simson den Philistern gegenüber. Schon hatte Ludwig die Hand auf dem Türknopf, aber bei dem Geräusch von Herrn von Trévilles Eintritt drehte er sich um. »Oho, mein Herr, Sie kommen gerade recht«, sprach der König, der, wenn seine Unbeherrschtheit einen gewissen Punkt erreicht hatte, sich nicht mehr verstellen konnte, »über Ihre Musketiere hört man ja schöne Geschichten!« – »Und mich sehen Majestät hier«, erwiderte Herr von Tréville mit eisiger Kälte, »um Ihnen schöne Geschichten über Ihre Zivilbeamten vorzutragen.« – »So? Und was wäre das?« fragte der König heftig.

»Ich habe die Ehre, Eurer Majestät zu melden«, fuhr Herr von Tréville im gleichen Tone fort, »daß sich verschiedene Gerichts- und Polizeipersonen – höchst ehrenwerte Leute, ohne Frage, aber dem Anschein nach gegen Uniformen sehr empfindlich – erlaubt haben, einen meiner oder vielmehr Ihrer Musketiere aufzugreifen und einzusperren, auf offener Straße aufzugreifen und ins Fort L'Evéque zu sperren, und zwar auf Grund eines Befehls, dessen Vorlage mir verweigert worden ist. Dieser Musketier, Majestät, hat sich bisher untadelhaft geführt und erfreut sich eines ausgezeichneten Rufes, ja er ist gewissermaßen eine Berühmtheit des Korps und auch Eurer Majestät wohlbekannt – sein Name ist Athos.«

»Athos«, wiederholte der König mechanisch, »jawohl, den Namen habe ich schon gehört.« – »Es ist derselbe, der in dem verdrießlichen Zweikampf das Pech gehabt hat, Herrn von Cahusac ernstlich zu verwunden. – Ach, Eminenz«, wandte sich Tréville darauf an den Kardinal, »Herr von Cahusac ist doch schon wieder auf den Beinen?« – »Ja, wie man hört«, versetzte der Kardinal, sich auf die Lippen beißend. – »Herr Athos hatte sich in die Wohnung eines gerade abwesenden Freundes begeben«, nahm Tréville wieder das Wort, »eines jungen Bearners, der bei den Garden Seiner Majestät dient, als er von einer Gruppe Schergen und Soldaten überrumpelt wurde.«

Der Kardinal machte dem König durch einen Wink verständlich, daß es sich um eben die Angelegenheit handle, über die er vorher gesprochen hatte, und der König antwortete: »Das wissen wir alles bereits, denn es ist alles in unserem Sinne geschehen.« – »Dann ist wohl auch im Sinne Eurer Majestät«, rief Tréville, »daß ein harmloser Musketier meines Korps ergriffen, wie ein Missetäter zwischen zwei Wachen gesteckt und durch einen frechen Pöbelhaufen geführt wird? Einer von meinen Musketieren, der sein Blut zehnmal für den Dienst Eurer Majestät vergossen hat und bereit ist, es jederzeit wieder zu vergießen.« – »Ach«, rief der König betroffen, »hat sich das alles wirklich so zugetragen?«

»Herr von Tréville«, bemerkte der Kardinal mit der größten Ruhe, »erwähnt nicht, daß dieser harmlose Musketier eine Stunde vorher vier meiner Beamten, die sich über eine sehr wichtige Angelegenheit instruieren sollten, überfallen und aus dem Parterre des Hauses verjagt hat, in dessen Oberstock er seine Wohnung hat.« – »Dafür fordere ich von Eurer Eminenz Beweise«, rief Herr von Tréville mit seinem echt gascognischen Freimut, »denn kaum eine Stunde vorher war Herr Athos, ein Mann von lauterstem Charakter, wie ich Majestät gegenüber bemerken will, bei mir zu Tische und hat sich mit Herrn de la Tremouille und dem Grafen von Chalus in meinem Salon noch recht lebhaft unterhalten.« – Der König faßte den Kardinal ins Auge. – »Ein Protokoll«, versetzte dieser, der stummen Frage Seiner Majestät die laute Antwort nicht schuldig bleibend, »beglaubigt meine Aussage. Es ist unterzeichnet von den vier Beamten, denen Herr Athos so übel mitgespielt hat, und Eurer Majestät von mir unterbreitet worden ist.« – »Gilt das Protokoll von Zivilpersonen soviel wie ein Soldatenwort?« rief Herr von Tréville stolz. – »Na, na, Tréville«, antwortete der König, »ruhig, ruhig!« – »Wenn Seine Eminenz gegen einen meiner Musketiere einen Verdacht hat«, sagte Tréville, »so ist die Gerechtigkeit des Herrn Kardinals bekannt genug, daß ich nicht zögere, selbst den Antrag auf eine Untersuchung der Angelegenheit zu stellen.«

»In dem Hause, in dem der Verstoß gegen die Justiz begangen worden ist«, fuhr der Kardinal mit eisiger Kälte fort, »wohnt ein Herr d'Artagnan.« – »Derselbe, von dem ich bereits gesprochen habe«, bemerkte Tréville. – »Und meinen Sie nicht, daß dieser junge Mann Athos einen üblen Rat gegeben haben könnte?« – »Eminenz, Herr Athos ist doppelt so alt wie Herr d'Artagnan«, erwiderte Tréville, »zudem ist ja der letztere den Abend über bei mir gewesen!« – »Ei, ei«, rief der Kardinal, »es scheint ja so ziemlich alles an diesem Abend bei Ihnen gewesen zu sein.« – »Sollten Eminenz an meinem Worte zweifeln?« fragte Tréville, indem ihm Zornesröte ins Gesicht stieg. – »Nein, behüte Gott!« erwiderte der Kardinal, »bloß, zu welcher Stunde war er bei Ihnen?« – »Oh, auch darauf brauche ich Eminenz die Antwort nicht schuldig zu bleiben, denn als er eintrat, habe ich gesehen, daß die Standuhr halb zehn zeigte, wenn ich auch geglaubt hätte, es müsse bereits später sein.« – »Und wann hat er Ihr Palais wieder verlassen?« – »Um halb elf, also eine Stunde nach dem Vorgange.«

Der Kardinal bezweifelte keinen Augenblick Trévilles Rechtschaffenheit und fühlte, daß ihm der Sieg zu zerrinnen drohte. »Aber es bleibt noch immer bestehen«, sagte er, »daß Herr Athos in jenem Hause in der Rue des Fossoyeurs arretiert worden ist.« – »Ist es einem Freunde etwa verboten, seinen Freund zu besuchen? Oder einem Musketier meiner Kompanie, mit einem von der Garde des Essarts zu verkehren?« – »Ja, weil dieses Haus verdächtig ist, Tréville«, bemerkte der König, »aber das ist Ihnen vielleicht nicht bekannt gewesen?« – »Das habe ich selbstverständlich nicht gewußt, Sire«, antwortete Tréville, »immerhin muß ich eines sagen: der Teil des Hauses, in welchem Herr d'Artagnan wohnt, mag es sonst von oben bis unten verdächtig sein, ist bestimmt unbedenklich, denn ich darf kühn behaupten, daß es kaum einen treueren Diener Seiner Majestät und einen tieferen

Bewunderer Seiner Eminenz als Herrn d'Artagnan gibt.« – »Es ist doch jener d'Artagnan«, fragte der König, den Kardinal musternd, der vor Ärger grün und gelb anlief, »der bei dem unglückseligen Zusammentreffen beim Barfüßerkloster Jussac verwundete?« – »Und der am anderen Morgen Bernajoux kampfunfähig machte«, ergänzte Tréville, »ja, es ist derselbe, und Majestät beweisen wieder, daß Sie ein vorzügliches Gedächtnis haben.«

»Bitte, bitte! Doch was beschließen wir nun?« fragte der König. – »Diese Entscheidung liegt ganz bei Eurer Majestät«, antwortete der Kardinal, »ich würde auf schuldig plädieren.« – »Und ich auf nicht schuldig«, erklärte Tréville, »überlassen wir die Angelegenheit unseren Gerichten, ihnen kommt es zu, ein Urteil zu fällen, und sie werden ihre Pflicht erfüllen. »Nur finde ich es beklagenswert«, bemerkte Tréville, »daß in unserer unglückseligen Zeit auch der makelloseste Lebenswandel, die unanfechtbarste Tugend den Menschen nicht vor Schmach und Verfolgung schützen können. Das Heer wird sich – das möchte ich feststellen – nicht eben darüber freuen, in Polizeisachen so rigorosen Vorschriften ausgesetzt zu werden.«

Dieser Einwurf war nicht klug, aber Herr von Tréville hatte ihn in voller Absicht in die Diskussion geworfen. Er wollte eine Explosion, weil in solchen Fällen die Mine Feuer gibt und Feuer Licht bringt. – »Polizeisachen!« rief der König, Trévilles Worte aufgreifend, »Polizeisachen! Was verstehen Sie davon, mein Herr? Kümmern Sie sich um Ihre Musketiere und schwatzen Sie mir nicht den Kopf voll! Wenn man Sie reden hört, sollte man meinen, ganz Frankreich ginge dem Ruin entgegen, wenn einem Ihrer Musketiere das Unglück widerfährt, arretiert zu werden. Soviel Aufwand um einen Musketier? Zehn Musketiere können verhaftet werden, zum Teufel, auch hundert, meinetwegen die ganze Kompanie, und doch soll mir niemand deshalb aufbegehren!«

»Von dem Augenblick an, da meine Musketiere Eurer Majestät verdächtig erscheinen«, erklärte Tréville, »sind sie schuldig, deshalb sehen Sie mich bereit, Sire, Ihnen meinen Degen zu übergeben, denn da der Herr Kardinal sich unterfangen hat, Anklage gegen meine Musketiere zu erheben, wird er nicht

versäumen, Gleiches auch gegen meine Person zu tun, darum halte ich es für besser, von vornherein Herrn Athos Gesellschaft zu leisten, und ich werde freiwillig seine Zelle teilen, mit ihm und Herrn d'Artagnan, der ja sicher auch noch arretiert werden wird.«
»Gascognerschädel! Sind Sie nun zu Ende mit diesem Geschwätz?« rief der König. – »Sire«, versetzte Tréville, ohne seine Stimme auch nur um eine Nuance zu dämpfen, »befehlen Sie, mir meinen Musketier auszuliefern oder ihn verurteilen zu lassen?« – »Er wird seinem Urteil nicht entgehen«, sagte der Kardinal. – »Nun denn, um so besser, denn in diesem Falle begehre ich von Seiner Majestät die Gunst, für ihn zu plädieren«, rief Tréville.
Der König fürchtete einen Skandal und sagte: »Wenn Seine Eminenz nicht persönliche Gründe hatte.« – Der Kardinal sah, daß ihm der König entgegenkam, und er säumte nicht, ihm auf halbem Wege zu begegnen. »Mit Verlaub«, sagte er, »aber von dem Augenblick an, da Eure Majestät einen voreingenommenen Richter in mir erblicken, ziehe ich mich zurück.« – »Wollen Sie mir bei meinem Vater schwören«, fragte der König Herrn von Tréville, »daß Herr Athos während des Vorfalls bei Ihnen war?« – »Bei Ihrem glorreichen Vater und bei Ihrer Person, Majestät, dem all meine Liebe und Ehrfurcht gehört, schwöre ich es!«
»Ziehen Sie, bitte, in Betracht, Sire«, sprach der Kardinal, »daß sich die Wahrheit nicht mehr ermitteln lassen wird, wenn wir den Arretierten auf diese Weise aus der Haft entlassen.« – »Herr Athos wird immer da sein«, versetzte Tréville, »zu Rede und Antwort bereit, wenn es den Herren vom Gericht belieben sollte, ihn zu verhören. Er wird nicht ausreißen, Herr Kardinal, beruhigen Sie sich in dieser Hinsicht! Ich leiste für ihn Bürgschaft.« – »Natürlich wird er nicht ausreißen«, sagte auch der König, »sondern, wie Herr von Tréville meint, immer zu finden sein. Zudem«, setzte er, die Stimme senkend, hinzu und richtete einen flehenden Blick auf den Kardinal, »ist es politisch klug, die Leute in Sicherheit zu wiegen.«
Diese Diplomatie Ludwigs XIII. entlockte dem Kardinal ein Lächeln. »Befehlen Sie, Sire«, sprach er, »Sie haben ja das Recht, zu begnadigen.« – »Das Begnadigungsrecht kommt nur Schul-

digen gegenüber in Frage«, rief Tréville, der das letzte Wort haben wollte, »und mein Musketier ist unschuldig. Nicht Gnade sollen Sie walten lassen, Sire, sondern Gerechtigkeit!« – »Er ist im Fort L'Evéque?« fragte der König. – »Jawohl, Sire, und in einem Verliese wie der gemeinste Verbrecher.« – »Zum Teufel«, rief der König leise, »was soll man da machen?« – »Den Entlassungsbefehl unterzeichnen«, sagte der Kardinal, »weiter wird nichts notwendig sein, ich teile den Glauben Ihrer Majestät, daß Herr von Trévilles Bürgschaft mehr als hinreichend ist.«

Tréville verbeugte sich glücklich, aber seine Freude war nicht ganz ungetrübt, ein hartnäckiger Widerstand wäre ihm lieber gewesen als diese plötzliche Nachgiebigkeit.

Der König unterfertigte den Freilassungsbefehl, und Tréville säumte nicht, ihn an seinen Bestimmungsort zu bringen. Als er zur Tür hinausgehen wollte, bedachte ihn der Kardinal noch mit einem freundlichen Lächeln und sagte zum König: »Zwischen den Offizieren und Soldaten Ihrer Musketierkompanie herrscht ein gutes Einvernehmen, Sire, und das kommt nicht nur dem Dienst zugute, sondern ist höchst ehrenvoll für alle.« – »Er wird es mir lange nachtragen«, meinte Tréville, »das letzte Wort hat man bei solch einem Menschen nie. Aber beeilen wir uns lieber, der König kann im Handumdrehen anderen Sinnes werden!«

Siegesstolz erschien Herr von Tréville im Fort L'Evéque und befreite den Musketier, den sein unbeweglicher Gleichmut keinen Augenblick verlassen hatte. Als er d'Artagnan zum ersten Male wieder erblickte, sagte er zu ihm: »Sie kommen mit einem blauen Auge davon! Der Degenstich, den Sie Jussac beibrachten, ist nun abgegolten. Es bleibt noch der von Bernajoux, aber man sollte nicht zu sehr rechnen!«

Übrigens hatte Herr von Tréville recht, dem Kardinal nicht über den Weg zu trauen und anzunehmen, daß der letzte Akt der Affäre noch nicht gespielt sei, denn kaum hatte der Kapitän der Musketiere die Tür hinter sich geschlossen, als seine Eminenz zum König sagte: »Da wir nun unter uns sind, wollen wir einmal, wenn es Eure Majestät erlauben, ein ernstes Wort zusammen reden. Sire, Buckingham war seit fünf Tagen in Paris und ist erst heute morgen wieder abgereist.«

16

Von dem Eindruck, den diese paar Worte auf den König machten, kann man sich unmöglich eine Vorstellung machen. Er wurde abwechselnd rot und weiß; und der Kardinal sah auf einen Blick, daß er das eben verlorene Terrain mit einem einzigen Schlage wiedergewonnen hatte.

»Buckingham in Paris?« schrie der König. »Und was will er hier?« — »Jedenfalls mit Ihren Feinden, den Hugenotten und Spaniern, konspirieren!« — »Nein, beim ewigen Gott, nein! Mit der Chevreuse, der Longueville und den Condés will er gegen meine Ehre konspirieren!« — »Oh, Sire, welcher Gedanke! Dazu ist die Königin doch viel zu klug und Eurer Majestät mit zuviel Liebe zugetan!« — »Das Weib ist schwach, Herr Kardinal«, erwiderte der König, »und was die Liebe zu mir betrifft, so habe ich darüber meine eigenen Gedanken.« — »Trotzdem halte ich daran fest«, erwiderte der Kardinal, »daß der Herzog sich nur aus politischen Gründen in Paris aufgehalten hat.« — »Und ich meinerseits weiß bestimmt, daß er aus anderen Gründen hier war, Herr Kardinal. Wenn die Königin aber schuldig ist, dann soll sie zittern müssen!« — »Obgleich ich mich mit der Wahrscheinlichkeit dieser Vorstellung nur mit äußerstem Widerwillen befasse«, erwiderte der Kardinal, »bringen mich Eure Majestät auf einen Gedanken. Madame von Lannoy hat mir, nachdem ich sie auf Befehl Eurer Majestät mehrmals gefragt habe, heute morgen gesagt, daß Ihre Majestät in der vorigen Nacht sehr lange aufgeblieben sei. Sie habe heute morgen viel geweint und den ganzen Tag über geschrieben.« — »Das kann ich mir denken«, versetzte der König, »wahrscheinlich an ihn. Kardinal, ich muß die Papiere der Königin haben.« — »Aber wie soll man sie bekommen, Sire? Das, so scheint mir, kann weder ich noch Eure Majestät selbst besorgen.« — »Wie hat man's mit der Marschallin d'Ancre gemacht?« rief der König, vor Zorn außer sich. »Erst hat man ihre Schränke, dann sie selber durchsucht.« — »Die Marschallin d'Ancre war bloß Marschallin d'Ancre, eine florentinische Abenteurerin, Sire, und weiter nichts, aber die erlauchte Gemahlin Eurer Majestät ist Anna von Österreich, Königin von Frankreich, das heißt, eine der hochgestelltesten Fürstinnen der Welt!«

»Deswegen ist sie um so schuldiger! Je mehr sie die hohe Stellung mißachtet, die sie innehat, desto tiefer ist sie gesunken! Übrigens ist es längst mein fester Wille, mit all diesen kleinen Liebes- und politischen Affären am Hofe ein Ende zu machen. Sie hat einen gewissen La Porte bei sich ...« – »Den ich für die eigentliche Seele aller Intrigen halte, die sich an ihrem Hofe abspielen«, erwiderte der Kardinal. – »Sie haben also wie ich die Meinung, daß mich die Königin hintergeht?« – »Ich glaube und wiederhole, daß die Königin gegen die Macht, habe jedoch nicht gesagt, daß sie gegen die Ehre des Königs konspiriere.« – »Und ich sage Ihnen, daß ihr das eine so wenig heilig ist wie das andere. Ich sage Ihnen, daß sie einen andern liebt, daß sie diesen Halunken von Buckingham liebt! Warum haben Sie ihn nicht arretieren lassen, solange er in Paris war?« – »Den Herzog arretieren? Den ersten Minister König Karls des Ersten arretieren? Aber, Sire, wie können Sie daran denken? Was für einen Skandal würde das hervorrufen! Welch fürchterlichen Skandal, wenn sich der Argwohn Eurer Majestät bestätigen sollte!« – »Aber da er sich als Vagabund und Gauner bloßstellte, wäre es doch notwendig.«
Ludwig XIII., erschrocken darüber, was er eben sagen wollte, unterbrach sich, während Richelieu, den Hals reckend, umsonst auf das Wort wartete, das dem König auf den Lippen schwebte. »Wäre es notwendig ...?« wiederholte er. – »Nichts«, erwiderte der König, »nichts. Aber Sie haben ihn doch während der Zeit, die er sich in Paris aufgehalten hat, nicht aus den Augen verloren? Wo ist er abgestiegen?« – »Rue de la Harpe Nummer fünfundsiebzig.« – »Wo liegt sie?« – »Beim Palais Luxemburg.« – »Und Sie sind überzeugt, daß die Königin keine Zusammenkunft mit ihm gehabt hat?« – »Ich glaube, daß die Königin sich ihrer Pflichten sehr bewußt ist.« – »Aber sie haben in Briefwechsel gestanden, denn an wen sonst hat die Königin den ganzen Tag geschrieben? Diese Briefe, Herzog, muß ich haben!« – »Sire«, antwortete der Kardinal, »ich muß doch ...« – »Herzog«, rief der König heftig, »ich muß sie haben, koste es, was es wolle!« – »Ich muß Eurer Majestät doch zu bedenken geben ...« – »Verraten also auch Sie mich, Herr Kardinal? Sind auch Sie mit dem Spanier und dem Engländer, mit der Chevreuse und der Königin gegen mich verbündet?« –

»Sire«, antwortete der Kardinal seufzend, »gegen solch einen Verdacht glaubte ich mich gefeit.« — »Sie haben mich verstanden, Herr Kardinal, ich fordere die Briefe!« — »Es dürfte nur ein Mittel geben.« — »Nennen Sie es!« — »Der Herr Siegelbewahrer Seguier müßte mit dem Auftrage betraut werden; die Angelegenheit gehört in die Pflichten seines Ressorts.«

»Man soll ihn auf der Stelle holen!« — »Er muß bei mir sein, Sire; ich hatte ihn zu mir gebeten, und als ich in den Louvre ging, habe ich hinterlassen, er möge auf mich warten.« — »Er soll auf der Stelle geholt werden!« — »Eurer Majestät Befehle werden prompt ausgeführt, aber ...« — »Was aber?« — »Aber die Königin wird den Gehorsam verweigern.« — »Gegen meine Befehle?« — »Ja, sofern sie nicht weiß, daß ein Befehl des Königs vorliegt!« — »Nun, damit sie nicht daran zweifle, werde ich sie selbst davon in Kenntnis setzen!« — »Majestät werden nicht vergessen, daß ich alles getan, einem Bruche vorzubeugen.« — »Jawohl, Kardinal, ich weiß, daß Sie gegen die Königin sehr, vielleicht zu nachsichtig sind; darüber werden wir uns, seien Sie versichert, später unterhalten.« — »Ganz wie es Eurer Majestät belieben, aber ich werde immer glücklich und stolz sein, mich für das gute Einvernehmen zu opfern, das ich zwischen Ihnen und der Königin von Frankreich nicht gestört sehen möchte.«

»Schön, schön, Kardinal! Inzwischen lassen Sie aber den Siegelbewahrer holen!« rief der König. »Ich begebe mich jetzt zu der Königin.« Ludwig XIII. öffnete die Verbindungstür zwischen seinen und den Gemächern der Königin und schritt aus dem Zimmer.

Anna von Österreich befand sich im Kreise ihrer Damen, Madame von Guitaut, Madame von Sablé, Madame von Montbazon und Madame von Guéménée. In einem Winkel saß das spanische Edelfräulein, Donna Estefania, das ihr von Madrid nach Paris gefolgt war. Madame von Guéménée las vor, die anderen Damen hörten zu, die Königin ausgenommen, die diese Zerstreuung nur angeordnet hatte, um ihren eigenen Gedanken nachzuhängen, die, wenn auch von einem letzten Widerschein von Liebe vergoldet, doch überaus traurig waren. Sie fühlte sich des Vertrauens ihres königlichen Gemahls beraubt, vom Hasse des Kardinals verfolgt, der ihr nicht verges-

sen konnte, ihn in die ihm gezogenen Schranken gewiesen zu haben, als er sich herausnahm, ihr seine Liebe anzuvertrauen. Sie hatte immer das Beispiel der Königinmutter Maria von Medici vor Augen, die unter diesem Hasse zeit ihres Lebens zu leiden gehabt hatte, obgleich sie, soweit man den Memoiren der Zeit glauben darf, sich dem Kardinal Richelieu gegenüber weniger ablehnend verhalten hatte. Anna von Österreich sah im Laufe der Zeit von ihren treuergebenen Dienern und Dienerinnen, von den ihr vertrauteren Personen, von denen, die ihrer Gunst am würdigsten waren, einen nach dem andern scheiden. Gleich jenen Unglücklichen, die mit einem Kainsmal behaftet sind, brachte sie über alle, die mit ihr in Berührung kamen, Unheil; ihre Freundschaft war ein verhängnisvolles Geschenk, das Verfolgung heraufbeschwor. Frau von Chevreuse und Frau von Vernet waren von ihrem Hofe verbannt; La Porte hatte seiner Herrin eröffnet, daß er stündlich mit seiner Verhaftung rechne.
Inmitten dieser trübseligen Gedanken öffnete sich die Tür ihres Gemaches, und der König trat herein. Die Vorleserin schwieg auf der Stelle; mit ihr erhoben sich alle Damen, und eine tiefe Stille trat ein. Der König unterließ jeden Höflichkeitsbeweis, trat ohne weiteres vor die Königin hin und rief in erregtem Tone: »Madame, Sie werden den Besuch des Herrn Kanzlers empfangen, der Sie mit gewissen Dingen in meinem Auftrage behelligen wird.«
Die unglückliche Königin, der man unablässig mit Scheidung, Verbannung oder sogar gerichtlichem Urteil drohte, erbleichte unter ihrer Schminke und konnte nicht umhin, zu antworten: »Aber, Sire, aus welchem Grunde findet der Besuch statt? Was soll mir der Kanzler sagen, was ich nicht ebensogut aus Ihrem Munde vernehmen könnte?« – Der König machte, ohne zu antworten, kehrt, und fast im selben Augenblick meldete Herr von Guitant, der Gardekapitän, den Besuch des Kanzlers. Als dieser auf der Schwelle erschien, war der König durch eine andere Tür verschwunden.
Halb lächelnd, halb errötend, trat der Kanzler ein, ein geschmeidiger Höfling. Die Königin stand noch, als er eintrat, setzte sich aber, sobald sie ihn sah, wieder in ihren Armstuhl und winkte auch ihren Damen, sich zu setzen.

»Was führt Sie hierher, mein Herr?« fragte sie mit erhabener Würde. – »Der Auftrag des Königs, unbeschadet aller Ehrfurcht, die ich vor Ihrer Majestät empfinde, eine genaue Durchsuchung Ihrer Papiere vorzunehmen.« – »Wie, mein Herr, das wagt man mir zuzumuten? Das ist ein kränkliche Behandlung!« – »Madame werden verzeihen«, versetzte der Kanzler, »ich bin in dieser Affäre nur das Werkzeug, dessen der König sich bedient. Ging nicht eben Seine Majestät aus diesem Zimmer! Hat Seine Majestät Madame nicht ersucht, sich auf den Besuch seines Kanzlers vorzubereiten?« – »So suchen Sie mein Herr! Es scheint, daß man in mir eine Verbrecherin sieht? Donna Estefania, geben Sie dem Herrn die Schlüssel zu meinem Schreibtisch!«

Der Kanzler nahm, um der Form zu genügen, eine Durchsuchung des Schreibtisches und der andern Möbel vor, wußte aber recht gut, daß die Königin den wichtigen Brief, den sie tagsüber geschrieben, nicht hier eingeschlossen hatte. Ein dutzendmal zog er die Fächer und Kästen auf und schob sie wieder zu; aber er mußte zuletzt doch zum wichtigsten Punkt seines Auftrages schreiten, an die Visitation der Königin selbst. Mit scheinbar großer Verlegenheit richtete er jetzt das Wort an die Königin: »Es bleibt mir noch die wichtigste Durchsuchung vorzunehmen«, stotterte er. – »Und die wäre?« fragte die Königin, die den Sinn seiner Worte nicht begriff oder nicht begreifen wollte. – »Seine Majestät nimmt mit Bestimmtheit an, daß ein tagsüber von Ihnen geschriebener Brief noch nicht an seine Adresse abgeschickt worden ist. In keinem Ihrer Möbel ist dieser Brief zu finden, und doch muß er irgendwo stecken.« – »Sollten Sie es wagen, Hand an Ihre Königin zu legen?« rief Anna von Österreich, sich zu ihrer vollen Höhe aufrichtend, und maß den Kanzler mit fast drohenden Blicken. – »Ich bin ein getreuer Diener des Königs«, versetze der Kanzler, »und bin gewohnt, allerhöchste Befehle prompt zu vollziehen, Madame!«

»Nun denn, wenn es sich so verhält«, erklärte Anna von Österreich, »dann muß man es dem Kanzler lassen, daß er von seinen Spionen gut bedient wird. Ich habe heute einen Brief geschrieben, er ist noch nicht abgeschickt, sondern hier«, und sie griff mit ihrer schönen Hand nach dem Mieder. – »Dann

geben Sie mir den Brief, Madame«, sagte der Kanzler. – »Nur dem König selbst«, erwiderte stolz die Königin. – »Hätte der König gewünscht, Madame, den Brief selbst in Empfang zu nehmen«, sagte der Kanzler, »so hätte er ihn wohl selbst von Ihnen gefordert, aber ich erkläre Ihnen wiederholt, daß er mich damit beauftragt hat, und wenn Sie nicht geruhen wollen, mir den Brief auszuhändigen, so zwingen sie mich ...« – »Nun?« – »So zwingen Sie mich, ihn mir zu nehmen!« – »Wie? Was soll das heißen?« – »Daß ich ermächtigt bin, den verdächtigen Brief, sei es auch an der Person Ihrer Majestät, zu suchen.« – »Welche Schmach!« – »Madame werden also bemüht sein, mir meine Pflicht nach Möglichkeit zu erleichtern.« – »Solches Verhalten grenzt an gemeine Gewalttätigkeit! Wissen Sie das, mein Herr?« – »Madame, der König befiehlt; meine Person wollen Sie huldvollst außer Betracht lassen.« – »Das lasse ich nicht über mich ergehen!« schrie die Königin, deren Blut in Wallung geriet. »Nein, nein! Lieber den Tod!«
Der Kanzler machte eine tiefe Verneigung, dann trat er, mit der offenkundigen Absicht, in der Vollziehung des ihm erteilten Auftrages keinen Fußbreit zu weichen, einem Henkersknecht in der Folterkammer vergleichbar, an die Königin heran, aus deren Augen im selben Augenblick Tränen unterdrückten Zornes hervorschossen ... Wir haben bereits wiederholt bemerkt, daß Anna von Österreich eine große Schönheit war. Der Auftrag mußte mithin als äußerst heikel gelten. Sicher suchte Seguier in diesem Augenblick mit den Augen die Schnur der bewußten Glocke, da er sie aber nicht fand, streckte er, kurz entschlossen, die Hand nach der Stelle aus, wo der Brief, nach dem Bekenntnis der Königin, verwahrt war.
Anna von Österreich machte einen Schritt zurück, Todesblässe bedeckte ihr Gesicht; um nicht zu fallen, suchte sie mit der einen Hand Halt an einem Tische, der hinter ihr stand, und nahm mit der anderen einen Brief aus ihrem Busen und reichte ihn dem Siegelbewahrer. »Da, mein Herr, ist der Brief!« rief die Königin mit gebrochener, bebender Stimme. »Nehmen Sie ihn, nehmen Sie ihn, aber erlösen Sie mich von Ihrer widerlichen Gegenwart!« Der Kanzler, auch seinerseits von leicht begreiflicher Aufregung ergriffen, nahm den Brief, verneigte sich tief und ging. Die Tür hatte sich kaum hinter

ihm geschlossen, als die Königin, einer Ohnmacht nahe, in die Arme einer ihrer Damen sank.

Mit zitternder Hand nahm der König den Brief in Empfang und suchte nach der Anschrift, aber umsonst. Er wurde leichenblaß, erbrach den Brief langsam, und als er aus den ersten Worten erkannte, daß derselbe an den König von Spanien gerichtet war, überflog er ihn schnell. Es war ein richtiger Feldzugsplan gegen den Kardinal. Die Königin forderte ihren Bruder und den Kaiser von Österreich auf, den ewigen Ränken Richelieus, das Ansehen des Hauses Österreich zu schmälern, durch eine gemeinsame Kriegserklärung an Frankreich ein Ende zu machen, als Bedingung für den Frieden aber die Entlassung des Kardinals zu fordern. Von Liebesworten fand sich dagegen in dem Briefe keine Spur. Höchst erfreut darüber, erkundigte sich der König, ob der Kardinal noch im Louvre sei. Er bekam Bescheid, daß Seine Eminenz sich im Arbeitskabinett für die Befehle Seiner Majestät bereithalte. Ohne Säumen begab sich der König zu ihm. »Da, Herzog«, rief er ihm entgegen, »Sie hatten recht und ich unrecht, die ganze Intrige ist politischer Tendenz, und von galanten Dingen ist in dem Brief nicht die Rede. Statt dessen aber sehr viel von Ihnen!« – Der Kardinal nahm den Brief und las ihn mit äußerster Aufmerksamkeit einige Male vom Anfang bis zum Ende.

»Nun, Majestät, Sie sehen daraus, wohin meine Feinde zielen, mit Krieg von zwei Seiten droht man Ihnen, wenn Sie mich nicht wegjagen. Ich an Ihrer Stelle würde mich einem so mächtigen Druck fügen, und mir persönlich würde es eine außerordentliche Erleichterung sein, mich von den Geschäften zurückziehen zu dürfen.« – »Was sind das für Reden, Herzog?« – »Sire, meine Gesundheit reibt sich auf in diesen nicht endenden Kämpfen und ewigen Arbeiten. Aller Wahrscheinlichkeit nach werde ich die Anstrengung der Belagerung von La Rochelle nicht überstehen, und es wird ohne Frage besser sein, wenn Sie statt meiner Herrn von Condé oder Bassompierre oder irgendeinen tapferen Ritter dazu abkommandieren, ich bin ja nur ein Mann der Kirche und möchte mich meinem eigentlichen Beruf nicht weiter entziehen durch Ämter, für die ich nicht geeignet bin. In der Innenpolitik werden Sie glücklicher und in der Außenpolitik erfolgreicher sein.«

»Herzog«, erwiderte der König, »ich verstehe Sie, beruhigen Sie sich! Wer in diesem Briefe namhaft gemacht wird, soll seiner Strafe nicht entgehen, auch die Königin nicht!« – »Was sprechen Sie da, Majestät? Gott verhüte, daß die Königin um meinetwillen die geringste Unannehmlichkeit erfahre! Sie hat in mir immer ihren Feind erblickt, Sire, obgleich mir Majestät bezeugen können, daß ich ihr Interesse, selbst Ihnen gegenüber, jederzeit mit Eifer wahrgenommen habe. Oh, wenn Sie Majestät in Ihrer Ehre zu nahe träte, dann lägen die Dinge anders, und ich wäre ganz bestimmt der erste, der spräche: Keine Gnade, Sire, keine Gnade für die Schuldige! Glücklicherweise verhält es sich aber nicht so, und Eure Majestät haben davon soeben einen neuen Beweis bekommen.«

»Allerdings, Herr Kardinal«, antwortete der König, »und Sie hatten, wie immer, recht. Aber die Königin verdient darum nicht minder meinen ganzen Zorn.« – »Majestät haben aber, meiner Meinung nach, den ganzen Zorn der Königin auf sich geladen, und ich würde es nur begreiflich finden, wenn die Königin Ihnen ernstlich böse wäre, denn Majestät sind wirklich sehr hart mit ihr verfahren.« – »So werde ich immer mit meinen und Ihren Feinden verfahren, Herzog, mögen sie noch so hochgestellt sein, und mag die Gefahr, in die ich dabei laufe, noch so ernst sein.« – »Die Königin ist mir, aber nicht Ihnen feindlich gesinnt, Sire; sie ist im Gegenteil eine getreue, unterwürfige und höchst ehrbare Gattin, lassen Sie mich also, Majestät, bei Ihnen ein gutes Wort für sie einlegen.« – »Dann soll sie bereuen und den ersten Schritt zur Versöhnung tun.« – »Nicht doch, Majestät, kommen Sie ihr entgegen, denn Sie haben zuerst Unrecht an ihr begangen, indem Sie an ihr zweifelten.« – »Ich soll den ersten Schritt tun? Nimmermehr!« – »Sire, ich bitte Sie darum!« – »Wie sollte ich es übrigens anfangen, wenn ich es wirklich wollte?«

»Geben Sie einen Ball, Majestät! Sie wissen, wie gern die Königin tanzt! Ich verbürge mich dafür, daß dieser Aufmerksamkeit ihr Groll nicht standhalten wird.« – »Herr Kardinal, Sie wissen, daß ich kein sonderlicher Freund irdischer Freuden bin.« – »Die Königin wird Ihnen, da sie Ihre Abneigung gegen diese Art von Zerstreuung kennt, nur um so dankbarer sein, zudem böte sich eine schöne Gelegenheit für die Königin, die herrlichen Diamantknöpfe zu tragen, die Sie ihr zu ihrem letzten Namenstag schenkten und mit denen sie noch kein einziges Mal prunken konnte.«

»Wir werden sehen, Herr Kardinal, wir werden sehen!« erwiderte der König, der in seiner Freude darüber, daß die Königin sich nur eines Vergehens schuldig gemacht hatte, das ihn im Grunde wenig interessierte, aber frei von anderer Schuld war, sehr geneigt war, sich mit ihr wieder auszusöhnen. »Aber, bei meiner Ehre, Sie sind zu nachsichtig!« – »Sire«, antwortete der Kardinal, »überlassen wir die Strenge den Ministern, Milde ist die Tugend der Könige!«

Der Kardinal erhob sich, da es elf schlug. Er machte vor dem König eine tiefe Verneigung und verabschiedete sich, mit der Bitte, auch ihn der Königin wieder zu empfehlen.

Anna von Österreich, die nach der Beschlagnahme ihres Briefes auf Vorwürfe gefaßt war, wunderte sich nicht wenig, daß sich der König am anderen Morgen bemühte, sich ihr wieder zu nähern. Zuerst verhielt sie sich ablehnend, ihr weiblicher Stolz und ihre königliche Würde waren so empfindlich gekränkt worden, daß sie sich nicht so schnell beruhigen konnte, aber dem Rat ihrer Damen folgend, versuchte sie zu vergessen. Der König nahm diese erste Regung von Fügsamkeit wahr, um ihr mitzuteilen, daß er in kürzester Zeit ein Fest zu veranstalten gedenke. Ein Fest war für die arme Anna von Österreich eine so seltene Abwechslung, daß, ganz wie der Kardinal es prophezeit hatte, wenn auch nicht aus ihrem Herzen, so doch aus ihrem Gesicht die letzten Spuren von Groll und Verdruß verschwanden. Sie fragte, an welchem Tage das Fest stattfinden solle, der König antwortete, darüber müsse er sich erst noch mit dem Kardinal beraten. Der König fragte den Kardinal tatsächlich täglich, wann das Fest abgehalten werden sollte, und täglich verschob der Kardinal unter irgendeinem Vorwand die Festsetzung des Tages.

Am achten Tag nach dem eben geschilderten Auftritt mit dem König empfing der Kardinal einen Brief mit dem Poststempel London, der bloß die paar Zeilen enthielt: »Ich habe sie, aber infolge Geldmangels kann ich London nicht verlassen, senden Sie mir fünf Pistolen, und vier bis fünf Tage nach ihrem Empfange werde ich in Paris sein.«

An dem Tage, als der Kardinal diesen Brief empfangen hatte, stellte der König seine gewohnte Frage. Richelieu begann an seinen Fingern abzuzählen, und er sprach leise vor sich hin: »Sie wird, schreibt sie, vier bis fünf Tage nach Empfang des Geldes kommen, so lange wird es auch dauern, bis sie das Geld hat, das macht zusammen zehn Tage, ziehen wir widrige Umstände, unberechenbare Zufälle und weibliche Schwächen in Betracht, so kann man alles in allem zwölf Tage rechnen.« – »Nun Herzog«, fragte der König, »haben Sie es errechnet?« – »Jawohl, Sire. Wir haben heute den zwanzigsten September; am dritten Oktober geben die Stadtschöffen ein Fest, das trifft sich gut, denn es wird dann nicht so aussehen, als ob sie den ersten Schritt zur Versöhnung tun.« Und dann setzte der Kardinal noch hinzu: »Sire! Vergessen Sie nicht, Ihrer Majestät am Abend vorher zu sagen, daß Sie sich freuen würden, die diamantenen Knöpfe an ihrem Kleid zu sehen.«

17

Es machte den König stutzig, daß der Kardinal schon wieder die diamantenen Knöpfe erwähnte, und er vermutete, daß es damit irgendeine Bewandtnis haben könnte. Er hatte schon mehr als einmal die demütigende Beobachtung gemacht, daß die Polizei des Kardinals weit besser über Vorgänge in seiner Hofhaltung unterrichtet war als er selbst. Darum hoffte er, aus seiner Unterhaltung mit Anna von Österreich einiges zu erfahren, was ihm Aufschluß geben könnte und, wenn dies der Fall sei, vor Seine Eminenz mit Mitteilungen treten zu können, die für diesen neu wären und ihn auf diese Weise verblüffen könnten. Er begab sich also zur Königin und begann das Gespräch, seiner Gewohnheit gemäß, mit neuen Drohungen gegen ihre Umgebung. Anna von Österreich schlug demütig die Augen nieder und ließ, ohne mit einem Worte zu erwidern, die Flut der Beschimpfungen über sich ergehen in der Hoffnung, daß sie schließlich irgendwann zu Ende gehen würden, aber das war nicht nach dem Willen Ludwigs XIII., der eine Diskussion provozieren wollte, aus der ihm Klarheit erwüchse, denn er war fest überzeugt, daß der Kardinal sich mit irgendeinem

Hintergedanken trug und eine jener schrecklichen Überraschungen in Reserve hielt, in denen er Meister war. Dadurch, daß er seine Beschuldigungen und Drohungen hartnäckig fortsetzte, gelangte er zu seinem Ziele.

»Aber«, rief Anna von Österreich, dieser unbestimmten Angriffe endlich überdrüssig, »aber, Sire, Sie sagen mir nicht alles, was Sie auf dem Herzen haben. Was habe ich denn verbrochen? Wegen eines Briefes, den ich an meinen Bruder geschrieben habe, können Eure Majestät doch unmöglich soviel Aufhebens machen!«

Der König, nun selbst einem direkten Angriff ausgesetzt, wußte nicht, was er antworten sollte, hielt aber den Augenblick für angemessen, den Wunsch, den er erst am Abend vor dem Feste äußern sollte, schon jetzt zu äußern. »Madame«, sprach er voll Würde, »im Stadthause wird bald ein Ball gefeiert, ich wünsche, daß Sie unsern braven Stadtschöffen zur Ehre im Hofstaat dort erscheinen und vor allem die diamantenen Knöpfe tragen, die ich Ihnen zum Namenstag geschenkt habe.«

Diese Antwort war schrecklich, denn Anna von Österreich glaubte, daß Ludwig alles wisse und der Kardinal ihn dazu bestimmt habe, sich diese sechs bis sieben Tage lang zu verstellen, was übrigens auch ganz seinem Charakter entsprochen hätte. Sie wurde bleich, stützte ihre wunderschönen Hände, die jetzt wie aus Wachs geformt zu sein schienen, auf eine Konsole und blickte den König mit entsetzten Augen an. Aber sie sagte kein Wort.

»Sie verstehen, Madame«, sagte der König, der sich an dieser Verlegenheit weidete, ohne indessen ihren Grund zu erraten, »Sie verstehen mich doch?«

»Jawohl, Sire, ich höre«, stotterte die Königin. – »Sie werden auf diesem Balle erscheinen?« – »Ja!« – »Mit Ihren diamantenen Knöpfen?« – »Ja.« Die Blässe der Königin nahm noch zu, dem König entging das nicht, er weidete sich daran mit jener kalten Grausamkeit, die einer der schlimmsten Züge seines Charakters war. »Dann ist die Sache ja besprochen«, sagte er, »weiter hatte ich Ihnen nichts zu sagen.« – »Aber an welchem Tage soll der Ball stattfinden?« fragte Anna von Österreich. – Ludwig fühlte, daß er auf die Frage nicht antworten dürfe.

»Nun, Madame, bald, wie gesagt«, antwortete er, »ich erinnere

mich nicht genau an den Tag, aber ich will den Kardinal noch einmal danach fragen.« – »Der Kardinal hat Ihnen also zu diesem Feste geraten?« – »Ja, Madame«, antwortete der König erstaunt, »doch warum diese Frage?« – »Und hat er Ihnen auch gesagt, daß Sie mich auffordern sollen, die Diamantknöpfe zu tragen?« – »Das heißt, Madame ...« – »Also ist er es gewesen, Sire!« – »Nun, was hat es denn zu sagen, ob er oder ich? Solche Einladungen sind doch kein Verbrechen?« – »Nein, Sire.« – »Sie werden also erscheinen?« – »Ja, Sire.« – »Gut«, antwortete der König, »gut, ich rechne damit.«
Die Königin knickste, weniger aus Etikette, als weil ihr die Knie den Dienst versagten. Der König schien entzückt. – »Ich bin verloren«, murmelte die Königin. »Verloren, denn der Kardinal weiß alles, und nur er treibt den König an, der noch nichts weiß, aber bald alles erfahren wird. Ich bin verloren! Ach Gott! Ach Gott!« Sie kniete auf ein Kissen und betete, den Kopf zwischen die zitternden Arme vergraben. Ihre Lage war tatsächlich hoffnungslos. Buckingham war nach London zurückgekehrt, Frau von Chevreuse war in Tours. Strenger überwacht denn je zuvor, hatte die Königin das dumpfe Gefühl, als wenn eine ihrer Damen sie hinterginge, aber sie wußte nicht welche. La Porte konnte keinen Fuß aus dem Louvre setzen. Sie hatte nicht eine Seele auf der Welt, der sie sich anvertrauen konnte. Angesichts des über sie hereinbrechenden Unglücks und über die Einsamkeit ihrer Lage außer sich, brach sie in heftiges Schluchzen aus. Da fragte plötzlich eine weiche, mitleidige Stimme: »Kann ich denn Ihrer Majestät in irgendeiner Weise dienen?« Die Königin drehte sich um, denn es war keine Täuschung möglich: so konnte nur eine Freundin sprechen und fragen! Und wen erblickte die Königin im Rahmen der zu ihren Gemächern führenden Türe? Niemand anderen als die hübsche Frau Bonacieux, die, als der König eintrat, in einem Kabinett mit dem Sortieren von Wäsche beschäftigt war und nicht mehr rechtzeitig hatte hinausgehen können und alles, was zwischen den Majestäten gesprochen worden war, mitangehört hatte. Die Königin stieß, als sie sich überrascht sah, einen durchdringenden Schrei aus, denn sie erkannte in ihrer Verwirrung die junge Frau nicht sofort.
»Oh, Majestät, seien Sie ohne Furcht!« sagte die junge Frau,

während ihr Tränen vor Mitleid für die Königin in die Augen traten. »Ich bin Ihnen mit Leib und Seele ergeben, und so untergeordnet auch meine Stellung sein mag, so hoch Sie auch über mir stehen mögen, so glaube ich doch, ein Mittel gefunden zu haben, den Verdruß vom Haupte Ihrer Majestät abzuwenden.«

»Sie! Himmel!« rief die Königin. »Blicken Sie mir in die Augen. Ich bin von allen Seiten von Verrätern umgeben. Darf ich Ihnen trauen?«

»Oh, Madame!« rief die junge Frau, auf die Knie fallend, »bei meiner Seele! Ich bin bereit, für Eure Majestät zu sterben!« – Dieser Schrei war aus tiefstem Herzen gekommen und konnte täuschen. »Ja«, fuhr die kleine Frau fort, »Verräter gibt es hier, aber beim heiligen Namen der Jungfrau schwöre ich Ihnen, daß niemand Eurer Majestät treuer ergeben ist als ich. Sie haben diese Diamantknöpfe, die der König zu sehen begehrt, dem Herzog von Buckingham gegeben, ist es nicht so? In einem Kästchen aus Rosenholz, das der Herzog unterm Arme hielt? Oder sollte ich mich irren? Nein, nein! Es verhält sich so!«

»Oh, mein Gott, mein Gott!« murmelte die Königin, zitternd vor Angst. – »Nun, man muß die Diamantknöpfe wiederbekommen.« – »Gewiß, zweifellos, das muß man«, rief die Königin, »aber wie? Wie?« – »Es muß jemand zum Herzog geschickt werden.« – »Aber wer? Wer? Wem kann ich mich anvertrauen?« – »Fassen Sie Vertrauen zu mir, Madame, erweisen Sie mir die Ehre, meine Königin, und ich werde einen Boten ausfindig machen.« – »Aber man wird schreiben müssen!« – »Ja freilich, das ist unumgänglich nötig. Zwei Worte von Ihrer Hand und Ihr Privatsiegel!« – »Aber diese zwei Worte bedeuten meine Verdammnis, bedeuten Scheidung, Verbannung!« – »Ja, wenn sie in die falschen Hände fallen! Aber ich stehe dafür, daß diese zwei Worte an die richtige Adresse gelangen.« – »Oh, mein Gott, so soll ich wirklich mein Leben, meine Ehre, meinen Ruf in Ihre Hände legen?« – »Ja, ja, Madame, es muß sein, und ich werde Ihnen alles, alles retten!« – »Aber wie? Sagen Sie mir wenigstens das!«

»Mein Mann ist vor einigen Tagen in Freiheit gesetzt worden, ich habe noch nicht die Zeit gefunden, mich nach ihm umzusehen. Er ist eine ehrliche, gute Haut, ein Mensch, der weder jemand mit seinem Hasse verfolgt, noch jemand mit seiner Liebe beglückt. Er wird tun, was ich will, er wird auf meinen Befehl hin abreisen, ohne zu erfahren, was er mit hat, und wird den Brief Ihrer Majestät an der gewünschten Adresse abliefern, ohne zu wissen, daß er von Ihrer Majestät herrührt.«

Die Königin ergriff beide Hände der jungen Frau mit leidenschaftlicher Begeisterung, blickte ihr in die Augen, als wenn sie in ihrem Herzen lesen wollte, und küßte sie zärtlich, als sie in ihren schönen Augen bloß liebevolle Aufrichtigkeit sah. »Tu das!« rief sie. »Tu das, und du wirst mein Leben, wirst meine Ehre gerettet haben!« – »Oh, überschätzen Sie den Dienst, den ich Ihnen erweisen darf, nicht! Ich brauche Majestät nicht reinzuwaschen, denn Majestät sind nur das Opfer hinterlistiger Anschläge!« – »Das ist wahr, mein Kind«, erwiderte die Königin, »du hast recht!« – »So schreiben Sie diese paar Worte, Madame; die Zeit drängt.«

»Und nun«, sagte die Königin, »vergessen wir das Wichtigste nicht!« – »Was denn?« – »Das Geld.« – Frau Bonacieux wurde blutrot. »Freilich«, sagte sie, »und ich muß Majestät gestehen, daß mein Mann ...« – »Daß dein Mann keines hat, willst du sagen?« – »O nein, er hat schon Geld, aber er ist sehr geizig, aber Majestät brauchen deswegen keine Angst zu haben, es werden sich schon Mittel und Wege finden.« – »Viel Geld habe ich auch nicht«, sagte die Königin, »doch warte!« Sie lief zu ihrer Schmuckschatulle. »Da«, rief sie, »nimm diesen Ring! Er ist angeblich sehr wertvoll, mein Bruder, der König von Spanien, hat ihn mir geschenkt, ich darf also frei über ihn verfügen. Mach ihn zu Geld und schick deinen Mann auf die Reise! – Hier steht die Adresse«, setzte die Königin hinzu, so leise, daß die Worte kaum hörbar waren: »An Mylord, Herzog von Buckingham, in London.« – »Der Brief soll ihm persönlich übergeben werden.« – »Du gutes Wesen!« rief Anna von Österreich.

Frau Bonacieux küßte der Königin die Hände, verbarg das Papier in ihrem Mieder und verschwand, leicht und flink wie ein Vögelchen. Zehn Minuten später war sie zu Hause. Es war, wie sie der Königin gesagt hatte: sie hatte ihren Mann, seit er wieder in Freiheit war, noch nicht gesehen und wußte nichts

von der Veränderung, die sich in seinem Herzen vollzogen hatte, seit er sich einbildete, ein guter Freund des Kardinals geworden zu sein. Sie traf ihn allein über Aufräumungsarbeiten, denn in seinem Hause war alles in der größten Unordnung. Alles Gerät war zerschlagen und alle Schränke ausgeräumt. Die Magd hatte, als ihr Herr von den Häschern abgeführt worden war, Reißaus genommen.
Der ehrsame Krämer hatte bald nach seiner Heimkehr seiner Frau geschrieben, daß er glücklich wieder aus der Bastille herausgekommen sei, und die Frau hatte ihm dazu gratuliert und ihm versprochen, im ersten freien Augenblick, den sie fände, zu ihm zu eilen. Aber dieser erste Augenblick hatte nun schon fünf Tage auf sich warten lassen, und in jeder anderen Situation wäre das dem braven Bonacieux sehr lange vorgekommen; aber er hatte nach dem Besuche, den er bei dem Kardinal, und nach den wiederholten Besuchen, die ihm Graf Rochefort in dessen Auftrag gemacht hatte, genügend Dinge zu bedenken gehabt, und nichts verkürzt die Zeit so sehr wie ein bißchen Nachdenken. Seine Zukunft schien sich ja aufs denkbar beste anzulassen: ein Mann, der wie er für einen Grafen »der liebe Bonacieux« war und nun schon wiederholt gehört hatte, daß »der große Kardinal« große Stücke auf ihn hielte, mußte sich ja auf dem Pfade des Glücks und der Ehre wähnen!
Seine kleine Frau dachte auch viel, jedoch über ganz andere Dinge; ihre Gedanken drehten sich wie ein Perpetuum mobile um jenen schönen und tapferen Jüngling, der in so heißer Liebe zu ihr erglüht war. Sie hatte sich mit achtzehn Jahren mit Bonacieux verheiratet und hatte später in dem spießbürgerlichen Bekanntenkreise ihres Mannes gelebt und für ihren munteren, lebensfrohen Geist herzlich wenig Anregungen gefunden. Kein Wunder, daß ein junger Edelmann wie d'Artagnan so einen faszinierenden Eindruck auf sie machte; obendrein trug er die schmucke Gardeuniform, die bei der Damenwelt nächst der Musketieruniform im größten Ansehen stand. Jung, hübsch und schwungvoll war er auch. Er sprach voll Verliebtheit und Sehnsucht und hatte alle Eigenschaften, die einer jungen Frau von dreiundzwanzig Jahren den Kopf verdrehen konnten.
Die beiden Ehegatten trafen sich also, obgleich sie einander acht Tage lang nicht gesehen und in dieser Zeit sich für beide große

Dinge abgespielt hatten, nicht ganz frei von Voreingenommenheit. Herr Bonacieux zeigte aber aufrichtige Freude und eilte seiner kleinen Frau mit offenen Armen entgegen. Sie reichte ihm die Stirne zum Kusse. Dann sagte sie: »Na, Männchen, ich denke, wir plaudern erst ein bißchen miteinander.« — »Wie?« fragte Bonacieux verwundert. — »Nun ja«, antwortete sie, »ich möchte über etwas sehr Wichtiges mit dir reden.« — »Nun, auch ich habe ein paar ernste Fragen an dich zu richten. Erzähle mir doch, wie das mit deiner Entführung war.« — »Ach, darum geht es im Augenblick nicht«, erwiderte die Frau. — »Und worum sonst? Um meine Haft etwa?« — »Ich habe davon gleich am ersten Tag gehört, der Sache aber keine große Bedeutung beigemessen, da du dich ja keines Vergehens schuldig gemacht, an keiner Intrige beteiligt hast und nichts wußtest, was dich oder andere hätte in Gefahr bringen können.« — »Du sprichst aber sehr sorglos, Frau!« erwiderte Bonacieux, durch das geringe Interesse, das seine Frau seinen Leiden entgegenbrachte, bitter gekränkt. »Weißt du, daß ich einen Tag und eine Nacht in einem Verließ der Bastille geschmachtet habe?« — »Ein Tag und eine Nacht sind schnell vorüber; befassen wir uns also nicht weiter mit deiner Bastille, sondern mit den Dingen, die mich zu dir führen.«
»So — und was führt dich denn zu mir?« fragte der Krämer beleidigt. »Doch wohl der Wunsch, deinen Mann wiederzusehen, von dem du seit acht Tagen getrennt gewesen bist?« — »Das vor allem, aber auch etwas anderes.« — »Nun, so sprich!« — »Eine Sache von höherem Interesse, von der vielleicht unser künftiges Glück abhängt.« — »Seit ich dich nicht gesehen habe, Frau, hat sich unser künftiges Glück sehr stark verändert, und es sollte mich nicht weiter wundern, wenn uns in ein paar Monaten viele Leute beneideten.« — »Ja, das kann möglich sein, wenn du die Instruktionen befolgst, die ich dir geben werde.« — »Mir?« — »Ja, dir. Es ist eine edle, gute Tat zu vollbringen, bei der zugleich viel Geld zu verdienen ist.«
Frau Bonacieux wußte, daß sie ihres Mannes schwache Seite traf, wenn sie die Geldfrage berührte. Aber ein Mensch, und wenn es auch bloß ein einfacher Krämer ist, bleibt nicht derselbe, wenn er sich einmal zehn Minuten lang mit dem Kardinal Richelieu unterhalten hat.

»So? Viel Geld ist dabei zu verdienen?« wiederholte Bonacieux, den Mund spitzend. – »Ja, viel.« – »Wieviel?« – »Tausend Pistolen etwa.« – »Also handelt es sich wohl um eine recht ernste Sache, die ich erledigen soll?« – »Das allerdings.« – »Was soll ich tun?« – »Auf der Stelle abreisen, mit einem Zettel, den du unter keinem Vorwande aus den Händen geben darfst, außer eigenhändig an seinem Bestimmungsort.« – »Und wohin soll die Reise gehen?« – »Nach London.« – »Ich, nach London? Frau, du scherzest! Was soll ich denn in London? Für wen ist denn das alles? Aufs Geratewohl unternehme ich nichts, das sage ich dir. Ich will nicht bloß wissen, welcher Gefahr ich mich aussetze, sondern auch für wen ich mich ihr aussetze.« – »Eine erlauchte Person sendet dich, und eine erlauchte Person erwartet dich; der Lohn wird deine Erwartungen weit übersteigen, soviel darf ich dir versprechen.« – »Schon wieder Intrigen? Noch immer Intrigen? Danke schön! Ich will weder etwas davon hören noch sehen! Der Herr Kardinal hat mich darüber aufgeklärt!« – »Der Kardinal?« rief Frau Bonacieux. »Du bist beim Kardinal gewesen?« – »Er hat mich rufen lassen«, antwortete der Krämer mit maßlosem Stolze. – »Und du bist dumm genug gewesen, seiner Einladung zu folgen?« – »Ich muß gestehen, daß mir keine Wahl blieb, denn ich steckte zwischen zwei Wachen. Ich wäre, da mir damals Seine Eminenz noch nicht bekannt war, froh gewesen, wenn ich mich diesem Besuche hätte entziehen können.« – »Er hat dich also schlecht behandelt, hat dir gedroht?« – »Er hat mir die Hand gegeben und mich seinen Freund genannt! Verstehst du, Frau? Seinen Freund! Dein Mann ist der Freund des großen Kardinals!« – »Des großen Kardinals!« – »Willst du ihm diesen Titel etwa abstreiten, Frau?« – »Ich streite mich mit niemandem, aber ich will dir das eine sagen, daß die Gunst eines Ministers eine Eintagsfliege ist und daß man recht töricht handelt, wenn man sich an die Rockschöße eines Ministers hängt. Es gibt Gewalten, die über der seinen stehen und die nicht auf der Laune eines Mannes oder dem Ausgang eines Ereignisses beruhen, und daran soll man sich halten.«

»Es tut mir leid, Frau, aber ich kenne nun einmal keine andere Gewalt als die des großen Mannes, dem ich die Ehre habe, zu dienen.« – »So? Du dienst dem Kardinal?« – »Jawohl, Frau,

und als sein Diener werde ich nicht erlauben, daß du dich an Komplotten wider die Sicherheit des Staates beteiligst und die Intrigen einer Frau unterstützt, die keine Französin ist, sondern mit ihrem Herzen an Spanien hängt. Zum Glück ist der große Kardinal da, und sein Auge wacht und dringt bis in die Tiefen der Herzen.« Eine Phrase, die Bonacieux aus Rocheforts Mund gehört hatte! Die arme Frau aber, die mit ihrem Mann gerechnet und sich in dieser Hoffnung für ihn bei der Königin verbürgt hatte, begann zu zittern, sowohl wegen der Gefahr, in die sie sich fast gestürzt hätte, als auch wegen der Ohnmacht, zu der sie sich verurteilt sah. Da sie aber die Schwäche und vor allem die Habgier ihres Mannes kannte, gab sie die Hoffnung, ihn für ihre Pläne zu gewinnen, noch nicht auf.
»So, so? Mein Mann ist ein Parteigänger des Kardinals?« rief die kleine Frau. »Ein Parteigänger der Schufte, die seine Frau mißhandeln und seine Königin schmähen!« – »Privatinteressen treten hinter dem allgemeinen Wohl zurück, und ich stehe auf seiten der Retter des Staates!« rief der Krämer mit Begeisterung. Wiederum eine Phrase, die er dem Grafen abgelauscht hatte! – »Und weißt du denn, was der Staat ist, von dem du faselst?« fragte achselzuckend seine Frau. »Begnüge dich doch wieder mit den Eigenschaften eines kleinen Bürgers und schlage dich auf die Seite, die dir die meisten Vorteile bietet.« – »So? So?« rief Bonacieux, auf einen strammen Beutel klopfend, der einen silbernen Klang von sich gab. »Was sagst du dazu, Frau Pastorin?« – »Woher hast du das viele Geld?« fragte sie. – »Hm, errätst du es nicht?« antwortete er. – »Vom Kardinal?« – »Von ihm und meinem Freunde, dem Grafen Rochefort!« – »Rochefort? Aber das ist ja der Schuft, der mich entführt hat!« – »Du hast mir ja selbst erzählt, daß damit bloß ein politischer Zweck verfolgt wurde!« – »Ja, aber der Zweck war, mich zur Verräterin an meiner Herrin zu machen, mir durch die Folter Geständnisse abzuringen, die die Ehre, vielleicht gar das Leben meiner erhabenen Herrin in Gefahr brachten.« – »Madame«, versetzte Bonacieux, »deine erhabene Herrin ist eine verschlagene Spanierin, und was der Kardinal tut, das ist wohlgetan.« – »Mann«, rief die junge Frau, »daß du feige, geizig und dumm bist, wußte ich, aber für einen Schurken habe ich dich nicht gehalten!«

So wütend hatte Bonacieux seine kleine Frau noch niemals gesehen, und vor einem ehelichen Zerwürfnis ernsterer Natur hatte er einen gewaltigen Respekt. Ganz außer sich fragte er, was diese Rede bedeuten solle? – »Daß du ein ehrloser Schuft bist, ein erbärmliches Subjekt! Das soll meine Rede bedeuten!« rief die Frau, die recht wohl merkte, daß sie wieder Oberwasser bei ihrem Manne gewann. »So? Mit Politik befaßt sich mein Mann? Sogar mit der Politik des Kardinals? Ha! Für elende Silberlinge verkauft sich mein Mann dem Teufel?« – »Dem Teufel nicht, sondern dem Kardinal!« – »Das ist ein und dasselbe!« rief die junge Frau. »Wer Richelieu sagt, sagt Teufel!« – »Schweig, Frau, schweig! Man könnte dich hören!« – »Ja, du hast recht, und ich würde mich schämen müssen über deine Feigheit!« – »Aber was willst du denn eigentlich von mir? So rede doch!« – »Ich habe es dir schon gesagt, Männchen, auf der Stelle abreisen sollst du, und wenn du den Auftrag, den ich dir erteile, geschickt erledigst, will ich alles vergessen, dir auch verzeihen und, was dir vielleicht noch mehr gilt«, dabei gab sie ihm ihre kleine, niedliche Hand, »wieder Freundschaft mit dir schließen.«
Bonacieux war ein Feigling und ein Geizhals, aber seine Frau liebte er über alle Maßen, und so ließ er sich erweichen. Ein Fünfziger schmollt nicht lange mit seinem dreiundzwanzigjährigen Weibchen, und als Frau Bonacieux merkte, daß er wankend wurde, fragte sie kurz: »Na, willst du?« – »Aber, Liebste, so überlege doch nur, was du von mir verlangst! London ist weit von Paris, sehr weit, und vielleicht ist der Auftrag, den du für mich hast, nicht ganz ohne Gefahr!« – »Gefahr? Was macht das schon aus, wenn man ihr aus dem Wege geht?« – »Still, Frau, still!« rief der Krämer. »Laß mich in Ruhe mit solchen Dingen, denn es fällt mir nicht ein, mich darauf einzulassen; ich habe die Bastille gesehen und will von keiner Intrige mehr wissen. Diese Bastille ist schrecklich! Mir stehen die Haare noch jetzt zu Berge, wenn ich an sie denke. Auch mit der Folter hat man mir gedroht. Weißt du, was es heißt, gefoltert zu werden? Holzkeile werden einem zwischen die Beine getrieben, bis die Knochen knacken! Nein! Nein! Ich mache die Reise nicht. Aber, Schwerenot, warum unternimmst du sie denn nicht selbst. Weiß Gott, es scheint mir manchmal, als ob

ich mich in deinem Geschlecht geirrt hätte, obwohl du ja immer die Hosen anhattest! Weiß Gott! Ich glaube, du bist gar kein Frauenzimmer, sondern ein Mann im Unterrock, und obendrein noch einer der gröbsten!«

»Und du«, rief die kleine Frau, »bist ein Weib, ein erbärmliches, dummes, klägliches Geschöpf von Weib! Hahaha! Seht doch nur, wie dem Hasenfuß die Angst aus den Augen schaut! Nun, soviel sage ich dir: wenn du dich nicht sofort auf den Weg machst, so lasse ich dich einsperren, auf Befehl der Königin, in das Verlies der Bastille, vor der du solche Angst hast!«

Bonacieux versank in tiefes Nachdenken. Er erwog gründlich, wessen Groll ihm gefährlicher werden könnte: der der Königin oder der des Kardinals, und die Waage neigte sich stark auf die Seite des Kardinals. »Laß mich verhaften«, sagte er, »Seine Eminenz wird mich schon wieder herausholen.«

Frau Bonacieux merkte jetzt, daß sie mit ihrer Drohung zu weit gegangen war, und erschrak fast über ihren Unbedacht; sie heftete einen Augenblick ihren Blick auf dieses blöde Gesicht mit seinem Ausdruck unbezwingbarer Verbohrtheit, den Verrückte zeigen, wenn sie Angst haben. »Na, meinetwegen!« sagte sie einlenkend. »Schließlich hast du vielleicht nicht unrecht. Männer haben einen besseren Blick in politischen Dingen als Frauen, und du, Männchen, hast nun gar mit dem Kardinal gesprochen! Aber es ist und bleibt hart, daß mein Mann«, setzte sie hinzu, »auf dessen Liebe ich rechnen zu können meinte, mich so lieblos behandelt und meinen Wünschen gar nicht entgegenkommt.« – »Deine Wünsche könnten mich leicht zu weit führen«, versetzte Bonacieux triumphierend, »und davor graut mir.« – »Ich werde es mir also aus dem Kopfe schlagen«, erwiderte die junge Frau aufseufzend, »reden wir nicht mehr davon!« – »Wenn du mir wenigstens sagen wolltest, was ich in London tun sollte«, erwiderte Bonacieux, dem fast zu spät einfiel, daß Rochefort ihm ans Herz gelegt hatte, soviel wie möglich hinter die Geheimnisse seiner Frau zu kommen. – »Es hat keinen Zweck, es dir zu sagen«, erwiderte sie kühl, denn sie fühlte jetzt ein seltsames Mißtrauen, »es handelt sich um eine Bagatelle, wie sie Frauen oft einmal in den Sinn kommen, um gewisse Einkäufe, bei denen viel zu verdienen gewesen wäre.«

Aber je mehr sich seine Frau sträubte, sich auszusprechen, desto überzeugter wurde der Mann, daß es sich um ein wichtiges Geheimnis handeln müßte, das sie nicht preisgeben wollte. Deshalb hielt er es für geraten, sogleich den Grafen von Rochefort aufzusuchen und ihn davon in Kenntnis zu setzen, daß die Königin auf der Suche nach einem Boten sei, der für sie nach London reisen solle. »Sei nicht böse, Frau, wenn ich dich verlasse«, sagte er, »ich konnte aber nicht wissen, daß du kommst, und hatte versprochen, mich mit einem guten Freunde zu treffen; ich bin aber sofort wieder da, und wenn du etwas warten kannst, bis ich mit meinem Freund gesprochen habe, könnte ich dich wieder nach dem Louvre zurückbringen.« – »Danke, danke«, antwortete Frau Bonacieux, »um mich zu beschützen, hast du nicht genug Mut, ich gehe deshalb schon lieber allein in den Louvre zurück.« – »Ganz wie du willst, meine Liebe«, sagte Bonacieux, »sehe ich dich bald wieder?« – »Spätestens in der nächsten Woche, sobald mir mein Dienst einen freien Augenblick läßt.« – »Schön. Ich rechne damit. Du bist mir doch nicht böse?« – »Ich? Nicht im geringsten!« – »Also, auf Wiedersehen!« – »Auf Wiedersehen!« – Er küßte seiner Frau die Hand und entfernte sich rasch. Als er die Haustür hinter sich geschlossen hatte und Frau Bonacieux allein war, schlug sie die Hände über dem Kopfe zusammen und rief: »Na, sonst hat dem Idioten nichts gefehlt, als daß er Parteigänger des Kardinals wurde! Und ich habe mich meiner armen Königin gegenüber verbürgt! Nun wird sie auch mich zu den Leuten zählen, die gegen sie konspirieren! Oh, mein lieber Bonacieux! So besonders viel war mir nie an dir gelegen, jetzt stehen die Dinge aber für dich noch schlechter, denn jetzt hasse ich dich! ... Und verlaß dich darauf, das sollst du mir teuer bezahlen!« Während sie das sagte, hörte sie einen Schlag gegen ihre Zimmerdecke, und eine Stimme rief herunter: »Teure Madame Bonacieux, machen Sie mir doch die kleine Tür auf, ich komme auf der Stelle zu Ihnen hinunter.«

18

»Ach, Madame«, sagte d'Artagnan, als er durch die Tür trat, die ihm von der jungen Frau geöffnet wurde, »nehmen Sie es mir nicht übel, aber Sie haben einen Einfaltspinsel zum Ehemann!« – »Sie haben wohl unser Gespräch mit angehört?« fragte Frau Bonacieux erschrocken, indem sie d'Artagnan unruhig ansah. – »Vom Anfang bis zum Ende.« – »Aber wie denn bloß?« – »Durch ein nur mir bekanntes Verfahren, mit dessen Hilfe ich auch die etwas lautere Unterhaltung belauschte, die Sie mit den Schergen des Kardinals führten.« – »Und was haben Sie aus dem Gespräch verstanden?« – »Tausenderlei! Zuerst, daß Ihr Mann zu meinem Glück ein Dummkopf ist, sodann, daß Sie in Bedrängnis sind, was mir höchst gelegen kommt, weil es mir die Möglichkeit bietet, mich Ihnen zur Verfügung zu stellen, und Gott weiß, ob ich nicht bereit wäre, mich für Sie ins Feuer zu stürzen; endlich habe ich aus Ihren Worten herausgehört, daß die Königin einen tapferen, gescheiten und ergebenen Mann braucht, der für sie eine Reise nach London unternimmt. Zwei von den drei Eigenschaften, die dazugehören, besitze ich mindestens, nun, da haben Sie mich!«

Frau Bonacieux gab keine Antwort, aber ihr Herz schlug vor Freude, und eine geheime Hoffnung blitzte aus ihren Augen. »Und welche Bürgschaft wollen Sie mir geben, wenn ich mich entschließe, Sie mit der Mission zu betrauen?« – »Die Liebe, die in meiner Brust für Sie schlägt! Sprechen Sie, befehlen Sie! Was soll ich tun?« – »Du meine Güte!« murmelte die junge Frau, »darf ich Ihnen ein solches Geheimnis anvertrauen? Sie sind ja beinahe noch ein Kind!« – »Ich merke schon, ich brauche einen Bürgen.« – »Daß mir das eine große Beruhigung wäre, stelle ich nicht in Abrede.« – »Kennen Sie Athos?« – »Nein.« – »Porthos?« – »Nein.« – »Aramis?« – »Nein. Was sind das für Herren?« – »Königsmusketiere. Kennen Sie Herrn von Tréville, Kapitän der Musketiere?« – »Ja, den Herrn kenne ich, doch nicht persönlich, ich habe aber oft von ihm als einem braven, rechtschaffenen Edelmann reden gehört.« – »Sie fürchten doch nicht, durch ihn an den Kardinal verraten zu werden?« – »O nein, gewiß nicht!« – »Nun, enthüllen Sie ihm Ihr Geheimnis, und fragen Sie ihn, ob Sie es mir, so wichtig, so kostbar, so furchtbar es auch sein mag, anvertrauen können.« – »Aber dieses Geheimnis gehört nicht mir, und ich darf es nicht ohne weiteres offenbaren.« – »Sie wollten es aber gerade Herrn Bonacieux anvertrauen«, sagte d'Artagnan ärgerlich. – »Wie man einen Brief der Höhlung eines Baumes, dem Flügel einer Taube, dem Halsband eines Hundes anvertraut.« – »Und mir nicht? Aber Sie sehen doch, daß ich Sie liebe!« – »Daß Sie es sagen, höre ich.« – »Nun, stellen Sie mich auf die Probe!«

Frau Bonacieux sah den jungen Mann an und überwand ihre letzten Bedenken. In seinen Augen lag ein solches Feuer, aus seiner Stimme klang eine solche Zuversicht, daß sie sich gedrängt fühlte, ihm ihr Vertrauen zu schenken. Zudem befand sie sich in einer Lage, in der man alles wagen mußte, um zu gewinnen. Die Königin war durch zu große Behutsamkeit ebenso gefährdet wie durch zu große Vertrauensseligkeit. Den Ausschlag gaben schließlich auch, wie wir gerne bekennen, die ungewollten zarten Empfindungen, die sich in ihrem Herzen für den Jüngling regten. »So hören Sie denn«, sagte sie endlich, »ich glaube Ihren Beteuerungen. Aber ich schwöre Ihnen vor Gott, der uns hört, daß ich mir selbst den Tod geben und Sie als meinen Mörder vor Gott anklagen werde, wenn Sie mich getäuscht haben.« – »Und ich, Madame, schwöre Ihnen vor Gott«, rief d'Artagnan, »daß ich, sollte ich bei der Erfüllung der mir zugeteilten Aufgabe in Gefangenschaft geraten, eher sterben will, statt etwas zu tun oder zu sagen, was jemanden bloßstellen könnte.« Nun vertraute ihm die junge Frau das schreckliche Geheimnis an, das ihm durch Zufall zum Teil schon enthüllt worden war. Es war das gegenseitige Bekenntnis ihrer Liebe. D'Artagnan strahlte vor Stolz und Glück. Im Besitze dieses Geheimnisses, geliebt von einer solchen Frau, fühlte er sich unüberwindbar. »Ich gehe auf der Stelle!« rief er. – »Wie, Sie wollen fort?« erwiderte sie. »Und Ihr Regiment, Ihr Kapitän?« – »Bei meiner Seele, teure Constanze, über dich habe ich das alles vergessen! Ja, du hast recht, ich muß um Urlaub ansuchen.« – »Wieder ein Hindernis!« flüsterte mit schmerzlichem Ausdruck die junge Frau. – »Oh, das wird schnell überstiegen sein!« rief d'Artagnan nach einem Augenblick des Nachdenkens. – »Und wie?« – »Heute abend werde ich Herrn von Tréville aufsuchen, der mir den Urlaub bei seinem Schwager, meinem Kapitän, schon erwirken wird.« – »Nun ist aber noch etwas anderes!« – »Was?« fragte d'Artagnan, und er merkte, daß Frau Bonacieux nicht recht mit der Sprache herausrücken wollte. »Sie haben vielleicht kein Geld? ... Die Reise geht schon ein bißchen weit«, antwortete er lächelnd. – »Nun«, sagte Frau Bonacieux, zu einem Wandschrank tretend, um den Beutel mit den Pistolen herauszunehmen, den ihr Mann noch vor einer halben Stunde liebevoll angeblickt hatte, »da, nehmen Sie!« – »Den Beutel vom Kardinal!« rief d'Artagnan und brach in lautes Lachen aus. – »Jawohl, den nehmen wir!« erwiderte die Frau. »Er ist ja dick genug!« – »Bei Gott!« rief d'Artagnan, »die Königin mit dem Gelde Seiner Eminenz aus der Patsche zu ziehen wird mir eine doppelte Freude machen!« – »Sie sind ein liebenswürdiger, charmanter, junger Mensch!« erklärte Frau Bonacieux. »Glauben Sie, Ihre Majestät wird sich dankbar zeigen!« – »Oh, ich bin schon fürstlich belohnt!« rief d'Artagnan. »Ich liebe dich, ich darf es dir sagen – das ist schon mehr Glück, als ich zu hoffen wagte.« – »Still!« flüsterte Frau Bonacieux und zitterte am ganzen Leibe. – »Was ist?« – »Man spricht auf der Straße.« – »Es ist ja ...« – »Meines Mannes Stimme. Jawohl, ich habe sie erkannt.« – D'Artagnan rannte zur Tür und schob den Riegel vor. »Er soll erst herein, wenn ich draußen bin«, sagte er, »dann machen Sie auf!« – »Aber ich muß doch auch fort«, sagte sie, »und dann das Geld? Wie soll ich sein Fehlen erklären, wenn ich da bin?« – »Richtig, wir müssen beide weg!« – »Weg? Aber wie? Wenn wir hinausgehen, so sieht er uns doch!« – »Nun, wir gehen in meine Wohnung hinauf!« – »Oh«, rief die kleine Frau, »Sie sagen das in einem Ton, der mir Angst macht.«

Eine Träne stand in ihrem Auge, als sie das sagte. D'Artagnan sah die Träne und lag ihr im nächsten Augenblick zu Füßen. »Zu mir hinauf!« rief er. »Sie sollen dort so sicher sein wie in einer Kirche! Mein Ehrenwort als Edelmann!« – »Nun, so gehen wir«, antwortete sie, kurz entschlossen.

D'Artagnan schob wieder behutsam den Riegel zurück, worauf beide, wie zwei Schatten, zur inneren Tür in den Garten hinausschlüpften und leise die Hintertreppe hinauf in d'Artagnans Wohnung huschten. Kaum waren sie eingetreten, schob d'Artagnan den Riegel vor. Dann traten sie zusammen ans Fenster und sahen nun durch eine Ritze im Fensterladen, daß Herr Bonacieux in eifrigem Gespräch mit einem Mann im Mantel vor der Tür stand. Beim Anblick dieses Mannes riß d'Artagnan den Degen aus der Scheide und stürmte zur Tür. – Es war der Mann von Meung!

»Um Gottes willen! Was haben Sie vor?« rief Frau Boncieux. »Sie stürzen uns ins Verderben!« – »Ich habe geschworen, den Mann zu töten!« rief d'Artagnan. – »Ihr Leben ist einer höheren Aufgabe geweiht und gehört Ihnen nicht mehr. Im Namen der Königin verbiete ich Ihnen, sich in eine Gefahr zu stürzen, die mit Ihrer gelobten Reise nichts zu tun hat.« – »Und in deinem Namen, Constanze, befiehlst du nichts?« – »In meinem Namen«, antwortete Frau Bonacieux in aufsteigender Zärtlichkeit, »bitte ich darum! Doch hören wir! Mir scheint, es wird von mir gesprochen.« – D'Artagnan trat ans Fenster und lauschte. Herr Bonacieux hatte die Tür aufgeklinkt und war, als er die Wohnung leer fand, wieder zu dem Mann im Mantel hinausgetreten, den er einen Augenblick allein gelassen hatte. »Sie ist fort«, sagte er, »sie wird wieder nach dem Louvre zurückgekehrt sein.« – »Sie glauben bestimmt, daß sie nicht argwöhnt, in welchen Absichten Sie weggegangen sind?« fragte der Mann im Mantel. – »Bestimmt nicht, ganz bestimmt nicht«, antwortete Bonacieux dünkelhaft, »dazu ist sie viel zu oberflächlich!« – »Ist der Gardist zu Hause?« – »Ich glaube nicht. Sie sehen ja, daß der Fensterladen geschlossen ist, und Licht sieht man auch keines durch die Ritzen schimmern.« – »Immerhin sollte man sich darüber vergewissern.« – »Aber wie?« – »Sie brauchen ja nur zu klopfen!« – »Ich will den Pagen fragen«, sagte Bonacieux. – »So gehen Sie!« fuhr der andere ihn an.

Bonacieux trat wieder in sein Haus, um die Treppe hinaufzuschleichen. Oben angelangt, klopfte er an d'Artagnans Tür. Es kam keine Antwort. Um sich ein größeres Ansehen zu geben, hatte sich Porthos heute d'Artagnans Pagen geliehen. D'Artagnan selbst aber hütete sich wohlweislich, sich zu rühren. Nach einer Weile ging Bonacieux wieder hinunter und sagte dem Manne, es sei niemand oben. — »Gleichviel«, antwortete dieser, »bei Ihnen drinnen werden wir ungestörter sein als vor dem Haus.«

»Ach, wie schade!« rief die Frau leise, »nun werden wir nichts mehr hören.« — »Im Gegenteil«, erwiderte d'Artagnan, »wir werden noch besser hören!« Er machte sich sogleich daran, die beiden Dielen aufzuheben, die seine Stube zu einem zweiten Ohr des Dionysos machten, er breitete eine Decke auf die Dielen, kniete darauf und bedeutete Frau Bonacieux durch ein Zeichen, sich mit ihm zu der Öffnung hinunterzubeugen.

»Sie sind also sicher, daß niemand da ist?« fragte der Unbekannte. — »Ich bürge dafür«, antwortete Bonacieux. — »Und Sie meinen, daß Ihre Frau ...« — »Wieder in den Louvre zurückgegangen ist«, ergänzte Bonacieux beflissen die Frage. — »Ohne mit jemand anderem als Ihnen gesprochen zu haben?« — »Das steht für mich ganz außer Zweifel.« — »Das ist ein wichtiger Punkt. Verstehen Sie?« — »Also ist die Nachricht«, rief Bonacieux, »von Wichtigkeit?« — »Von sehr großer Wichtigkeit, mein Lieber, wie ich unverhohlen bekenne.« — »Also wird der Kardinal mit mir zufrieden sein?« — »Ohne Frage!« — »Der große Kardinal!«

»Sie wissen bestimmt«, fragte der Mann im Mantel, »daß Ihre Frau in der Unterhaltung mit Ihnen keinen Personennamen genannt hat?« — »Ich glaube nicht«, erwiderte Bonacieux. — »Also weder den Namen der Frau von Chevreuse noch den der Frau von Vernet oder gar den des Herzogs von Buckingham?« — »Nein, sie hat mir bloß gesagt, daß sie mich nach London schicken wollte, im Interesse einer erlauchten Person.« — »Der Verräter!« flüsterte seine Frau. — »Still!« sagte d'Artagnan und ergriff ihre Hand.

»Immerhin«, nahm der Mann im Mantel wieder das Wort, »war es höchst ungeschickt von Ihnen, mein lieber Bonacieux, sich nicht so zu stellen, als wollten Sie den Auftrag übernehmen, dann hätten Sie jetzt den Brief, der bedrohte Staat wäre gerettet, und Sie ...« — »Und ich?« — »Sie? Nun, der Kardinal hätte Sie in den Adelsstand erhoben!« — »Hat er Ihnen das gesagt?« — »Ja, ich weiß, er wollte Ihnen damit eine Überraschung bereiten.« — »Ruhig, ruhig«, sagte Bonacieux, »meine Frau betet mich an, noch ist es Zeit!«

»Der Dummkopf!« flüsterte Frau Bonacieux. – »Still!« zischte d'Artagnan, die Hand, die noch immer in der seinigen ruhte, stärker drückend.

Ein gräßlicher Schrei riß d'Artagnan und die junge Frau jäh aus ihren Überlegungen. Ihr Mann hatte ihn ausgestoßen, denn er hatte nun bemerkt, daß der Beutel mit den Pistolen verschwunden war, und schrie aus Leibeskräften: »Diebe und Räuber!« – »Ach, lieber Gott«, jammerte die Frau, »er wird das ganze Viertel aufmerksam machen!« – Er schrie zwar lange und laut, aber Geschrei war in den damaligen Zeiten keine Seltenheit, und so beachtete es keiner der Nachbarn. Schreiend rannte er daraufhin auf die Straße und schrie weiter, bis seine Stimme endlich in der Richtung der Rue du Bac verhallte.

»Nun, da er weg ist«, sagte Frau Bonacieux, »müssen Sie auch weg! Mut, vor allem aber Klugheit! Und denken Sie daran, daß Sie sich der Königin geweiht haben!« – »Ihr und dir, Constanze!« rief d'Artagnan. »Ich werde nur Ihren Dank für deine Liebe verdienen. Mach dir keine Sorgen! Aber ... werde ich auch bei meiner Rückkehr würdig befunden werden?«

Die junge Frau antwortete auf diese Frage durch eine lebhafte Röte, die ihre Wangen überzog. Kurz darauf verließ d'Artagnan, auch in einen weiten Mantel gehüllt, unter dem die Scheide seines langen Degens kavaliermäßig hervorragte, das Haus. Frau Bonacieux sah ihm mit einem langen Blick inniger Liebe nach, mit dem eine Frau den Mann begleitet, von dem sie sich geliebt weiß. Als er um die Straßenecke verschwunden war, sank sie auf die Knie und flehte, die Hände faltend: »Lieber, lieber Gott! Beschütze meine Königin! Beschütze mich!«

19

D'Artagnan begab sich geradewegs zu Herrn von Tréville. Er hatte überlegt, daß der Kardinal sehr bald durch diesen Unbekannten, der sein Agent zu sein schien, über die Vorfälle in Kenntnis gesetzt würde, und er meinte mit Recht, daß jetzt jeder Augenblick kostbar sei. Sein Herz schäumte über vor

Freude. Hier bot sich ihm Gelegenheit, Ruhm zu erwerben und zugleich Reichtümer einzuheimsen! Außerdem hatte ihm diese Gelegenheit das Herz der Frau näher geführt, die er mit schwärmerischer Begeisterung verehrte. Das war wirklich mehr auf einmal, als er sich je hätte träumen lassen.

Herr von Tréville saß in seinem Salon, umgeben von seinem ständigen Gefolge von Edelleuten. D'Artagnan, als Vertrauter des Hauses, verfügte sich ohne weiteres in das Privatkabinett und ließ Herrn von Tréville melden, er sei in einer Sache von größter Wichtigkeit gekommen. Kaum fünf Minuten später erschien Herr von Tréville. An dem vor Freude strahlenden Gesicht seines jungen Freundes erkannte er auf den ersten Blick, daß es sich tatsächlich um etwas ganz Besonderes handeln müsse. Unterwegs war d'Artagnan mit sich zu Rate gegangen, ob er sich Herrn von Tréville anvertrauen oder sich nur völlig freie Hand in einer geheimen Angelegenheit erbitten solle. Herr von Tréville war aber immer so nett und freundlich gegen ihn gewesen, war dem König und der Königin treu ergeben und haßte den Kardinal aus vollem Herzen, daß d'Artagnan sich entschloß, ihn vollständig einzuweihen.

»Nun, junger Freund«, fragte Tréville, »Sie haben mich zu sprechen verlangt?« – »Ja«, versetzte d'Artagnan, »und Sie werden mir hoffentlich die Störung verzeihen, wenn ich Sie von dem wichtigen Fall unterrichtet habe, um den es sich handelt.« – »Nun, dann sprechen Sie! Ich höre!« – »Es handelt sich um nichts Geringeres«, erklärte d'Artagnan, die Stimme senkend, »als um die Ehre, vielleicht gar um das Leben der Königin!« – »Was reden Sie da?« fragte Tréville, sich mit scheuem Blick umsehend, ob sie auch wirklich allein seien, und faßte dann d'Artagnan scharf ins Auge. – »Ich erkläre, daß mich der Zufall zum Mitwisser eines Geheimnisses gemacht hat ...« – »Das Sie hoffentlich nicht ausplaudern werden, junger Mann!« – »Das ich Ihnen anvertrauen muß, denn Sie allein können mir bei der Mission helfen.«

»Gehört Ihnen das Geheimnis?« – »Nein, nur der Königin!« – »Sind Sie von Ihrer Majestät ermächtigt, es mir mitzuteilen?« – »Nein, es ist mir im Gegenteil die strengste Geheimhaltung ans Herz gelegt worden.« – »Und warum wollen Sie mir gegenüber Ihr Versprechen brechen?« – »Weil

ich, wie gesagt, ohne Sie machtlos bin und weil ich fürchte, Sie könnten mir die Gunst, um die ich Sie bitten will, verweigern, wenn Sie nicht wissen, zu welchem Zweck ich sie erbitte.« – »Behalten Sie Ihr Geheimnis für sich, und sagen Sie mir, was Sie von mir wollen.« – »Vierzehntägigen Urlaub wünsche ich durch Sie von meinem Kapitän bewilligt zu erhalten.« – »Und wann?« – »Noch heute nacht.« – »Sie wollen Paris verlassen?« – »In heiliger Mission.« – »Dürfen Sie mir sagen, wohin Sie reisen sollen?« – »Nach London.« – »Hat jemand Interesse daran, daß Sie Ihr Ziel nicht erreichen?« – »Der Kardinal würde, glaube ich, Himmel und Hölle in Bewegung setzen, mich daran zu hindern.«
»Sie reisen allein?« – »Ganz allein.« – »Dann kommen Sie nicht über Bondy hinaus. Mein Wort darauf!« – »Wieso?« – »Weil man Sie meuchlings ermorden wird.« – »Dann lasse ich eben in Erfüllung meiner Pflicht mein Leben.« – »Aber Ihre Mission bleibt unerfüllt!« – »Das freilich«, versetzte d'Artagnan tief bekümmert. – »Glauben Sie mir«, sagte Tréville, »bei solchen Unternehmungen sollten mindestens vier Männer beteiligt sein.« – »Oh, da haben Sie recht«, versetzte d'Artagnan, »aber Sie kennen Athos, Porthos und Aramis und wissen, daß ich über sie verfügen kann.« – »Ohne ihnen das Geheimnis anzuvertrauen, das ich nicht wissen möchte?« – »Wir haben uns einmal für alle Situationen blindes Vertrauen und Treue in allen Lebenslagen gelobt. Übrigens, wenn Sie ihnen sagen, daß Sie volles Vertrauen in mich setzen können, werden sie mir nicht weniger glauben als Sie!« – »Ich kann jedem von ihnen einen vierzehntägigen Urlaub geben, weiter nichts, Athos, weil er zur völligen Genesung ins Bad muß, nach Forges meinethalben, Porthos und Aramis, weil sie ihren Freund in einer solch unangenehmen Lage begleiten sollen. Der Urlaubspaß wird Ihnen Beweis dafür sein, daß ich ihre Mitreise gutheiße.« – »Danke, vielen Dank! Sie sind sehr gütig.« – »Dann suchen Sie sie auf der Stelle auf, und bringen Sie noch heute nacht alles in Ordnung! Zuvor schreiben Sie mir Ihr Gesuch für des Essarts auf! Wer weiß, ob Sie nicht einen Spion auf Ihren Fersen haben? Ihr Besuch bei mir wird dann, falls er dem Kardinal gemeldet werden sollte, sich rechtlich begründen lassen.«

D'Artagnan brachte schnell die paar Zeilen zu Papier.
Herr von Tréville nahm sie in Empfang und versprach, daß vor Ablauf von zwei Stunden die vier Urlaubspässe ausgefertigt und ausgefolgt sein würden. – »Den meinigen«, bat d'Artagnan, »schicken Sie, bitte, mit zu Athos. Falls ich mich noch einmal in meine Wohnung begäbe, könnte es einen bösen Zusammenstoß geben.« – »Seien Sie unbesorgt! Adieu und glückliche Reise! Noch eins!« sagte Tréville. »Sind Sie mit Geld versorgt?« – »Ja.« – »Auch hinreichend?« – »Dreihundert Pistolen.« – »Gut, damit kommt man bis ans Ende der Welt. Nochmals glückliche Reise!« D'Artagnan verneigte sich. Tréville reichte ihm die Hand, und d'Artagnan verabschiedete sich mit einem respektvollen Händedruck. Zuerst begab er sich zu Aramis. Seit jenem Abend, als er Frau Bonacieux nachgeschlichen war, hatte er den Freund nicht wieder aufgesucht, und wenn er ihn gesehen hätte, hätte er eine tiefe Traurigkeit auf seinem Gesicht lesen können. Auch heute saß Aramis, in finstere Gedanken versunken, in seinem Zimmer. D'Artagnan fragte nach den Gründen dieser trüben Stimmung; der Freund entschuldigte sich damit, daß er einen Kommentar über das neunzehnte Kapitel des heiligen Augustin abzufassen habe, der ihn außerordentlich in Anspruch nähme. Nachdem die Freunde ein paar Augenblicke geplaudert hatten, trat ein Diener Herrn von Trévilles mit einem versiegelten Schreiben ein.
»Was ist denn das?« fragte Aramis. – »Der Urlaub, um den Herr Aramis angesucht hat«, antwortete der Diener. – »Ich? Urlaub? Ich habe doch um keinen Urlaub gebeten«, rief Aramis. – »Still doch, und nehmen Sie den Paß!« flüsterte d'Artagnan. »Hier, Freund«, wandte er sich an den Diener, »eine halbe Pistole für die Mühe, und sagen Sie Herrn von Tréville, Herr Aramis lasse verbindlich danken.«
Der Diener machte eine Verbeugung und verschwand.
»Was hat das zu bedeuten?« fragte Aramis. – »Nehmen Sie, was zu einer vierzehntägigen Reise unbedingt nötig ist«, versetzte d'Artagnan. – »Aber ich kann in diesem Augenblick Paris nicht verlassen«, erwiderte Aramis, »denn ich muß erst wissen ...« – »Was aus ihr geworden ist? Nicht wahr?« – »Aus wem?« – »Aus der Dame, die hier war und der das

gestickte Taschentuch gehört.« – »Wer hat Ihnen gesagt, daß eine Dame hier war?« versetzte Aramis, während ihm alle Farbe aus dem Gesicht wich. – »Ich habe sie gesehen.« – »Und wissen Sie, wer sie ist?« – »Ich kann es mir denken.« – »Hören Sie«, rief Aramis, »da Sie so viel wissen, so wissen Sie sicher auch, was aus ihr geworden ist?« – »Ich vermute, daß sie sich wieder nach Tours begeben hat.« – »Nach Tours? Jawohl, das stimmt. Sie kennen sie. Aber wie ist sie wieder nach Tours zurückgekehrt und warum, ohne mir etwas zu sagen?« – »Weil sie Angst hatte, verhaftet zu werden.« – »Und wie kommt es, daß sie mir noch nicht geschrieben hat?« – »Weil sie fürchtet, Euch zu gefährden.«
»D'Artagnan, Sie geben mir das Leben wieder!« rief Aramis. »Ich hielt mich für verschmäht und verraten. Ach! Und ich war doch so glücklich, sie wiederzusehen! Daß sie um meinetwillen ihr Leben in Gefahr setzte, konnte ich nicht glauben, und doch, aus welchem Grunde sonst hätte sie nach Paris zurückkommen sollen?« – »Aus demselben Grund, der uns heute nach England führt.« – »Und welcher ist das?« – »Das werden Sie eines Tages erfahren, Aramis, aber für den Augenblick muß ich so zurückhaltend sein wie die Nichte des Doktors.« – Aramis lächelte, denn er gedachte der Auskunft, mit der er eines Abends die Freunde abgefertigt hatte. – »Nun gut«, sagte Aramis, »da die Dame Paris verlassen hat und Sie Gewißheit darüber haben, d'Artagnan, hält mich nichts mehr hier zurück, und ich folge Ihnen gern. Wir gehen also, sagen Sie ...« – »Zunächst zu Athos, und wenn Sie mitkommen wollen, so bitte ich Sie, sich zu beeilen, denn wir haben bereits viel Zeit verloren. Instruieren Sie Bazin!« – »Was? Soll der auch mit?« – »Vielleicht.«
Aramis rief Bazin und befahl ihm, ihn bei Athos zu treffen, dann nahm er Mantel, Degen und drei Pistolen, zog überflüssigerweise drei, vier Schubfächer auf, um sich zu vergewissern, daß er nicht etwa weiteres Geld darin zurücklasse, und folgte dem Freund. Ehe er aber den Fuß über die Schwelle setzte, legte er seine Hand auf die Schulter des Freundes, sah ihm fest in die Augen und fragte: »Sie haben mit niemandem über die Frau gesprochen?« – »Mit keiner Seele.« – »Auch nicht mit Athos und Porthos?« – »Nein.« – »Gut so!«

Als Aramis über diesen wichtigsten Punkt beruhigt war, folgte er dem Freunde zu Athos. Sie trafen ihn, mit seinem Urlaubspaß in der einen und einem Schreiben Herrn von Trévilles in der anderen Hand. »Können Sie mir erklären, was dieser Paß und dieser Brief bedeuten, die ich beide eben erhalten habe?« fragte Athos äußerst verwundert.

»Mein lieber Athos«, lautete das Schreiben, »da Ihre Gesundheit es unbedingt erfordert, daß Sie sich vierzehn Tage erholen, erteile ich Ihnen auf diese Zeit Urlaub, den Sie in Forges oder sonst einem Ihnen angenehmen Badeort verleben mögen. Mit dem Wunsche, daß Sie sich gut erholen mögen, Ihr wohlgeneigter Tréville.«

»Nun, Paß und Brief bedeuten, Athos, daß Sie mir folgen sollen.« – »Nach Forges?« – »Dort- oder anderswohin.« – »Im Dienste des Königs?« – »Des Königs oder der Königin; sind wir nicht Diener beider Majestäten?« – In diesem Augenblick trat Porthos ein. »Zum Teufel!« rief er. »So etwas ist ja noch nie dagewesen! Seit wann gibt es bei den Musketieren Urlaub, ohne daß man ihn anfordert?« – »Seit es Freunde in der Welt gibt, die Urlaub für die Musketiere fordern.« – »Ah«, rief Porthos, »wie es scheint, gehen neue Dinge vor!« – »Jawohl«, antwortete Aramis, »wir gehen auf eine Reise!« – »Wohin?« fragte Porthos. – »Meiner Treu«, erklärte Athos, »darauf weiß ich nichts zu erwidern, da mußt du dich schon an d'Artagnan wenden.« – »Nach London geht die Reise, meine Herren«, erklärte d'Artagnan. – »London!« rief Porthos. »Und was wollen wir dort?« – »Das kann ich Ihnen nicht sagen, meine Herren, in dieser Hinsicht müssen Sie mir blindlings vertrauen.« – »Aber um nach London zu gehen braucht man Geld, und ich habe keines.« – »Ich auch nicht«, schlossen Aramis und Athos sich den Worten des Freundes an, und Porthos versicherte dasselbe.

»Aber ich habe welches«, rief d'Artagnan, seinen Schatz aus der Tasche ziehend und ihn auf den Tisch schüttend. »Da sind dreihundert Pistolen, für jeden fünfundsiebzig; das reicht bis London und von London wieder zurück. Übrigens, Sie können beruhigt sein, meine Herren! Es wird um so leichter reichen, als wir kaum alle nach London gelangen werden.« – »Und wieso das?« – »Weil unterwegs aller Wahrscheinlichkeit nach der eine oder andere von uns auf der Strecke bleiben wird.«

»Oho! So ist es ein richtiger Feldzug, den wir unternehmen?« – »Einer der gefährlichsten, wie Ihr mir glauben dürft, auf den Musketiere bis jetzt ausgezogen sind.« – »Gut! Aber wenn wir uns schon in Lebensgefahr bringen sollen«, sagte Porthos, »so möchte ich doch wenigstens wissen, warum?« – »Darüber werden Sie nicht lange im unklaren bleiben«, meinte Athos. – »Ich muß sagen«, erklärte Aramis, »daß ich ganz der Ansicht unseres Freundes Porthos bin.« – »Ist es üblich, daß Seine Majestät Rechenschaft ablegen muß? Nein! Er sagt einfach: Meine Herren, in der Gascogne oder in Flandern wird Krieg geführt, marschiert hin und helft mit schlagen! Warum? Darüber braucht sich doch keiner ein graues Haar wachsen zu lassen.« – »D'Artagnan hat recht«, erklärte Athos, »hier sind unsere drei Urlaubspässe, von Herrn von Tréville ausgestellt, und da dreihundert Pistolen, die Gott weiß woher stammen. Lassen wir uns dort vom Leben zum Tode expedieren, wohin man uns expediert. Lohnt es denn, um das bißchen Leben so viele Worte zu verlieren? D'Artagnan, ich folge Ihnen!« – »Ich auch!« rief Porthos. – »Ich auch!« rief Aramis. »Mir ist es überhaupt ganz recht, daß wir aus Paris herauskommen, denn ein bißchen Zerstreuung tut mir not.« – »Oh, daran wird es nicht fehlen!« rief d'Artagnan. »Ihr könnt unbesorgt sein!« – »Und nun: wann geht's los?« fragte Athos. – »Auf der Stelle!« versetzte d'Artagnan. »Wir dürfen keine Minute verlieren!« – »Holla! Grimaud, Planchet, Mousqueton, Bazin!« riefen die vier Stürmer ihre Pagen, »die Stiefel gewichst und die Rosse gesattelt!« – Die vier Burschen trollten sich. – »Und nun«, rief Porthos, »an unseren Feldzugsplan! Wohin reiten wir zunächst?« – »Nach Calais«, erklärte d'Artagnan, »es ist die nächste Route nach London.« – »Nun«, erklärte Porthos, »meine Meinung ist die: wenn vier zusammen reisen, wirkt es leicht verdächtig. D'Artagnan soll uns einzeln instruieren, ich reite bis Boulogne voraus als Aufklärer, Athos folgt zwei Stunden später auf der Straße von Amiens, Aramis folgt uns über Royon, und d'Artagnan folgt uns auf der ihm liebsten Route in Planchets Tracht, während Planchet in d'Artagnans Gardeuniform in Calais eintrifft.« –

»Die Pagen bei einer solchen Sache ins Vertrauen zu ziehen«, bemerkte Athos, »scheint mir nicht ratsam, ein Geheimnis kann durch Zufall von einem Edelmann verraten werden, von Bedienten aber wird es wohl immer verkauft.«

»Der von Porthos unterbreitete Plan«, erklärte d'Artagnan, »scheint mir nicht ausführbar; ich weiß selbst nicht, wie ich Sie instruieren soll. Ich soll einen Brief nach London bringen, das ist alles. Ich habe keine drei Abschriften von dem Briefe und kann sie auch nicht besorgen, denn der Brief ist versiegelt, es wird also weiter nichts übrigbleiben, als daß wir zusammen reisen. Den Brief habe ich hier in meiner Tasche. Fällt einer, so kommt der nächste an die Reihe, und so fort; wenn nur einer von uns ankommt, das genügt, denn mehr ist nicht nötig.« – »Bravo, d'Artagnan! Ich schließe mich Ihrem Rat an«, erklärte Athos, »übrigens wollen wir konsequent sein, ich will ein Bad aufsuchen, und Ihr sollt mich begleiten. Statt nach Forges will ich in ein Seebad gehen, ich bin ja völlig frei in meinen Entschlüssen. Hält man uns an, so zeige ich den Brief Herrn von Trévilles vor, und Ihr zeigt eure Urlaubspässe; greift man uns an, so verteidigen wir uns; will man uns arretieren, so bleiben wir steif und fest dabei, daß uns jede andere Absicht, als ein paarmal ins Meer zu tauchen, vollständig fern liegt. Mit vier einzelnen Leuten hätte man leichtes Spiel, vier Mann vereint bilden schon eine stattliche Truppe. Die Pagen bewaffnen wir mit Pistolen und Musketen. Schickt man Truppen gegen uns aus, so liefern wir ihnen eine Schlacht, und derjenige, der die anderen überlebt, wird Überbringer des Briefes.«

»Gut gesprochen«, rief Aramis. »Ich schließe mich Ihnen an, Athos. Und Ihr, Porthos, wie denken Sie?« – »Ich bin, wenn es d'Artagnan recht ist, gleicher Meinung wie Ihr. D'Artagnan als Träger des Briefes ist natürlich das Haupt der Unternehmung; er soll entscheiden, und wir handeln nach seinem Willen.« – »Nun, so entscheide ich dahin, daß wir uns an Athos' Plan halten und daß wir in einer halben Stunde aufbrechen.« – »Angenommen!« riefen die drei Musketiere im Chore. Dann griff jeder in den Beutel des Kardinals und zählte für sich fünfundsiebzig Goldfüchse ab.

20

Um zwei Uhr früh verließen unsere vier Abenteurer durch die Barriere Saint-Denis Paris. Solange es Nacht war, blieben sie stumm. Sie konnten sich dem Einflusse der Dunkelheit nicht entziehen und sahen überall Hinterhalte. Sobald aber der Tag graute, lösten sich ihre Zungen, und mit der Sonne kehrte ihre Fröhlichkeit wieder. Sie fühlten sich wie am Vorabend einer Schlacht, ihr Herz schlug schneller, ihre Augen lachten, sie fühlten, daß das Leben, das man vielleicht lassen müsse, doch eine recht hübsche Sache sei. Der Zug war übrigens nicht gerade unauffällig, die Rappen der Musketiere, ihre kriegerische Haltung und der kavalleristische Drill, den sie auch auf einem solchen Ritt nicht ablegen konnten, hätte die adeligen Kameraden des gemeinen Soldaten unter dem strengsten Inkognito verraten. Hinter ihnen ritten die vier Pagen, bis an die Zähne bewaffnet.

Bis Chantilly ging alles nach Plan. Sie trafen da um acht Uhr morgens ein. Da sie Hunger hatten, wurde vor der Herberge »Zum heiligen Martin« gehalten. Den Pagen wurde befohlen, die Pferde nicht abzuschirren und sich zum sofortigen Wiederaufbruch bereitzuhalten. Darauf begab man sich in die Gaststube und setzte sich an den gemeinsamen Tisch. Ein eben aus Dampmartin angekommener Gast war schon beim Essen. Er begann eine Unterhaltung mit ein paar Worten über das Wetter, die vier Reisenden antworteten ihm höflich, der Unbekannte trank auf ihre Gesundheit, und sie erwiderten seine Artigkeit. Aber als Mousqueton mit der Meldung hereinkam, die Pferde seien bereit, und man sich vom Tische erhob, brachte der Fremde einen Toast auf den Kardinal aus und forderte Porthos auf, mit ihm anzustoßen. Porthos erwiderte, er werde der Aufforderung gerne entsprechen, wenn der Fremde seinerseits mit ihm auf die Gesundheit des Königs trinken wolle. Der Fremde rief, er kenne keinen anderen König als den Kardinal, worauf Porthos ihm sagte, er habe sicher etwas zu viel getrunken. Der Fremde riß den Degen aus der Scheide. »Sie haben eine Dummheit gemacht, Porthos«, sagte Athos, »es läßt sich aber nicht mehr rückgängig machen. Erledigen Sie den Mann und kommen Sie uns so schnell wie möglich nach!«

Daraufhin stiegen die drei anderen zu Pferde und ritten mit hängenden Zügeln weiter, während Porthos seinen Gegner nach allen Regeln der Kunst erledigen wollte. »Das wäre der erste, der auf der Strecke bleibt«, meinte Athos. – »Weshalb der Mensch nur gerade Porthos zum Ziel seines Angriffes genommen hat«, fragte Aramis. – »Weil Porthos von uns allen am lautesten gesprochen hat und der Fremde ihn für unseren Anführer halten mußte«, meinte d'Artagnan. – »Ich hab's ja schon immer gesagt«, murmelte Athos, »dieser gascognische Jüngling ist ein wahrer Quell der Weisheit.«

In Beauvais wurde zwei Stunden Rast gemacht, um die Pferde verschnaufen zu lassen und auf Porthos zu warten. Als er aber nach dieser Zeit sich noch nicht sehen ließ, machten sie sich wieder auf den Weg. Etwa eine Stunde hinter Beauvais, dort, wo sich die Straße zwischen Dämmen verengt, traf man auf ungefähr zehn Leute, die mit Straßenausbesserungsarbeiten beschäftigt waren – ein ganzes Stück war die Straße aufgebrochen –, und da Aramis in dem Schmutze für seine blanken Stiefel fürchtete, sprach er die Leute grob an. Athos wollte ihn warnen, aber es war schon zu spät. Die Arbeiter verhöhnten die drei Reiter. Athos geriet darüber außer sich und griff sie an. Da wichen die Leute zu ihrer Baracke zurück und stellten sich mit Musketen bewaffnet davor auf. Aramis wurde von einer Kugel an der Schulter getroffen, Mousqueton bekam einen Schuß in den Schenkel.

»Ein Hinterhalt!« rief d'Artagnan. »Machen wir, daß wir weiterkommen!« – Aramis hielt sich, ohne auf seine Wunde zu achten, an der Mähne seines Rappen fest, Mousqueton, der sich nicht hatte aufrecht halten können, war vom Pferd geglitten, das jetzt hinter den Reitern herlief. »Schön!« meinte Athos, »jetzt haben wir wenigstens ein Reservepferd!« – »Ein Reservehut wäre mir fast lieber«, meinte d'Artagnan, »meiner ist mir durch eine Kugel vom Kopf gerissen worden; zum Glück hatte ich meinen Brief nicht hineingesteckt!« – »Die bringen noch unsern armen Porthos um«, seufzte Aramis, »wenn er allein vorbeireiten will.« – »Wäre er auf den Beinen, so hätte er uns schon eingeholt«, sagte Athos, »wahrscheinlich wurde der Saufaus auf dem Kampfplatz wieder nüchtern.«

Man galoppierte weiter, obgleich die Pferde so übermüdet

waren, daß sie jeden Augenblick zu stürzen drohten. In der Hoffnung, ohne Zwischenfälle weiterzukommen, hatten die Reiter einen Seitenweg eingeschlagen. In Crevecoeur erklärte Aramis, am Ende seiner Kräfte zu sein. Er hatte die Zähne zusammengebissen, um bis hierher auszuhalten. Man mußte ihn vom Pferde heben und in ein Gasthaus tragen. Hier ließen sie ihn mit Bazin zurück und ritten weiter. Sie waren nun nur mehr zu viert.

»Zum Teufel!« rief Athos. »Ich lasse mich von niemandem mehr reizen! Kein Mensch soll mich bis Calais dazu bringen, den Mund aufzumachen oder den Degen aus der Scheide zu ziehen. Ich schwöre . . .« – »Lassen wir die Schwüre«, erwiderte d'Artagnan, »und reiten wir lieber, solange uns die Pferde nicht zusammenbrechen.« – Wieder gaben sie ihren Rappen die Sporen und langten um Mitternacht in Amiens an, wo sie im Gasthof »Zur Lilie« abstiegen. Der Wirt machte einen vertrauenswürdigen Eindruck. Mit einer Wollmütze in der einen und einem Leuchter in der anderen Hand empfing er die Reisenden und versprach, ihnen die besten Zimmer zu geben. Leider lagen diese aber an beiden Enden des langen Korridors, so daß man außerstande gewesen wäre, sich zu verständigen oder im Falle eines unvorhergesehenen Ereignisses zu helfen. D'Artagnan lehnte deshalb das Angebot des Wirtes ab und erklärte, sich mit Athos in ein Bett zu legen, und ließ sich von dem Wirt nicht davon abbringen. Als sie die Tür von innen verbarrikadiert hatten, wurde plötzlich draußen an die Läden gepocht. Sie erkannten die Stimmen ihrer beiden Pagen und machten auf. »Grimaud«, sagte Planchet, »wird mit den Pferden alleine fertig, ich werde mich inzwischen quer vor die Tür legen, so wird es für jedermann schwer, zu Ihnen vorzudringen.«

Grimaud erhielt Befehl, die Pferde für fünf Uhr zum Aufbruch bereitzuhalten. Die Nacht verlief ruhig. Um zwei Uhr versuchte jemand in das Zimmer zu schleichen, in dem d'Artagnan und Athos den Schlaf des Gerechten schliefen. Auf Planchets »Wer da?« antwortete der nächtliche Besucher, er müsse sich in der Zimmernummer geirrt haben, und von da ab blieb alles im Hause ruhig. Kurz nach vier Uhr früh gab es draußen im Hofe Spektakel. Grimaud war mit den Hausknechten in Streit geraten, als er die Pferde aus dem Stall führen wollte, und durch einen Hieb mit einer Heugabel zu Boden gestreckt worden. Als Planchet in den Stall ging, die Pferde zu holen, sah er, daß keines mehr laufen konnte. Die Sache fing an, bedenklich zu werden. Es war ja möglich, daß all dies nur unglückliche Zufälle waren, aber der Verdacht einer Intrige lag nahe. Während Planchet sich bei den Leuten im Hofe erkundigte, ob man hier drei Pferde kaufen könnte, traten d'Artagnan und Athos vor die Haustüre und bemerkten zu ihrem nicht geringen Erstaunen, daß dort zwei frisch gesattelte Pferde standen. Sie erkundigten sich nach ihren Besitzern und erfuhren, daß sie auch in dem Gasthofe übernachtet hätten und gerade beim Wirt ihre Zeche bezahlten. Athos begab sich zu demselben Zweck in die Wirtsstube, während d'Artagnan mit Planchet vor der Tür stehenblieb. Athos langte arglos zwei Goldstücke aus der Tasche. Der Wirt saß allein an seinem Schreibpult, dessen eine Schublade halb offen stand, und nahm Athos das Geld ab. Er drehte es ein paarmal in der Hand hin und her und rief plötzlich, es sei Falschgeld und er werde Athos und seinen Gefährten auf der Stelle festnehmen lassen.

»Du Schuft!« rief Athos, auf den Mann zugehend. »Ich schneide dir die Ohren ab.« – Im nächsten Augenblick stürzten vier bis an die Zähne bewaffnete Männer zu den Seitentüren herein und fielen über Athos her. »Ich bin überfallen worden!« schrie Athos, so laut er konnte. »Weg, d'Artagnan, weg! So schnell Sie können!« und er drückte seine beiden Pistolen ab. D'Artagnan und Planchet ließen sich das nicht zweimal sagen. Sie banden die vor der Tür stehenden Pferde los, schwangen sich hinauf und jagten ihnen die Sporen in die Flanken. »Was wohl aus Athos geworden ist?« fragte d'Artagnan seinen Pagen. – »Nun, Herr«, erwiderte dieser, »ich habe zwei unter seinen Hieben fallen sehen, und durch die Glastür gesehen, schien es mir, als ob er sich mit den anderen beiden auch sehr erfolgreich befaßte.« – »Tapferer Athos«, flüsterte d'Artagnan, »und zu denken, daß man ihn im Stiche lassen muß! Aber wer weiß, ob uns nicht vielleicht ein paar Schritte von hier das gleiche Geschick erwartet? Vorwärts, Planchet, vorwärts! Du bist ein braver Junge!«

»Ich sagte Ihnen ja schon, Herr«, versetzte Planchet, »die Pikarden lernt man erst kennen, wenn man sie braucht, übrigens bin ich hier zu Hause, und das spornt mich an!«
Ohne ein einziges Mal anzuhalten, jagten sie bis Saint-Omer. Hier ließen sie die Pferde verschnaufen, schlangen ein paar Bissen hinunter, ohne die Zügel aus der Hand zu lassen, aus Furcht vor einer unvorhergesehenen Verzögerung, und brachen, sobald die Pferde sich etwas erholt hatten, wieder auf. Hundert Schritte vor den Toren von Calais stürzte d'Artagnans Pferd und war nicht wieder auf die Beine zu bringen. Aus Augen und Nase schoß ihm das Blut. Mit Planchets Pferd war es nicht ganz so schlimm, aber es war auch nicht mehr von der Stelle zu bewegen. D'Artagnan blieb nichts anderes übrig, als die beiden Tiere im Stich zu lassen und die Strecke bis zum Hafen zu Fuß zurückzulegen. Etwa fünfzig Schritte vor ihnen ging ein Edelmann mit seinem Pagen. Planchet machte seinen Herrn auf ihn aufmerksam. Dieser schien es sehr eilig zu haben, auf seinen Stiefeln lag der Staub fingerdick, und am Hafen angelangt, rief er dem ersten besten Schiffer, der ihm entgegenkam, zu, ob er sofort nach England übersetzen könnte.
»Nichts leichter als das!« antwortete der Mann, der zufällig Kapitän eines Segelschiffes war. »Bloß ist heute morgen Befehl gekommen, daß niemand übergesetzt werden darf, der nicht einen Paß vom Kardinal vorweisen kann.« – »Diesen Paß habe ich«, erklärte der Edelmann und holte ein Dokument aus seiner Tasche!« – »Lassen Sie ihn vom Hafendirektor prüfen«, erwiderte der Kapitän, »und kommen Sie dann zu mir!« – »Wo finde ich den Hafendirektor?« – »In seinem Landhause, etwa eine Viertelstunde vor der Stadt... Dort am Fuße des kleinen Hügels, das Haus mit dem Schieferdach.« – »Danke schön!« sagte der Edelmann und schlug den Weg in die bezeichnete Richtung ein.
D'Artagnan folgte mit Planchet wenige hundert Schritte hinter ihm. Sobald sie die Stadt hinter sich gebracht hatten, stellte d'Artagnan den Fremden am Eingang zu einem kleinen Wäldchen. »Sie scheinen es recht eilig zu haben, mein Herr?« fragte er ihn. – »Allerdings, mein Herr!« – »Das ist mir sehr unangenehm«, sagte d'Artagnan, »mir geht es nämlich genauso,

und darum wollte ich Sie bitten, mir den Vortritt zu lassen?« – »Bedaure«, antwortete der Edelmann, »ich habe in vierundzwanzig Stunden sechzig Meilen zurückgelegt und muß morgen mittag in London sein.« – »Ich habe dieselbe Strecke in vierzehn Stunden zurückgelegt und muß schon morgen früh in London sein«, erklärte d'Artagnan. – »Sehr schlimm für Sie, mein Herr, aber ich bin zuerst dagewesen und werde auch zuerst abgefertigt.« – »Sehr schlimm, mein Herr, aber ich bin als zweiter gekommen und werde doch zuerst abgefertigt.« – »Im Dienste des Königs!« rief der Fremde. – »Im eigenen Dienste!« versetzte d'Artagnan. – »Mir scheint, Sie suchen Streit? Beim Teufel, was soll das bedeuten?« – »Nichts weiter, als daß Sie mir den Paß des Kardinals ausfolgen sollen! Ich habe keinen und brauche einen.« – »Sie belieben wohl zu scherzen?« – »Mein Herr, ich scherze nie!« – »Dann lassen Sie mich vorbei!« – »Sie rühren sich nicht von der Stelle!« – »Lubin«, befahl der Edelmann seinem Pagen, »die Pistolen!« – »Planchet«, rief d'Artagnan, »nimm dich des Burschen an, ich nehme den Herrn!«
Planchet, durch den ersten Erfolg kühn gemacht, fiel über Lubin her, und da er kräftiger war, hatte er ihn bald überwältigt und setzte ihm das Knie auf die Brust. »Jetzt, Herr, sind Sie daran! Ich bin mit meiner Angelegenheit fertig!« rief er.
Der Edelmann zog den Degen, als er Lubin stürzen sah, und griff d'Artagnan an. Er merkte aber gleich, daß er es mit einem gefährlichen Gegner zu tun hatte. In weniger als drei Sekunden war er dreimal getroffen. »Einen für Athos, einen für Porthos, einen für Aramis!« rief d'Artagnan, als der Edelmann nach dem dritten Treffer auf dem Sand zusammenbrach. D'Artagnan glaubte, er sei tot oder ohnmächtig, und trat an ihn heran. Kaum aber hatte er sich über ihn gebeugt, als der Fremde, der noch seinen Degen in der Hand hatte, versuchte, ihm einen Stich in die Brust zu versetzen mit dem Rufe: »Einen für Euch!« – »Und einen für dich! Dem letzten das Beste!« schrie d'Artagnan, in Wut gebracht, und nagelte den Gegner mit einem vierten Stoß am Boden fest. Dieser schloß die Augen und fiel in Ohnmacht. D'Artagnan riß ihm den Paß aus der Tasche, der auf den Namen Graf von Wardes lautete. Er warf

noch einen letzten Blick auf den Edelmann, der kaum fünfundzwanzig Jahre alt war und den er, vielleicht tot, auf der Strecke lassen mußte. Er seufzte tief über das seltsame Schicksal der Menschen, die einander vernichten mußten um anderer willen, die ihnen fremd waren und die oft nicht einmal wußten, daß man auf der Welt ist! Aber er wurde durch Lubin aus seinen tiefsinnigen Betrachtungen gerissen, der aus Leibeskräften um Hilfe schrie. Planchet hielt ihn an der Gurgel gefaßt und würgte ihn. »Solange ich ihn halte, Herr«, sagte Planchet, »wird er sich nicht rühren, wenn ich ihn aber loslasse, fängt er bestimmt gleich wieder an, er müßte kein Normanne sein!« Wirklich versuchte Lubin, obwohl ihm Planchet die Kehle wie in einem Schraubstock zusammenpreßte, ein paarmal laut zu stöhnen.

»Warte!« rief d'Artagnan und drehte sein Taschentuch zu einem Knebel, den er Lubin in den Mund schob. – »Bravo!« rief Planchet. »Nun binden wir ihn an einen Baum!« Das war schnell geschehen, dann schleppten sie den Grafen von Wardes zu ihm, und da die Nacht zu sinken begann und der Geknebelte und der Verwundete abseits vom Weg im Walde lagen, war zu erwarten, daß sie erst am nächsten Tag gefunden würden. »Und nun zum Gouverneur!« rief d'Artagnan. – »Aber, Herr, ich dächte, Sie wären verwundet?« fragte Planchet. – »Die Schramme hat nichts zu bedeuten«, antwortete d'Artagnan, »befassen wir uns mit dem, was wichtiger ist! Die persönlichen Dinge haben Zeit.«

Mit langen Schritten eilten sie dem Landhause des Hafendirektors zu. Graf von Wardes wurde gemeldet und d'Artagnan alsbald vorgelassen. »Sie bringen einen Brief vom Kardinal?« fragte der Hafendirektor. – »Jawohl, mein Herr«, versetzte d'Artagnan, »hier ist er!« – »Gut! Er ist in Ordnung. Mir scheint, die Eminenz will jemanden den Weg nach England abschneiden?« – »Ja. Einem gewissen d'Artagnan aus Bearn, der mit drei Freunden von Paris nach London unterwegs ist.« – »Sie kennen den Herrn?« – »Ja«. – »So geben Sie mir doch eine Beschreibung seiner Person!« – D'Artagnan beschrieb den Grafen von Wardes. – »Hat er Begleitung?« fragte der Hafendirektor. – »Einen Pagen mit Namen Lubin.« – »Nun, man wird die beiden Leutchen schon festhalten, und

Seine Eminenz können ruhig schlafen, sie sollen London nicht sehen, sondern zurück nach Paris gebracht werden.« – »Sie werden sich den Kardinal zu großem Dank verpflichten«, meinte d'Artagnan, wollte aber keine Zeit mehr mit Höflichkeitsphrasen vergeuden. Er verbeugte sich vor dem freundlichen Herrn, bedankte sich und ging. Sobald sie das Haus hinter sich hatten, liefen d'Artagnan und Planchet direkt zum Hafen, indem sie den kleinen Wald links liegenließen, und hatten bald den Kapitän, der sich mit dem Grafen von Wardes unterhalten hatte, wiedergefunden. Das Schiff lag noch vor Anker, schien aber bloß auf den Edelmann gewartet zu haben, der mit nach England hinüber wollte. »Da haben Sie meinen Paß, vom Hafendirektor bestätigt!« sagte d'Artagnan. – »Gut«, antwortete der Kapitän, »aber wo bleibt der andere?« – »Der will heute nicht mehr fahren«, sagte d'Artagnan, »machen Sie sich deshalb keine Sorgen, ich bezahle für beide die Überfahrt.« – »Na, wenn es so ist, wollen wir nicht lange warten«, antwortete der Kapitän.

D'Artagnan sprang mit Planchet an Bord, und bald waren sie auf hoher See. Nach kaum einer Viertelstunde dröhnte ein Kanonenschuß vom Lande herüber: das Signal, daß der Hafen geschlossen wurde. Nun hielt es d'Artagnan an der Zeit, sich um seine Verwundung zu kümmern. Die Degenspitze hatte eine Rippe gestreift und war am Knochen hinuntergeglitten, das Hemd war an der Wunde festgeklebt, so daß er nur wenige Tropfen Blut verloren hatte. Aber d'Artagnan fühlte sich wie zerschlagen. Der Kapitän ließ eine Matratze auf Deck bringen, und bald schlief d'Artagnan tief und fest. Als er am anderen Morgen die Augen aufschlug, war das Schiff nur mehr vier Meilen von der Küste Englands entfernt. Die Brise, die die ganze Nacht flau gewesen war, hatte inzwischen ganz nachgelassen, und so wurde es zehn, ehe das Schiff im Hafen von Dover Anker werfen konnte. Halb elf Uhr sprang d'Artagnan an Land und rief erleichtert: »Endlich, endlich da!«

Das stimmte aber nicht ganz, denn wenn er auch England erreicht hatte, so war er doch noch nicht in London. Aber da der Postdienst von den Hafenstädten zur Hauptstadt gut organisiert war, dauerte es nur knapp vier Stunden, bis er in London ankam. D'Artagnan kannte sich weder in London aus, noch sprach er ein Wort Englisch, er half sich, indem er den Namen Buckingham auf ein Stück Papier schrieb, und jedes Kind konnte ihm daraufhin den Palast des Herzogs zeigen. Der Herzog war aber nicht in London, sondern mit dem König auf der Jagd in Windsor. D'Artagnan wandte sich an den Kammerdiener des Herzogs, der diesen auf Reisen stets begleitete und französisch sprach, und sagte ihm, daß er aus Paris käme in einer Sache, bei der es sich um Leben und Tod handle, und daß er mit dem Herzog auf der Stelle sprechen müsse. Patrice – so hieß dieser »Minister des Ministers« – faßte Vertrauen zu dem jungen Edelmann aus Frankreich, der so frisch weg von der Leber redete. Er ließ ein paar Pferde satteln und übernahm es, den jungen Gardesoldaten nach Windsor zu bringen. Planchet hatte man vom Sattel heben müssen, er lag jetzt, steif wie ein Stock, vor der Palasttür. Der arme Kerl war mit seinen Kräften am Ende. D'Artagnan hingegen schien aus Eisen zu sein.

In Windsor angelangt, erfuhren sie, daß der König mit dem Herzog in dem drei Meilen entfernten Sumpf auf der Entenjagd sei. In einer knappen Stunde war auch diese Strecke zurückgelegt. Patrice hörte schon von weitem die Stimme seines Herrn, wie er seinen Falken heranrief. »Wen soll ich dem Herzog melden?« fragte Patrice. – »Den jungen Mann, der eines Abends auf dem Pont-Neuf mit ihm Streit gesucht hat«, versetzte d'Artagnan. – »Eine eigenartige Empfehlung!« brummte Patrice. – »Sie werden schon sehen, daß sie jede andere übertrifft«, versetzte d'Artagnan mit ruhiger Würde.

Patrice gab seinem Pferde die Sporen und meldete bald dem Herzog mit d'Artagnans Worten, daß ein Bote aus Paris seiner harre. Buckingham erkannte d'Artagnan auf den ersten Blick, und da ihm eine Ahnung sagte, daß in Frankreich Dinge geschehen sein mußten, deren sofortige Kenntnis für ihn wichtig waren, gab er seinem Pferde die Sporen und sprengte zu d'Artagnan hinüber. Patrice hielt sich diskret abseits.

»Der Königin ist doch kein Unglück geschehen?« rief Buckingham, alle Liebe, die sein Herz erfüllte, in die Frage legend. – »Ich glaube nicht, aber Ihre Majestät schwebt in einer ernsten Gefahr, aus der nur Euer Gnaden sie retten können.« – »Ich?« rief Buckingham. »Und wie? Womit? Wodurch? Ich schätze

mich glücklich, ihr irgendwie nützen zu können. Sprechen Sie, sprechen Sie!« – »Dieser Brief wird Sie unterrichten«, sagte d'Artagnan, »er kommt, soweit ich weiß, von Ihrer Majestät.« – »Von Ihrer Majestät?« wiederholte Buckingham und wurde bleich, daß d'Artagnan fürchtete, er könne in Ohnmacht fallen. Er hatte rasch die Siegel erbrochen. »Was bedeutet der Riß hier?« fragte er und zeigte auf eine Stelle, an der der Brief beschädigt war. – »Oh, das habe ich gar nicht bemerkt«, versetzte d'Artagnan, »das wird der Graf von Wardes mit seinem auf meine Brust gezielten Degenstoß verursacht haben.« – »Sie sind doch nicht verwundet?« – »Es hat nichts zu bedeuten«, erwiderte d'Artagnan, »eine Schramme!« – »Gerechter Himmel«, rief der Herzog, »was muß ich lesen? Patrice, bleib hier! Oder besser, laufe zum König, sieh zu, daß du ihn triffst, und sage Majestät, ich lasse demütigst um Entschuldigung bitten, aber eine Sache von höchster Wichtigkeit rufe mich nach London zurück. Kommen Sie, mein Herr, kommen Sie!«
Und im Galopp jagten Buckingham und d'Artagnan in die Hauptstadt zurück.

21

Den ganzen Weg ließ sich Buckingham über alles, was d'Artagnan wußte, berichten und konnte sich, durch seine Erinnerungen an das, was er selbst in Frankreich erlebt hatte, ergänzt, bald ein richtiges Bild von der Lage machen, in der die Königin, den kurzen Andeutungen ihres Briefes nach, schwebte. Was ihn aber in Verwunderung setzte, daß der Kardinal, der doch über alle Mittel gebot und dem viel daran liegen mußte, ihn ohne Kenntnis dieser Vorgänge zu halten, nicht imstande gewesen war, den jungen Bearner unterwegs aufzuhalten. D'Artagnan erzählte, wie er von Paris ausgeritten war und wie er seine Kameraden unterwegs zurückgelassen hatte, wie er sich mit dem Grafen von Wardes geschlagen und wie er zuletzt den Hafendirektor von Calais getäuscht hatte. Der Herzog hörte ihm aufmerksam zu und maß ihn lange mit erstaunten Blicken, denn er konnte es nicht fassen, daß ein so

junger Mann von kaum zwanzig Jahren ein solches Maß Klugheit, Umsicht und Tapferkeit entfaltet hatte, daß ihm die schlimmsten Feinde nichts anhaben konnten und daß er die ungünstigsten Situationen bewältigt hatte. Bald ritten sie durch die Tore von London, wenn aber d'Artagnan gemeint hatte, der Herzog werde in der Stadt den Galopp seines Pferdes mäßigen, so war er im Irrtum. Ohne sich um die Menschen zu kümmern, flog er durch die Straßen, und d'Artagnan war bemüht, ihm keinen zu großen Vorsprung zu lassen.
Im Hofe seines Palastes angelangt, warf der Herzog seinem Rosse die Zügel über den Hals und schwang sich aus dem Sattel. Er stürmte die Treppe hinauf, durch mehrere vornehm ausgestattete Salons, bis er in seinem Schlafgemach stand, das mit viel Geschmack und Reichtum ausgestattet war. In dem Alkoven befand sich eine Tapetentür, die der Herzog mit einem goldenen Schlüsselchen öffnete, das er an einem Kettchen trug. Auf der Schwelle eines kleinen, als Kapelle eingerichteten Raumes, der von Kerzen erleuchtet wurde, blickte sich Buckingham um. D'Artagnan war diskret zurückgeblieben.
»Sofern Ihnen die Ehre beschert wird, vor Ihrer Majestät zu erscheinen, so melden Sie ihr, was Ihre Augen hier gesehen haben.«
D'Artagnan, durch diese Worte ermutigt, folgte dem Herzog, der die Tür hinter sich schloß. Über einem Podest, unter einem Prachthimmel von blauem Samt, der mit weißen und roten Federn geschmückt war, hing ein Damenporträt in natürlicher Größe, das Anna von Österreich, die Königin von Frankreich, in täuschender Ähnlichkeit darstellte. Darunter stand das Kästchen aus Rosenholz, das die zwölf Diamantknöpfe barg, die die Königin dem Herzog bei seinem letzten Besuch zum Andenken übergeben hatte. Vor dem Podest hielt der Herzog und öffnete das Kästchen. »Da sehen Sie«, sagte er, eine große, von Diamanten glitzernde Bandschleife herausnehmend, »hier sind die kostbaren Knöpfe. Die Königin hat sie mir gegeben, aber die Königin nimmt sie mir wieder!« Darauf küßte er die Knöpfe der Reihe nach, fuhr aber mit einem plötzlichen Ausruf in die Höhe.
»Was ist Mylord?« fragte d'Artagnan unruhig. — »Es ist alles verloren«, rief Buckingham, totenbleich den Bearner anstar-

rend, »es fehlen zwei! Es sind nur noch zehn!« – »Hat Mylord sie verloren oder sind sie gestohlen worden?« fragte d'Artagnan. – »Sie sind gestohlen!« versetzte der Herzog. »Im Auftrage des Kardinals! Da sehen Sie, die Ösen sind durchgeschnitten.« – »Wer kann der Dieb sein? Vielleicht befinden sich die Knöpfe noch in seinen Händen?« – »Geduld!« rief der Herzog. »Ich habe sie bloß ein einziges Mal getragen, vor acht Tagen auf einem Ball in Windsor. Die Gräfin Winter hat sich in meiner Nähe zu schaffen gemacht. Sie war eifersüchtig. Sie muß es getan haben, aus Rache! Sie hat es im Auftrag des Kardinals getan, denn ich habe die Gräfin seitdem nicht mehr gesehen.« – »Also hat der Kardinal Agenten in der ganzen Welt?« fragte d'Artagnan erstaunt. – »Gewiß, gewiß!« rief Buckingham zähneknirschend. »Gewiß, er ist ein furchtbarer Gegner ... Doch wann soll der Ball stattfinden, von dem die Königin schreibt?« – »Nächsten Montag.« – »In fünf Tagen also? Soviel Zeit werden wir nicht brauchen ... Patrice!« rief er, die kleine Tür wieder öffnend. – Der Diener erschien fast im selben Augenblick. – »Patrice, hole meinen Juwelier und meinen Sekretär!« – Der Diener verschwand schnell und wortlos: ein Zeichen, daß er an blinden Gehorsam gewöhnt war. Der Sekretär war der erste, der kam. Buckingham hatte sich inzwischen in sein Schlafzimmer begeben und saß an dem kleinen Mahagonitisch und war mit der Niederschrift von Briefen beschäftigt. Als der Sekretär eintrat, drehte der Herzog sich rasch um. »Jackson«, rief er, »Sie begeben sich sofort zum Lordkanzler und sagen ihm, die hier niedergeschriebenen Befehle seien auf der Stelle zu vollziehen.« – »Und wenn der Lordkanzler sich nach den Gründen zu solch außerordentlichen Maßnahmen erkundigt?« fragte der Sekretär, nachdem er einen Blick in die Papiere geworfen. – »Dann antworten Sie ihm: Es sei mein Wille, und ich hätte niemandem Rechenschaft zu geben.« – »Diese Antwort«, fragte der Sekretär lächelnd, »soll der Lordkanzler Seiner Majestät geben, wenn Majestät so neugierig sein sollte, den Grund für die Sperre aller englischen Häfen zu erfahren?« – »Ja, Jackson«, versetzte Buckingham, »falls der König fragen sollte, mag ihm der Lordkanzler sagen, daß der Krieg gegen Frankreich beschlossen und die Hafensperre die erste Maßnahme sei.«

Der Sekretär verneigte sich und ging.
»So«, rief Buckingham, »nach dieser Seite sind wir gesichert, denn wenn die beiden gestohlenen Knöpfe nicht schon in Frankreich oder dorthin unterwegs sind, so werden sie nicht vor Ihnen dorthin gelangen.« – »Wieso?« – »Ich habe alle zur Zeit in britischen Häfen befindlichen Schiffe mit einem Embargo belegt. Ohne besondere Erlaubnis der Hafenbehörden wird, solange das Verbot aufrechterhalten wird, kein Schiff auszulaufen wagen.« D'Artagnan maß den Mann, der seine ihm vom König eingeräumte Gewalt so eigenmächtig im eigenen Interesse benutzte. Buckingham schien dem Jüngling die Gedanken vom Gesicht abzulesen und fuhr lächelnd fort: »Ja, meine eigentliche Königin ist Anna von Österreich, und auf ein Wort, einen Wink von ihr verrate ich mein Vaterland, Gott und den König. Sie war es, die mich bat, den Hugenotten von La Rochelle die ihnen zugesagte Hilfe nicht zu senden, und die Hilfe blieb aus, freilich, ich habe mich wortbrüchig gemacht, aber – ich war ihrem Wunsche gehorsam, und bin ich nicht großmütig belohnt worden? Seitdem schmückt ihr Bild mein Schlafzimmer.«
D'Artagnan dachte staunend, an wie willkürliche Fäden oft die Geschicke von Völkern, das Leben von einzelnen hängen, er wurde jedoch durch den Eintritt des Juweliers aus seinen Betrachtungen gerissen. Er war ein Ire, einer der geschicktesten in seinem Fache, der jedermann gegenüber prahlte, daß er im Herzog von Buckingham einen Kunden habe, an dem er hunderttausend Francs im Jahre verdiene.
»O'Reilly«, redete der Herzog ihn an, »was kostet das Stück von diesen Diamantknöpfen?« – »Fünfhundert Pistolen, Mylord«, antwortete der Goldschmied nach kurzer Prüfung von Stein und Fassung. – »Bis wann können Sie mir zwei davon anfertigen? Sie sehen, es fehlen zwei vom Dutzend.« – »In acht Tagen.« – »Ich bezahle dreitausend Pistolen, muß aber die Knöpfe bis übermorgen haben«, rief der Herzog. – »Mylord sollen die beiden Knöpfe bis übermorgen haben«, antwortete der Goldschmied. – »Schön, aber ich kann keinem Menschen einen solchen Knopf anvertrauen. Sie müssen die Arbeit in meinem Palais machen!« – »Unmöglich, Mylord, außer mir kann niemand die Knöpfe so machen, daß sie von den

anderen nicht zu unterscheiden sind.« – »Darum, mein lieber O'Reilly, sind Sie mein Gefangener und dürfen erst wieder aus meinem Palast, wenn Sie die Arbeit ausgeführt haben. Entscheiden Sie sich schnell und nennen Sie mir diejenigen Ihrer Gehilfen, die Sie zur Mitarbeit hier brauchen, ebenso das unentbehrliche Handwerkszeug. Ich will es und Ihre Gehilfen herholen lassen.« – »Aber meine Frau darf es doch erfahren?« fragte der Goldschmied, der den Herzog zu gut kannte, um zu wissen, daß er sich fügen mußte. – »Sie können Ihre Frau sogar herkommen lassen«, versetzte der Herzog lachend. »Ihre Haft soll angenehm sein, und Sie sollen an nichts Mangel leiden, Sie werden auch für alle Unbequemlichkeiten voll entschädigt werden. Da, nehmen Sie als Vorauszahlung diese Anweisung auf tausend Pistolen! Der Preis für die beiden Knöpfe hat nichts damit zu tun.«
Der Goldschmied schickte seiner Frau die Anweisung und schrieb ihr, sie sollte ihm den besten seiner Gehilfen in den Palast schicken mit einem Sortiment von Diamanten nach angegebenem Gewicht und Gehalt und dem zur Arbeit notwendigen Handwerkszeug. Ein Zimmer im Palais war eine halbe Stunde später in eine Werkstatt umgewandelt. Eine Wache wurde vor die Tür postiert mit dem Befehl, außer dem Kammerdiener Patrice niemandem Zutritt zu gewähren, aber auch dem Goldschmied und seinen Gesellen nicht zu gestatten, das Zimmer zu verlassen.
Dann wandte sich der Herzog wieder an d'Artagnan: »Von jetzt ab, junger Freund, gehört England uns beiden! Was wünschen, was begehren Sie?« – »Ein Bett«, antwortete d'Artagnan, »das wünsche ich mir, wie ich offen bekenne, am meisten.«
Buckingham führte d'Artagnan in ein Zimmer, das unmittelbar an sein Schlafzimmer stieß. Er wollte ihn in der Nähe behalten, nicht aus Mißtrauen, sondern um jemanden in der Nähe zu haben, mit dem er sich ständig über die Königin unterhalten konnte. Eine Stunde später wurde in London die Hafensperre bekanntgemacht, und zwar bezog sie sich nicht bloß auf Fracht- und Personenschiffe, sondern sogar auf alle Postboote: eine Verordnung, die in aller Augen mit einer Kriegserklärung gegen Frankreich gleichbedeutend war.
Am übernächsten Tage, um elf Uhr, waren die beiden Dia-

mantknöpfe fertig, und zwar in einer so täuschenden Nachahmung, daß es dem Herzog nicht möglich war, die neuen von den alten zu unterscheiden. Er ließ sogleich d'Artagnan rufen. »Hier«, sagte er, »sind die Diamantknöpfe, die Sie holen sollen. Ich hoffe, daß Sie mir bestätigen, daß ich das Unmögliche zu machen gewußt habe.« – »Ich werde nicht ermangeln, Mylord, zu berichten, was ich gesehen habe. Aber Euer Gnaden übergeben mir die Knöpfe ohne das Kästchen?« – »Es würde Sie nur beschweren, und für mich wird es von noch größerem Wert sein, da es mir jetzt allein verbleibt. Bestellen Sie, daß ich es getreulich hüten werde.« – »Ich werde alles Wort für Wort bestellen, Mylord.« – »Und nun«, sagte Buckingham, den jungen Mann scharf fixierend, »wie soll ich mich bei Ihnen bedanken?«

D'Artagnan schoß die Röte ins Gesicht. Er sah, daß der Herzog nach einem Weg suchte, ihm ein Geschenk zu machen, aber der Gedanke, daß sein und seiner Kameraden Blut mit englischem Gold bezahlt werden sollte, empörte ihn. »Mylord«, sprach er, »ich stehe im Dienste meines Königs und meiner Königin und gehöre der Garde Herrn des Essarts an, die, wie die Truppe seines Schwagers, des Herrn von Tréville, Ihren Majestäten persönlich unterstellt ist. Übrigens, hätte es sich für mich nicht darum gehandelt, einer Person gefällig zu sein, die mir dasselbe bedeutet wie Ihnen die Königin ...« – »Ich verstehe«, fiel der Herzog ihm ins Wort, »dann hätten Sie sich vielleicht zu dem Dienste gar nicht bereit erklärt. Ich glaube fast, die Dame, von der Sie sprechen, zu kennen.« – »Mylord«, rief d'Artagnan lebhaft, »ich habe ihren Namen nicht genannt.« – »Natürlich«, erwiderte der Herzog, »aber ich muß mich doch dieser Person erkenntlich zeigen.« – »Mylord«, erklärte d'Artagnan, »Sie haben soeben vom Kriege zwischen England und Frankreich gesprochen, ich muß Ihnen deshalb sagen, daß ich in Eurer Gnaden lediglich einen Engländer erblicke und daß es mir deshalb lieber wäre, ich träfe Sie auf dem Schlachtfelde als im Park von Windsor oder in den Korridoren des Louvre; doch soll mich dies alles nicht hindern, meinen Auftrag getreu auszuführen und, wenn es sein muß, mein Leben dabei zu lassen. Aber ich wiederhole Eurer Gnaden, daß Sie persönlich mir nicht zu danken haben, weder dafür, was ich bei diesem zweiten Unternehmen für mich tue, noch dafür, was ich beim ersten für Sie getan habe.«

»Bei uns heißt es in einem solchen Falle: Stolz wie ein Schotte!« flüsterte Buckingham. – »Und bei uns: Stolz wie ein Gascogner!« antwortete d'Artagnan. »Die Gascogner sind die Schotten Frankreichs.« – D'Artagnan verneigte sich vor dem Herzog und schickte sich an, zu gehen. – »Sie brechen sofort auf? Auf welcher Route? Und wie glauben Sie durchzukommen?« – »Sie haben recht, Mylord!« – »Zum Teufel! Das muß man den Franzosen lassen! Sie überlegen nicht erst lange!« – »Ich hatte vergessen, daß England eine Insel ist und Sie ihr König sind.« – »Verfügen Sie sich in den Hafen, fragen Sie nach der Brigg ›Sund‹ und geben Sie dem Kapitän diesen Brief. Er wird Sie in einen kleinen Hafen bringen, wo man Sie ganz sicher nicht erwartet und wo in der Regel nur Fischer anlegen.« – »Wie heißt der Hafen?« – »Saint-Valéry. Dort begeben Sie sich in eine gewöhnliche Herberge ohne Schild und ohne Namen, eine richtige Matrosenkneipe. Sie werden sie leicht finden, denn es ist die einzige im ganzen Hafen.« – »Und dann?« – »Lassen Sie den Wirt kommen und sagen ihm die Parole ›Forward‹! Darauf wird er Ihnen ein gesatteltes Pferd geben und Ihnen den Weg zeigen, dem Sie folgen müssen. Sie werden auf Ihrem Weg viermal ein frisches Pferd finden. Wenn Sie erlauben, bitte ich Sie, an jeder dieser Relaisstellen Ihre Pariser Adresse zu hinterlassen, und vier Pferde werden Ihnen dorthin geschickt. Zwei davon kennen Sie schon, es sind die beiden, die wir jetzt reiten. Verlassen Sie sich darauf, die anderen beiden sind nicht schlechter. Die vier Pferde sind feldmarschmäßig ausgerüstet. Sie mögen noch so stolz sein, ein Pferd für sich und drei für Ihre Kameraden werden Sie doch wohl nicht ausschlagen, zumal Sie die Tiere ja nehmen, um damit gegen uns in den Krieg zu ziehen. Der Zweck heiligt die Mittel, wie ihr Franzosen sagt. Nicht wahr?« – »Allerdings, Mylord, und daraufhin nehme ich die Pferde, und wenn es Gott gefällig ist, wollen wir von ihnen recht guten Gebrauch machen«. – »Und nun Ihre Hand, junger Mann! Vielleicht treffen wir uns bald auf dem Felde der Ehre? Bis dahin wollen wir doch gute Freunde bleiben, nicht wahr?« – »Gewiß, Mylord, in der Hoffnung, recht bald Feinde zu werden!« –

»Keine Angst, das verspreche ich Ihnen!« – »Ich verlasse mich auf Ihr Wort, Mylord.«
D'Artagnan grüßte den Herzog und begab sich rasch zum Hafen. Dem Tower gegenüber fand er das bezeichnete Schiff, übergab dem Kapitän seinen Brief, der ihn vom Hafendirektor prüfen ließ und sogleich seine Segel setzte. Etwa fünfzig Schiffe lagen zur Ausfahrt bereit. An Bord des einen meinte d'Artagnan im Vorbeifahren die Dame von Meung zu erkennen, die der unbekannte Edelmann Mylady angeredet hatte und die ihm, d'Artagnan, als Schönheit erschienen war, aber dank der Strömung und dem guten Winde fuhr sein Schiff so flott, daß er bald schon außer Sicht war. Am Tage darauf, gegen neun Uhr früh, gingen sie in Saint-Valéry vor Anker. Die ihm genannte Herberge hatte d'Artagnan rasch an dem Lärm, der aus ihr drang, erkannt. Die Schiffer hielten ein fröhliches Gelage aus Freude über die Kriegsgerüchte ab, die den Weg schon bis hierher gefunden hatten. D'Artagnan trat zu dem Wirt und sagte die Parole »Forward«. Sogleich winkte der Wirt, ihm zu folgen, und führte ihn in den Stall, wo ein Pferd fix und fertig gesattelt stand. Der Wirt fragte, ob er noch weitere Wünsche habe. – »Ihr sollt mir noch den Weg nennen«, antwortete d'Artagnan, »sonst brauche ich nichts.« – »Ihr Weg geht von hier nach Blangy, von Blangy nach Neufchatel. Dort steigen Sie in der ›Goldenen Egge‹ ab, sagen dem Wirt die Parole, und Sie werden wie hier ein gesatteltes Pferd finden.« – »Bin ich etwas schuldig?« – »Nichts. Es ist schon alles beglichen, und überreich. Reisen Sie mit Gott!« – »Amen!« sagte der Jüngling und ritt in gestrecktem Galopp davon.
Vier Stunden später war er in Neufchatel. Dort fand er alles wie in Saint-Valéry. Nur war das Pferd nicht bloß gesattelt, sondern es steckten auch Pistolen in den Halftern. »Ihre Pariser Adresse?« fragte der Neufchateler Wirt. – »Gardenkaserne, Kompanie des Essarts.« – »Gut«, antwortete der Wirt. – »Welche Richtung habe ich einzuschlagen?« fragte d'Artagnan. – »Die Straße von Rouen, die Stadt aber lassen Sie rechts liegen. In dem kleinen Dorfe Ecuis wollen Sie wieder halten. Es gibt dort bloß ein Wirtshaus ›Zum Ecu‹. Sie finden dort, was Sie brauchen, ein frisches Pferd und so weiter.« – »Die gleiche Parole?« – »Ja!« – »Adieu, Herr Wirt!« –

»Glückliche Reise, mein Herr! Brauchen Sie sonst noch etwas?«
D'Artagnan schüttelte den Kopf, gab seinem Pferd die Sporen, fand in Ecuis dieselbe Unterkunft, dieselbe Versorgung und erreichte Pontoise, bestieg zum letzten Male ein frisches Pferd und galoppierte um neun Uhr in den Hof des Palastes Tréville. In zwölf Stunden hatte er beinahe sechzig Meilen zurückgelegt. Herr von Tréville hieß ihn willkommen, als hätte er ihn erst am Morgen verabschiedet, er drückte ihm die Hand nur ein wenig herzlicher als sonst und entließ ihn mit dem Bescheide, daß die Kompanie des Essarts im Louvre die Wache hätte und daß er sich gleich auf seinen Posten dorthin begeben könne.

22

Am nächsten Tage sprach ganz Paris nur von dem zu Ehren des Königspaares veranstalteten Stadtschöffenball, auf dem Ihre Majestät das berühmte Merlaison-Ballett, des Königs Lieblingstanz, aufführen sollten. Seit acht Tagen war das ganze Rathaus auf den Beinen, um die nötigen Vorbereitungen zu treffen. Der Stadtbaumeister errichtete Tribünen, die als Sitze der Damenwelt bestimmt waren. Die Krämerzunft hatte zweihundert Wachskerzen für die Beleuchtung der Säle gestiftet, für die damalige Zeit ein unerhörter Luxus. Aus dem Stadtbläserkorps waren zwanzig Mann für den doppelten Tageslohn engagiert worden, um die Nacht über zu spielen.
Um zehn Uhr früh kam der Fähnrich der Königsgarde, Herr de la Coste, mit zwei Korporalen und einem Kommando der Bogenschützen, um vom Stadtschreiber Clément die Schlüssel zu allen Türen und Toren der Amtsräume des Rathauses zu fordern. Um elf Uhr kam der Kapitän der Königsgarde, Herr du Hallier, an der Spitze eines Korps von fünfzig Bogenschützen, um alle Türen und Tore zu besetzen. Um drei Uhr nachmittags marschierten zwei Gardekompanien auf, kommandiert von Herrn des Essarts, und um sechs Uhr begannen die geladenen Gäste die Tribünen im großen Saale zu füllen. Um neun Uhr abends erschien die Gemahlin des Oberbürgermeisters, nach

der Königin die erste Dame des Festes. Sie wurde von sämtlichen Stadtherren begrüßt und in die Loge der Königin gegenüber geleitet. Um zehn Uhr wurde in dem kleinen Saale, vor dem durch vier Bogenschützen bewachten Silberschrank der Stadt Paris, das von der Zuckerbäckergilde gestellte »süße Dessert« aufgetragen. Um Mitternacht dröhnte der große Saal von Jubelgeschrei wider, der König war in den illuminierten Straßen erschienen, die vom Louvre zum Rathaus führen. Die Stadtschöffen zogen in ihren tuchenen Gewändern unter dem Geleit von sechs Stadtsergeanten dem König entgegen, den sie auf den Treppenstufen erwarteten, wo er vom Vorstande der Kaufmannschaft mit einer Ansprache willkommen geheißen wurde. Der König antwortete mit einer Entschuldigung wegen seines späten Erscheinens und schob die Schuld auf den Kardinal, der ihn bis nach elf Uhr mit Staatsgeschäften aufgehalten habe.

Der König erschien in großer Gala, mit seinem gesamten Hofstaat, aber jedermann sah ihm an, daß er mißgestimmt war. Für ihn und »Monsieur«, seinen ältesten Bruder, war je ein Zimmer zur Verfügung gestellt worden, in dem die Kostüme lagen, das gleiche war für die Königin und die Frau des Stadtoberhauptes vorbereitet worden. Ehe der König den Fuß in diese Zimmer setzte, gab er Weisung, ihm die Ankunft des Kardinals sogleich zu melden. Eine halbe Stunde nach dem Erscheinen des Königs verkündeten neue Zurufe das Erscheinen der Königin, die von den Stadtschöffen mit dem gleichen Zeremoniell begrüßt wurde wie zuvor schon der König. Man sah aber auch ihr mangelnde Fröhlichkeit an, obwohl auch sie mit aller Pracht und ihrem gesamten Hofstaat erschien.

Sobald sie den Fuß in den Saal setzte, flog von einer kleinen Tribüne der bis dahin geschlossene Vorhang zurück, und Kardinal Richelieu, dessen Gesicht eine auffallende Blässe zeigte, wurde in der Tracht eines spanischen Granden sichtbar. Seine Augen musterten die Königin genau, und ein Ausdruck diabolischen Hohnes glitt über sein Gesicht, als er wahrnahm, daß in der Toilette Ihrer Majestät die Diamantknöpfe fehlten.

Nun zeigte sich der König mit dem Kardinal an einer der Saaltüren, der König war noch blasser als zuvor, der Kardinal sprach leise auf ihn ein. Der König schritt durch die Menge, er trug keine Maske, er hatte sich nicht einmal Zeit genommen, die Bänder seines Wamses zuzuknöpfen. Er trat auf die Königin zu und fragte mit bebender Stimme: »Madame, warum fehlen an Ihrer Garderobe die Diamantknöpfe, die ich Sie anzustecken gebeten hatte?« – Die Königin wandte sich um und erblickte hinter sich den Kardinal, über dessen Antlitz wieder das hämische Lächeln lag.

»Sire«, antwortete sie in starker Erregung, denn der König hatte keine Rücksicht auf die umstehenden Menschen genommen, »ich habe befürchtet, sie könnten Schaden nehmen.« – »Das war nicht recht gehandelt, Madame«, erwiderte der König, einen schärferen Ausdruck in seiner Stimme, »wozu habe ich sie Ihnen denn geschenkt als zum Schmucke? Ich wiederhole, daß Sie nicht recht gehandelt haben.« – Alles blickte sich erstaunt um, denn niemand begriff, was der Vorgang zu bedeuten hatte.

»Sire«, sprach die Königin nach einer Weile, die sie zur Sammlung gebraucht hatte, »ich kann sie ja aus dem Louvre holen lassen, der Wunsch Eurer Majestät läßt sich auf diese Weise leicht noch erfüllen.« – »Tun Sie das, Madame, und möglichst rasch, denn in einer Stunde nimmt das Ballett seinen Anfang.« – Die Königin verneigte sich zum Zeichen ihres Gehorsams und folgte ihren Damen in das ihr vorbehaltene Ankleidekabinett. Der König betrat das seinige. Im Saal herrschte einen Augenblick Bestürzung und Verwirrung. Es war niemandem verborgen geblieben, daß zwischen den Majestäten etwas vorgegangen war, aber beide hatten doch nicht so laut gesprochen, daß mehr als Bruchstücke ihrer Unterhaltung zu den Ohren der Festgäste gedrungen wären, zumal sich diese, als die Majestäten miteinander zu sprechen begannen, respektvoll ein paar Schritte zurückgezogen hatten.

Der König trat zuerst aus dem Kabinett, in einem sehr eleganten Jagdkostüm, das ihn vorteilhaft kleidete. Monsieur und die anderen Seigneurs erschienen in den gleichen Kostümen. Der Kardinal näherte sich jetzt dem König und überreichte ihm eine kleine Schatulle. Der König klappte den Deckel auf und erblickte zwei Diamantknöpfe. »Was soll das bedeuten?« fragte der König den Kardinal. – »Nichts«, antwortete dieser, »nur möchte ich bitten, wenn die Königin tatsächlich mit den Knöpfen erscheint, was ich noch bezweifle, ihre Anzahl zu überprüfen und dann an Ihre Majestät die Frage zu richten, wer ihr wohl diese beiden gestohlen haben könnte.«

Der König betrachtete den Kardinal, als wenn er ihm noch eine Frage stellen wollte, aber es blieb keine Zeit dazu, ein Ausruf der Bewunderung erschallte im Saal. Der König war in seinem eleganten Jagdkostüm der erste Edelmann seines Landes, aber die Königin war ohne Zweifel die schönste Frau Frankreichs. Das Kostüm einer Jägerin, das sie trug, kleidete sie vorzüglich, sie hatte einen Filzhut mit blauen Federn, einen Surtout aus perlgrauem Samt, mit Diamantagraffen geschlossen, und eine Robe aus blauem Satin mit Silberstickerei angelegt. Auf ihrer linken Schulter funkelten die durch eine Bandschleife in der Farbe der Federn und der Robe gehaltenen Diamantenknöpfe.

Der König bebte vor Freude, der Kardinal erbleichte vor Wut, da sie aber beide zu weit von der Königin entfernt saßen, war er keinem von ihnen möglich, die Zahl der Knöpfe festzustellen; die Königin hatte sie, das stand außer jedem Zweifel, aber waren es zwölf oder nur zehn? In diesem Augenblick gaben die Pfeifer das Signal zum Beginn des Balletts. Der König reichte der Gemahlin des Stadtoberhauptes den Arm, Monsieur der Königin. Die Paare stellten sich auf, und das Ballett nahm seinen Anfang. Der König tanzte der Königin gegenüber, und jedesmal, wenn er an ihr vorbeiglitt, verschlang er die Diamantknöpfe mit den Augen, da es ihm nicht gelingen wollte, ihre Zahl festzustellen. Auf die Stirn des Kardinals trat kalter Schweiß. Das Ballett dauerte eine ganze Stunde, denn es setzte sich aus dreizehn Figuren zusammen. Als endlich jeder Tänzer seine Dame wieder auf ihren Platz geführt hatte, nützte der König das ihm zustehende Privileg, seine Dame auf ihrem Platz zu verlassen, und trat erregt auf die Königin zu.

»Ich danke Ihnen, Madame«, sprach er, »für Ihre Liebenswürdigkeit, meinen Wünschen nachzukommen, ich glaube aber, es fehlen zwei von den Knöpfen, und diese bringe ich Ihnen hier.« – Bei diesen Worten reichte er der Königin die beiden Knöpfe, die ihm der Kardinal gegeben hatte. – »Wie, Sire«, rief die Königin, die Erstaunte spielend, »Sie machen mir noch zwei Knöpfe zum Geschenk? Aber dann besitze ich ja vierzehn?« – Und wirklich zählte der König jetzt auf der Schulter Ihrer Majestät ein volles Dutzend.

»Oho, Herr Kardinal«, rief der König ärgerlich, »was hat das zu bedeuten?« – »Nichts weiter«, antwortete dieser, »als daß ich wünschte, Ihre Majestät nähme die beiden Knöpfe huldvollst entgegen, und eine Erklärung, daß ich zu diesem Mittel gegriffen habe, ist, daß ich mich selbst nicht getraute, sie zu überreichen.« – »Und ich bin Eurer Eminenz« erwiderte Anna von Österreich mit einem feinen Lächeln, das dem Kardinal verriet, daß sie sich durch seine eleganten Worte nicht irreführen ließ, »um so dankbarer dafür, als diese beiden Knöpfe Sie wohl ebenso teuer zu stehen kommen wie Seine Majestät das ganze Dutzend.«

Die Königin verneigte sich vor dem König und dem Kardinal und begab sich wieder in ihr Kabinett, um ihre Garderobe zu wechseln. Der Jüngling aber, dem Anna von Österreich ihren unerhörten Triumph über den Kardinal verdankte, stand verwirrt und unbeachtet unter der vor den Saaltüren sich stauenden Menge und sah dem nur vier Personen – dem König, der Königin, Seiner Eminenz und ihm – verständlichen Auftritte zu.

Die Königin war wieder in ihr Gemach getreten, und d'Artagnan wollte eben den Saal verlassen, als ihn jemand leicht an der Schulter berührte. Er drehte sich um und sah eine junge Frau, die ihm zu verstehen gab, daß er ihr folgen sollte. Sie trug einen schwarzen Domino, aber d'Artagnan erkannte trotz dieser Vorsicht sofort die flinke, geistvolle Frau Bonacieux. Am Abend vorher hatten sie einander bei dem Schweizer Germain, wohin d'Artagnan sie hatte rufen lassen, kaum gesehen. Sie hatte es so eilig, ihrer Herrin die Kunde von der glücklichen Wiederkunft ihres Sendboten zu überbringen, daß den beiden Liebenden keine Zeit zum Austausch von ein paar flüchtigen Worten geblieben war. Von einem Gefühl, zusammengesetzt aus Liebe und Neugierde, getrieben, folgte jetzt d'Artagnan seiner kleinen Führerin. Unterwegs fühlte d'Artagnan mehr als einmal das Verlangen, die junge Frau zu umarmen, und wäre es auch nur für einen einzigen kurzen Augenblick gewesen, aber flink huschte sie immer

zwischen seinen Händen durch, und wenn er sprechen wollte, legte sich ihr zierlicher Finger mit so süßem, gebieterischem Ausdruck auf ihren kleinen Mund, daß er blindlings gehorchte. Endlich, nachdem sie eine ganze Weile durch verschiedene Gänge gegangen waren, öffnete Frau Bonacieux eine Tür und schob ihren jungen Freund in ein stockfinsteres Kabinett. Dort bedeutete sie ihm, sich ruhig zu verhalten. Sie öffnete eine Tapetentür, durch die plötzlich Licht hereinschoß, und war gleich darauf verschwunden. Einen Augenblick stand d'Artagnan wie versteinert. Bald aber erkannte er an der Stimme Ihrer Majestät, die wiederholt zu seinen Ohren drang, daß er sich in einem Kabinett befand, das unmittelbar zu den von der Königin bewohnten Gemächern gehörte.
Der Jüngling hielt sich im Schatten und wartete. Zur nicht geringen Verwunderung ihrer Umgebung, die sie fast nur traurig kannte, erschien die Königin heiter und gelöst, plauderte von dem schönen Fest, von dem Vergnügen, das ihr das Ballett gemacht hatte, und da es sich nicht schickt, einer Königin zu widersprechen, mag sie nun lächeln oder weinen, überbot sich alles im Lobe der Stadtschöffen von Paris. D'Artagnan kannte die Königin zwar noch nicht, er erkannte sie aber an der von anderen sich stark abhebenden Stimme, er hörte, wie sie sich der halboffenen Tür näherte und wieder entfernte, er sah, wie sich der Schatten eines Körpers ein paarmal vor das Licht stellte. Endlich glitt eine wunderschöne Hand durch die Öffnung in der Tapete, d'Artagnan verstand, daß dies sein Lohn war! Er stürzte auf die Knie, ergriff die Hand und drückte respektvoll seine Lippen darauf, dann verschwand die Hand langsam wieder, in seinen Fingern einen Gegenstand zurücklassend, den er als einen Ring erkannte. Die Tür schloß sich, und d'Artagnan stand wieder in tiefster Finsternis. Er schob den Ring auf seinen Finger und wartete weiter. Anscheinend war noch nicht alles vorüber. Auf die Belohnung seiner Ergebenheit folgte der Lohn für seine Liebe. Zudem war das Ballett zwar vorüber, aber das Fest hatte kaum begonnen, um drei Uhr sollte das Souper eingenommen werden, und die Uhr von Saint-Jean hatte schon vor einer Weile drei Viertel drei geschlagen. Das Stimmengeräusch in dem anstoßenden Zimmer ließ allmählich nach, dann hörte man Schritte

sich entfernen, die Tür des kleinen Kabinetts öffnete sich von neuem, und Frau Bonacieux kam herein.
»Endlich, endlich!« rief d'Artagnan. – »Still«, sagte die junge Frau, dem Jüngling die Hand auf die Lippen legend, »still! Gehen Sie auf demselben Weg wieder, auf dem ich Sie hergeführt!« – »Aber wo und wann werde ich Sie sehen?« rief d'Artagnan. – »Sie werden zu Hause ein Briefchen finden, in dem alles steht!« Mit diesen Worten öffnete sie die Gangtür und schob d'Artagnan hinaus. Er gehorchte wie ein folgsames Kind, ohne Widerstand, ohne Einwand, und das ist wohl ein ausreichender Beweis für seine Verliebtheit!

23

D'Artagnan eilte zu seiner Behausung, und obwohl es weit nach drei Uhr war und sein Weg durch üble Stadtviertel führte, passierte ihm doch kein schlimmes Abenteuer. Betrunkene und Verliebte stehen ja bekanntlich unter dem besonderen Schutze der Götter. Die Tür zu dem Gange, in dem seine Wohnung lag, stand halb offen, er stieg die Treppe hinauf und klopfte leise in der mit seinem Pagen vereinbarten Weise. Planchet, den er vor zwei Stunden aus dem Stadthaus heimgeschickt hatte, machte ihm die Tür auf. »Hat jemand einen Brief für mich gebracht?« fragte er. – »Hier hat niemand einen Brief abgegeben, Herr«, versetzte Planchet, »aber es lag einer da, als ich kam, der muß von selbst gekommen sein.« – »Was willst du damit sagen, Dummkopf?« – »Daß ich bei meinem Eintritt, obgleich ich den Schlüssel zu der Wohnung in meiner Tasche hatte und ich den Schlüssel vorher keine Sekunde aus der Hand gegeben habe, auf der grünen Tischdecke in Ihrem Schlafzimmer einen Brief gefunden habe.« – »Und wo ist der Brief?« – »Ich habe ihn dort gelassen, Herr. Mit rechten Dingen geht es doch nicht zu, wenn Briefe auf diese Weise den Weg zu den Leuten finden. Wäre das Fenster doch offen oder angelehnt gewesen, würde ich noch nichts sagen, aber nein! Das war fest verschlossen. Nehmen Sie sich in acht, Herr!«
Unterdessen war der Jüngling in die Kammer gestürzt und

hatte den Brief aufgerissen. Er war von Frau Bonacieux und hatte folgenden Wortlaut: »Man ist Ihnen großen Dank schuldig, und ich soll Ihnen vielen Dank melden. Seien Sie heute abend gegen zehn Uhr in Saint-Cloud, gegenüber dem Pavillon an der Ecke des d'Estrésschen Hauses. C. B.«

D'Artagnan fühlte, als er diese Worte las, jene süße Betäubung eines vor Liebe vergehenden Menschenherzens. Es war der erste »billet doux«, den er erhielt, das erste Stelldichein, das ihm gewährt wurde. Es fehlte wenig, daß sein von trunkener Wonne schwellendes Herz an der Pforte eines irdischen Paradieses, das man Liebe nennt, gebrochen wäre!

»Nun, Herr«, sagte Planchet, dem es nicht entging, daß d'Artagnans Gesicht abwechselnd rot und blaß wurde, »habe ich nicht recht geraten, daß es eine ganz furchtbare Geschichte ist?« – »Du irrst dich, hier hast du einen Taler. Den sollst du auf meine Gesundheit vertrinken!« – »Vielen Dank für den Taler, und Sie können versichert sein, daß ich ihn Ihren Instruktionen gemäß ausgeben werde, aber das ändert nichts daran, daß Briefe, die auf diese Weise den Weg in geschlossene Häuser finden...« – »Vom Himmel fallen, Freund, vom Himmel fallen!«

»Also ist der Herr zufrieden?« fragte Planchet. – »Lieber Planchet, ich bin der glücklichste Mensch unter der Sonne!« – »Und darf ich das Glück des gnädigen Herrn jetzt wahrnehmen und mich schlafen legen?« – »Jawohl, Planchet, leg dich aufs Ohr!«

»Möge aller himmlische Segen auf das Haupt des gnädigen Herrn herniederströmen! Aber was derlei Briefe angeht...«

Kopfschüttelnd und mit einer Miene des Zweifels, die nicht einmal d'Artagnans Freigebigkeit ganz zu tilgen vermocht hatte, zog Planchet sich zurück. Als d'Artagnan allein war, las er das süße Briefchen wieder, dann drückte er wohl zwanzigmal seine Lippen auf diese von der schönen Gebieterin seines Herzens geschriebenen Zeilen. Endlich legte er sich nieder, schlief ein und verbrachte die Nacht in den süßesten Träumen. Um sieben Uhr erwachte er, stand auf und rief den Pagen, der sich jedoch erst auf den zweiten Ruf hin zeigte, mit einem Gesicht, auf dem die gestrigen Aufregungen noch deutliche Spuren hinterlassen hatten.

»Planchet«, sagte d'Artagnan, »ich bleibe heute vielleicht den ganzen Tag weg, bis sieben Uhr bist du also frei, aber um sieben Uhr halte dich mit beiden Pferden bereit!« – »Ach«, rief Planchet, »wollen wir uns noch einmal die Haut an mehreren Stellen ritzen lassen?« – »Du nimmst die Muskete und Pistolen mit!« – »Na, was habe ich gesagt?« rief Planchet. »Das lag doch auf der Hand. Dieser vermaledeite Brief!« – »Still, du Dummkopf! Wir wollen bloß einen kleinen Ausflug machen.« – »Ja, wie bei der letzten Fahrt, wo es Knallerbsen regnete und sich die Fuchsfallen häuften!« – »Nun, wenn du Angst hast, Planchet«, versetzte d'Artagnan, »dann reite ich allein, ich bin lieber allein als in Gesellschaft eines Feiglings!« – »Der Herr tut mir unrecht«, antwortete Planchet, »ich sollte annehmen, er hätte mich schon bei der Arbeit gesehen.« – »Das schon, aber mir kam es vor, als hättest du deinen ganzen Mut bei einem einzigen Zusammenstoß verspritzt?« – »Der Herr werden schon beim nächsten Mal sehen, daß noch ein bißchen was davon vorhanden ist, bloß bitte ich den gnädigen Herrn, etwas sorgfältiger umzugehen, sofern er will, daß davon noch lange etwas bleiben soll.« – »Aber für heute abend ist noch etwas davon übrig?« – »Hoffentlich.« – »Schön. Ich rechne auf dich.« – »Aber ich dachte, im Stalle der Gardekaserne hätten der gnädige Herr nur ein Pferd?« – »Jetzt vielleicht noch, aber heute abend werden vier dort sein.« – »Es war wohl eine Erfolgstour, die wir nach London gemacht haben?« – »Freilich!« Und nachdem er ihm nochmals eingeschärft hatte, was er zu tun habe, ging d'Artagnan.

Herr Bonacieux stand vor seiner Tür. D'Artagnan wollte vorbeigehen, ohne mit dem Krämer ein Wort zu wechseln, dieser grüßte ihn aber so zuvorkommend, daß er als Mieter nicht anders konnte, als den Gruß zu erwidern und sich in ein Gespräch einzulassen. Es gehörte sich denn doch auch nicht, einen Mann hart anzufassen, mit dessen Frau man am Abend ein Stelldichein hat! Mit aller Liebenswürdigkeit, deren d'Artagnan fähig war, trat er zu ihm heran. Natürlich kam die Rede gleich auf die Haft, die der arme Krämer erlitten hatte. Bonacieux hatte begreiflicherweise keine Ahnung davon, daß sein Mieter die Unterhaltung belauscht hatte, die er mit dem Mann von Meung geführt hatte, und er erzählte diesem nun

von den Intrigen des Kardinals, von der Bastille und ihren Greueln. D'Artagnan hörte ihm geduldig zu und fragte ihn, als er endlich fertig war: »Wie geht es denn Ihrer lieben Frau? Es ist mir natürlich noch in Erinnerung, daß die dumme Entführungsgeschichte mir die Ehre Ihrer Bekanntschaft eingetragen hat.« – »Oh, keiner hat mir auch nur ein Wort darüber angedeutet, und selbst meine Frau hat mir bei allen Heiligen geschworen, daß sie nicht wisse, wer ihr Entführer war. Aber«, fuhr Bonacieux mit einem Tone vollster Leutseligkeit fort, »was ist denn in den letzten Tagen mit Ihnen passiert? Ich habe weder Sie noch einen Ihrer Freunde zu Gesicht bekommen, und der viele Staub, den Ihr Page gestern von Ihren Stiefeln gebürstet hat, den haben Sie doch kaum auf dem Pariser Pflaster gesammelt, he?«
»Sie haben recht, lieber Herr Bonacieux, meine Freunde haben mit mir eine kleine Spritztour gemacht.« – »Weit weg?« – »Du lieber Gott! So an die vierzig Meilen werden es wohl gewesen sein. Wir haben den armen Herrn Athos nach Forges ins Bad gebracht, damit er einmal sein Rheuma los wird, und meine andern beiden Freunde sind bei ihm dort geblieben, damit ihm die Zeit nicht zu lang werde.« – »Und Sie sind wieder heimgekehrt?« fragte Bonacieux, während in seinem Gesicht ein hämisches Lächeln auftauchte. »Ein hübscher Kerl wie Sie bekommt wahrscheinlich von der Herzliebsten nicht lange Urlaub, und nach Paris hatten Sie sicher auch unheimliche Sehnsucht, nicht wahr?« – »Meiner Treu!« rief lachend der Jüngling. »Ihnen kann man, weiß Gott, nichts verborgen halten. Nun ja, mein lieber Herr Bonacieux, ich wurde erwartet, und, wie ich Ihnen sagen darf, mit recht großer Unruhe.«
Über das Gesicht des Krämers huschte ein leichter Schatten, der d'Artagnan entging. »Und nun sollen wir für unseren Eifer belohnt werden?« fragte Bonacieux mit leicht veränderter Stimme weiter, was aber d'Artagnan wieder entging. – »Ach spielen Sie doch nicht den frommen Apostel!« rief d'Artagnan lachend. – »Nein«, versetzte Bonacieux, »was ich Ihnen sage, sage ich bloß, weil ich wissen möchte, wann der junge Herr wieder zu Hause sein werden?« – »Und warum fragen Sie danach?« versetzte d'Artagnan. »Sie haben doch nicht die

Absicht, auf mich zu warten?« – »Nein, nein! Ich bin bloß seit meiner Verhaftung und seit dem Diebstahl, der bei mir verübt worden ist, etwas ängstlich geworden und liebe es nicht, wenn die Türen, besonders bei Nacht, offenbleiben. Du meine Güte! Ich bin nun einmal kein Soldat.« – »Na, erschrecken Sie nur nicht gleich, wenn ich mal um eins oder zwei oder drei Uhr heimkomme und wenn ich gar nicht heimkomme, dann brauchen Sie erst recht nicht zu erschrecken!«
Diesmal wurde Bonacieux so bleich, daß d'Artagnan die Frage, ob ihm nicht wohl sei, nicht unterdrücken konnte.
»Nein, nein! Mir ist ganz wohl!« erwiderte Bonacieux. »Bloß habe ich seit dem Unglück, das mich in letzter Zeit so oft betroffen hat, öfters Schwächeanfälle, so daß ich mich nicht recht auf den Beinen halten kann. Aber machen Sie sich deshalb keine Sorgen! Sie haben jetzt allen Grund, sich nur mit Ihrem Glück zu befassen.« – »Das stimmt, denn mir fehlt es nicht an Glück.« – »Noch ist es nicht Abend, mein Lieber. Sagten Sie nicht, heute abend?« – »Nun, der Abend wird kommen, wie jeder andere auch. Gott sei Dank! Und vielleicht erwarten Sie ihn mit der gleichen Ungeduld wie ich? Vielleicht macht Ihnen Ihre kleine Frau heute auch eine Liebesvisite?« – »Meine Frau ist heute abend nicht frei«, erwiderte der Krämer mit bitterem Ernst, »sie hat wieder Dienst im Louvre.« – »Recht schlimm für Sie, bester aller Wirte! Wenn ich glücklich bin, möchte ich die ganze Welt glücklich sehen, was aber, wie es scheint, nicht möglich ist.«
Lachend schritt der junge Mann von dannen, in der Meinung, er habe seine Scherze allein verstanden, aber Bonacieux brummte mit Grabesstimme hinter ihm her: »Na, amüsiere dich nur gut, Bürschchen!« D'Artagnan war schon zu weit weg, um ihn zu hören, und wenn er ihn auch gehört hätte, so hätte er in der Stimmung, in der er sich befand, kaum darauf geachtet. Er begab sich geradewegs zum Palais Herrn von Trévilles, wo er, wie man sich erinnern wird, am Abend vorher nur einen kurzen, förmlichen Besuch gemacht hatte. Herr von Tréville war in der fröhlichsten Stimmung. Der König und die Königin hatten ihn auf dem Stadtschöffenball durch huldvolle Ansprachen ausgezeichnet. Der Kardinal dagegen war höchst griesgrämig und unwirsch gewesen.

Um ein Uhr morgens hatte er sich unter dem Vorwand, es sei ihm nicht ganz wohl, zurückgezogen. Ihre Majestäten dagegen hatten sich erst um sechs wieder in den Louvre begeben.
»Und nun«, sagte Tréville, die Stimme senkend und sich vorsichtig vergewissernd, daß sie auch wirklich allein seien, »nun reden wir von Ihnen, junger Freund, denn es steht ganz außer Zweifel, daß Ihre glückliche Wiederkehr zu der großen Freude des Königs, zu dem Triumphe der Königin und zu der schlechten Laune des Kardinals das meiste beigetragen hat. Sie werden gut tun, sich vorzusehen.« – »Was habe ich denn zu befürchten?« versetzte d'Artagnan, »solange mir die Gunst Ihrer Majestäten gehört?« – »Alles, glauben Sie mir! Der Kardinal ist nicht der Mann, der einen Streich verzeihen könnte, der ihm einen so dicken Strich durch die Rechnung gemacht hat. Er wird mit dem, der ihm so übel mitgespielt hat, abrechnen wollen, und ich vermute, daß ein gewisser Gascogner aus meiner Bekanntschaft mit einer solchen Abrechnung zu rechnen haben dürfte.«
»Glauben Sie, daß der Kardinal erfahren hat, daß ich in London gewesen bin?« – »Teufel! Sie sind in London gewesen? Stammt der herrliche Diamant an Ihrem Finger auch aus London? Seien Sie auf der Hut, mein lieber d'Artagnan, ein Danaergeschenk ist keine schöne Sache, wie gesagt, seien Sie vorsichtig!« – »Aber dieser Diamant stammt nicht von einem Feinde, Herr, sondern von Ihrer Majestät, der Königin.« – »Von der Königin? Ach«, rief Tréville, »ein wahrhaft königliches Geschenk, das seine tausend Goldfüchse wert ist! Durch wen hat ihn die Königin Ihnen zugestellt?« – »Sie hat ihn mir eigenhändig überreicht.« – »In Gegenwart von Zeugen?« rief Tréville. »Oh, diese unbedachte, dreimal unbedachte Frau!« – »Nicht doch, Herr von Tréville, beruhigen Sie sich, es hat sie niemand gesehen«, erwiderte d'Artagnan und erzählte, wie sich der ganze Vorgang abgespielt hatte. – »Oh, diese Weiber, diese Weiber!« rief der alte Soldat. »Ich kenne doch ihre romantische Phantasie! Alles, was ein bißchen nach Geheimnis aussieht, reizt sie. Sie haben also den Arm gesehen, und damit gut, Sie würden die Königin treffen und doch nicht kennen, die Königin würde Ihnen in den Weg treten und nicht wissen, wer Sie sind.«

»Aber dank diesem Diamanten ...«, begann der junge Mann. – »Soll ich Ihnen einen Rat geben«, fiel ihm Herr von Tréville ins Wort, »einen guten Rat, einen Rat als aufrichtiger Freund?« – »Ich werde Ihnen dankbar sein für diese Ehre, Herr«, versetzte d'Artagnan. – »Nun, so gehen Sie zum ersten besten Goldschmied und verkaufen den Ring für den Preis, den er Ihnen dafür bietet, mag er ein noch so schlimmer Jude sein, achthundert Pistolen gibt er Ihnen noch dafür. Die Pistolen, junger Mann, haben keinen Namen, der Ring da aber einen zu auffallenden, der dem, der ihn trägt, zum Verhängnis werden kann!« – »Den Ring verkaufen, den meine Königin mir gegeben hat? Nie und nimmer!« rief d'Artagnan. – »Dann drehen Sie wenigstens den Stein nach innen, Sie armer Narr, denn daß ein gascognischer Fähnrich solche Juwelen nicht im Schrein seiner Mutter findet, weiß doch jeder.« – »Sie meinen also, ich hätte etwas zu befürchten?« – »Und zwar so viel, junger Mann, daß jeder, der auf einer Mine schläft, deren Lunte schon brennt, im Vergleich mit Ihnen sich todsicher fühlen kann.«

»Teufel«, rief d'Artagnan, den Trévilles bestimmter Ton zu beunruhigen begann, »was soll ich tun?« – »Sie müssen ständig auf der Hut sein, vor allem auf der Hut sein! Der Kardinal hat ein gutes Gedächtnis und einen Arm, der weit reicht. Glauben Sie mir, er wird versuchen, Ihnen eins auszuwischen.« – »Aber was denn?« – »Was weiß ich? Hat er nicht alle Ränke und Listen eines Teufels zu Diensten? Das mindeste, was Ihnen geschehen kann, ist, daß er Sie festnehmen läßt.« – »Wie, einen Mann, der im Dienste Seiner Majestät, des Königs, steht, sollte man zu arretieren wagen?«

»Zum Teufel! Hat man sich denn bei Athos viel darum gekümmert? Einem Manne, der seit dreißig Jahren bei Hofe ist, dürfen Sie doch wohl glauben! Wiegen Sie sich nicht in Ihrer scheinbaren Sicherheit, sonst sind Sie verloren! Sehen Sie vielmehr – und ich sage Ihnen das aus ehrlicher Freundschaft – überall Feinde! Sucht man Streit mit Ihnen, gehen Sie ihm aus dem Weg, und wenn sich ein zehnjähriger Junge mit Ihnen anlegen wollte. Greift man Sie an, sei es bei Tag oder bei Nacht, so flüchten Sie mit dem Degen in der Faust, ohne sich dessen zu schämen. Passieren Sie eine Brücke, so treten Sie vorsichtig auf jede Planke, weil Sie fürchten müssen, daß jede unter Ihren Füßen wanken kann. Führt Sie der Weg an einem im Bau befindlichen Hause vorbei, so richten Sie Ihre Augen in die Höhe, damit Sie einem Stein oder Balken, der auf Sie stürzen könnte, rechtzeitig ausweichen können. Kommen Sie spät heim, so nehmen Sie immer Ihren Pagen mit, und lassen Sie ihn niemals ohne Waffen gehen, vorausgesetzt daß Sie ihm überhaupt trauen können. Mißtrauen Sie jedermann, Ihrem Freunde, Ihrem Bruder, Ihrer Herzallerliebsten, und ihr vor allen Dingen!«

D'Artagnan wurde blutrot. »Meiner Liebsten?« wiederholte er mechanisch. »Und warum gerade ihr mehr als anderen?« — »Weil die Herzallerliebsten die Lieblingsobjekte für die Intrigen des Kardinals sind, es gibt auch kaum geeignetere Geschöpfe, denn ein Weib verkauft einen Mann für zehn Pistolen. Beweis: Delila! Sie sind doch in der Schrift bewandert?« — D'Artagnan dachte an das Stelldichein an diesem Abend mit Frau Bonacieux; wir müssen aber zum Lobe unseres Helden sagen, daß die schlechte Meinung, die Herr von Tréville von den Frauen im allgemeinen hatte, ihm nicht den leisesten Verdacht gegen seine hübsche Hauswirtin einflößte.

»Aber sagen Sie doch«, fragte Herr von Tréville weiter, »was ist denn aus Ihren drei Kameraden geworden?« — »Ich wollte Sie fragen, ob Sie Nachrichten von ihnen hätten?« — »Keine Spur!« antwortete Tréville. — »Nun, ich habe sie auf der Strecke zurücklassen müssen: Porthos in Chantilly, da er einen Zweikampf in Aussicht hatte, Aramis in Crevecoeur, mit einer Kugel im Schulterblatt, Athos in Amiens mit einer Klage wegen Falschmünzerei auf dem Halse.« — »Sehen Sie!« rief Herr von Tréville. »Und wie sind Sie entkommen?« — »Durch ein Wunder, Herr, wie ich wohl gestehen muß, mit einem Degenstich in der Brust, bevor ich den Grafen von Wardes, wie einen Schmetterling an die Wand, auf der Straße von Calais in einen Graben spießte.« — »Da haben wir es wieder! De Wardes ist ein Parteigänger des Kardinals, ein Vetter von Rochefort... Halt, mein Freund! Da kommt mir ein Einfall!« — »Sprechen Sie, Herr!« — »Ich an Ihrer Stelle würde mich, während Seine Eminenz mich in Paris suchen läßt, in aller Stille auf den Weg in die Picardie machen und mich über meine drei Kameraden zu unterrichten suchen. Teufel auch! Diese kleine Aufmerksamkeit von Ihrer Seite verdienen Ihre drei Freunde doch!« – »Der Rat ist gut, Herr«, erklärte d'Artagnan, »ich werde morgen aufbrechen.« – »Und warum nicht gleich heute abend?« – »Heute abend bin ich durch eine unaufschiebbare Sache in Paris festgehalten.« – »Oh, junger Mann, junger Mann!« rief Tréville. »Wohl eine Liebesaffäre? Nehmen Sie sich in acht! Nehmen Sie sich wirklich in acht! Die Frau ist es, die uns ins Verderben gestürzt hat, seit wir auf Erden wandeln, und sie wird uns in Not und Verderben bringen, solange wir auf Erden sind. Folgen Sie meinem Rat und machen Sie sich noch heute abend auf den Weg!«

»Unmöglich, Herr!« – »Sie haben also Ihr Wort gegeben?« – »Ja, Herr!« – »Das ist etwas anderes, aber versprechen Sie mir, morgen abzureisen, falls Sie nicht noch heute nacht umgebracht werden.« – »Das will ich Ihnen versprechen!« – »Brauchen Sie Geld?« – »Ich habe noch fünfzig Pistolen. Mehr werde ich wohl nicht brauchen.« – »Aber Ihre Kameraden?« – »Ich denke, sie müssen auch noch bei Kasse sein, da wir jeder mit fünfundsiebzig Pistolen in Paris weggeritten sind!« – »Sehe ich Sie noch einmal vor Ihrer Abreise?« – »Ich glaube kaum, Herr, es sei denn, es ereignet sich noch etwas Neues.« – »Nun, dann glückliche Reise!« – »Danke, Herr!« D'Artagnan verabschiedete sich von Herrn von Tréville, mehr denn je gerührt über dessen väterliche Fürsorge für seine Musketiere. Nacheinander begab er sich zu Athos, Porthos und Aramis. Keiner von ihnen war zu Hause. Auch ihre Pagen waren abwesend, er konnte auch keinerlei Auskunft über sie bekommen. Gern hätte er sich über sie bei ihren Damen erkundigt, aber er kannte weder die von Porthos noch die von Aramis, und Athos befaßte sich ja überhaupt nicht mit Damen. Als er an der Gardekaserne vorbeikam, warf er einen Blick in den Stall. Drei Pferde von den versprochenen vieren waren schon da. Planchet war ganz außer sich vor Freude und hatte schon zwei davon gestriegelt. »Ach, Herr«, rief er, »ein Glück, ein wahres Glück, daß ich Sie sehe!« – »Wieso, Planchet?« fragte d'Artagnan. – »Würden Sie dem Herrn Bonacieux, Ihrem Wirte, trauen?« – »Nicht über den Weg!« – »Oh, das ist recht von Ihnen, Herr!« – »Wie kommst du zu dieser Frage?« – »Während Sie

mit ihm im Gespräch waren, habe ich den Blick nicht von seinem Gesicht gewandt. Er hat ein paarmal die Farbe gewechselt, Herr!« – »Pah!« – »Der Herr hat es nicht bemerkt, weil er bloß den Brief im Kopfe hatte, der auf so sonderbare Weise in das Zimmer gekommen war, ich habe aber, mißtrauisch geworden, keinen Blick von seinem Gesicht gelassen.« – »Und wie ist es dir vorgekommen?« – »Wie das eines Verräters!« – »Was du sagst!« – »Und als der Herr um die nächste Ecke verschwunden war, hat Herr Bonacieux seinen Hut genommen, die Tür abgeschlossen und ist in der entgegengesetzten Richtung davongerannt.« – »Du hast recht, Planchet«, erwiderte d'Artagnan, »mir scheint dies alles höchst verdächtig, aber sei ruhig! Seinen Zins soll er erst bekommen, wenn er uns reinen Wein eingeschenkt hat.« – »Der Herr belieben zu scherzen, aber Sie werden schon sehen!« – »Aber, Planchet! Rede doch nicht, was kommen soll, das kommt!« – »Der Herr verzichtet also nicht auf den für heute abend in Aussicht genommenen Ausflug?« – »Im Gegenteil, Planchet! Je schlechter ich auf Herrn Bonacieux zu sprechen bin, desto erpichter bin ich auf das mir in dem Brief, der dir den Kopf so schwer macht, versprochene Stelldichein.« – »Nun, wenn es der feste Entschluß des gnädigen Herrn ist ...« – »Mein unerschütterlicher Entschluß, Freund, um neun Uhr hältst du dich auf dem Kasernenhofe bereit. Ich hole dich ab.«
Planchet sah ein, daß es aussichtslos war, seinen Herrn von seinem Vorhaben abzubringen, und machte seinem bekümmerten Herzen durch einen tiefen Seufzer Luft. Dann striegelte er noch das letzte Pferd. D'Artagnan aber begab sich, statt nach Hause zu gehen, zu jenem gascognischen Priester, der den vier Freunden in einem Augenblick bitterer Not mit einem Schokoladenfrühstück aufgewartet hatte.

24

Um neun kam d'Artagnan zur Gardekaserne, Planchet wartete, mit Muskete und Pistolen bewaffnet, auf ihn. Das vierte Pferd war auch inzwischen eingetroffen. Geräuschlos schwangen sie sich auf ihre Pferde und ritten in die finstere Nacht hinaus.

Niemand hatte sie bemerkt. Planchet ritt etwa zehn Schritte hinter seinem Herrn, der den Degen an der Seite und seine Pistole im Halfter hatte. Sobald sie aber aus der Stadt heraus waren, näherte er sich ihm langsam, bis er schließlich dicht neben ihm ritt. Der Weg wurde immer einsamer, die Finsternis immer undurchdringlicher. D'Artagnan entging es nicht, daß sein Page unruhig wurde.
»Was ist denn mit dir los, Planchet?« fragte er. »Hast du etwa Angst?« – »Ach, Herr«, flüsterte der Page, »mir kommt der verschlagene Bonacieux nicht aus dem Sinn.« – »Warum sprichst du so leise?« – »Ich habe das Gefühl, der Wald hat Ohren, Herr!« – »Aber rede doch keinen solchen Unsinn! Du bist und bleibst ein Feigling!« – »Herr, Vorsicht mit Feigheit zu verwechseln ist unklug, Vorsicht ist eine Tugend.« – »Und an Tugend, Planchet, fehlt es dir nicht, wie?« – »Ach, Herr, bleiben wir nüchtern! Blitzt nicht da unten ein Musketenlauf? Ob es nicht besser wäre, sich zu bücken?« – »Weiß Gott«, murmelte d'Artagnan, dem Herrn von Trévilles Warnungen einfielen, »dieser Kerl steckt mich schließlich noch an mit seiner Angst«, und er setzte sein Pferd in Trab.
Planchet folgte seinem Herrn wie ein Schatten im gleichen Tempo, aber nach einer halben Stunde schien er genug zu haben und fragte, ob sie etwa die ganze Nacht so weiterreiten wollten. – »Ach wo, Planchet, du bist schon an Ort und Stelle.« – »Wie? Ich? Und der gnädige Herr?« – »Ich reite noch ein Stück weiter.« – »Und mich läßt der Herr allein hier?« – »Wenn dir kalt wird, Planchet, so kannst du ja in eine der Schenken da unten gehen und dort auf mich warten.« – »Den Taler, den mir der Herr gestern abend gegeben haben, habe ich verzehrt bis auf einen lumpigen Sou.« – »Na, dann bekommst du noch eine halbe Pistole. Geh und verhalte dich ruhig!« rief d'Artagnan. »Morgen früh sehen wir uns wieder.«
D'Artagnan stieg vom Pferde, warf Planchet den Zügel zu, hüllte sich in seinen Mantel und entfernte sich mit raschen Schritten. »Jesus! Ist das eine Kälte!« rief Planchet, sobald er seinen Herrn aus den Augen verloren hatte, und rannte, um sich zu wärmen, direkt in eine der Schenken. – D'Artagnan hatte inzwischen einen kleinen Wiesenpfad eingeschlagen, der

nach Saint-Cloud hinüberführte, auch dort vermied er die große Straße und bog hinter dem Schlosse in eine ziemlich versteckte kleine Gasse ein, die ihn nach wenigen Augenblicken zu einem Gartenhaus führte. Dies war der für das Stelldichein bezeichnete Ort. Da man ihm aber nicht auferlegt hatte, seine Anwesenheit durch ein Zeichen kundzutun, wartete er. Es blieb ringsum still, nicht der leiseste Laut ließ sich vernehmen. Man hätte tatsächlich meinen können, hundert Meilen von Paris entfernt zu sein. D'Artagnan ließ seine Blicke ringsumher schweifen, dann lehnte er sich voll süßer Erwartungen an eine Ecke. Nebel stieg auf, die Gegend in ein düsteres Grab verwandelnd. Drüben vom Turme hallten zehn Glockenschläge, die eherne Stimme hatte einen trüben, fast klagenden Klang, aber jeder ihrer Schläge führte ihm den Augenblick näher, der ihm den Liebeslohn bringen sollte für alles, was er ausgestanden hatte. Das Herz begann dem Jüngling stürmisch zu klopfen. Er suchte das kleine Gartenhaus mit den Blicken zu durchdringen, aber außer einem waren sämtliche Fenster durch Läden verschlossen. Aus diesem einen Fenster schimmerte ein mattes Licht. Oh! Hier erwartete ihn sicher die hübsche, kleine Frau! Von diesen angenehmen Träumen erfüllt, wartete d'Artagnan, frei von Ungeduld, eine weitere halbe Stunde. Drüben vom Turme schlug es zweimal: halb elf! Ein seltsamer Schauer erfaßte den Jüngling. War es die Kälte der Nacht oder die seelische Qual? Er meinte, es sei das erstere. Nun kamen ihm Zweifel, ob er nicht vielleicht in seiner Erregtheit die Zeit falsch gelesen hätte und das Stelldichein sei erst auf elf angesetzt. Er trat zum Fenster, langte das Billett aus der Brusttasche und überflog es noch einmal. Nein! Er hatte sich nicht verlesen, in dem Briefchen stand deutlich: zehn Uhr! Er ging wieder an die Stelle zurück, wo er bisher gewartet hatte, und versank in düsteres Grübeln über die Stille und Einsamkeit, die ihn umgab.

Drüben vom Turme schlug es elf. Jetzt begann sich der Jüngling um das Schicksal der geliebten Frau zu sorgen! Er klatschte dreimal in die Hände, doch nicht einmal ein Echo gab ihm Antwort. Es kam ihm der Gedanke, der kleinen Frau sei vielleicht die Wartezeit zu lang geworden und sie sei eingeschlafen? Nicht ohne einen leichten Ärger trat er zur

Mauer und versuchte sie zu überklettern, aber er mühte sich vergeblich. Da streifte sein Blick die Bäume, die sich rings um das Haus erhoben. Einer stand ein Stück vor den anderen, von ihm aus mußte es möglich sein, einen Blick in den Pavillon zu werfen. Ein junger Mensch von zwanzig Jahren besinnt sich nicht lange, wenn es heißt, einen Baum zu erklettern, und d'Artagnan war im Handumdrehen in dem Geäst und bemühte sich, einen Blick in den Pavillon zu werfen. Es war ein schreckliches Bild, das sich ihm bot, ein Bild, das ihm eine Gänsehaut den Rücken hinunterjagte! Die Tür war eingestoßen, der Tisch, auf dem ein reiches Abendessen vorbereitet war, war umgestoßen, Flaschenscherben lagen auf dem Boden, Speisereste und Früchte dazwischen, alles verriet, daß hier ein heftiger Kampf stattgefunden hatte. Ja, d'Artagnan kam es so vor, als sähe er am Tischtuch und an den Vorhängen Blutspritzer!

Er kletterte rasch wieder den Baum hinunter und durchsuchte das Terrain um den Garten nach weiteren Spuren der hier verübten Gewalttat. Jetzt sah er, was ihm vorher nicht aufgefallen war, daß der Boden voller Spuren und von Wagenrädern zerwühlt war. In der Nähe der Mauer fand er einen zerrissenen Frauenhandschuh, der nicht mit Schmutz in Berührung gekommen und noch von untadelhafter Sauberkeit war und jenen berauschenden Duft an sich hatte, der Verliebte so leicht bewegt, sich der Hand zu bemächtigen, die ihn trägt.

Er versuchte sich vergeblich einzureden, daß dieser Pavillon mit Frau Bonacieux nichts zu tun habe, daß sie ihn ja doch vor und nicht in das Gartenhaus bestellt habe, daß sie wahrscheinlich von ihrem eifersüchtig gewordenen Herrn Gemahl in Paris festgehalten würde. All diese schönen Ausreden mußten allmählich jenem schmerzlichen Gefühl weichen, das sich bei gewissen Anlässen unseres Wesens bemächtigt und uns die Sicherheit gibt, daß ein drohendes Unglück über unserem Haupt schwebe. Kalter Schweiß trat dem Jüngling auf die Stirn, sein Herz schnürte sich krampfhaft zusammen, keuchend rang sich sein Atem aus der Brust. Wie von Sinnen rannte er auf die Landstraße hinunter, um sich bei dem Fährmann zu erkundigen, wen er abends übergesetzt habe. »Eine in einen schwarzen Mantel gehüllte Frau«, lautete die Antwort, »der viel daran gelegen zu sein schien, daß sie nicht erkannt würde.« Aber gerade deswegen hatte sie der Fährmann recht genau angesehen und festgestellt, daß es eine junge, schöne Frau war. Aber wie heute, so kamen auch damals schon viele schöne, junge Frauen nach Saint-Cloud, und den meisten lag viel daran, nicht erkannt zu werden, und doch zweifelte d'Artagnan keinen Augenblick, daß der Fährmann Frau Bonacieux gesehen hatte. Immer mehr erfaßte ihn die Gewißheit, daß ihr ein Unglück zugestoßen sein müßte, und er rannte wieder zum Schloß zurück, in der Erwartung, daß sich dort inzwischen etwas Neues ereignet haben könnte. Die Gasse war noch immer öde und leer, die Gartentür geschlossen, auf der anderen Seite der Hecke bellte ein Kettenhund, aber d'Artagnan sprang, ohne sich daran zu kehren, mit einem Satze hinüber und näherte sich der hinter dem Gartenhause gelegenen Hütte. Er klopfte. Zuerst gab niemand Antwort. Nach einer Weile aber schien es, als wenn sich im Innern der Hütte etwas leise regte. D'Artagnan rief, aber es wurde wieder still. D'Artagnan klopfte wieder, dann bat er, angstvoll, schmeichelnd, und versprach alles Gute und Liebe für eine Auskunft, daß auch der Verstockteste und Furchtsamste nicht ungerührt bleiben konnte. Ein alter Fensterladen, von dem Wurm schon angefressen, wurde ein wenig gehoben, aber gleich wieder geschlossen, als aus einem Winkel der Schein einer kleinen Lampe auf d'Artagnans Wehrgehänge und Pistolenläufe fiel. Aber d'Artagnan fand doch Zeit genug, den Blick eines Greises zu erhaschen. »Im Namen des Himmels, Mann, öffnet mir!« rief er. »Hören Sie mich! Ich warte auf jemand, der nicht kommt! Ich sterbe vor Ungeduld! Sollte hier etwa ein Unglück passiert sein? Sprechen Sie, bitte! Sprechen Sie!«

Langsam öffnete sich das Fenster wieder, und dasselbe Gesicht kam wieder zum Vorschein, nur war es noch blasser als das erste Mal. D'Artagnan erzählte, was ihn hergeführt, daß er sich mit einer jungen Frau hier hatte treffen wollen, daß er, da sie nicht gekommen sei, auf die Linde geklettert sei und im Lampenschein die Unordnung in dem Zimmer gesehen habe. Der Greis hörte aufmerksam zu, hin und wieder nickend, daß es schon sein könne, wie d'Artagnan erzähle; als dieser fertig war, wiegte er den Kopf hin und her mit einer Miene, die nichts Gutes verhieß. – »Was wollen Sie sagen?« rief d'Artagnan. »Im Namen des Himmels, reden Sie? Reden Sie!«

»O Herr!« sagte der Greis, »fragen Sie mich nichts, denn wenn ich Ihnen sagte, was ich gesehen habe, käme für mich sicher nichts Gutes heraus!« – »Sie haben also etwas gesehen?« rief d'Artagnan. »Dann, im Namen des Himmels«, fuhr er fort, ihm ein Goldstück zuwerfend, »sagen Sie, was Sie gesehen haben, und ich gebe Ihnen mein Edelmannswort, daß keines Ihrer Worte je über meine Lippen kommen soll!«

Der Greis las in d'Artagnans Gesicht soviel Schmerz und Offenheit, daß er ihm winkte, still zu sein, und mit seiner Erzählung begann: »Es war gegen neun, da hörte ich Wagengerassel und sah, durch den Türspalt spähend, im Schatten eine Kutsche und drei Reitpferde halten. Kurz darauf sah ich drei Männer in Reitkleidung, denen die Pferde wahrscheinlich gehörten, auf meine Tür zukommen. Sie verlangten eine Leiter von mir, und als ich sie ihnen gab, warf mir einer von ihnen einen Taler zu, schärfte mir aber ein, wenn mir mein Leben lieb sei, keinen Fuß aus meiner Hütte zu setzen. Als sie verschwunden waren, konnte ich aber, aus Furcht, daß etwas Schlimmes im Werke sei, nicht im Hause bleiben und schlich hinter das Wacholdergebüsch, in dessen Schatten ich alles sehen konnte, ohne selbst gesehen zu werden. Ein kleines, dickes, ärmliches Männchen wurde aus dem Wagen gezerrt und zur Leiter geführt. Derjenige von den drei Männern, der die Leiter von mir gefordert und mir den Taler zugeworfen hatte, befahl ihm hinaufzusteigen. Der Mann gehorchte, aber es fiel ihm sehr schwer, die Leiter zu erklimmen. Endlich kam er wieder herunter, nachdem er oben vorsichtig in das Zimmer geschaut hatte, und sagte leise: ›Jawohl, sie ist es!‹ Sogleich trat der Mann, der ihn hinaufgeschickt hatte, ans Haustor, schloß auf und verschwand im Inneren, während die anderen beiden die Leiter hinaufstiegen. Der kleine alte Mann blieb an der Kutsche, der Kutscher hielt die Pferde und ein Diener die drei Reitpferde. Plötzlich drang aus dem Gartenhaus lautes Geschrei, ich sah eine Frau ans Fenster stürzen und glaubte, sie wolle da hinausflüchten. Als sie die beiden Männer auf der Leiter stehen sah, fuhr sie zurück, die beiden Männer sprangen nun ins Zimmer hinein. Nun sah ich nichts mehr, hörte aber in dem Raum oben heftigen Lärm, wie wenn ein wilder Kampf stattfände. Eine Frau schrie dann ein paarmal hintereinander um Hilfe, dann aber verstummte sie. Ich sah, wie die Frau von den drei Männern zum Fenster hinausgeschoben und die Leiter hinuntergeschleppt und dann in den Wagen hineingehoben wurde, in den der kleine Alte hinter ihr einstieg. Der eine der Männer überzeugte sich, daß die Frau auch wirklich im Wagen war, gab dem Kutscher einen Wink, schwang sich mit seinen beiden Kameraden auf ihre Pferde, und dann ging es im Galopp ab. Seitdem habe ich nichts mehr gehört und nichts mehr gesehen.«

Erschüttert von der schrecklichen Nachricht, stand d'Artagnan erst stumm und erstarrt da, während in seinem Herzen Zorn und Eifersucht rasten. Dann fragte er: »Kennt Ihr den Schuft, der den teuflischen Anschlag ausgeführt hat?« – »Nein, es war ein großer hagerer Mann, brünett, mit dunklem Schnauzbart, schwarzen Augen, aber ein echter Kavalier.« – »Ha! Er ist es!« rief d'Artagnan. »Er, immer er! Er scheint ein böser Dämon zu sein! Und der andere?« – »Welcher?« – »Der kleine Alte.« – »Oh, der war nicht von Adel, ganz bestimmt nicht! Er trug keinen Degen und wurde auch nicht sonderlich respektvoll behandelt.« – »Irgendein Lakai wahrscheinlich«, brummte d'Artagnan vor sich hin. »Oh, die arme, arme Frau! Was haben sie wohl mit ihr angefangen?« – »Nun, umgebracht haben sie sie nicht! Dafür stehe ich, denn das hätten sie doch, wenn sie es vorgehabt hätten, hier am besten tun können. Aber mein Herr«, sagte der Greis, »Sie haben mir versprochen, zu schweigen!« – »Dieses Versprechen wiederhole ich. Seien Sie unbesorgt, mein Lieber! Ich bin ein Edelmann, und ein Edelmann hält sein Wort.«

Es war fast Mitternacht, als d'Artagnan, in tiefster Seele verwundet, den Weg zur Fähre einschlug, um seinen Pagen zu suchen. Aber er fand ihn in keiner der Schenken, und in der sechsten, des Suchens müde, setzte er sich in eine Ecke, ließ sich eine Flasche Wein geben und lauschte aufmerksam auf die mit groben Späßen und Flüchen gemischte Unterhaltung der Schiffer und Fischer, Arbeiter, Diener und Fuhrleute, die hier das Publikum bildeten. Aber seine Hoffnung, auf diese

Weise etwas über das Vorgefallene zu erfahren, das sich in unmittelbarer Nähe abgespielt hatte, erfüllte sich nicht, es fiel kein Wort darüber, und um kein Aufsehen zu erregen, trank er in aller Ruhe seine Flasche aus und suchte in einem Winkel ein paar Stunden zu schlafen. Er schlief bis sechs Uhr früh. Als er erwacht war, brachte er schnell seinen Anzug in Ordnung, überzeugte sich, daß sein Ring noch am Finger und seine Börse noch in der Tasche war. Auch seine Pistolen waren im Gürtel. Er beglich seine Zeche und sah sich nach seinem Pagen um. Er fand ihn bald in dem feuchten, grauen Nebel vor der Tür einer kleinen Schenke mit den beiden Pferden stehen und warten. In der Nacht war d'Artagnan an dem unscheinbaren Häuschen vorbeigegangen, ohne eine Schenke darin zu vermuten.

25

D'Artagnan begab sich auch diesmal nicht gleich nach Hause, sondern ritt zum Trévilleschen Palast, dessen Treppe er mit ein paar Sätzen hinaufsprang. Er wollte alles erzählen, in der Hoffnung, in Herrn von Tréville, der die Königin ja fast täglich sah, einen Fürsprecher für die arme Frau Bonacieux zu finden. Herr von Tréville hörte ihm mit gespannter Aufmerksamkeit und großem Ernst zu, so daß d'Artagnan sehr bald merkte, daß er in dem Abenteuer mehr als eine bloße Liebesaffäre sah. »Das riecht ja auf eine ganze Meile nach dem Kardinal«, sagte er, als d'Artagnan seine Erzählung beendet hatte. »Ich kann Ihnen bloß noch einmal den Rat geben, verlassen Sie möglichst schnell Paris! Ich will der Königin, sobald ich sie sehe, alles mitteilen, was ich von Ihnen gehört habe, vielleicht weiß sie noch gar nicht, daß die Frau überfallen worden ist. Vielleicht habe ich für Sie, wenn Sie wiederkommen, eine erfreuliche Nachricht. Sie dürfen sich auf mich wie immer verlassen.«

D'Artagnan wußte, daß Herr von Tréville niemals zuviel versprach und immer hielt, was er versprach, und verabschiedete sich dankbar von ihm, um sich in die Rue des Fossoyeurs zu begeben, wo er schon von weitem Herrn Bonacieux im

Schlafrock vor seiner Haustür auf- und abschreiten sah. Die Worte, die sein Page über Bonacieux' Verschlagenheit geäußert hatte, fielen ihm wieder ein, und er faßte ihn schärfer ins Auge, als es sonst seine Gewohnheit war, und er kam ihm ausgesprochen widerwärtig vor. Von Ekel erfüllt, wollte er unbeachtet an ihm vorbeigehen, der Krämer aber rief ihn wie am Vortag mit hämischer Miene an: »Ei, ei, junger Herr, Sie kommen wohl aus dem Fasching gar nicht mehr heraus? Sie stellen ja die ganze menschliche Ordnung auf den Kopf! Um sieben Uhr, wenn andere Leute ausgeschlafen haben, lassen Sie sich erst zu Hause sehen? Zum Teufel! Sie treiben es wirklich arg!« – »Ihnen kann man so etwas bestimmt nicht nachsagen, Herr Bonacieux, denn Sie sind ja ein Muster von Ehrbarkeit! Sie haben aber auch eine sehr schmucke, junge Frau! Was sollten Sie dem Glücke nachlaufen? Es kommt ja zu Ihnen ins Haus!«
Bonacieux wurde leichenblaß, und ein häßliches Grinsen trat auf sein Gesicht. »Ah, ah«, rief er, »Sie sind ja immer zu einem Scherz aufgelegt! Aber wo, zum Teufel, haben Sie denn diese Nacht gesteckt, junger Freund? Wohl nicht auf den besten Pfaden?«
D'Artagnan warf erst jetzt einen Blick auf seine Stiefel und sah nun, daß sie bis oben hinauf mit Schmutz bespritzt waren. Seine Blicke wanderten von seinen Stiefeln zu den Gamaschen und Schuhen seines Wirtes hinüber, und er sah, daß diese nicht viel anders aussahen und daß zwischen dem Schmutz auf seinem Stiefel und dem auf den Schuhen seines Wirtes eine merkwürdige Ähnlichkeit zu bestehen schien. Da kam ihm plötzlich der Gedanke, daß der kleine, dicke Mann in ärmlicher Tracht, von dem der alte Mann in der Hütte in Saint-Cloud gesprochen hatte, nur Herr Bonacieux selbst sein konnte! Da packte d'Artagnan eine solche Wut, daß er am liebsten diesem Duckmäuser an die Gurgel gesprungen wäre, um ihm den Hals umzudrehen. Er war jedoch klug genug, sich zu beherrschen. Aber in seinem Gesichtsausdruck hatte sich eine so deutliche Veränderung vollzogen, daß Bonacieux vor Schreck ein paar Schritte zurückweichen wollte. Er stand aber gerade mit dem Rücken gegen das Haustor gelehnt, und dieses Hindernis zwang ihn, stehenzubleiben. »Ihr beliebt zu spaßen, mein

Herr«, erwiderte d'Artagnan, »wenn für meine Stiefel ein Waschlappen nötig wäre, so würde Ihren Schuhen, scheint mir, die Bürste auch nicht schaden! Sind Sie vielleicht in der letzten Nacht auch zufällig nicht zu Hause gewesen, Herr Wirt? Teufel auch! Bei einem Herrn in Ihrem Alter, der obendrein eine so hübsche Frau hat, wäre das wirklich ganz unverzeihlich!« – »Du meine Zeit!« antwortete Bonacieux. »Ich war gestern drüben in Saint-Mand, um ein Dienstmädchen zu suchen. Es geht bei mir wirklich nicht mehr ohne eine Hilfe. Die Wege dort hinaus waren völlig verschlammt, kein Wunder, daß ich mir schmutzige Schuhe geholt habe!«
Da Saint-Mand in der entgegengesetzten Richtung von Saint-Cloud lag, schöpfte d'Artagnan neuen Verdacht, daß der »kleine dicke Mann« wirklich Bonacieux selbst gewesen sein konnte. Um sich Gewißheit zu verschaffen, ob Bonacieux die Nacht zu Hause verbracht hatte, trat er ohne weiteres in dessen Zimmer und sah, daß das Bett unberührt war. Er war nun sicher, daß Bonacieux nicht viel früher als er nach Hause gekommen sei und seine Frau, wenn nicht bis zu dem Orte ihrer Haft, so doch bis zur ersten Relaisstelle begleitet habe. »So, mein lieber Herr Wirt, nun weiß ich Bescheid!« sagte er. »Mehr wollte ich nicht wissen; ich lasse mir jetzt von Planchet die Stiefel putzen. Wenn es Ihnen recht ist, kann er Ihre Schuhe auch gleich mit abbürsten.« Der Krämer war über die letzten Worte seines Mieters etwas verwundert und fragte sich, ob er vielleicht etwas Unschickliches oder Unvorsichtiges von sich gegeben hätte, das d'Artagnan stutzig gemacht hätte.
D'Artagnan fand Planchet oben völlig verängstigt vor. »Ein Glück, gnädiger Herr, daß Sie endlich da sind! Ich habe es fast nicht erwarten können, bis Sie wieder da sind.« – »Was ist los?« fragte d'Artagnan. – »Ich wette jede Summe, Herr, daß Sie nicht erraten, wer inzwischen hier gewesen ist.« – »Wann?« – »Vor einer knappen halben Stunde, Herr.« – »Und wer war da?« – »Niemand anderer als Herr von Cavois, Herr!« – »Der Kapitän der Leibwache des Kardinals?« – »Ja.« – »Oho! Der hat mich am Ende gar verhaften wollen?« – »Das habe ich gefürchtet, Herr, trotz der freundlichen Miene, die er zur Schau trug.« – »Was hat er gesagt?« – »Seine Eminenz möchte

Sie gerne bei sich sehen, Herr!« – »Oh! Und was hast du geantwortet?« – »Es sei nicht möglich, weil Sie ja nicht da seien!« – »Und was sagte er darauf?« – »Daß Sie ihm im Laufe des Tages Ihre Aufwartung machen könnten, und dann sagte er, ich sollte Ihnen bestellen, Seine Eminenz sei Ihnen wirklich sehr wohl gesinnt, und von diesem Besuch könnte Ihr ganzes Lebensglück abhängen.« – »Für den Kardinal ist die Falle nicht sonderlich geschickt gelegt«, meinte lächelnd der junge Mann. – »Mir schien es auch so, darum sagte ich noch, Sie würden, wenn Sie heimkämen, es sicherlich sehr, sehr bedauern. Er fragte dann noch, wo Sie seien und seit wann Sie fort seien. Ich sagte ihm, Sie seien gestern abend nach Trojes in der Champagne geritten.«

»Planchet, du bist wirklich ein unbezahlbarer Bursche!« rief d'Artagnan. »Und damit du dem wackeren Herrn gegenüber nicht als Lügner gestraft wirst, wollen wir in einer Viertelstunde aufbrechen.« – »Dazu wollte ich soeben auch raten«, sagte Planchet. »Sagen Sie mir kurz, wohin, und ich will schon darauf schauen, daß wir, wenn es irgend geht, schon früher unterwegs sind.« – »Schnüre unsere Mantelsäcke, Planchet«, befahl d'Artagnan, »ich gehe schon in aller Ruhe zur Gardekaserne, damit es niemandem auffällt. Komm du mir nach: Aber wir reiten besser in die entgegengesetzte Richtung von der Gegend, die du Herrn Cavois angegeben hast. Ich glaube, es wird dir doch auch ein bißchen daran liegen, zu erfahren, was aus Grimaud, Mousqueton und Bazin geworden ist. Mich interessiert, was meinen Kameraden Athos, Porthos und Aramis zugestoßen ist.«

D'Artagnan ging, wie er sich vorgenommen hatte, zuerst aus der Wohnung, sprach aber, ehe er zur Kaserne ging, noch einmal in der Wohnung seiner drei Freunde vor, um nachzusehen, ob einer inzwischen zurück oder ob Nachricht da sei; es war aber nicht der Fall, bloß bei Aramis lag ein parfümiertes Billett auf dem Tische, das d'Artagnan an sich nahm. Zehn Minuten nach ihm kam Planchet in die Gardekaserne. Um keine Zeit zu verlieren, hatte d'Artagnan sein Pferd schon selbst gesattelt, befahl aber Planchet, sobald er seinen Mantelsack aufgeschnallt hatte, auch die drei anderen Rosse zu satteln. – »Meinen Sie, daß wir mit zwei Pferden pro Mann

schneller weiterkommen?« fragte der Page mit dem ihm eigenen verschmitzten Lächeln. – »Nein, mein kleiner Witzbold«, erwiderte d'Artagnan, »aber mit unseren vier Pferden dürften wir die drei Freunde, wenn wir sie noch am Leben finden, leichter nach Paris zurückbringen, als wenn sie neben uns herlaufen müßten.« – »Ein großes Glück wäre es, wenn wir sie träfen«, erwiderte Planchet, »aber an der göttlichen Barmherzigkeit soll der Mensch nicht zweifeln.« – »Amen!« antwortete d'Artagnan, sein Pferd besteigend.
Sie verließen auf getrenntem Weg, der eine durch das Tor de la Billette, der andere durch das Tor Montmare, Paris, um hinter Saint-Denis einander zu treffen: eine letzte List, die von beiden geschickt ausgeführt wurde. Bei Tage war Planchet allerdings, wie nicht verschwiegen werden soll, mutiger als bei Nacht. Aber seine natürliche Klugheit verließ ihn keinen Augenblick; von den Vorfällen der ersten Reise hatte er nichts vergessen, und er hielt jeden Menschen, der ihnen begegnete, für einen Feind. Ohne weiteren Aufenthalt und Zwischenfall gelangten sie nach Chantilly, wo sie in demselben Gasthofe wie auf der ersten Reise abstiegen. Der Wirt trat ehrerbietig auf die Schwelle, als er einen jungen Gardereiter mit Pagen und zwei Handpferden vor seinem Hause halten sah. Die Garderegimenter rekrutierten sich damals ausschließlich aus den alten Adelsgeschlechtern des Reiches, und so war es weiter nicht verwunderlich, daß der Wirt es sich nicht nehmen lassen wollte, seinen vornehmen Gast selbst zu bedienen. D'Artagnan wehrte es ihm nicht, bat aber um zwei Gläser und ließ sich mit ihm auf ein Gespräch ein: »Meiner Treu, Herr Wirt, ich habe von Ihrem besten Wein verlangt, und wenn Sie mir eine schlechte Marke serviert haben, so sollen Sie für Ihre Sünde mit mir büßen, denn allein trinke ich nun einmal nicht gern eine Flasche aus, darum setzen Sie sich doch her und leisten Sie mir Gesellschaft. Worauf stoßen wir an, um nicht irgendwo anzuecken? Auf das Gedeih Ihres Hauses!« – »Euer Gnaden erweisen mir sehr viel Ehre«, sagte der Wirt, »und finden mich von Herzen dankbar für den freundlichen Wunsch.« – »Aber lassen Sie sich nicht täuschen«, versetzte d'Artagnan, »ich bin doch nicht so frei von selbstsüchtigen Gedanken, wenn ich diesen Spruch ausbringe. Ich bin ziemlich oft unterwegs und

weiß, daß Reisende immer nur dann in Gasthöfen eine gute Unterkunft finden, wenn es den Wirten gut geht.« – »Ich glaube, Euer Gnaden sind nicht das erste Mal mein Gast?« fragte der Wirt. – »Ich bin schon wiederholt in Chantilly gewesen und jedesmal bei Ihnen eingekehrt, zuletzt vor etwa zehn Tagen, in Begleitung von drei Musketieren. Sie werden sich wohl erinnern, wenn ich Ihnen sage, daß einer davon hier in der Gaststube mit einem Fremden, Gott weiß, aus welchem Grunde, Streit bekam.« – »Ja, richtig«, sagte der Wirt, »Sie haben recht! Euer Gnaden sprechen von Herrn Porthos?« – »Ja, so hieß mein Kamerad. Es ist ihm doch kein Unglück widerfahren, Herr Wirt?« – »Aber Euer Gnaden haben doch bemerken müssen, daß er seine Tour unterbrochen hat?« fragte der Wirt. – »Allerdings, er hatte versprochen, uns nachzukommen, und wir haben ihn nicht mehr gesehen.« – »Er hat uns die Ehre erwiesen, hierzubleiben.« – »Was Sie nicht sagen!« – »Ja, und nicht zu unserer reinen Freude«, sagte der Wirt. – »Inwiefern?« – »Hm, er hat schon viel ankreiden lassen, sehr viel!« – »Oh, was er schuldig ist, wird auch bezahlt«, sagte d'Artagnan. – »Euer Gnaden Worte sind Balsam für mein Herz«, erwiderte der Wirt, »wir haben wirklich schon ziemlich bluten müssen, und erst heute morgen hat der Wundarzt gesagt, daß er sich, wenn Herr Porthos nicht bezahlte, an mich halten würde, denn ich hätte ihn rufen lassen, und nicht Herr Porthos.«

»Aber ist denn Porthos verwundet?« – »Ich weiß es nicht, Herr.« – »Wie soll ich das verstehen? Ich glaube, das müßten Sie doch am besten wissen!« – »Das schon, aber wir sprechen in unserem Stande nicht von allem, was wir wissen, Herr, besonders wenn uns gesagt worden ist, daß wir mit unseren Ohren für unsere Zungen einstehen.« – »Aber ich kann doch zu ihm?« fragte d'Artagnan. – »Gewiß, Herr! Die Stiege hier hinauf, Nummer vier, im ersten Stock. Bloß müssen Sie ihm sagen, wer Sie sind, denn Herr Porthos läßt keinen aus unserem Hause in seine Stube, und wenn er glaubt, daß ich ihn behelligen wollte, könnte es Ihnen passieren, daß er Ihnen den Degen durch den Leib rennt oder Ihnen den Schädel zerschlägt.« – »Was haben Sie denn mit ihm angestellt?« – »Ich habe nur mein Geld gefordert.« – »Teufel auch! Da kann ich es mir freilich vorstellen. Wenn Porthos nicht bei Kasse ist, versteht er keinen Spaß, aber meiner Meinung nach müßte er doch Geld haben!«

»Das haben wir auch gedacht, Herr. Bei uns im Hause herrscht in allen Dingen strengste Ordnung, und alle acht Tage werden die Rechnungen ausgeschrieben und vorgelegt. Wir sind aber wahrscheinlich in einem ungünstigen Augenblick an ihn herangetreten, denn nach dem ersten Wort hieß er uns zu allen Teufeln gehen; allerdings hatte er die Nacht vorher gespielt.« – »Was, gespielt? Und mit wem?« – »Ja, wer soll das wissen? Mit einem Herrn von Adel, den der Weg vorbeiführte und der eine Partie Landsknecht vorschlug.« – »Und dabei hat der Pechvogel verloren?« – »Alles hat er dabei verspielt, sogar sein Pferd, denn als der fremde Herr weiterzog, sattelte sein Page auch den Rappen des Herrn Porthos.« – »Den Rappen«, fragte d'Artagnan, »wirklich den Rappen?« – »Ja, und da meinten wir, ihn davon unterrichten zu müssen; er fuhr uns grob an, wir sollten unsere Nase nicht in Dinge stecken, die uns nichts angingen. Wenn der Edelmann das Pferd sattelte, würde er schon wissen, warum.«

»Daran erkenne ich Freund Porthos«, murmelte d'Artagnan. – »Darauf ließ ich ihm sagen«, fuhr der Wirt fort, »daß wir uns doch einmal über die Zeche auseinandersetzen müßten, sonst müßte ich ihn bitten, meinen Kollegen im ›Goldenen Anker‹ an meiner Stelle zu beehren. Aber Herr Porthos antwortete mir, mein Gasthof sei der bessere und so würde er hier bleiben. Ich antwortete, ich fühlte mich sehr geschmeichelt und ich wollte mich mit seiner Anwesenheit auch weiterhin abfinden, er möge mir aber den Gefallen tun, sein Zimmer, das das beste im Hause sei, zu räumen und mit einem geringeren vorliebzunehmen. Daraufhin bekam ich den Bescheid, Herr Porthos erwarte stündlich seine Dulcinea, die eine der ersten Stellen bei Hof bekleide, und er könne ihr nicht zumuten, ihren Fuß in ein einfaches Zimmer zu setzen. Ich meinte, dagegen ließe sich von seinem Standpunkt aus nichts sagen, mein Standpunkt könne sich aber auch durch diesen Bescheid nicht ändern. Daraufhin verlor er kein Wort mehr, sondern griff zu seinen Pistolen und erklärte, dem ersten, der sich erdreiste, ihn in dieser Geschichte noch einmal zu behelligen, das Lebenslicht auszublasen. Nach dieser Drohung hat sich niemand mehr zu ihm getraut, mit Ausnahme seines Pagen.«

»So? Mousqueton ist also da?« – »Jawohl, Herr, sechs Tage nach seiner Abreise ist er in einer üblen Laune wiedergekommen; es mag ihm unterwegs wohl schlecht ergangen sein. Unglücklicherweise ist er noch unzulänglicher als sein Herr, er dreht für ihn das Unterste zuoberst und wartet nicht erst ab, bis etwas gebracht wird, sondern nimmt sich einfach, was er braucht oder sein Herr haben will.« – »Nun, sorgen Sie sich nicht, Herr Porthos wird seine Zeche nicht schuldig bleiben«, meinte d'Artagnan, worauf der Wirt eine bedenkliche Miene machte. – »Aber Sie brauchen wirklich keine Sorge zu haben«, sagte d'Artagnan wieder, »Herr Porthos ist der Günstling einer sehr vornehmen Dame, die ihn wegen einer solchen Kleinigkeit nicht im Stich läßt.« – »Nun, gnädiger Herr«, erwiderte der Wirt, »darüber habe ich meine eigenen Gedanken.« – »Was meinen Sie damit?« – »Wenn ich auf Euer Gnaden Verschwiegenheit rechnen darf?« – »Mein Edelmannswort!« – »Nun, Euer Gnaden, Geldsorgen führen zu allerhand Ausflüchten, und so habe ich denn, als mir Herr Porthos einen Brief gab mit dem Auftrage, ihn dem Postboten mitzugeben, es vorgezogen, ihn durch einen Dienstboten, der gerade etwas in Paris zu erledigen hatte, persönlich zustellen zu lassen. Hm, wissen Sie, wer die große Dame ist?« – »Nein. Ich habe Porthos nur von ihr reden hören.« – »Als von einer Herzogin?« – »Jawohl.« – »Nun, eine alte Schachtel ist es, Euer Gnaden, Ehefrau eines gerichtlichen Sachwalters mit Namen Conquenard, eine angehende Fünfzigerin und dem Anschein nach eifersüchtig wie eine Xanthippe. Eine Herzogin, die in der Rue aux Ours ihr Domizil hat!« – »Sie scherzen! Eifersüchtig? Woher wissen Sie das?« fragte d'Artagnan. – »Mein Bote hat sich ausschütteln wollen vor Lachen über die alte Dame, die, als sie den Brief bekam, ganz fuchsteufelswild geworden ist und geschrien hat, Herr Porthos wäre ein Windhund, der immer neuen Röcken nachjagen müßte und seinen Degenstich doch sicher bloß bei einer Liebesaffäre bekommen hätte.« – »Degenstich?« rief d'Artagnan erschrocken. »Also ist Porthos verwundet?« – »Ja, aber er hat mir verboten, ein Wort darüber verlauten zu lassen.« – »Und warum?«

»Weil er sich hoch und heilig geschworen hatte, dem Fremden, mit dem er in Streit geraten war, den Degen durch den Leib zu rennen, aber statt dessen schon beim ersten Gang auf den Sand gestreckt wurde.« – »Porthos?« – »Jawohl, Porthos! Der andere verstand sein Geschäft augenscheinlich noch besser, und als er Ihrem Freunde den Degen an die Gurgel setzte, erklärte er, er habe doch nicht den Richtigen vor sich, und bot Porthos seinen Arm und bat ihn, Herrn d'Artagnan recht schön zu grüßen und ihm zu bestellen, das nächste Mal wolle er sich besser erkundigen. Als er mir Herrn Porthos übergeben hatte, beglich er seine Zeche, stieg auf sein Pferd und verschwand.« – »So, so? Also auf Herrn d'Artagnan war der Überfall gedacht?« fragte dieser. – »Augenscheinlich.« – »Sie wissen nicht, was aus dem Fremden geworden ist?« – »Nein. Er hat sich nicht wieder sehen lassen.« – »Schön. Ich weiß nun, worauf es ankommt. Im ersten Stock, sagten sie, Nummer vier?« – »Ich hätte das Zimmer schon zehnmal wieder vermieten können, denn, wie gesagt, es ist das schönste im ganzen Hause.« – »Na, lassen Sie es nur gut sein, Sie werden schon zu Ihrem Geld kommen, wenn nicht anders, dann durch die Herzogin Conquenard!« – »Viel Hoffnung darauf habe ich nicht; die Frau hat meinem Boten gesagt, von ihr bekäme er keinen roten Heller, jetzt hätte sie es endgültig satt, und ihretwegen könnte Herr Porthos hängen oder festsitzen, wo er wolle!« – »Haben Sie diesen Bescheid Ihrem Gaste weitergeleitet?« – »Ich werde mich hüten! Da hätte er doch gleich gewußt, auf welche Weise mein Brief besorgt worden ist!« – »Er wartet also noch immer auf Geld?« – »Ja! Erst gestern hat er wieder geschrieben; aber diesmal hat der Postbote den Brief mitgenommen.« – »Nun, ich denke, sie wird wohl noch versöhnliche Saiten aufziehen, die gute Frau Conquenard; so sehr viel schuldig kann Ihnen übrigens Herr Porthos noch gar nicht sein?« – »Nicht viel? Oho! An die zwanzig Pistolen kommen schon zusammen.« – »Nun gut, auch wenn ihn seine Liebste sitzenläßt, so hat er ja noch Freunde, die für ihn einspringen werden. Also lassen Sie es ihm an nichts fehlen, Herr Wirt!« – »Der gnädige Herr haben mir versprochen, zu schweigen!« rief der Wirt d'Artagnan nach, der schon auf der halben Treppe war. – »Sie haben mein Wort!« antwortete dieser und klopfte an eine Tür, die durch eine große Vier kenntlich gemacht war. Porthos rief »Herein!«, und d'Artagnan trat ein.

Der Freund lag im Bett und vertrieb sich die Zeit durch eine Partie Landsknecht mit seinem Pagen Mousqueton, während sich am Spieße ein halbes Dutzend Rebhühner drehten und auf dem großen Herde in zwei großen Pfannen Schleie dufteten und aus der Herdröhre ein lieblicher Frikasseeduft die Nase kitzelte. Auf Schrank und Kommode standen ganze Batterien von Weinflaschen. Porthos begrüßte den Freund mit einem Freudengeschrei; Mousqueton erhob sich respektvoll und trat an den Herd, er räumte dem Gast seinen Platz am Bett des Verwundeten ein.

»Hallo, wieder da?« rief Porthos. »Willkommen! Willkommen! Entschuldigen Sie bloß, daß ich Ihnen nicht entgegeneile. Aber«, setzte er hinzu, einen unruhigen Blick auf den Freund werfend, »Sie wissen, was mir passiert ist?« – »Nein.« – »So hat Ihnen der Wirt nichts erzählt?« – »Ich habe mich bloß nach Ihnen erkundigt und bin gleich heraufgeeilt.« – Es schien, als ob Porthos sich um eine Zentnerlast erleichtert fühlte. – »Aber, mein lieber Porthos«, rief d'Artagnan, »was ist denn Ihnen widerfahren?« – »Ich habe mir das Knie verrenkt, als ich meinem Gegner mit einem vierten Degenstich den Garaus machen wollte, nachdem ich ihm schon drei in den Leib gejagt hatte.« – »Gräßliches Pech!« – »Na, für meinen Gegner war es ein Glück, denn sonst wäre er tot auf dem Platze geblieben.« – »Und was ist aus ihm geworden?« – »Ich kann es nicht sagen, ich weiß bloß, daß er genug hatte und wie ein begossener Pudel abzog.« – »Ich hätte mich aber an Eurer Stelle doch längst nach Paris bringen lassen!« rief d'Artagnan. – »Das war auch meine Absicht, aber, mein lieber d'Artagnan, Sie wissen ja, ein Pech kommt selten allein. Während ich hier liege und meine fünfundsiebzig Goldfüchse zähle, die ich Ihrer freundlichen Huld verdanke, jagt der Teufel einen Landsmann des Weges daher, und ich spielte mit ihm eine Partie Landsknecht, verlor in einer halben Nacht meine Goldstücke samt meinem Rappen. Nun liege ich hier und warte!«

»Immer kann einem Fortuna nicht hold sein, lieber Porthos! Sie wissen doch: Unglück im Spiel, Glück in der Liebe! Wer eine Herzogin zur Liebsten hat, der braucht sich um den kommenden Tag nicht zu sorgen!« – »Ach, mein lieber d'Artagnan«, klagte Porthos, »bei mir läuft jetzt alles schief! Ich schrieb an sie um fünfzig Pistolen . . .« – »Und?« – »Und habe bis heute noch keine Antwort. Ich kann mir nichts anderes vorstellen, als daß sie auf ihre Güter gefahren ist.« – »Wirklich?« – »Ich habe ihr gestern noch einmal geschrieben, dringlicher als das erste Mal; aber, mein Lieber, reden wir doch auch einmal von Ihnen! Ich muß sagen, daß ich mir über Sie schon viele Gedanken gemacht habe.« – »Aber über Ihren Wirt scheinen Sie sich nicht eben beklagen zu dürfen, lieber Porthos«, sagte d'Artagnan, indem er auf die vollen Pfannen und leeren Flaschen zeigte. – »Pst! Pst!« antwortete Porthos. »Der freche Kerl hat mir erst vorgestern eine Rechnung heraufgeschickt, aber ich habe den Boten mitsamt der Rechnung die Treppe hinuntergeworfen. Jetzt spiele ich hier halb die Rolle des Siegers und halb die des Belagerten, und da man in dieser Situation immer mit einem Angriff rechnen muß, bin ich auch bewaffnet bis an die Zähne.« – »Zu einem Ausfall«, erwiderte d'Artagnan lächelnd, noch einmal auf die Flaschen und Pfannen zeigend, »scheint es ja immer noch gereicht zu haben.« – »Ich war es nicht, ich leider nicht!« rief Porthos. »Mich hält die lästige Zerrung an mein Bett gefesselt, aber Mousqueton führt die Schlachten und schafft die Lebensmittel herbei.« – »Freund Mousqueton«, wandte d'Artagnan sich an den Pagen, »Sie müssen mir einen Gefallen tun.« – »Was befehlen der Herr?« fragte Mousqueton. – »Geben Sie Planchet Ihr Rezept! Ich könnte auch einmal in die Lage kommen, belagert zu werden; wenn er nun verstünde, so viele Vorteile herauszuschinden wie Sie für Ihren Herrn, dann wäre ich sicher nicht böse.« – »Du liebe Zeit, gnädiger Herr«, versetzte Mousqueton mit der bescheidensten Miene der Welt, »es gibt doch nichts Einfacheres und Leichteres. Ein bißchen Geschicklichkeit, das ist alles. Ich bin auf dem Lande aufgewachsen, und mein Vater war in seiner freien Zeit der Wilderei nicht abgeneigt. Und als es mir ein bißchen zuviel wurde, wie sich der Wirt meinem Herrn gegenüber benahm, als er uns täglich nur hartes Fleisch vorsetzte, wie es kaum ein Bauernmagen verträgt, da habe ich halt wieder zu den alten Schlichen gegriffen. Ich bin in den Wald gegangen und habe

Schlingen gelegt, ich habe mich an den Bach gesetzt und geangelt. Seitdem fehlt es uns, Gott sei Dank, an nichts.« – »Und wer liefert den Wein?« fragte d'Artagnan. »Doch der Wirt?« – »Ja und nein!« – »Wie soll ich das verstehen?« – »Er ist der Lieferant, ohne es zu wissen.« – »Darüber müssen Sie mich schon ein bißchen besser aufklären, Mousqueton! Ich muß sagen, die Unterhaltung mit Ihnen ist wirklich sehr aufschlußreich.«
»Nun, auf meinen Irrfahrten hat mich der Zufall einmal mit einem Spanier zusammengeführt, der auch in der Neuen Welt gewesen war.« – »Wie kann das mit den Weinflaschen zusammenhängen, die ich auf dem Schrank sehe?« – »Geduld, Herr, Geduld! Alles zu seiner Zeit!« – »Nun denn weiter, Mousqueton!« – »Der Spanier hatte einen Pagen, und der war ein Landsmann von mir. Er war mit ihm in Mexiko, und dort traf ich ihn. Wir hatten mancherlei Liebhaberei gemeinsam, unter anderem die Jagd. Er weihte mich in die Jagd mit dem Lasso ein, indem er Flaschen im Abstande von dreißig Schritt auf die Erde stellte. Ich war bald so gut im Lassowerfen, daß ich jedesmal die Flasche aus der Mitte herausholte. Verstehen Sie nun? Unser gestrenger Herr Wirt hat einen gutversorgten Keller, läßt aber den Schlüssel niemals irgendwo liegen; da aber sein Keller ein Luftloch hat und man durch dieses Luftloch ein Lasso werfen kann und Mousqueton inzwischen weiß, wo der beste Tropfen lagert, so braucht es wohl keiner weiteren Erklärungen, um Ihnen den Ursprung unseres Flaschenbestandes begreiflich zu machen? Darf ich Ihnen eine Probe anbieten?« – »Danke, danke, mein Freund, aber ich habe schon gefrühstückt.«
»Nun, Mousqueton«, rief Porthos, »bring den Tisch her und laß uns frühstücken! Unterdes wird uns d'Artagnan erzählen, was ihm in den zehn Tagen zugestoßen ist, die er fern von uns verlebt hat.« – »Von Herzen gern«, antwortete d'Artagnan.
Das war rasch geschehen. Als er zu den vier Pferden gelangte, die er vom Herzog von Buckingham als Geschenk für sich und seine Kameraden bekommen und aus England nach Frankreich gebracht hatte, trat Planchet ein und meldete seinem Herrn, daß die Pferde wieder frisch seien und daß sie bis gegen Abend noch Clermont erreichen könnten, um dort zu übernachten. Da

d'Artagnan seiner Sorgen um Porthos einigermaßen enthoben und neugierig war, auch über das Los seiner beiden anderen Freunde etwas zu erfahren, reichte er Porthos die Hand und erklärte, er müsse nun weiter und sich nach Athos und Aramis umsehen. Er versprach ihm aber, in acht bis zehn Tagen zurückzukommen und ihn, wenn er ihn dann noch hier fände, mit nach Paris zu nehmen. Porthos antwortete, daß dies aller Wahrscheinlichkeit nach der Fall sein werde, da die Verrenkung bis dahin kaum auskuriert sein werde. Außerdem könne, wenn seine Herzogin, wie er vermutete, auf ihren Gütern sei, Geld von ihr unmöglich früher eintreffen.
D'Artagnan wünschte ihm baldige Genesung und Erfüllung seiner Wünsche und legte Mousqueton nochmals eindringlich seine Pflege ans Herz. Er beglich seine Zeche und setzte mit Planchet, der nun eins seiner Pferde losgeworden war, seinen Ritt fort.

26

D'Artagnan hatte als kluger Mann Porthos in dem Wahn gelassen, er wisse nichts von dessen unglücklichem Duell und von der Lüge mit der Herzogin, und sich so verhalten, als hielte er Porthos' Prahlereien für bare Münze. Er ließ sich dabei von der Überzeugung leiten, daß man Leuten gegenüber, deren Leben man kenne, immer im Vorteil sei. Außerdem hatte er den festen Willen, seine drei Kameraden zu Werkzeugen seines Glücks zu machen, und war deshalb nicht ungehalten darüber, daß sich die unsichtbaren Fäden, mit denen er sie zu lenken gedachte, schon jetzt in seiner Hand zusammenfanden. Trotzdem war er während des ganzen Rittes von tiefer Traurigkeit erfüllt, denn seine Gedanken kehrten immer und immer wieder zu der jungen, hübschen Frau Bonacieux zurück, die ihm den Preis für seine Treue zugedacht hatte und die nun vielleicht Gott weiß wie unglücklich war. Daß sie der Rache des Kardinals zum Opfer gefallen war, stand für ihn außer Zweifel, und daß Seine Eminenz grausame Rache zu üben gewohnt war, wußte jedes Kind. Mit solch trüben Gedanken legte d'Artagnan die Strecke von Chantilly nach Crevecoeur zurück, und erst der Anblick der Schenke, in der er Aramis zurückgelassen hatte, riß ihn aus seiner Versunkenheit. Aber diesmal begrüßte ihn kein Wirt, sondern eine Wirtin. D'Artagnan kannte sich in Gesichtern aus und war sich bald klar, daß er von dem feisten gemütlichen Gesicht dieser Frau keinen Verdruß oder Ärger zu erwarten hatte.

»Gute Frau«, fragte d'Artagnan, »könnten Sie mir wohl sagen, was aus einem meiner Freunde geworden ist, den wir vor knapp vierzehn Tagen hier zurücklassen mußten?« – »Einen hübschen, jungen Mann von dreiundzwanzig oder vierundzwanzig Jahren?« – »Er war an der Schulter verletzt.« – »Richtig! Oh, der ist noch da!« – »Wirklich, gute Frau?« rief d'Artagnan und sprang aus dem Sattel. Er warf Planchet die Zügel zu und rief: »Oh, Sie geben mir mein Leben wieder! Wo ist er, mein lieber Aramis? Oh, sagen Sie es mir! Ich möchte ihn wieder in meine Arme schließen.« – »Das tut mir leid, Herr, denn ich bezweifle, ob sie ihn gerade jetzt werden sehen können.« – »Warum nicht? Sollte er sich etwa in Gesellschaft befinden?« – »Du lieber Gott, was reden sie da? Nein, nein, der arme Mensch befaßt sich nicht mit Weibern.« – »Und womit sonst?« – »Der Pfarrer von Montdidier und der Superior des Jesuitenklosters sind eben bei ihm.« – »Gerechter Himmel! Steht es so schlecht mit ihm?« – »Im Gegenteil, Herr, es geht ihm recht gut, und um dem Himmel für seine Genesung würdig zu danken, hat er sich entschlossen, ins Kloster zu gehen.« – »Ach, richtig!« rief d'Artagnan. »Ich hatte fast vergessen, daß er Musketier bloß auf Zeit ist.« – »Nun, dann kann der Herr im Hof die Treppe links zum zweiten Stock hinaufgehen und an die Tür von Nummer fünf klopfen.«

D'Artagnan ging in die angegebene Richtung und fand eine jener Außentreppen, wie man sie noch heute in Gasthöfen findet. Doch kam man nicht so leicht zu dem zukünftigen Abbé, denn die Zugänge waren so scharf bewacht wie die Gärten der Armida. Page Bazin, der sich seit langem darnach gesehnt hatte, Famulus eines geistlichen Herrn zu sein, hütete als grimmiger Zerberus die Pforte im Hofe. Hätte ihm Aramis nicht schon immer die tröstliche Versicherung gegeben, daß die Zeit nicht mehr fern sei, wo er das kriegerische Gewand gegen die fromme Soutane vertauschen werde, so hätte er sich wohl schon längst nach einem seiner Meinung nach besseren Dienst umgesehen. Jetzt aber schwamm Bazin in einem Meer der Wonne, denn diesmal war es Aramis alles Anschein nach unmöglich geworden, in die weltliche Laufbahn zurückzutreten. Körperliches Leid hatte sich endlich zu dem seelischen gesellt und ihn mürbe gemacht, so daß er Augen und Seele auf den Himmel richtete. Seine Verwundung und der Verlust der Geliebten wurden als eine Schickung des Himmels betrachtet, und Aramis war nun bereit, den Schritt zu tun, der ihn dem geistlichen Stande wieder zuführte. Daß Bazin in dieser Situation über das plötzliche Auftauchen d'Artagnans nicht gerade erfreut war, wird verständlich sein, und daß er die Hauptpforte daraufhin mutig verteidigte, ist einzusehen. Die Ausrede, Aramis sei nicht zu Hause, klang unglaubwürdig, weil seine Anwesenheit schon durch die Wirtin verraten worden war. Aber er suchte dem Besucher auf alle möglichen Arten begreiflich zu machen, daß es unmöglich sei, seinen Herrn in den frommen Übungen zu stören, die schon am frühen Morgen begonnen hätten und vor Abend kaum zu Ende sein würden.

D'Artagnan war jedoch nicht der Mann, der sich mit solchen Worten abspeisen ließ, aber er hatte keine Lust, sich auf einen langen Disput mit einem Pagen einzulassen, so stieß er ihn mit der einen Hand zur Seite und mit der anderen öffnete er die Haustür und stürmte die Stiege hinauf. Er riß die Tür, die die Nummer fünf trug, auf. Aramis saß im schwarzen Oberrock, das Haupt mit einem runden, flachen Käppchen bedeckt, das einem Barett glich, wie es Geistliche tragen, vor einem länglichen, über und über mit großen Büchern bedeckten Tisch.

Rechts von ihm saß der Jesuitenpater, links der Pater von Montdidier. Durch die halbgeschlossenen Vorhänge drang ein geheimnisvolles, weiches Licht. Alle weltlichen Dinge, die man im Zimmer eines jungen Mannes sonst trifft, vor allem wenn es sich um einen Musketier handelt, waren weggeräumt, man sah weder Degen noch Pistolen oder Federhut, auch von Litzen und Tressen keine Spur. Statt dessen meinte d'Artagnan in einem Winkel an einem Nagel ein Ding hängen zu sehen, das mit einer Geißel bedenkliche Ähnlichkeit hatte.

Wegen des Geräusches, das d'Artagnans Eintritt verursacht hatte, hob Aramis den Kopf. Er erkannte den Freund sofort, aber zu dessen Verwunderung verriet sein Gesicht keine Überraschung oder gar Freude, sosehr hatte sein Geist sich bereits von allem Irdischen abgewandt. »Guten Tag, mein lieber d'Artagnan«, begrüßte ihn Aramis, »glauben Sie mir, daß ich mich glücklich preise, Sie zu sehen.« – »Ich nicht minder«, versetzte d'Artagnan, »wenn ich auch noch nicht ganz sicher bin, wirklich mit Aramis zu sprechen.« – »Mit niemand anderem als ihm, nur mit ihm, nur mit ihm! Wie könnten Ihnen Zweifel kommen?« – »Ich hatte Angst, in ein falsches Zimmer und zu einem geistlichen Herrn geraten zu sein, außerdem machte mir der Anblick der beiden Herren in anderer Hinsicht Angst, ich befürchtete nämlich, Sie seien ernstlich krank.«
Die beiden geistlichen Herren warfen nun d'Artagnan, dessen Absichten sie durchschauten, einen fast drohenden Blick zu, dieser aber ließ sich dadurch nicht im geringsten irritieren. »Ich störe vielleicht, mein lieber Aramis«, fuhr er fort, »denn nach allem, was ich sehe, macht es mir den Eindruck, als wenn Sie vor den beiden Herren die Beichte ablegten.« – Aramis wurde rot. – »Sie, und mich stören. Oh, ganz im Gegenteil! Ganz im Gegenteil, Freund! Deshalb möchte ich wiederholen, daß ich mich außerordentlich freue, Sie wiederzusehen.« Aha, dachte d'Artagnan bei sich, endlich taut er auf. So schlimm scheint es mit ihm noch nicht zu stehen. Aramis dagegen wandte sich gelassen seinen beiden Gästen zu und fuhr in salbungsvollem Tone fort: »Der Herr hier ist ein guter Freund von mir und ist eben einer sehr ernsten Gefahr entronnen.« – »Preisen Sie Gott dafür, mein Herr«, antworteten die beiden geistlichen Herren wie aus einem Munde. – »Daran habe ich es nicht fehlen lassen, ihr frommen Herren«, erwiderte der junge Mann, sie nun seinerseits begrüßend.
»Sie kommen wie gerufen, lieber d'Artagnan«, nahm Aramis wieder das Wort, »Sie müssen an unserem Disput teilnehmen und ihn mit ihrem Geist erleuchten. Wir beraten nämlich zu dritt über verschiedene theologische Fragen, mit denen wir uns schon eine Zeitlang befassen. Es wäre für mich wertvoll,

Ihre Meinung darüber zu hören.« – »Die Meinung eines Kriegers hat wohl kein Gewicht«, versetzte d'Artagnan, der über die Wendung, die die Dinge nahmen, sich zu beunruhigen anfing. »Es dürfte für Sie besser sein, sich an das Wissen dieser beiden Herren zu halten.« – Die beiden Herren verneigten sich zum Zeichen ihres Dankes für diese Rede.

»Im Gegenteil«, erwiderte Aramis, »Ihre Meinung, lieber d'Artagnan, wird mir wertvoll sein. Es handelt sich um folgendes: Der Pater meint, die von mir aufgestellte These müsse vor allem dogmatisch und didaktisch sein.« – »Ihre These?« rief d'Artagnan. »Sie befassen sich mit Thesen?« – »Natürlich«, antwortete der Jesuit, »der Weihe muß die Prüfung vorausgehen, und dazu ist eine These vorgeschrieben.«

»Der Weihe?« rief d'Artagnan, der nicht glauben konnte, was er von der Wirtin und von Bazin schon gehört hatte, »der Weihe?«

»Nun will«, nahm Aramis wieder das Wort, indem er in seinem Sessel die graziöse Pose einnahm, die in einem Chorstuhle sich gut gemacht hätte, und wohlgefällig seine weiche weiße Hand, die, wie wir schon früher bemerkt haben, an eine Frauenhand erinnerte, betrachtete, »nun wünscht, wie Sie eben hörten, mein lieber d'Artagnan, der Pater, meine These solle dogmatisch sein, während ich mir vorgenommen hatte, sie ideal zu halten, und darum hat er mir folgendes Thema gestellt, das noch nicht behandelt worden ist und in dem ich Stoff zu wundervollen Ausführungen finde: Utraque manus in benedicendo clericis inferioribus necessaria est.«

D'Artagnan, über dessen wissenschaftlicher Bildung wir uns ja im klaren sind, zuckte bei diesem lateinischen Zitat nicht mit der Wimper.

»Diese lateinischen Worte bedeuten«, nahm Aramis wieder das Wort, in der Absicht, ihm die Sache zu erleichtern: »Dem Geistlichen der unteren Grade sind beide Hände unentbehrlich, wenn er den Segen spendet.« – »Ein großartiges Thema!« rief der Jesuit. – »Großartig und dogmatisch!« wiederholte der Geistliche, der in Latein ungefähr genausowenig bewandert war wie d'Artagnan und ängstlich den Jesuitenpater im Auge hielt, um Schritt mit ihm halten und seine Worte wie ein Echo wiederholen zu können.

D'Artagnan verzog auch angesichts der Begeisterung der beiden Herren keine Miene.

»Jawohl, ein großartiges Thema! Prorsus admirabile!« rief Aramis, »das aber ein tiefes Studium der Kirchenväter und der Heiligen Schrift erfordert. Nun gebe ich aber diesen gelehrten Herren in aller Demut bekannt, daß ich über den Dienst in der Kompanie des Königs das geistliche Studium notgedrungen habe vernachlässigen müssen. Es würde mir leichter fallen mit einem Thema meiner Wahl, das zu diesen strengen theologischen Fragen sich etwa verhält wie die Moral zur Metaphysik in der Philosophie.«

D'Artagnan wurde die Geschichte plötzlich langweilig und dem Geistlichen auch. – »Betrachten Sie dieses Exordium!« rief der Jesuit. – »Exordium!« wiederholte der Pfarrer, um etwas zu sagen. – »Quemadmodum intercoelorum immensitatem.« – Aramis warf einen Seitenblick auf d'Artagnan und sah, daß sein Freund gähnte, so daß sich ihm fast die Kinnladen verrenkten. – »Ich denke, Pater«, sagte er zu dem Jesuiten, »wir reden lieber in unserer Landessprache, da sie Herrn d'Artagnan noch eher liegen dürfte.« – »Ja, ich bin von dem Ritt abgespannt«, sagte d'Artagnan, »und habe alles Latein längst verschwitzt.« – »Das ist mir auch recht«, versetzte der Jesuit, ein wenig aus dem Konzept geraten, während der Pfarrer erleichtert d'Artagnan einen dankerfüllten Blick zuwarf. »Nun, wie würden Sie sich zu der Aufgabe stellen?«

»Moses, Gottes Diener ... ist bloß Diener, verstehen Sie! Moses segnete mit den Händen, er hob beide Arme auf, während die Hebräer ihre Feinde schlugen, er segnete also mit beiden Händen. Übrigens steht auch im Evangelium: Imponite manus, nicht: manum – legt die Hände auf, und nicht: die Hand!« – »Leget die Hände auf«, wiederholte der Pfarrer, die Gebärde nachahmend. – »Der heilige Petrus dagegen, dessen Nachfolger die Päpste sind«, fuhr der Jesuit fort, »spricht: Porrige digitos! – Reichet die Finger! Verstehen Sie nun?« – »Gewiß«, antwortete Aramis voll Freude, »aber die Sache ist heikel.« – »Die Finger!« rief der Jesuit wieder. »Der heilige Petrus segnete mit den Fingern. Und mit wieviel Fingern segnete er? Mit drei Fingern: einen für den Vater, einen für den Sohn, einen für den Heiligen Geist.«

Alle Anwesenden bekreuzigten sich, d'Artagnan glaubte, ihr Beispiel nachahmen zu müssen.
»Der Papst ist der Nachfolger des heiligen Petrus und stellt die drei göttlichen Mächte dar, die übrigen, Ordines inferiores der kirchlichen Hierarchie, segnen durch den Namen der heiligen Erzengel und Engel. Die unteren Geistlichen, wie unsere Diakone und Sakristane, segnen mit Weihwedeln, die eine unendliche Zahl weihender Finger versinnbildlichen. Hier kommen wir nun zu dem vereinfachten Thema: Argumentum, omni denudatum ornamento. Damit werde ich«, fuhr der Jesuit fort, »zwei Bände von diesem Format füllen.« In seiner Begeisterung schlug er auf den heiligen Chrysostomus, daß der Tisch wackelte.
D'Artagnan kam sich langsam wie in Gesellschaft von lauter Verrückten vor und hatte das Gefühl, als ob er selbst einer werden würde. Aber er sah sich zum Schweigen verurteilt, da er von alledem kein Wort verstand. Schließlich fragte der Jesuit, nachdem er das Thema noch von verschiedenen Gesichtspunkten erörtert hatte: »Sie beharren also auf Ihrer These?« – »Ich fühle mich dazu berufen, diese These zu vertreten, hoffentlich werden Sie mit der Durchführung, die ich nach Ihren Angaben vornehmen werde, zufrieden sein.« – »Lassen Sie sich mit der Arbeit Zeit«, antwortete der Geistliche, »wir verlassen Sie in der besten Hoffnung.« – »Jawohl, die Saat ist ausgestreut«, sagte der Jesuit, »wir brauchen nicht zu befürchten, daß ein Teil auf Gestein und ein anderer auf den Weg falle und daß die Vögel des Himmels das übrige verzehren – Aves coeli comederunt illam.«
»Möge die Pest dich mit deinem Latein holen!« sagte d'Artagnan, der am Ende seiner Kraft war.
»Gott mit Ihnen, mein Sohn«, sprach der Pfarrer, »bis morgen!« – »Bis morgen, junger Streiter«, sagte der Jesuit, »Sie versprechen, eine Leuchte der Kirche zu werden. Gebe der Himmel, daß diese Leuchte nicht zu einem verzehrenden Feuer werde!«
D'Artagnan, der schon eine ganze Stunde vor Ungeduld an seinen Nägeln gekaut hatte, fing jetzt an, sich in die Finger zu beißen. Die beiden Herren standen auf, verneigten sich vor Aramis und d'Artagnan und gingen auf die Tür zu. Bazin,

der, an der Tür gelehnt, die Auseinandersetzung von Anfang bis Ende in einem Zustand frommer Verzückung mitgehört hatte, stürzte auf sie zu, nahm dem Pfarrer das Gebetbuch, dem Pater das Missale aus der Hand und schritt, ihnen den Weg weisend, ehrfurchtsvoll voran. Aramis gab ihnen das Geleit bis zur Stiege, kehrte aber dann zu dem Freund zurück, dem der Kopf noch immer wirr von all dem war, was er gehört hatte.

Als die beiden Freunde einander gegenübersaßen, fand zuerst keiner ein Wort, das die Spannung lösen konnte, und doch mußte das Schweigen einmal gebrochen werden, aber d'Artagnan hatte keine Lust, als erster etwas zu sagen, und so begann Aramis: »Sie sehen, daß ich zu meinen ursprünglichen Absichten zurückgekehrt bin, lieber Freund.« – »Ja, wie der geistliche Herr eben sagte, die göttliche Gnade hat sich über Sie ergossen«, antwortete d'Artagnan. – »Oh, der Plan, mich von allem Irdischen zurückzuziehen, wohnt schon lange in meiner Seele«, sagte Aramis, »Sie haben mich sicher schon öfter davon sprechen hören.« – »Freilich, aber ich war immer der Meinung, wie ich nicht verhehlen will, Sie würden nur scherzen.« – »Scherzen mit dergleichen Dingen? Aber d'Artagnan!« – »Zum Teufel! Man scherzt doch auch mit dem Tode!« – »Aber höchst leichtsinnig, denn der Tod, d'Artagnan, ist die Pforte, die entweder zur Verdammnis oder zum ewigen Heile führt.«

»Mag sein, aber wenn ich Sie bitten darf, so wollen wir den theologischen Kram lieber beiseite lassen, Sie müßten doch, dächte ich, für heute genug davon haben. Ich habe mich mit Latein in meinem ganzen Leben kaum befaßt und was ich schließlich einmal gewußt habe, längst vergessen ... Zudem muß ich Ihnen sagen, daß ich noch keinen Bissen im Magen habe und daß ich einen Appetit habe wie ein Wolf, das dürfen Sie mir wirklich glauben.« – »Nun, wir wollen gleich frühstücken, lieber Freund, doch vergessen Sie nicht, daß wir heute Freitag haben, und freitags darf ich Fleisch weder sehen noch essen. Mein Menü besteht heute bloß aus gekochten Tetragonien und Obst.« – »Was meinen Sie mit Tetragonien?« fragte d'Artagnan beunruhigt. – »Spinat, lieber Freund«, versetzte Aramis, »aber Ihnen werde ich ein paar Ochsenaugen dazu braten lassen.« – »Ochsenaugen«, wiederholte d'Artagnan, »was ist denn das?« – »Spiegeleier«, erklärte Aramis. »Es ist zwar ein schwerer Verstoß wider die Regel, denn das Ei kommt vom Fleische.«

»Na, überessen werden wir uns wohl davon nicht, aber immerhin, um Sie nicht allein lassen zu müssen, will ich mich fügen.« – »Ich bin Ihnen für dieses Opfer sehr dankbar«, sagte Aramis, »wenn es auch Ihrem Leibe nichts nützt, dann doch sicher Ihrer Seele.«

»Es ist also Ihr fester Entschluß, Aramis, in den geistlichen Stand zu treten? Was werden unsere Freunde, was wird Herr von Tréville dazu sagen? Sie werden in aller Augen als Deserteur dastehen, das kann ich Ihnen schon jetzt prophezeien.« – »Ich trete nicht in den geistlichen Stand ein, sondern kehre in den geistlichen Stand zurück«, antwortete Aramis, »um der Welt willen hatte ich der Kirche den Rücken gekehrt, und daß ich widerwillig den Musketiersrock angezogen habe, wissen Sie ja.« – »Ich? Oh, ich weiß gar nichts!« – »Sie wissen nicht, daß ich aus dem Seminar ausgetreten bin?«

»Woher denn!« – »Nun, so hören Sie! Es heißt ja in der Schrift: Beichtet einander! Ich beichte Ihnen also, Freund!« – »Und ich erteile Ihnen die Absolution schon im vorhinein, Sie sehen also, ich lasse mit mir reden.« – »Treiben Sie nicht Spott mit heiligen Dingen, Freund!« – »So legen Sie los, Kamerad! Ich bin ganz Ohr.«

»Ich war also seit meinem neunten Lebensjahr im Seminar und sollte drei Tage, bevor ich zwanzig wurde, Abbé werden. Eines Abends war ich wie schon früher dann und wann – du lieber Gott, man ist eben jung – in eine befreundete Familie eingeladen, um der Herrin des Hauses ein Kapitel aus dem Leben der Heiligen vorzulesen. Da kam plötzlich, ohne gemeldet zu werden, ein Offizier ins Zimmer. Ich gebe zu, daß die Stellung, in der wir uns eben befanden, danach angetan sein konnte, Eifersucht zu wecken. Ich hatte nämlich gerade ein Kapitel aus der Judith vorgelesen, und die Dame interessierte das Thema so sehr, daß sie sich über meine Schulter neigte und mitlas. Den Offizier schien das zu ärgern. Solange er mit mir im Zimmer war, verhielt er sich ruhig, draußen aber stellte er mich und fragte, ob ich schon Bekanntschaft mit Meister

Bakel gemacht hätte. – ›Nicht, daß ich wüßte, Herr‹, versetzte ich, ›noch niemand hat gewagt, sie mir zuzumuten.‹ – ›Nun, dann lassen Sie es sich gesagt sein, Herr zukünftiger Abbé‹, rief er, ›wenn Sie noch einmal den Fuß in dieses Haus setzen, dann werde ich es wagen.‹ – Ich glaube, daß ich erschrak, daß ich bleich wurde, daß mir die Beine den Dienst versagten, ich suchte nach einer Antwort, aber umsonst. Der Offizier erwartete eine, und da er sah, daß sie ausblieb, drehte er mir den Rücken zu und ging wieder in das Haus, ich aber schlich in das Seminar. Ich bin Edelmann aus gutem Hause und, wie Sie wohl schon wahrgenommen haben, heißblütig. Der Schimpf, den mir der Offizier angetan, auch wenn niemand Zeuge gewesen war, beschäftigte mich. Ich erklärte meinen Obern, daß ich mich für die Weihe nicht genügend vorbereitet fühlte und bat, mich ein Jahr zurückzustellen. Man entsprach meinem Wunsch, und ich nahm Fechtstunden beim besten Meister.

Ich übte ein ganzes Jahr lang, Tag für Tag, und an dem Tage, da sich der Schimpf, den ich von seiten des Offiziers erlitten hatte, jährte, hing ich meine Soutane an den Nagel und legte Edelmannskostüm an. Ich begab mich auf ein Ballfest, wo ich sicher sein durfte, den Offizier zu treffen. Meine Vermutung bewahrheitete sich. Gerade als er einer Dame eifrig den Hof machte, trat ich auf ihn zu und fragte ihn, ob es ihn noch immer ärgere, wenn ich mich in der Rue Payenne sehen ließe, und ob er, wenn ich mich dort sehen ließe, noch immer den Mut hätte, mir mit Meister Bakel zu drohen. Er blickte mich verwundert an und sagte, er wisse beim besten Willen nicht, wer ich sei und was ich von ihm wolle. – ›Ich bin der kleine Abbé‹, erwiderte ich ihm, ›der der Dame in der Rue Payenne aus der Geschichte der Heiligen vorlas.‹ – ›Ach‹, rief er, ›jetzt fällt es mir wieder ein! Aber womit kann ich dienen?‹ – ›Ich möchte Sie bitten, einen kleinen Gang mit mir zu machen.‹ – ›Oh, morgen in aller Früh gern, nur jetzt nicht‹, erwiderte er. – ›Nein, nicht morgen erst, sondern gleich, wenn ich bitten darf.‹ – ›Na, mir soll es recht sein‹, versetzte er lachend, entschuldigte sich bei den Damen und folgte mir. Ich führte ihn in die Rue Payenne vor das Haus, in welchem er mich beschimpft hatte. Wir kreuzten vor der Tür die Degen, und mit dem ersten Stoß streckte ich ihn nieder.«

»Teufel!« rief d'Artagnan.

»Die Sache erregte natürlich Aufsehen, und ich sah mich genötigt, auf das geistliche Kleid zu verzichten, wenigstens auf gewisse Zeit. Es traf sich, daß ich mit Athos bekannt wurde, und er und Porthos, der mir weitere Fechtkniffe beigebracht hatte, bewogen mich, mich um meine Einstellung in die Musketierkompanie zu bewerben. Mein Vater war bei der Belagerung von Arras umgekommen, der König hatte viel auf ihn gehalten, und so bewilligte er mein Gesuch. Wenn ich nun heute erkläre, daß ich den Zeitpunkt, in die Kirche zurückzutreten, für gekommen erachte, so wird Sie das nicht weiter wundern, nachdem ich Ihnen diesen Einblick in mein bisheriges Leben vergönnt habe.«

»Und warum gerade heute, warum nicht schon gestern oder morgen?« rief d'Artagnan. »Was ist denn heute passiert, daß Sie auf derlei Gedanken kommen?« – »Meine Verwundung ist ein Wink des Himmels gewesen.« – »Ihre Verwundung? Pah, die ist bald geheilt, und was Sie heute kränkt, ist meiner Überzeugung nach etwas ganz anderes!« – »Und was sollte es sonst sein?« fragte Aramis, tief errötend.

»Ihr Herz ist verwundet, Aramis!« rief d'Artagnan, »und das sitzt tiefer und trifft einen empfindlicher als ein Degenstich!« – Aramis' Augen blitzten. »Ha«, rief er, seine Bewegung unter einer geheuchelten Gleichgültigkeit verbergend, »das ist nicht wahr! Ich und Liebeskummer? Wie sollte ich dazu kommen? Vanitas vanitum! Und wer sollte mir den Kopf verdrehen? Ein Kammerkätzchen? Ein Bürgerstöchterlein? Ach, lassen Sie das!« – »Ich hätte gedacht, Ihre Ambitionen gingen höher!« meinte d'Artagnan. – »Höher? Und wer bin ich, daß ich solche Ambitionen hegen sollte? Ich bin ein armseliger Musketier, der kaum etwas zu beißen hat und den kein Mensch kennt, dem jeder Dienst verhaßt ist und der sich in der Welt an dem falschen Platz befindet.«

»Aramis! Aramis!« rief d'Artagnan und schaute den Freund zweifelnd an.

»Staub zu Staub, Asche zu Asche«, sprach Aramis salbungsvoll, »darum kehre ich beizeiten zurück in den Staub ... Das Leben ist voller Demütigungen und Schmerzen«, fuhr er fort, während seine Stirn sich in düstere Falten legte, »alle Fäden, die es mit dem Glücke verknüpfen, reißen nach und nach in der Hand des Menschen, vor allem die Goldfäden. Oh, mein lieber d'Artagnan«, fuhr Aramis mit einer Stimme voll Bitterkeit fort, »glauben Sie mir, verbergen Sie Ihre Wunden, wenn Sie Wunden haben, sorgfältig! Schweigen ist die letzte Freude des Unglücklichen. Hüten Sie sich, jemandem, wer es auch sei, Schmerzen, die Ihr Herz zerreißen, zu zeigen! Die Neugierigen saugen aus uns Tränen heraus, wie Fliegen das Blut eines verwundeten Hirsches.« – »Mein treuer Aramis«, rief d'Artagnan, nun seinerseits einen tiefen Seufzer ausstoßend, »was Sie da erzählen, ist ja meine eigene Geschichte!« – »Wie?« – »Ja, eine Frau, die ich liebe, die ich anbete, ist gewaltsam entführt worden. Ich weiß nicht, wo sie weilt, wohin man sie geschleppt hat, die Ärmste ist vielleicht gefangen, vielleicht gar tot.« – »Aber den Trost haben Sie wenigstens, daß Sie sich sagen dürfen, sie sei nicht freiwillig von Ihnen gegangen, und wenn Sie von ihr nichts mehr sehen, nichts mehr hören, so rührt es daher, weil sie keinerlei Verbindung mit Ihnen aufnehmen kann, während ...«

»Während ...«, wiederholte d'Artagnan. – »Nichts, nichts«, versetzte Aramis. – »Also entsagen Sie tatsächlich auf ewig der Welt? Ist das Ihr fester Entschluß? Ihr unwiderruflicher Wille?« – »Mein felsenfester Entschluß! Heute sind Sie noch mein Freund und morgen? Morgen werden Sie mir nicht mehr bedeuten als ein Schatten, oder vielmehr Sie werden für mich überhaupt nicht mehr existieren. Und die Welt? Was wird sie mir morgen sein? Ein Grab, ein Grab, sonst nichts!«

»Donnerwetter! Das hört sich aber recht trübselig an!« – »Was soll ich darauf sagen? Mich ruft eine innere Stimme, und ihr muß ich folgen.« – D'Artagnan verzog lächelnd den Mund, gab jedoch keine Antwort. – Aramis hingegen fuhr fort: »Und doch möchte ich, solange ich noch auf Erden weile, von Ihnen hören, von meinen Freunden hören!« – »Und ich«, rief d'Artagnan, »hätte gern von Ihnen selbst etwas gehört! Aber ich sehe, daß Sie allem entsagt, sich von allem losgelöst haben, Freunde sind für Sie nur noch Schatten, die Welt ist für Sie ein Grab, und wenn Sie etwas von Liebe hören, rufen Sie pfui!«

»Ach, Sie werden es schon noch an sich selbst erfahren!« rief

Aramis seufzend. – »Reden wir also nicht weiter darüber«, rief d'Artagnan, »und übergeben wir diesen Brief, der Ihnen doch bloß eine neue Untreue Ihres Kammerkätzchens oder Bürgerstöchterleins meldet, dem Feuer!«

»Welchen Brief?« rief Aramis lebhaft. – »Einen Brief, den man während Ihrer Abwesenheit bei Ihnen abgegeben und mir zur Besorgung überlassen hat.« – »Aber von wem ist der Brief?« – »Von wem sonst als einer in Tränen schwimmenden Zofe oder einem in Not und Verzweiflung gestürzten Kammerkätzchen? Vielleicht gar dem der Frau von Chevreuse, das mit seiner Herrin wieder nach Tours hat ziehen müssen und doch so gern in Paris geblieben wäre? Das vielleicht, um sich wichtig zu machen, ihrer Herrin einen duftenden Briefbogen entwand und mit der Petschaft ihrer Herrin ihren Billet doux versiegelt hat? Denn wie ließe sich sonst die herzogliche Krone erklären?«

»D'Artagnan! Was reden Sie da?« – »Ach, du lieber Gott«, rief d'Artagnan. »Nun habe ich ihn womöglich verloren!« rief der junge Mann, indem er so tat, als suche er nach dem Briefe. »Ein Glück nur, daß die Welt ein Grab ist, daß Männer und Frauen also Schatten sind, daß Liebe ein Gefühl ist, dem ein derbes Pfui gehört!« – »D'Artagnan, d'Artagnan«, schrie Aramis, »Sie bringen mich um!« – »Da ist er ja!« rief d'Artagnan und holte endlich den Brief aus der Tasche.

Aramis riß ihm den Brief aus der Hand, las ihn, verschlang ihn ... Sein Gesicht strahlte vor Wonne ...

»Mir scheint«, meinte der Liebesbote harmlos, »als ob das Kätzchen einen recht blumigen Stil haben müsse!«

»Dank dir, d'Artagnan! Dank dir!« rief Aramis, fast im Delirium. »Sie mußte wieder nach Tours, aber sie ist mir nicht untreu geworden, sie liebt mich immer noch! Komm, Freund, und laß dich umarmen! Das Glück erstickt mich!« Und auf den Blättern der These umherstampfend, die vom Tisch auf die Erde gefallen waren, tanzten die beiden Freunde um den Schmöker des höchst ehrsamen Chrysostomus. Da trat Bazin mit dem Spinat und den Spiegeleiern in das Zimmer.

»Flieh, Unglücklicher!« rief Aramis, indem er ihm sein Käppchen ins Gesicht warf. »Gehe hin, wo du hergekommen! Schaffe mir dies greuliche Gemüse, diese eklige Beilage weg!

Bringe einen gespickten Hasen, einen fetten Kapaun, einen Schlegel mit Knoblauch und vier Pullen alten Burgunder!«
Bazin sah seinen Herrn verstört an, denn er konnte sich nicht erklären, was er sah und hörte. In einer Anwandlung von Trübsinn ließ er die Spiegeleier in den Spinat und den Spinat auf die Erde fallen.
»Das ist der Augenblick, Ihr Dasein dem König der Könige zu weihen«, rief d'Artagnan, »wenn Ihnen daran gelegen ist, ihm ein Kompliment zu machen.« – »Non inutile desiderium in oblatione!« – »Scheren Sie sich mit Ihrem Latein dahin, wo der Pfeffer wächst!« – »Mein lieber d'Artagnan, trinken wir! Stockschwerenot! Trinken wir! Trinken wir viel! Und erzählen Sie mir ein bißchen, was man da unten treibt.«

27

»Jetzt müssen wir noch versuchen, Nachricht von Athos zu bekommen«, sagte d'Artagnan, nachdem er Aramis über alles unterrichtet hatte, was sich seit ihrer Abreise aus der Hauptstadt zugetragen hatte, und ein vortreffliches Essen den einen seine These vergessen ließ und dem anderen half, sich von seinen Strapazen zu erholen. – »Sie glauben also, es sei ihm ein Unglück zugestoßen?« fragte Aramis. »Athos ist aber doch so kaltblütig, so tapfer und kann mit seinem Degen so geschickt umgehen.« – »Gewiß, ohne Zweifel, und niemand anerkennt Athos' Mut und Gewandtheit mehr als ich, aber mir persönlich ist es lieber, mit meinem Degen gegen Lanzen als gegen Knüppel zu fechten. Ich fürchte, Athos wird von den Bedienten böse hergenommen worden sein. Bediente schlagen derb zu und haben einen langen Atem. Darum möchte ich so schnell wie möglich wieder aufbrechen.«
»Ich will versuchen, ob ich mitkommen kann«, erwiderte Aramis, »obwohl mir nicht gerade nach Reiten zumute ist. Gestern habe ich mich mit der Geißel gezüchtigt, die Sie dort an der Wand sehen, aber der Schmerz hat mich zur Unterbrechung der frommen Übung genötigt.« – »Wer hat denn je gehört, daß man Musketenschüsse mit Geißelhieben heilt? Aber Sie waren krank, und Krankheit verwirrt den Kopf, und

das mag Sie entschuldigen.« – »Und wann brechen Sie auf?« – »Morgen, bei Tagesanbruch. Ruhen Sie sich heute nacht aus, und wenn Sie können, so wollen wir zusammen aufbrechen.« – »Also morgen«, sagte Aramis, »denn so eisern Sie auch zu sein scheinen, irgendwann einmal müssen Sie sich auch ausruhen.«

Als am nächsten Tage d'Artagnan zu Aramis kam, fand er ihn am Fenster. »Was gibt es denn da zu sehen?« fragte d'Artagnan. – »Meiner Treu! Ich bewundere drei stattliche Pferde, die die Stallburschen an den Zügeln halten. Es muß ein fürstliches Vergnügen sein, auf diesen Rossen zu reiten!« – »Nun, lieber Aramis! Dieses Vergnügen sollen Sie haben, denn eines von den Pferden gehört Ihnen.« – »Und welches?« – »Sie können es sich aussuchen! Mir ist jedes recht.« – »Und das kostbare Sattelzeug auch?« – »Gewiß.« – »Sie scherzen, d'Artagnan!« – »Nicht mehr, seit Sie das verteufelte Latein aufgegeben haben.« – »Donnerwetter, d'Artagnan! Das sind stattliche Pferde!« – »Ich freue mich, wenn ich Ihren Geschmack getroffen habe.« – »Ein Geschenk des Königs?« – »Jedenfalls nicht vom Kardinal, aber machen Sie sich keine Gedanken darüber, woher die Rosse stammen, denken Sie nur, daß eins davon Ihnen gehört.« – »Ich nehme das, welches der rote Lakai hält.« – »Famos!« – »Bei Gott und allen Heiligen«, rief Aramis, »das vertreibt mir den letzten Schmerz! Und hätte ich dreißig Musketenkugeln im Leib, das Tier müßte ich zwischen meinen Schenkeln fühlen! Bei meiner Seele! Sind das ein Paar Steigbügel! Holla, Bazin, komm auf der Stelle hierher!«

Bazin erschien träge und mürrisch auf der Türschwelle. – »Putze meinen Degen und richte meinen Hut! Bürste meinen Mantel und lade meine Pistolen!« befahl Aramis. – »Das letztere ist überflüssig«, bemerkte d'Artagnan, »Pistolen sind in den Halftern.« – Bazin seufzte. – »Sei still, Bazin!« sagte d'Artagnan. »Das Himmelreich gewinnt man in allen Lebenslagen!« – »Ach! Der Herr war ein so tüchtiger Gottesmann!« klagte Bazin. »Er wäre ganz sicher Bischof, vielleicht sogar Kardinal geworden!«

»Nun, mein armer Bazin, denk doch ein bißchen nach! Was nützt es, ein Mann der Kirche zu sein? Damit entgeht man doch nicht der Notwendigkeit, in den Krieg zu ziehen! Beweis: unser Kardinal!« – »Ja doch, ja doch!« murrte Bazin. »Es geht eben heute alles verkehrt zu auf der Welt!« – Inzwischen waren die beiden Edelleute und der arme Diener auf den Hof hinuntergegangen. »Bazin, halte mir den Steigbügel!« befahl Aramis und sprang anmutig und flott wie immer in den Sattel. Er fühlte aber nach ein paar Volten und Courbetten des edlen Tieres solche Schmerzen, daß er bleich wurde und im Sattel taumelte. D'Artagnan hatte das vorausgesehen. Er hatte den Freund nicht aus den Augen gelassen und sprang jetzt zu ihm hin. Er fing ihn in seinen Armen auf und führte ihn in sein Zimmer hinauf.

»Es ist schon gut, mein lieber Aramis«, sagte er, »bleiben Sie hier und kurieren Sie sich! Ich werde allein zu Athos reiten.« – »Sie sind wirklich ein Mann von Eisen!« rief Aramis. – »O nein! Ich habe nur Glück und weiter nichts! Aber keine Thesen mehr über Finger und Segnungen ... Ja?« – Aramis lächelte. »Ich werde Verse machen«, sagte er. – »Ja, parfümierte Verse! Lehrt Bazin die edle Kunst, das wird ihm den Kopf freimachen und das Herz weiten! Reiten Sie täglich ein bißchen, das wird Sie wieder sattelfest machen.« – Oh, in dieser Hinsicht brauchen Sie keine Angst zu haben!« rief Aramis. »Bei Ihrer Rückkehr werde ich schon wieder munter sein!«

Sie nahmen voneinander Abschied, und d'Artagnan trabte, nachdem er seinen Freund noch der drallen Wirtin ans Herz gelegt hatte, in Richtung Amiens weiter.

Wie würde er Athos finden, wenn er ihn überhaupt noch fand? Das war die Frage, die ihn jetzt beschäftigte. Er hatte den Freund in einer höchst mißlichen Lage zurückgelassen, und die Annahme, daß jener dabei zugrunde gegangen sei, war wirklich nicht von der Hand zu weisen. Je mehr er sich das alles klarmachte, desto tiefer wurden die Falten auf seiner Stirn. Athos war der älteste der drei Freunde und derjenige, der ihm in bezug auf seine Lebensweise und Neigungen von allen am fernsten stand, und doch hatte er gerade für Athos eine ausgesprochene Vorliebe. Sein vornehmes Aussehen, sein Mut und seine Kaltblütigkeit imponierten ihm sehr, und seine vielseitigen Kenntnisse, von der Kochkunst angefangen bis zur Wap-

penkunde, nicht minder. Und doch war der so edel veranlagte Musketier in seiner Freizeit ein Genußmensch, und er hatte ja viel freie Zeit. Er konnte stundenlang mit seinem Pagen Grimaud hinter einer Flasche sitzen und mit gesenktem Haupt und matten Augen vor sich hinstieren. Man sagte ihm nach, er träume für vier, und das war nicht übertrieben. Einige hatten schon versucht, ihn einmal unter den Tisch zu trinken, aber sie hatten bald eingesehen, daß sie sich zuviel zugemutet hatten, denn Athos zeigte, und wenn er noch soviel trank, keinerlei Veränderung, außer daß sich auf seinem Gesicht ein Zug tiefer Traurigkeit eingrub und die Falten auf seiner Stirn noch dichter zusammenschoben. Irgend etwas mußte in seinem Leben vor sich gegangen sein, das ihn zu einem ernsten Manne gewandelt hatte, aber darüber wußte niemand Genaueres, nur war schon manchem aufgefallen, daß sich seine düsteren Stimmungen in den Monaten Juni und Juli regelmäßig verschärften. Dieses Geheimnis erweckte begreiflicherweise ein großes Interesse an seiner Person, zumal er, selbst wenn er nicht mehr nüchtern war, weder durch Blicke noch gar Worte sich auch nur die geringste Blöße gab.
Armer Athos, dachte d'Artagnan, vielleicht bist du schon durch meine Schuld tot, denn ich habe dich in diese Affäre verstrickt, von deren Ursachen du nicht einmal etwas wußtest, von deren Ausgang du nichts erfahren hast, aus der du dir keinerlei Vorteil versprechen konntest! – Er hatte den letzten Satz laut gesagt, und Planchet antwortete ihm prompt: »Gar nicht zu reden, Herr, daß wir ihm wahrscheinlich das Leben verdanken. Sie erinnern sich doch, wie er uns zurief: D'Artagnan, fort, fort! Ich bin gefangen! Und er hat seinen Degen so tapfer eingesetzt, nachdem er seine beiden Pistolen abgefeuert hatte! Man hätte meinen können, nicht einer kämpfe, sondern zwanzig! Zwanzig rasende Teufel!«
Gegen elf Uhr vormittag kam Amiens in Sicht, und um halb zwölf hielten die beiden Reiter vor der verwünschten Herberge. D'Artagnan hatte dem hinterhältigen Wirt heimlich Rache geschworen und trat jetzt, den Hut in die Stirn gedrückt, mit der Linken am Degengriff und in der Rechten die Reitpeitsche schwingend, in die Gaststube. »Sie kennen mich wohl noch?« fragte er den Wirt, der ihm mit einem tiefen

Kompliment entgegentrat. – »Ich habe nicht die Ehre, gnädiger Herr«, erwiderte dieser, geblendet von dem stattlichen Aussehen des schmucken Gardereiters. – »So, wirklich nicht?« fragte d'Artagnan. – »Nein, gnädiger Herr, wirklich nicht!« – »Nun, dann werden wohl wenige Worte ausreichen, um Ihr Gedächtnis aufzufrischen!« rief d'Artagnan. »Was ist denn aus dem Musketier geworden, den Sie vor etwa vierzehn Tagen der Falschmünzerei beschuldigten?«

Der Wirt wurde leichenblaß, denn d'Artagnan blickte sehr böse und Planchet, der ihm an die Seite getreten war, nicht minder. »Ach, Euer Gnaden«, rief der Wirt kläglich, »darüber bitte kein Wort mehr! Was hat mich diese Dummheit nicht schon alles gekostet! Ach, es gibt keinen unglücklicheren Menschen als mich!« – »Was ist aus dem Edelmann geworden?« fragte d'Artagnan streng. – »Hören Sie mir bitte zu, gnädiger Herr! Bitte, Euer Gnaden, nehmen Sie doch Platz!«

D'Artagnan, stumm vor Zorn und Unruhe, setzte sich in der drohenden Haltung eines Richters, während Planchet sich grimmig hinter ihm aufstellte. »So lassen Sie mich erzählen, wie es zugegangen ist, gnädiger Herr«, begann der Wirt, am ganzen Leibe zitternd. »Jetzt erkenne ich Sie. Sie brachen auf, als ich mit dem Edelmanne, von dem Sie sprechen, den unseligen Streit hatte.« – »Jawohl, ich bin der«, versetzte d'Artagnan. »Sie merken wohl, daß Sie nur auf Gnade hoffen können, wenn Sie die reine Wahrheit sagen!«

»Hören Sie weiter, Euer Gnaden, und Sie sollen alles erfahren ... Ich war von den Behörden verständigt worden, daß ein vornehmer Herr mit falschem Geld reise und mit Musketieren und Gardisten in meinem Gasthofe vorsprechen werde. Pferde, Diener, Gesichter, alles war mir genau beschrieben worden, Herr!«

»Weiter!« rief d'Artagnan. – »Es wurden mir von der Behörde sechs Mann zur Unterstützung geschickt, und mir wurde vorgeschrieben, wie ich mich verhalten sollte, damit man den Missetäter ergreifen könne.« – »Auch das noch!« rief d'Artagnan, der den ganzen teuflischen Plan durchschaute, der vom Kardinal gegen ihn ins Werk gesetzt worden war. – »Verzeihen der gnädige Herr«, jammerte der Wirt, »daß ich mich solcher Ausdrücke bediene, aber nur so kann ich mich in

Ihren Augen rechtfertigen. Die Obrigkeit hatte mir Angst eingejagt, und was kann ein Wirt tun, als sich ihren Anordnungen fügen?« – »Aber noch einmal, wo ist der Edelmann?« rief d'Artagnan. »Was ist aus ihm geworden? Ist er tot? Lebt er noch?«

»Geduld, gnädiger Herr, ich komme schon zur Sache. Sie wissen ja, was bis zu Ihrem Aufbruch geschah. Ihr rascher Aufbruch«, setzte der Wirt mit Pfiffigkeit hinzu, die d'Artagnan sehr wohl bemerkte, »schien gewissermaßen die Veranlassung für das Weitere gewesen zu sein. Ihr Freund, der Edelmann und Musketier, verteidigte sich mit übermenschlicher Kraft, und sein Page, der sich leider mit den als Stallknechten verkleideten Staatspolizisten eingelassen ...« – »Ha, Sie Schurke!« rief d'Artagnan. »Also waren Sie im Einverständnis, und ich weiß wirklich nicht, warum ich mit Euch und Eurer Bagage noch viel Federlesens mache!«

»Nicht doch, gnädiger Herr, von Einverständnis war keine Rede, wie sie gleich sehen werden. Ihr Herr Freund – verzeihen Sie, daß ich ihn nicht mit Namen nenne, aber ich kenne ihn nicht –, Ihr Herr Freund also schoß mit seinen Pistolen zwei Mann über den Haufen, zog sich dann fechtend, nachdem er einen meiner Knechte zum Krüppel geschlagen und mich durch einen Hieb mit der flachen Klinge betäubt hatte, in Richtung des Kellers zurück, dessen Tür offengelassen worden war. Er sprang hinein, riß den Schlüssel aus dem Schlüsselloch, schlug die Tür hinter sich zu und verbarrikadierte sich dort nach allen Regeln der Kunst. Da man sicher war, ihn hier jederzeit wiederzufinden, hat man ihn zunächst in Ruhe gelassen.«

»Also wird er seitdem hinter Schloß und Riegel gehalten?« rief d'Artagnan empört.

»Kein Gedanke, gnädiger Herr, daß man sich darum gerissen hätte, ihn hinter Schloß und Riegel zu halten! Er rührte sich ja selbst nicht wieder heraus, und er hat uns wirklich übel zugerichtet, das muß man ihm lassen. Als ich wieder bei Bewußtsein war, suchte ich den Offizier auf, der von der Stadt hergeschickt worden war, nur den vermutlichen Falschmünzer zu arretieren, und fragte ihn, was mit dem Musketier im Keller nun geschehen sollte; der aber tat, als fiele er aus den Wolken, und sagte, die Befehle, von denen ich faselte, seien gar nicht von ihm gegeben worden, und falls ich mir einfallen lassen sollte, irgend jemand gegenüber zu äußern, daß er mit der Affäre irgend etwas zu tun gehabt hätte, würde er dafür sorgen, daß ich an den Galgen käme.«

»Aber Athos?« rief d'Artagnan, der durch das Verhalten der Behörde in maßlose Wut geraten war. »Was ist mit Athos geworden?« – »Er will aus dem Keller nicht heraus, obwohl ich ihm schon alles erklärt habe. Er sagt, er bliebe dabei, man wolle ihm nur eine Falle stellen. Nach allerhand Hin und Her forderte er endlich, daß man ihm seinen Pagen wiedergäbe, und zwar in voller Bewaffnung. Herr Grimaud – denn so hat er sich uns gegenüber genannt – war verwundet, wurde aber zu dem Edelmann in den Keller hinuntergelassen. Das führte aber zu weiter nichts, als daß uns noch befohlen wurde, oben in unserer Schankstube zu bleiben und kein Wort mehr über die Räumung des Kellers zu verlieren.«

»Also finde ich meinen Freund im Keller?« rief d'Artagnan. – »Ja«, antwortete der Wirt, »er hat sich noch nicht herausgerührt; wir müssen ihm jeden Tag durch das Luftloch Brot und Fleisch hinunterreichen. Aber das ernährt ihn und seinen Pagen sicher nicht. Von all den Vorräten, die in meinem Keller waren, werde ich nicht mehr viel zu sehen kriegen, weder vom Flaschen- noch vom Faßwein, noch vom Bier und dem Öl, noch vom Speck und den Würsten.«

»Das wäre nicht mehr als billig, Ihr Schuft!« rief d'Artagnan. »Ich dächte, man könnte uns vom Gesicht ablesen, daß wir mit Falschmünzerei nichts zu tun haben!«

»Ach, das wohl, gnädiger Herr! Aber was kann ein armer Wirt gegen behördliche Verordnungen?« – D'Artagnan wollte dem Wirt gerade die passende Antwort auf diesen wiederholten Versuch, sich reinzuwaschen, geben, als aus dem Keller ein wilder Lärm erschallte. – »Da hören Sie es selbst, gnädiger Herr, wie er wieder rumort!«

»Gewiß habt Ihr ihn wieder gestört?« – »Was sollen wir denn machen? Es kommen doch fortwährend Gäste! Und nicht allein, daß wir selbst alle auf dem trockenen sind und kaum wissen, wie wir uns Speise und Trank beschaffen sollen. Seit Ihr Freund den Keller besetzt hält, können wir keinem Gast mehr etwas vorsetzen! Eben sind ein paar vornehme Engländer abgestiegen und haben Wein bestellt. Da habe ich meine Frau hinuntergeschickt, damit sie versuchen soll, mit Ihrem Freund vernünftig zu reden.« Der Lärm aus dem Keller verdoppelte sich. D'Artagnan erhob sich. Der Wirt ging, die Hände ringend, vor ihm die Treppe hinunter. Planchet folgte mit der geladenen Muskete. Die beiden Engländer, hungrig und durstig von einem langen Ritt, forderten ungestüm Wein und Braten. Die Wirtin hatte ihnen erzählt, unter welchem Drangsal sie und ihr Mann zu leiden hätten. »Aber das ist ja eine gemeine Tyrannei!« riefen sie im besten Französisch, wenn auch mit einem fremden Akzent, »wie kann sich ein solcher Narr erdreisten, rechtschaffenen Leuten ihren Wein vorzuenthalten? Vorwärts! Wir schlagen die Kellertür ein, und wenn er zu viele Umstände macht, so schlagen wir ihn einfach nieder!«

»Das werden Sie bleiben lassen, meine Herren!« erklärte d'Artagnan, die Pistolen aus seinem Gürtel ziehend. »Von Totschlagen ist hier keine Rede!« – »Schön!« klang Athos' Stimme hinter der Kellertür hervor. »Sie mögen nur kommen, diese Maulhelden. Sie werden schon sehen, wie wir ihnen heimleuchten werden.« So tapfer die beiden Herren aus England auch zu sein schienen, so blickten sie einander doch bedenklich an, denn im Keller unten schien einer jener heißhungrigen Wehrwölfe zu stecken, die jeden, wie die Sage berichtet, zerreißen, der den Fuß in ihre Höhle setzt. Eine Weile herrschte Stille; schließlich schämten sie sich aber, unverrichtetersache wieder abzuziehen, und der Mutigere der beiden ging ein paar Stufen hinunter, die zum Keller führten, und stieß mit dem Fuße gegen die Tür.

»Planchet«, rief d'Artagnan, seine Pistole ladend, »ich nehme den oben auf mich; sieh zu, daß du mit dem unten fertig wirst. – Meine Herren«, wandte er sich an die Engländer, »Sie haben es darauf angelegt, mit uns Streit zu suchen, nun, Sie sollen ihn haben!« – »Herrgott«, rief Athos mit seiner hohlen Stimme, »das ist doch d'Artagnan!« – »Allerdings!« schrie dieser. »Allerdings ist es d'Artagnan.« – »Oh, das ist ja großartig!« sagte Athos. »Jetzt wollen wir sie uns aber vornehmen! Die sollen nicht noch einmal den Wunsch verspüren, die Türen einzutreten!« Die Edelleute hatten ihre Degen schon bereit; da sie sich aber von zwei Seiten angegriffen sahen, zauderten sie noch einen Augenblick. Aber sie waren zu stolz, aufzugeben, und so erfolgte ein neuer Tritt gegen die Tür. – »Tritt beiseite, d'Artagnan!« rief Athos. »Ich schieße!« – »Meine Herren«, erklärte d'Artagnan ruhig, »bedenken Sie die Folgen! Gedulden Sie sich noch, Athos! – Sie lassen sich in einen bösen Handel ein und werden mit den Kugeln Bekanntschaft machen müssen. Hier stehe ich mit meinem Pagen und gebe wenigstens drei Salven, und aus dem Keller dürften Sie auf die gleiche Portion rechnen, dann bleiben uns noch die Degen, und damit wissen wir, mein Freund und ich, recht gut umzugehen. Lassen Sie mich die Sache in Ordnung bringen! Ich gebe Ihnen mein Wort, daß Sie nicht mehr lange auf Wein zu warten brauchen.« – »Wenn noch welcher da ist!« höhnte Athos. Dem Wirt lief kalter Schweiß über seinen Körper. – »Was heißt das: wenn noch welcher da ist?« stöhnte er. – »Teufel, irgend etwas wird schon noch da sein!« versetzte d'Artagnan, »die beiden Männer werden doch nicht den ganzen Keller ausgesoffen haben! Stecken Sie Ihre Degen ruhig wieder ein!« – »Nun, wenn Sie Ihre Pistolen wieder in den Gürtel stecken!« – »Gern«, antwortete d'Artagnan und ging mit gutem Beispiel voran, indem er auch seinem Pagen den Befehl gab, die Waffen wegzulegen. Brummend, aber überzeugt, daß ihnen nichts Besseres übrigblieb, steckten die Engländer ihre Degen in die Scheiden. Man erzählte ihnen von der Gefangennahme Athos', und da sie wackere Edelleute waren, gaben sie dem Wirte die Schuld an den Vorkommnissen. »Und nun, meine Herren«, sagte d'Artagnan, »gehen Sie ruhig wieder in die Gaststube hinauf! Ich verbürge mich dafür, daß Sie in zehn Minuten alles bekommen werden, was Sie nur wünschen.«

Die Engländer grüßten und gingen. »Da ich jetzt allein vor Ihrer Tür bin, mein lieber Athos«, sagte d'Artagnan, »so machen Sie mir, bitte, auf!« – »Einen Augenblick!« sagte Athos. – Gleich darauf wankte die Tür, und man sah den bleichen Kopf des Musketiers erscheinen, der mit raschem Blick das Terrain sondierte. D'Artagnan warf sich ihm an den Hals und umarmte ihn herzlich, dann wollte er ihn aus dem feuchten Raume ziehen, aber er merkte, daß Athos taumelte.

»Sie sind verwundet?« fragte er. – »Ich? Nicht im geringsten, aber sternhagelvoll bin ich! Betrunken, wie kaum je ein Mensch es gewesen sein dürfte ... Es wird aber auch keinem eine so günstige Gelegenheit dazu geboten worden sein wie mir, denn der Inhalt von zirka hundertfünfzig Flaschen ist meine Kehle hinuntergelaufen.« – »Barmherzigkeit!« rief der Wirt. »Wenn der Page bloß die Hälfte von dem getrunken hat, bin ich ein ruinierter Mann!« – »Grimaud ist ein Page aus gutem Hause«, erwiderte Athos, »der sich nicht herausnähme, es mir nachzumachen. Er hat nur aus dem Fasse getrunken. Aber, Teufel! Der Kerl hat vergessen, den Spund wieder ins Faß zu stecken. Hört doch nur, wie es rauscht!«
D'Artagnan wollte sich ausschütten vor Lachen, während der Wirt gelb und grün vor Ärger wurde. Grimaud erschien mit der Muskete auf der Schulter, schwankenden Hauptes wie ein trunkener Satyr auf einem Rubensgemälde. Er war über und über mit einer fettigen Flüssigkeit übergossen, in welcher der Wirt sein bestes Olivenöl erkannte. Der Zug passierte den großen Saal und machte es sich im besten Zimmer des Gasthofes gemütlich, das d'Artagnan, ohne den Wirt zu fragen, beschlagnahmte. Mittlerweile stürzte dieser mit seiner besseren Hälfte in den ihm so lange verschlossen gebliebenen Keller, um ihn zu untersuchen. Es bot sich ihnen ein so schreckliches Schauspiel, daß ihr Jammergeschrei bald das ganze Haus erfüllte. In Teichen von Öl und Wein schwammen Schinkenknochen, Bratwürste und andere Würste, Flaschen über Flaschen mit gebrochenen Hälsen füllten alle Ecken, und aus einem Fasse, dessen Sprundloch zu schließen vergessen worden war, rannen die letzten Tropfen des Rebensaftes, mit dem es bis an den Rand gefüllt gewesen war.
Athos wandte nicht einmal den Kopf nach den jammernden Wirtsleuten. Als der Wirt den ersten Schmerz überwunden hatte, packte ihn eine Wahnsinnswut, er wappnete sich mit einem Bratspieß und raste vor Verzweiflung in das Zimmer, in das sich die beiden Freunde zurückgezogen hatten.
»Wein!« rief Athos, sobald er ihn kommen sah. – »Wein!« wiederholte, außer sich vor Wut, der Wirt. »Für hundertfünfzig Pistolen haben Sie welchen geleert! Ich bin ein geschlagener Mann!«

»Pah«, rief Athos, »unser Durst war immer der gleiche.« – »Hätten Sie es wenigstens am Trinken genug sein lassen, aber Sie haben ja sämtliche Flaschen zerschlagen.« – »Wenn es Scherben im Keller gibt, so ist das einzig und allein Ihre Schuld. Wer hat Sie geheißen, mich in einen Flaschenständer zu treiben?« – »All mein Öl ist ausgelaufen!« wehklagte der Wirt. – »Öl ist Balsam für Wunden, und mein armer Grimaud mußte sich doch seine Wunden verbinden, die ihm geschlagen wurden.« – »All meine Würste sind angeknabbert!« – »Sie haben ja Ratten im Keller.«

»Dafür werden Sie mir aufkommen! Das werden Sie mir auf Heller und Pfennig bezahlen!« schrie der Wirt, schäumend vor Wut. – »Esel!« rief Athos, indem er sich aufrichtete. Aber er fiel sofort wieder um, was zeigte, daß es mit seinen Kräften nicht weit her war. D'Artagnan kam ihm, die Reitpeitsche schwingend, zu Hilfe, worauf der Wirt ein paar Schritte zurückwich und bitterlich zu weinen anfing.

»Das soll Ihnen eine Lehre sein«, rief d'Artagnan, »wie man mit Gästen umgeht, die Ihnen vom Himmel gesandt werden.« – »Sagen Sie lieber von der Hölle«, rief klagend der Wirt. – »Lieber Mann«, sagte d'Artagnan, »wenn Sie uns noch lange die Ohren volljammern, so werden wir uns alle vier in Ihrem Keller umsehen, ob der Schaden wirklich so groß ist, wie Sie tun.« – »Ich gebe zu, meine Herren«, erwiderte klein beigebend der Wirt, »daß das Unrecht auf meiner Seite liegt, aber jede Sünde findet Vergebung, und Sie sind vornehme Herren, ich aber bin bloß ein armer Teufel, darum haben Sie Mitleid mit mir, meine Herren!« – »Ach, wenn du solche Töne anschlägst, mein Kleiner«, sagte Athos, »dann spaltest du mir das Herz, und meinen Augen werden die Tränen entströmen wie deinen Fässern der Wein. Man ist doch schließlich auch kein so schlimmer Kerl, wie man aussieht. Komm, Mann, setz dich zu uns, und laß uns miteinander reden.« – Der Wirt kam ängstlich näher. – »Komm, sage ich dir, und habe keine Angst!« fuhr Athos fort. »Gerade als ich dich bezahlen wollte, du weißt doch ...« – »Kamen die Häscher«, fiel ihm der Wirt ins Wort. – »Ich hatte meinen Beutel auf den Tisch gelegt ...« – »Jawohl, Euer Gnaden!« – »Mein Beutel enthielt sechzig Pistolen!« rief Athos. »Wo ist er?« – »Die Häscher nahmen ihn mit, weil sie behaupteten, das Geld darin sei falsch.« – »Dann laß ihn dir von den Kerlen herausgeben, und du bist mit den sechzig Pistolen bezahlt!«

»Aber Euer Gnaden wissen doch, daß die Gerichtskanzlei nichts wieder herausrückt, was sie einmal geschluckt hat. Wäre es falsches Geld, so bestünde ja noch Hoffnung, aber leider sind es echte, ganz echte Goldfüchse!« – »So sieh zu, wie du mit der Kanzlei zurechtkommst, mich soll die Sache um so weniger kümmern, als ich selbst keinen Heller im Vermögen habe.« – »Ein Wort noch«, sagte d'Artagnan, »wo steckt Ihr Pferd, Athos?« – »Im Stalle.« – »Was ist es unter Brüdern wert?« – »Höchstens fünfzig Pistolen.« – »Sagen wir achtzig! Billiger würde man es nicht hergeben. Lassen Sie es dem Wirt.« – »Was? Mein Pferd soll ich hergeben? Mein Bajazet? Und worauf soll ich reiten? Etwa Huckepack auf Grimauds Rücken?«

»Ich bringe Ihnen ein anderes Pferd, Athos!« sagte d'Artagnan. – »Ein stattliches Tier!« rief der Wirt. – »Nun, wenn ich ein schöneres, jüngeres bekomme, dann nimm das alte, Wirt! Aber Wein her, Wirt! Wein her!« – »Was für eine Marke?« fragte der Wirt, plötzlich wieder heiter und froh gestimmt. – »Von der Sorte, die hinten auf den Latten liegt! An die fünfundzwanzig Flaschen müssen noch dort liegen, die anderen sind leider zum Teufel, bring ein halbes Dutzend herauf!«

»Ein echter Teufelsbraten!« brummte der Wirt. »Wenn der noch vierzehn Tage mein Gast bleibt und alles berappt, bin ich ein gemachter Mann!« – »Vergeßt nicht«, rief d'Artagnan ihm nach, »den beiden Herren aus England vier Flaschen von der gleichen Sorte zu bringen!« – »Und nun«, rief Athos, »bis der Wein kommt, erzähle, was unsere Kameraden machen!«

D'Artagnan erzählte ihm, wie er Porthos mit einem verzerrten Knie im Bett und Aramis zwischen zwei Pfaffen, im Begriff der Welt zu entsagen, gefunden habe. Als er fertig war, kam auch der Wirt mit dem halben Dutzend Flaschen und einem Schinken, den er zum Glück nicht im Keller aufgehoben hatte.

»Schön!« rief Athos, zwei Gläser füllend. »Ein Glas für Porthos und eins für Aramis! Aber, Freund, von Ihnen selbst habe ich ja noch nichts gehört. Sagen Sie, wie ist es denn Ihnen ergangen? Sie machen ja ein recht trübseliges Gesicht!« – »Ach«, rief d'Artagnan, »ich bin der Unglücklichste von uns allen!« – »Du? D'Artagnan? Und wieso?« erwiderte Athos. »Sage es mir doch!« – »Später, Athos, später!« – »Warum später?« fragte Athos. »Weil du mich für betrunken hältst? Dann laß dir eins sagen: Bei keinem gilt das Wort, daß im Wein Wahrheit liegt, so wie bei mir. Sprich nur! Ich bin ganz Ohr.«

Nun erzählte d'Artagnan, wie es ihm mit Frau Bonacieux ergangen war. Athos hörte zu, ohne ihn zu unterbrechen. Als er zu Ende war, rief er: »All das sind doch erbärmliche Geschichten! Eine ärger als die andere!« – »Solche Worte, lieber Athos, aus Ihrem Munde?« versetzte d'Artagnan. »Das hört sich seltsam an! Sie haben sicher niemals geliebt!«

Da blitzte es plötzlich wild auf in den Augen des Musketiers, aber in der nächsten Sekunde senkte sich wieder der gewohnte trübe Schleier über sie.

»Ja, ja, Sie haben recht!« erwiderte er ruhig. »Ich habe nie geliebt!« – »Da sehen Sie, wie unrecht Sie hatten, gegen uns hart zu sein, da wir ein zärtliches Herz haben!« – »Zärtliche Herzen, zerrissene Herzen!« sagte Athos. – »Was sagen Sie?« – »Daß Liebe eine Lotterie ist, wo der Gewinner mit dem Tode belohnt wird! Glauben Sie mir, d'Artagnan, Sie können glücklich sein, daß Sie sie verloren haben. Wenn ich Ihnen einen Rat geben darf, so bleiben Sie ein Verlierer!«

»Sie schien mich doch so sehr zu lieben!« – »Schien!« wiederholte Athos. – »Oh, sie hat mich geliebt!« – »Kind, es gibt keinen Mann, der nicht wie Sie geglaubt hätte, seine Liebste liebe ihn, und es gibt keinen, der von seiner Liebsten nicht betrogen worden wäre!« – »Ausgenommen Sie, Athos, denn Sie haben nie geliebt!« – »Ja, ja, Sie haben recht«, versetzte nach einer kurzen Pause der Musketier, »ich habe nie eine Herzallerliebste besessen! Also – trinken wir! Trinken wir!« – »Helfen Sie mir«, erwiderte d'Artagnan, »mit Ihrer Philosophie, Athos, denn ich brauche Trost. Lassen Sie mich nicht umsonst bitten!«

»Trost brauchen Sie?« fragte Athos. »Trost? Wofür?« – »Für mein Unglück.« – »Ihr Unglück wirkt auf meine Lachmuskeln«, versetzte Athos, mit den Achseln zuckend, »ich möchte nur wissen, was Sie sagen würden, wenn ich Ihnen einmal eine Liebesgeschichte erzählte!« – »Die Ihnen passiert ist?« – »Oder einem Freunde von mir, was kommt's darauf an?« – »Athos, erzählen Sie! Erzählen Sie!« – »Trinken wir, dann wird es besser gehen.« Er leerte sein Glas und füllte es wieder und suchte, sich zu sammeln, aber je länger er saß und sann, desto bleicher wurde er. Er war in dem Stadium der Trunkenheit, in dem der Durchschnittstrinker umfällt und einschläft. Er aber träumte laut, ohne zu schlafen. Diese schlafwandlerische Trunkenheit hat etwas Erschreckendes. »Sie wollen sie wirklich hören?« fragte er. – »Ich bitte Sie darum!« erwiderte d'Artagnan. – »Nun, gut!« rief er, und noch einmal leerte er sein Glas und füllte es noch einmal; dann begann er mit einem düsteren Lächeln.

»Es ist die Geschichte eines Freundes, verstehen Sie wohl? Nicht meine eigene ... Es war ein edler Graf im Berry, der verliebte sich mit fünfundzwanzig Jahren in ein sechzehnjähriges Mädchen, das schön war wie eine Amorette. Durch die Unschuld Ihres Alters sprühte ein sengender Geist, kein Frauen-, sondern ein Dichtergeist; sie weckte nicht Gefallen, sondern berauschte; sie lebte in einem Dörfchen bei ihrem Bruder, der Geistlicher war. Keiner wußte, woher sie stammten. Wer sie aber in ihrer Schönheit und ihren Bruder in seiner Frömmigkeit sah, der dachte nicht daran, sie zu fragen, woher sie kämen. Außerdem hatten sie den Ruf einer edlen Herkunft. Mein Freund, der Grundherr des Landes, hätte sie verführen oder notzüchtigen können, denn er gebot über Leben und Eigentum seiner Hörigen, und wer hätte sich der beiden Fremden, der beiden Unbekannten, angenommen? Wer hätte ihnen Beistand und Hilfe geleistet? ... Leider war er ein Ehrenmann und nahm sie zur Frau! Der Esel! Der Narr!«

»Aber wieso, wenn er sie liebte?« fragte d'Artagnan. – »So warten Sie doch«, erwiderte Athos. »Mein Freund, der Graf, führte sie in sein Schloß und erhob sie zur ersten Dame in seiner Provinz, und gerechterweise muß man ihr zugestehen: sie verstand zu repräsentieren und ihrem Range gemäß aufzutreten ... Es kam ein Tag, an dem sie mit ihrem Gemahl auf die Jagd ging«, die Stimme des Musketiers wurde leiser, aber er sprach immer schneller, »und auf der Jagd stürzte sie und wurde ohnmächtig. Der Graf eilte ihr zu Hilfe, und da ihre

Kleider sie beengten, riß er sie auf und – entblößte dabei ihre Schulter. Und da erblickte er ...« Athos lachte schrill.
»Was erblickte er?« fragte d'Artagnan.
»Ein Lilienmal!« schrie Athos. »Das Geschöpf war gebrandmarkt!« Und mit einem einzigen Zuge leerte er das Glas, das vor ihm stand.
»Gräßlich!« rief d'Artagnan. »Was erzählen Sie mir da?« – »Die Wahrheit, Freund! Der Engel war ein Teufel, das Mädchen hatte gestohlen!« – »Und der Graf? Was tat der Graf?« – »Der Graf war Grundherr, war Herr über Leben und Eigentum seiner Hörigen. Der Graf riß ihr die Kleider vom Leibe, band ihr die Hände auf dem Rücken zusammen und knüpfte sie an einen Ast.« – »Jesus«, schrie d'Artagnan, »das war ja Mord, Athos!« – »Jawohl, ein Mord, weiter nichts!« wiederholte Athos, bleich wie der Tod. »Aber mein Glas ist leer.« Er hob die letzte Flasche, die noch vor ihm stand, zum Munde und schüttete sie ohne abzusetzen auf einen Zug hinunter. Dann sank ihm der Kopf zwischen die Hände. D'Artagnan aber saß, stumm vor Entsetzen, ihm gegenüber und starrte ihn an. – »Und das, d'Artagnan, hat mich geheilt von den schönen, poetischen, liebreizenden Weibern«, sagte Athos und richtete sich auf. »Gott sei Ihnen ebenso gnädig, Freund! Her mit dem Glase! Trinken wir, trinken wir!«
»Also ist sie tot?« stammelte d'Artagnan. – »Ich nehme es an!« rief Athos. »Aber so geben Sie mir doch Ihr Glas! Schinken, du Schafskopf! Braten, Kamel!« schrie er den Wirt an. »Wir können ja nicht mehr saufen!« – »Und ihr Bruder?« fragte d'Artagnan schüchtern weiter. – »Ihr Bruder?« wiederholte Athos blöde. – »Ja, der Geistliche?« – »Oh, ich wollte ihn holen lassen, weil er auch hängen sollte, aber er hatte Lunte gerochen und war noch in derselben Nacht aus seiner Pfarre geflohen.« – »Hat man wenigstens erfahren, wer diese Elenden waren?« – »Sicher war er der Satan und Mitschuldige der Schönen, ein würdiger Herr, der sich als Pfarrer ausgab, um sie unter die Haube zu bringen und ihr eine Zukunft zu sichern. Hoffentlich hat er schon Bekanntschaft mit dem Rade gemacht!« – »Jesus, Jesus!« rief d'Artagnan, von dieser schrecklichen Geschichte aus der Fassung gebracht.
»Aber so nehmen Sie doch ein Stück Schinken, d'Artagnan!«

rief Athos. »Er ist ausgezeichnet!«, und er warf seinem jungen Freunde eine Scheibe auf den Teller. »Ein Pech, wahrhaftig, daß ich nicht wenigstens vier von der Sorte im Keller hatte! Ich hätte wenigstens fünfzig Flaschen mehr ausgetrunken!« D'Artagnan konnte diese Unterhaltung nicht länger ertragen. Er ließ den Kopf auf seine Hände sinken und tat, als ob er im Einschlafen sei. Athos blickte ihn mitleidig an.

»Die jungen Leute haben das Trinken verlernt«, sagte er, »und dabei ist der da noch einer von den Besten!«

28

Die schreckliche Enthüllung des Freundes hatte d'Artagnan schwer getroffen, und doch blieb ihm darin vieles noch dunkel; vor allen Dingen war sie von einem ganz Betrunkenen einem halb Betrunkenen gemacht worden, und doch stand, trotz seines Katers beim Erwachen am nächsten Morgen, jedes Wort klar in seiner Erinnerung. Die vielen unbeantworteten Fragen weckten in ihm den Wunsch, Gewißheit zu erlangen. Er zögerte also nicht, sich gleich nach dem Frühstück wieder zu dem Freunde zu begeben, in der festen Absicht, die Unterhaltung vom Abend fortzusetzen, aber Athos war wieder ganz ruhig, vorsichtig und verschlossen wie sonst. Nach einem Händedruck kam der Musketier dem Freunde auf halbem Wege entgegen.

»Ich war gestern total betrunken, lieber d'Artagnan«, sagte er, »ich habe es heute morgen an meiner schweren Zunge und an meinem noch immer erhöhten Puls gemerkt. Ich möchte wetten, daß ich das tollste Zeug durcheinander erzählt habe.« Dabei sah er den Freund mit einem so festen Blick an, daß dieser sich betroffen fühlte.

»Nicht daß ich wüßte«, antwortete d'Artagnan, »Sie haben nach meiner Erinnerung nur von gewöhnlichen Dingen gesprochen.« – »Was Sie nicht sagen!« rief Athos, den Jüngling mit einem Blicke messend, als suche er in seinem Herzen zu lesen. »Mir war es doch so, als hätte ich Ihnen etwas recht Sentimentales vorgelallt!« – »Meiner Treu!« rief d'Artagnan, »da muß ich doch noch betrunkener gewesen sein als Sie, denn ich erinnere mich an gar nichts mehr.« Athos ließ sich jedoch mit solchen Reden nicht abspeisen, sondern erwiderte: »Sie haben doch gewiß schon die Beobachtung gemacht, mein Lieber, daß sich bei jedem der Rausch anders auswirkt, der eine wird sentimental, der andere fidel. Ich gehöre zur sentimentalen Gruppe und neige dazu, allerhand unheimliche Geschichten zu erzählen, die mir meine verschrobene Amme beigebracht hat. Ich weiß, daß ich diese schlechte Gewohnheit habe, aber sonst, Freund, sonst bin ich ein starker Trinker vor dem Herrn.«

Athos sagte das so unbefangen, daß d'Artagnan an sich zu zweifeln anfing. »Oh, es ist mir jetzt«, versetzte er, mit einem Versuch noch die Wahrheit zu ermitteln, »als erinnerte ich mich – wie man sich an Träume erinnert –, daß wir von Gehenkten gesprochen hätten.« – »Na, da sehen Sie es«, antwortete Athos bleich und doch gezwungen lachend, »wußte ich es doch! Die Gehenkten sind mein Lieblingsthema!« – »Ja, ja«, sagte d'Artagnan weiter, »jetzt taut mein Gedächtnis auf! Ja, ja ... von einer ... warten Sie doch! ... Von einer Frau war die Rede!« – »Sehen Sie«, erwiderte Athos, »das ist meine große Geschichte von der blonden Frau, und wenn ich die aufs Tapet bringe, bin ich immer sternhagelvoll.« – »Ja, ja, von einer großen, schönen Blonden mit blauen Augen haben Sie gesprochen, Freund«, sagte d'Artagnan. – »Und die gehenkt worden ist? Nicht wahr?« – »Ja, von ihrem Manne, einem Grundherrn aus Ihrem Bekanntenkreis«, fuhr d'Artagnan fort, seine Blicke starr auf Athos heftend. – »Nun, da können Sie sehen«, rief Athos, mit den Achseln zuckend, »wie man seine Mitmenschen bloßstellen kann, wenn man seiner Sinne nicht mehr mächtig ist ... Ich will, weiß Gott, keinen Tropfen mehr trinken, d'Artagnan, es ist eine zu fürchterliche Gewohnheit!«

D'Artagnan schwieg, dann wechselte Athos plötzlich das Thema. »Apropos«, sagte er, »schönen Dank für das Roß, das Sie mir mitgebracht haben!« – »Entspricht es Ihrem Geschmack?« fragte d'Artagnan. – »Ja, aber es war kein Tier, das große Strapazen aushielt.« – »Da irren Sie sich, ich habe in eineinhalb Stunden über zehn Meilen auf ihm zurückgelegt, und man hat ihm keine Spur von Müdigkeit angemerkt.« –

»So? Na, da könnte es einem freilich leid tun!« – »Leid tun? Wieso denn?« – »Daß ich es los bin!« – »Wie soll ich das verstehen?« – »Die Sache ist die, mein Lieber. Als ich heute früh gegen sechs Uhr aufwachte, schliefen Sie noch wie ein Murmeltier, und ich wußte nicht, was ich anfangen sollte. Von unserm gestrigen Gelage war ich noch ganz erledigt, da hörte ich, wie einer von unseren Engländern mit einem Roßhändler in der Gaststube unten um ein Pferd handelte. Das seinige war gestern gestürzt. Ich trat zu ihm, und als ich sah, daß er für einen Brandfuchs hundert Pistolen bot, sagte ich: ›Mein Herr! Ich habe auch gerade einen Gaul zu verkaufen.‹ – ›Wenn es der ist, den der Page ihres Freundes gestern am Zügel führte, so dürfen Sie sogar sagen, einen sehr schönen Gaul‹, erwiderte der Engländer. – ›Meinen Sie, daß er hundert Pistolen wert sei?‹ – ›Allemal! Wollen Sie ihn dafür hergeben?‹ – ›Spielen wir darum? Karten oder Würfel?‹ – ›Würfel!‹ – Und so geschah es, und ich verspielte den Gaul. Aber«, setzte er hinzu, »das Sattelzeug habe ich wiedergewonnen.«

D'Artagnan war sehr ungehalten. – »Das ärgert Sie?« fragte Athos. – »Allerdings, das muß ich zugeben«, antwortete d'Artagnan, »mit den drei Pferden sollten wir in die Schlacht ziehen, und sie sollten uns gleichsam als Erkennungszeichen dienen; jedenfalls war das Pferd, das Sie verspielt haben, ein Pferd, ein Andenken. Sie haben nicht recht gehandelt, Athos!«

»Freund, versetzen Sie sich an meine Stelle«, antwortete der Musketier, »ich langweilte mich tödlich, und ich bin, wie ich offen sage, mein Lebtag nie ein Freund von englischen Pferden gewesen. Wenn es übrigens darauf ankam, daß uns die Pferde kennzeichnen sollten, so reicht doch der Sattel dazu auch aus, und ein Grund, warum das Pferd verschwunden ist, wird uns auch noch einfallen. Pferde krepieren doch! Zum Beispiel kann es Würmer bekommen haben.«

In d'Artagnans Gesicht blieb aber der Ärger. »Daß Ihnen an diesen Gäulen soviel gelegen zu sein scheint«, sagte Athos wieder, »ist mir recht verdrießlich, denn ich bin mit dem, was ich zu erzählen habe, noch nicht zu Ende.« – »Was haben Sie mir noch weiter zu erzählen?« – »Nun, nachdem ich mein Pferd verspielt hatte, kam mir der Einfall, das Ihrige zu setzen, und ich verlor auch dieses.« – »Was? Mein Pferd?« rief d'Artagnan, außer sich. »Es ist doch nicht Ihr Ernst?« »Doch! Es ging sieben gegen acht. Um ein einziges Auge! Sie kennen doch das Sprichwort!« – »Athos! Ich möchte schwören, Sie scherzen!« – »Das hätten Sie mir besser gestern sagen müssen, als ich Ihnen die tollen Geschichten zum besten gab; heute ist es nicht am Platz, Freund! Ich verspielte Ihren Gaul samt Sattel und Zeug.« – »Aber das ist ja furchtbar!« – »Geduld, Geduld!« rief Athos. »Mein Verderben beim Spiel wie bei der Flasche ist bloß mein Eigensinn; hätte ich den nicht, so wäre ich sowohl ein guter Spieler als auch ein guter Zecher!« »Aber was hätten Sie denn weiter noch verspielen können? Sie besaßen ja nichts mehr.« – »Ich nicht, mein Lieber, aber Sie!« erwiderte Athos mit der größten Seelenruhe. »Ich setzte Ihren Diamanten!« – »Athos!« schrie d'Artagnan außer sich, indem er mit der Hand nach seinem Ring griff. – »Ich schätzte ihn auf tausend Goldfüchse, denn ich bin einigermaßen Kenner auf diesem Gebiet. Er war, wie Sie einsehen werden, mein einziger Rettungsanker, und mit ihm hätte ich Pferde, Reitzeug, ja sogar Geld für unsere Weiterreise gewinnen können.« – »Athos! Sie erschrecken mich maßlos!« rief d'Artagnan. – »Lassen Sie mich doch ausreden! Wir zerlegten also Ihren Diamanten in zehn Lose zu je hundert Goldfüchsen ...« – »Athos«, rief d'Artagnan, »Sie machen mir etwas vor, um mich aus Mutwillen zu erschrecken ...« – »Es fällt mir gar nicht ein, Ihnen etwas vorzumachen, und was für eine Freude soll ich an Ihrer Angst haben?« erwiderte Athos. »Ich hätte Sie an meiner Stelle sehen mögen, wenn Sie vierzehn Tage lang kein menschliches Gesicht erblickt und bloß Weinflaschen die Hälse gebrochen hätten!« – »Das ist aber noch immer kein Grund, einen Diamanten zu verspielen«, versetzte d'Artagnan, die Hand krampfhaft zusammenballend. – »Aber so lassen Sie mich doch erst fertig erzählen! Zehn Lose, sage ich, zu je hundert Pistolen ohne Revanche; in dreizehn Würfen verlor ich alles – in dreizehn Würfen! Nun, die Zahl dreizehn war immer meine böse Zahl; am dreizehnten Juli war es ja auch ..« »Zum Teufel!« rief d'Artagnan und sprang auf, denn die Sache, über die sie jetzt sprachen, hatte die Ereignisse der Nacht aus seinem Gedächtnis verdrängt.

»Geduld«, erwiderte Athos, »ich hatte einen Plan. Der Engländer war ein Original. Ich hatte ihn am Morgen mit Grimaud reden sehen, und Grimaud hatte mir gesagt, der Engländer wolle ihn in seinen Dienst nehmen. Ich hatte mit ihm um Grimaud gespielt, und meinen mundfaulen Grimaud – zerlegt in zehn Lose.«

»Das geht über meinen Horizont!« rief d'Artagnan und wurde wider Willen zum Lachen gereizt.

»Um Grimaud ging es also nun, um Grimaud, zerlegt in zehn Lose, verstehen Sie! Und mit Grimaud, der doch kaum einen ganzen Dukaten wert ist, gewann ich den Diamanten wieder. Sage mir also jemand, Ausdauer sei keine Tugend!« – »Die Geschichte wird ja immer spannender!« rief d'Artagnan getröstet und hielt sich die Seiten vor Lachen. – »Sie begreifen, daß ich nun, wieder Fortunas Gunst sicher, den Diamanten noch einmal setzte.« – »Hol' mich der Teufel!« rief d'Artagnan, von neuem besorgt. – »Ich habe Ihr Sattelzeug, dann Ihr Pferd, dann mein Sattelzeug, mein Pferd wiedergewonnen, dann wieder verloren. Kurz, jetzt steht die Partie so, daß ich Ihr und mein Sattelzeug zum dritten Male wiedergewonnen habe. Ein vortrefflicher Wurf, der letzte! Bei ihm bin ich stehengeblieben.«

D'Artagnan atmete erleichtert auf. »Also der Diamant ist mir geblieben?« fragte er beklommen. – »Unberührt, völlig unberührt!« antwortete Athos. »Auch das Sattelzeug von Ihrem und meinem Pferd.« – »Aber was sollen wir mit dem Sattelzeug, wenn uns die Pferde dazu fehlen?« – »Ich habe einen Einfall.« – »Athos, Sie verursachen mir Herzklopfen!« – »D'Artagnan, nicht wahr, Sie haben lange nicht mehr gespielt?« fragte Athos lebhaft. – »Ich habe auch kein Verlangen danach!« versetzte d'Artagnan, schroffer als sonst. – »Verrufen wir nichts! Wenn Sie lange nicht gespielt haben, werden Sie sicher eine glückliche Hand haben. Sie halten, wie es scheint, viel auf Ihr Pferd. Der Engländer mit seinem Kameraden ist noch da. Ich an Ihrer Stelle setzte mein Reitzeug gegen mein Pferd.« – »Ein Reitzeug allein wird er doch nicht haben wollen!« – »So setzen Sie beide! Mein Gott, ich bin nicht so egoistisch!« – »Ist das Ihr Ernst, Athos?« fragte d'Artagnan unschlüssig, denn die Spiellust und Zuversicht des anderen begann, ihn anzustecken. – »Sicher, auf mein Wort! Ich setzte sie beide auf einen Wurf.« – »Nach dem Verlust der beiden Pferde müßte mir aber doch daran liegen, wenigstens die beiden Reitzeuge zu behalten«, erklärte d'Artagnan. – »Nun, dann setzen Sie Ihren Ring!« – »Meinen Ring? Nie und nimmer!« rief d'Artagnan. – »Na, dann meinetwegen Grimaud! Setzen Sie Grimaud! Bloß fürchte ich, der Engländer wird nicht recht wollen, da Grimaud schon einmal ausgespielt worden ist.« – »Ach, lassen Sie mich in Ruhe«, erklärte d'Artagnan, »ich will überhaupt nicht spielen.«

»Schade, sehr schade!« sagte Athos. »Der Beutel des Engländers ist gespickt voll, und Gold hätten wir brauchen können! Probieren Sie es doch mit einem Wurfe! Es geht uns doch nicht an den Hals!« – »Und wenn ich verliere?« – »Verlassen Sie sich darauf, Sie werden gewinnen!« – »Und wenn nicht?« – »Nun, dann ist unser Reitzeug futsch!« rief Athos. – »Ein Wurf also!«

Athos begab sich auf die Suche nach dem Engländer und traf ihn im Stall, wo er liebevoll die beiden Reitausrüstungen betrachtete. Die Gelegenheit war günstig. Athos stellte seine Bedingungen: die beiden Reitzeuge gegen ein Pferd oder hundert Pistolen, Auswahl frei. Der Engländer rechnete geschwind: die beiden Reitzeuge waren unter Brüdern dreihundert Pistolen wert. Er schlug also ein.

D'Artagnan hatte den ersten Wurf und hatte drei Augen. Leichenblässe überzog sein Gesicht. Athos begnügte sich mit der Bemerkung: »Ein trauriger Wurf, Kamerad! Sie werden also Pferde und Sattelzeug Ihr eigen nennen, mein Herr!« – Der Engländer triumphierte; ohne die Würfel zu schütteln und ohne hinzusehen, stülpte er den Becher auf den Tisch. D'Artagnan hatte sich, um sich seine Enttäuschung nicht anmerken zu lassen, umgedreht. – »Da, da, da!« rief Athos mit seiner ruhigen Stimme. »Das ist ja ein Wurf, wie ich ihn bloß viermal in meinem Leben erlebt habe! Zwei Asse!« ... Der Engländer konnte es nicht fassen und d'Artagnan wurde rot vor Freude.

»Ja, wirklich, ich habe es bisher nur viermal erlebt«, fuhr Athos fort, »einmal bei Herrn von Crequy, zum zweiten Mal in meinem Schlosse – als ich noch eins hatte –, zum dritten

Mal bei Herrn von Tréville, der uns damit gründlich auf den Sand setzte, und zum letzten, also vierten Male in einer Schenke, wo mich der vertrackte Wurf hundert Louisdor und ein Souper kostete.«

»Der Herr bekommt also sein Pferd wieder«, sagte der Engländer. – »Ja«, erwiderte d'Artagnan. – »Also keine Revanche?« – »Unsere Bedingungen lauteten so.« – »Sie haben recht! Das Pferd wird Ihrem Pagen ausgefolgt werden, mein Herr.« – »Einen Augenblick«, sagte Athos, »mit Verlaub, Herr, ich möchte mit meinem Freund ein Wort reden.« – »Bitte!«

Athos nahm d'Artagnan auf die Seite. »Nun, was willst du noch von mir, Versucher?« fragte d'Artagnan. »Soll ich weiterspielen?« – »Nein, Sie sollen überlegen!« – »Was?« – »Sie wollen das Pferd wieder nehmen, nicht wahr?« – »Zweifelsohne!« – »Das finde ich nicht richtig! Ich an Ihrer Stelle nähme die hundert Pistolen! Um bis nach Paris zu kommen, brauchen wir Geld und wieder Geld!« – »Aber wie sollen wir weiterkommen?« – »Auf den Pferden unserer Pagen! Daß wir Leute von Stand sind, sieht uns doch jeder am Gesicht an!« – »Wir werden uns ja schön ausnehmen auf den beiden Mähren neben Porthos und Aramis auf ihren schönen Pferden!« – »Porthos und Aramis!« rief Athos, in Lachen ausbrechend. – »Was denn?« fragte d'Artagnan, der den Heiterkeitsausbruch seines Freundes nicht begreifen konnte. – »Schön, schön! Fahren wir fort!« erwiderte Athos. – »Ihre Meinung also!« – »Bleibt, daß Sie die Pistolen nehmen, d'Artagnan; mit den hundert Pistolen können wir bis zum Monatsende fein auskommen. Strapazen haben wir genug ertragen, und ein bißchen Ruhe wird uns guttun.« – »Ich und Ruhe! O nein, Athos, sobald ich in Paris bin, mache ich mich auf die Suche nach jener armen Frau.« – »Nun, glauben Sie, daß Ihnen Ihr Pferd dazu ebensoviel nützen kann wie das Gold? Ich sage Ihnen, Freund, nehmen Sie die hundert Pistolen! Das ist vernünftiger!«

Dieser Einwand überzeugte d'Artagnan; er wählte das Gold, das ihm der Engländer sogleich auf den Tisch zählte, und nun dachte man nur mehr an den Aufbruch. Außer dem alten Rappen von Athos kostete der Friedensschluß mit dem Wirte noch sechs Pistolen. D'Artagnan und Athos nahmen die Gäule ihrer beiden Pagen und erreichten glücklich Crevecoeur. Hier

fanden sie Aramis trübselig am Fenster sitzen und den Horizont absuchen.
»Holla, Aramis, was zum Teufel treiben Sie denn da?« riefen sie ihm zu. – »Ach, Sie sind's, d'Artagnan? Und Sie, Athos?« rief dieser. »Ich dachte eben darüber nach, wie rasch doch alle irdischen Güter zerrinnen! Mein Roß aus England, das mir ausgerissen und eben in einer Staubwolke verschwunden ist, war mir ein lebendiger Beweis dafür. Das Leben läßt sich wirklich in drei Worte fassen: Erit, est, fuerit!«
»Was soll denn das?« fragte d'Artagnan, dem Übles schwante.
»Nur, daß ich eben einen recht dummen Handel abgeschlossen habe«, erwiderte Aramis. »Für sechzig Louisdor habe ich ein Pferd verkauft, das, seinem Gange nach zu schließen, seine fünf Meilen in der Stunde machen dürfte.« – D'Artagnan und Athos lachten hell auf. – »Lieber d'Artagnan«, sagte Aramis, »seien Sie mir, bitte, nicht böse! Not kennt nun einmal kein Gebot. Zudem bin ich ja doch derjenige, der den größeren Schaden hat, denn dieser elende Roßhändler hat mich mindestens um fünfzig Louisdor geprellt. Nun, da sind Sie doch ganz andere und bessere Menschen! Sie schonen Ihre Luxuspferde und strapazieren die Gäule Ihrer Pagen.«
In diesem Augenblick fuhr ein Frachtwagen am Gasthof vor, aus dem Grimaud und Planchet mit den Sätteln auf den Buckeln herauskletterten. Die beiden Pagen waren unterwegs aufgestiegen gegen Zusicherung freier Wegzehrung für den Fuhrmann. »Was ist denn das?« rief Aramis, betroffen über diesen Anblick, »bloß Pagen und Sättel?« – »Nun geht Ihnen ja wahrscheinlich ein Licht auf?« fragte lachend Athos. – »Freunde, es geht Ihnen also wie mir?« rief Aramis. »Auch ich habe das Reitzeug behalten ... Holla, Bazin! Bring mal das neue Reitzeug her!«
»Aber was haben Sie denn mit Ihren Gottesgelehrten gemacht?« fragte d'Artagnan. – »Die habe ich am nächsten Tag zum Essen eingeladen«, antwortete Aramis, »hier gibt's einen ausgezeichneten Tropfen, nebenbei gesagt, ich habe mein Bestes getan, ihnen einen tüchtigen Rausch anzuhängen. Daraufhin hat mir der Pfarrer verboten, den Musketiersrock an den Nagel zu hängen, und der Pater Jesuit hat mich gebeten, ihm zu einem Platz in unserer Kompanie zu verhelfen.« – »Ohne

These«, rief d'Artagnan, »ohne These! Ich für meinen Teil befürworte den Wegfall der These!« – »Seitdem führe ich das angenehmste Leben«, erzählte Aramis weiter, »ich habe ein Epos in einsilbigen Versen angefangen, eine ziemlich schwierige Arbeit, aber, wie bei allem im Leben, liegt hier das Vergnügen in der Schwierigkeit. Das Thema ist ein galantes. Ich will Ihnen den ersten Gesang vorlesen, er zählt vierhundert Verse. Erschrecken Sie nicht, denn es dauert bloß eine Minute.« – »Lieber Aramis«, sagte d'Artagnan, dem Verse ein ebensolcher Greuel waren wie Latein, »fügen Sie zu dem Verdienst der Schwierigkeit noch das der Kürze, und Sie dürfen sicher sein, daß Ihr Epos doppelt geschätzt wird.« – »Sodann atmet es«, begann Aramis wieder, »wie Sie sehen werden, echte Leidenschaft. Was mich aber über alle Maßen freut, Freunde«, rief er lustig, »ist, daß wir Paris und Porthos wiedersehen werden. Wie sehr mir dieser große Dummkopf gefehlt hat, kann ich Ihnen nicht sagen. Der hätte sein Roß nicht verkauft, nicht um ein Königreich! Ich möchte ihn schon sehen auf seinem Roß und seinem Sattel; er spielt sich doch sicher als Großmogul auf.« Um die Pferde verschnaufen zu lassen, wurde eine einstündige Rast gemacht. Aramis beglich seine Zeche und schickte seinen Pagen zu den anderen beiden in den Frachtwagen, dann ritten sie in Richtung des Dorfes, in dem Porthos von d'Artagnan verlassen worden war. Sie trafen ihn fast genesen, mit bereits wieder einigermaßen geröteten Wangen. Er war zwar allein, aber der Tisch war gedeckt, als ob er mindestens vier Gäste hätte; es gab verschiedene Arten von Fleisch, Wein von den besten Marken und Obst von der besten Sorte. »Donnerwetter!« rief er. »Sie kommen wie gerufen, meine Herren! Ich bin gerade bei der Suppe, Sie müssen mit mir speisen.« – »Ach«, erwiderte d'Artagnan, »diese Flaschen hat doch nicht Mousqueton mit dem Lasso gefangen? Und gespickte Kalbsbrust gibt es außer Lendenbeefsteak auch und ...« – »Ich mache mich wieder«, erwiderte Porthos, »aber nichts nimmt einen so gemein her, wie solch eine infame Quetschung. Haben Sie schon so etwas durchgemacht, Athos?« – »Noch nie. Bloß der Degenstich, den ich in der Féroustraße abkriegte, hatte nach zwei oder drei Wochen eine ähnliche Wirkung bei mir.« – »Aber dieses Diner hatten Sie doch nicht für sich allein bestellt, Porthos?« fragte Aramis. – »Nein«, versetzte Porthos, »ich habe ein paar Edelleute aus der Nachbarschaft eingeladen, die mir aber abgesagt haben. Da Sie nun da sind, meine Herren, werden Sie meine Gäste sein, und ich verliere bei diesem Tausch wahrlich nichts. Holla, Mousqueton! Stühle her, und die Flaschenbatterie verdoppelt!«

»Wissen Sie, was wir hier essen?« fragte Athos nach zehn Minuten. – »Stockschwerenot!« rief d'Artagnan, »ich esse Kalbsbrust gespickt mit Artischocken und Rindermark.« – »Ich habe Lammfilet!« rief Porthos. – »Und ich Hühnerfrikassee!« rief Aramis. – »Sie irren sich alle, meine Herren«, antwortete Athos mit gewichtigem Ernst, »denn wir essen Pferdefleisch.« – »Aber das ist doch nicht wahr!« rief d'Artagnan. – »Hottehüh!« schrie Aramis, von starkem Ekel geschüttelt. – Porthos enthielt sich jeglicher Äußerung. – »Jawohl, Pferdefleisch!« wiederholte Athos. »Nicht wahr, Porthos, ich habe recht?« – – »Vielleicht Sattel und Reitzeug mit?« – »Nein, Sattel und Reitzeug habe ich behalten, meine Herren«, erklärte nun Porthos.

»Meiner Treu!« rief Aramis. »Von uns ist doch wirklich einer soviel wie der andere! Es scheint doch, als hätten wir uns abgesprochen!« – »Aber ich bitte Sie, meine Herren, dieses Pferd hätte ja bloß meinen Gästen Schande gemacht, und solch eine Demütigung wollte ich Ihnen ersparen.« – »Dann ist Ihre Herzogin also noch immer im Bade?« fragte d'Artagnan. – »Ja«, antwortete Porthos, »der Provinzgouverneur, einer von den Edelleuten, die ich heute zu Tisch erwartete, hatte nun aber solche Sehnsucht nach dem Besitz des Pferdes, daß ich es ihm geschenkt habe.« – »Geschenkt?« wiederholte d'Artagnan. – »Du lieber Gott, ja! Geschenkt! Es ist in der Tat das rechte Wort«, versetzte Porthos, »denn seine hundertfünfzig Louis ist es doch unter Brüdern wert gewesen, und der Kerl wollte unter keinen Umständen mehr als achtzig geben.«

»Ohne Sattel und Reitzeug?« fragte Aramis. – »Allerdings.« – »Sie werden bemerken, meine Herren«, sagte Athos, »daß Porthos von uns allen noch immer den besten Tausch gemacht hat.« Durch das schallende Gelächter, mit dem diese Worte aufgenommen wurden, geriet Porthos in schlichte Bestürzung;

es wurde ihm aber sehr bald der Grund für diese Fröhlichkeit auseinandergesetzt, und bald stimmte er kräftig mit ein.
»So kommt es also«, meinte d'Artagnan, »daß wir dafür alle genug Geld haben?« – »Darauf muß ich leider antworten«, sagte Athos, »daß mir der Wein von Aramis so vorzüglich gemundet hat, daß ich in den Frachtwagen, mit dem unsere Pagen fahren, ein Schock Flaschen habe einpacken lassen, wodurch sich natürlich mein Barbestand erheblich verringert hat.« – »Und ich«, nahm Aramis das Wort, »habe der Kirche von Montdidier und den Jesuiten in Amiens mein ganzes Geld geschenkt und hatte mich außerdem zu Messen für mich und Sie, meine Herren, verpflichtet, die natürlich bezahlt werden mußten, die sich aber für unser Seelenheil bestimmt günstig auswirken werden.«
»Und mich«, meinte Porthos, »hat natürlich meine Krankheit auch ein Heidengeld gekostet, oder glauben Sie das etwa nicht? Von Mousquetons Verwundung gar nicht zu reden, die täglich zweimal den Besuch des Wundarztes notwendig machte, denn der arme Kerl hat sich eine Kugel in einen Körperteil jagen lassen, den man gewöhnlich bloß dem Doktor zeigt; um so unverantwortlicher von ihm, als ich ihm unzählige Male gepredigt habe, sich in dieser Hinsicht besser vorzusehen.«
»Na, na«, meinte Athos, indem er mit d'Artagnan und Aramis ein Lächeln austauschte, »ich sehe schon, daß Sie sich gegen den armen Kerl recht nobel benommen haben, Porthos, wie es eben einem wackeren Herrn zukommt.« – »Kurz und gut«, meinte Porthos, »wenn ich alles beglichen habe, so werden mir wohl etwa dreißig Taler bleiben.« – »Und mir ein Dutzend Pistolen«, sagte Aramis. – »Da scheint es doch«, rief Athos lachend, »als ob wir die Krösusse der Gesellschaft wären. Wieviel bleiben denn Ihnen von Ihren hundert Pistolen, d'Artagnan?« – »Von meinen hundert Pistolen?« fragte d'Artagnan, »fünfzig davon habe ich doch Ihnen gegeben.« – »Wirklich?« – »Zum Teufel, ich denke schon!« – »Ach richtig, das stimmt! Jetzt fällt es mir ein«, sagte Athos. – »Sechs habe ich dem Wirt noch bezahlen müssen«, fügte d'Artagnan hinzu. – »Diesem Halunken von einem Wirt?« rief Athos. »Warum haben Sie dem noch etwas bezahlt?« – »Sie haben mir doch selbst gesagt, daß ich sie ihm geben solle!« – »Ja! Ich bin eben

immer zu gutmütig. Na, und was bleibt uns noch?« – »Fünfundzwanzig Pistolen«, entgegnete d'Artagnan. – »Und ich«, fragte Athos, ein bißchen Kleingeld aus seiner Tasche hervorsuchend, »ich ...« – »Sie«, sagte d'Artagnan, »Sie haben nichts!« – »Meiner Treu, oder doch so wenig, daß es sich nicht lohnt, es zur Masse zu schlagen!« sagte Athos. »Immerhin«, fuhr er fort, »rechnen wir mal zusammen, was uns noch gehört. Was hat Porthos noch?« – »Dreißig Taler.« – »Und Aramis?« – »Zehn Pistolen.« – »Und Sie, d'Artagnan?« – »Fünfundzwanzig Pistolen.« – »Das macht im ganzen?« fragte Athos heiter. – »Vierhundertfünfundsiebzig Livres«, antwortete Aramis, der es mit Archimedes im Rechnen hätte aufnehmen können.

»Wenn wir in Paris sind«, meinte Porthos, »werden wir also noch gerade vierhundert Livres haben, und die Sättel und das Reitzeug.« – »Aber unsere Eskadronspferde?« meinte Aramis. – »Nun, die vier Pagenpferde werden wir in zwei Kavaliersrosse umtauschen, um die wir dann losen werden. Mit den vierhundert Livres, die wir noch haben, werden wir für die Pagen ein Pferd zum Wechseln beschaffen, dann werden wir alles zusammenkratzen, was wir noch in unseren Taschen finden, und d'Artagnan, der eine glückliche Hand hat, beauftragen, in dem ersten besten Wirtshaus, an dem wir vorbeikommen, sein Glück zu versuchen. Einverstanden?« – »Nun, so lasset uns essen!« rief Porthos. »Die Speisen werden kalt!«

Die vier Freunde, die nun ruhiger der Zukunft entgegenschauten, taten der Mahlzeit alle Ehre an. Was sie davon übrig ließen, wanderte zu den Pagen Mousqueton, Bazin, Planchet und Grimaud. In Paris angelangt, fand d'Artagnan einen Brief von Herrn von Tréville vor, der ihn davon unterrichtete, daß ihm der König die Gnade erwiesen habe, ihn in sein Musketierregiment aufzunehmen. Da d'Artagnans Ehrgeiz neben Besitz der kleinen Frau Bonacieux nur darauf gerichtet war, rannte er überglücklich zu seinen Kameraden, die er vor einer knappen Viertelstunde erst verlassen hatte, aber er traf sie allesamt sehr gedrückt bei Athos an. Es mußte etwas sehr Ernstes vorgefallen sein. Es war auch so, denn Herr von Tréville hatte ihnen mitteilen lassen, daß Seine Majestät beschlossen hatte, am 1. Mai ins Feld zu rücken, und daß sie demzufolge sich mit ihrer Ausrüstung bereitzuhalten hätten. Die vier Philosophen schauten einander reichlich verdattert an, denn in Disziplinfragen verstand Herr von Tréville keinen Spaß. »Und wie hoch schätzen Sie die Ausrüstungskosten?« fragte d'Artagnan. – »Oh, das läßt sich nicht so leicht sagen«, erwiderte Aramis, »wir haben gerade mit einer spartanischen Knickrigkeit unsere Rechnung gemacht und dabei festgestellt, daß wir pro Mann etwa fünfzehnhundert Livres brauchen werden.« – »Viermal fünfzehn macht sechzig, und viermal fünfzehnhundert sechstausend«, sagte Arthos. – »Mir scheint«, bemerkte d'Artagnan, »daß wir mit tausend pro Mann auch auskommen werden, ich rede da freilich nicht als Spartaner, sondern als Sachverwalter.«

Das Wort Sachverwalter rüttelte Porthos auf. »Halt«, rief er, »ich habe da eine Idee!« – »Das ist schon etwas«, erwiderte Athos frostig. »Ich freilich habe nicht einmal den Schatten eines Gedankens; was aber d'Artagnan angeht, meine Herren, so hat ihn das Glück, hinfort einer der Unsrigen zu sein, anscheinend um den Verstand gebracht. Tausend Livres! Was fällt ihm bloß ein! Ich für meinen Teil werde unter zweitausend nicht auskommen.« – »Viermal zwei macht acht«, sagte da Aramis, »also würden wir für unsere Equipierung achttausend Livres brauchen, denn wir haben, wie es sich nun einmal nicht ändern läßt, nur Reitzeug und Sattel.«

»Abgesehen von dem prächtigen Diamanten«, sagte Athos, der aber mit dieser Bemerkung klüglich gewartet hatte, bis d'Artagnan, der keine Minute säumen wollte, um Herrn von Tréville für seine Güte zu danken, die Tür hinter sich geschlossen hatte, »der am Finger unseres Freundes funkelt... Donnerwetter! D'Artagnan ist ein viel zu netter Kamerad, als daß er es übers Herz bringen könnte, seine Brüder in einer solchen Klemme zu lassen, wenn er an seinem Mittelfinger ein Vermögen trägt, mit dem er schließlich selbst einen König loskaufen könnte!«

Karl May Taschenbücher
Einzige ungekürzte Ausgabe